Die Jagd nach dem Nordpol

- Mit dem Flugzeug zum 88. Breitengrad -

R. Amundsen

Übersetzung von Ludwig Wachtel

© 2007 SDS AG
in Kooperation mit dem
traveldiary.de Reiseliteraturverlag
Hamburg

ISBN: 978-3-935959-01-8

Inhalt

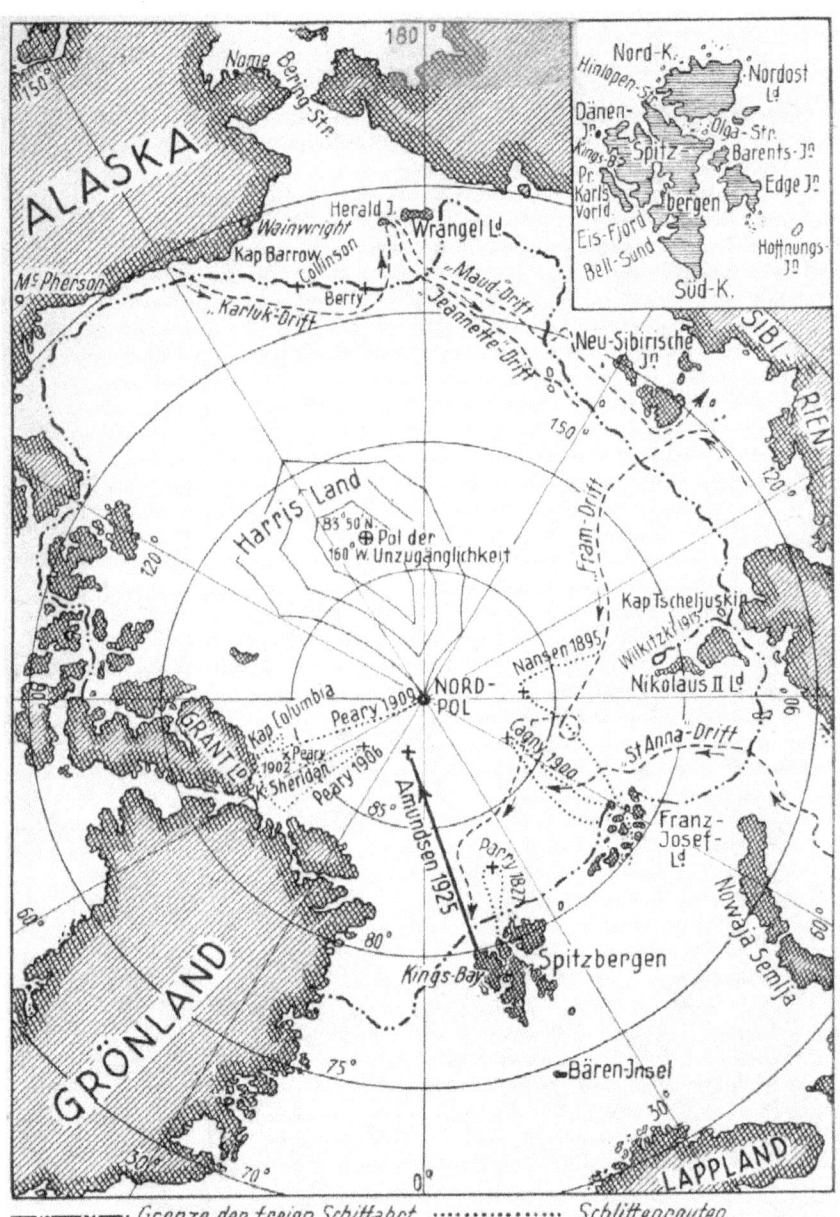

Grenze der freien Schiffahrt. .... Schlittenrouten.

— — — — Fahrten mit der Eisdrift. ⟶ Amundsen - Fluglinie.

I

Die Fahrt

An jenem Tage, da die Brüder Wright sich zum ersten Male zum Fluge erhoben, ging der Vorhang über einem neuen Akt der Menschheitsgeschichte auf. Viele haben sicher schon damals die Möglichkeiten erkannt, die sich ganz allgemein der Menschheit eröffneten. Aber nur wenige, glaube ich, standen einer so völligen Umwälzung ihrer Arbeitsmethoden gegenüber, wie der Polarfahrer. Das, was er in jahrelanger Arbeit zu erreichen versucht hatte, würde er jetzt möglicherweise im Laufe von ganz unglaublich kurzer Zeit erzwingen können. Jahrhundert um Jahrhundert hatte er seine primitiven Mittel, Hund und Schlitten, benutzt. Tagaus, tagein hatte er alle seine Kräfte, seinen Verstand und seine Willenskraft aufbieten müssen, um allenfalls ein paar Meilen weiter in die endlose Eiswüste vordringen zu können. Welcher Mut, welche Ausdauer sind nicht in diesem Kampf gegen Kälte, Hunger und Anstrengungen aufgewendet worden! Welch leuchtendes Beispiel an Opferwilligkeit und Selbstverleugnung! Jahraus, jahrein in einem kleinen Fahrzeug eingeschlossen, umgeben von denselben Menschen, nur mit dem Notwendigsten versehen, hatten diese Männer sich bis dahin durch die größten Schwierigkeiten, die härtesten Prüfungen, Kälte und Finsternis hindurchgearbeitet. Und jetzt, plötzlich, mit einem Schlage sollte dies alles vielleicht ganz anders werden. Statt Kälte und Finsternis künftig Licht und Wärme, statt der langen, mühseligen Wanderungen ein schneller Flug. Keine Rationierung, kein Hunger oder Durst, nur ein kurzer Flug. Hier eröffneten sich gewaltige Perspektiven. Wie ein Traum, wie eine ferne Möglichkeit leuchtete an jenem Tage der Funke auf, der sich so schnell zu einem mächtigen Feuer entwickeln sollte.

Die Kunst des Fliegens wurde, wenn man so sagen kann, erst flügge, als Blériot über den Kanal flog. Aus diesem Zustand, sozusagen des „Flatterns", entwickelte sich das Flugwesen durch den Weltkrieg erst zu wahrem Fliegen. Aber doch muß man bekennen, daß es auch heute noch in den Kinderschuhen steckt. Wer weiß, ob es langsam oder schnell „mannbar" werden wird? Welche Möglichkeiten sich noch ergeben werden, kann niemand beurteilen. Wie der unerfahrene, junge Vogel, müssen auch wir das Nest verlassen und uns vorwärts tasten. Der eine wird sich die Flügel verletzen, der andere wird sie ganz brechen. Aber ebenso sicher ist es, daß ein Dritter schließlich ans Ziel gelangen wird.

Als ich von Blériots Flug erfuhr, verstand ich sofort, daß die Zeit gekommen war, da man daran denken konnte, das Flugzeug in den Dienst der Polarforschung zu stellen. Menschliche Kraft und Tüchtigkeiten hatten schon große Gebiete des weißen Rätsels erobert. Aber ungeheure Strecken fehlten noch, die man jetzt vielleicht von der Luft aus erforschen konnte. Im besonderen dachte ich an das mächtige Gebiet im Polarmeer, das bis jetzt allen Angriffen widerstanden hatte. Zwar hatte Nansen, der Herzog der Abruzzen und Peary ihre Spuren durch dieses unbekannte Gebiet gezogen und Hervorragendes geleistet. Aber das kolossale unbekannte Polargebiet blieb nach wie vor unberührt. Wollte man die Erforschung mit denselben Mitteln fortsetzen wie bisher, so hätten wir noch viele Jahre warten müssen, bis unsere Kenntnisse vervollständigt werden konnten. Wenn man überhaupt das Wort „unmöglich" gebrauchen darf, so hätte man es auf die Erforschung dieser Eiswüste sinngemäß anwenden können. Aber dieses Wort scheint nun einmal aus dem Wörterbuch der Menschheit gestrichen zu sein. Wie oft haben wir nicht schon erlebt, daß das Unmögliche möglich wurde! Was gestern unmöglich war, kann heute vollbracht werden. Blériots Flug über den Kanal brachte mich zu der Erkenntnis, daß das Polarrätsel gelöst werden könne. Als ich 1909 die „Fram" für eine Treibfahrt über das Polarmeer ausrüstete, konferierte ich mit einem der damals angesehensten Flieger. Er erklärte sich bereit, mitzumachen. Daß damals nichts aus unserem Plan wurde, sicher das Beste für uns beide, war ausschließlich auf wirtschaftliche Schwierigkeiten zurückzuführen. Ich erwähne diese Tatsache, um darauf aufmerksam zu machen, daß mein Plan, das Polargebiet von der Luft aus zu erforschen, nicht neueren Datums ist. Ich bin von verschiedenen Seiten angegriffen worden, weil ich die Pläne anderer „gestohlen" haben soll. Der Vorwurf erscheint wohl kindlich und brauchte kaum erwähnt zu werden. Aber selbst solch eine kindliche Behauptung wird von manchen Leuten ernst genommen, wenn sie keine nähere Kenntnis der Tatsachen haben.

1914 hatte ich endlich die Mittel beisammen, um mir die erste Flugmaschine für arktische Forschungszwecke anzuschaffen. Zwar konnte dieser Apparat noch nicht als unabhängiges Transportmittel in diesen ungeheuren Gebieten verwendet werden, in denen alle Umstände einem entgegenzuarbeiten scheinen. Aber in Verbindung mit einem Mutterschiff würde die Maschine unschätzbare Dienste leisten können. Mein Plan war daher, den Aeroplan mit an Bord der „Fram" zu nehmen, die damals zur Abfahrt bereit lag. Was für Gebiete konnte man nicht bei der Treibfahrt über das Polarmeer überschauen, wenn man nur von Zeit zu Zeit einen Aufstieg unternahm! Soweit ich etwas von dem Eise gesehen hatte, war ich sicher, daß man immer ebene Stellen finden würde, von denen man aufsteigen und auf denen man landen konnte. Aber die Zeit und die spätere Erfahrung lehrten mich, daß man erst selbst Flieger sein muß und nicht bloß Polarfahrer, um sich über die Landungsverhältnisse im Polareise eine Ansicht bilden zu können. Was der Seefahrer unter einer ebenen Fläche versteht, kann für den Flieger ganz unbrauchbar sein. Mein erster Aeroplan war ein Farman-Doppeldecker, mit Skiern montiert. Er würde uns wohl nie etwas genützt haben. Das ergibt sich ziemlich sicher aus den Erfahrungen der späteren Jahre. Inzwischen kam der Krieg und schob diesem Teile meines Programms einen Riegel vor. Aber damals, wie auch sonst soundso oft in meinem Leben, mußte ich erfahren, daß ein scheinbares Hindernis nicht selten die entgegengesetzte Wirkung hat. Die Flugtechnik entwickelte sich damals überraschend schnell.

1921 wurde der Weltrekord für den längsten Aufenthalt in der Luft mit 27 Stunden von einer Junkers-Maschine in Amerika aufgestellt. Es handelte sich um einen Monoplan, der ganz aus Duraluminium gebaut und daher besonders geeignet für die Polargegenden war. Sonne, Kälte, Schnee und Regen konnten ihn nicht beschädigen. Ich hielt mich damals in Seattle auf, wo die „Maud" für eine neue Fahrt nordwärts ausgerüstet wurde. Kaum hatte die Nachricht mich erreicht, so war auch mein Beschluß schon gefaßt. Eine solche Maschine mußte ich haben, koste es, was es wolle: mit einem solchen Apparat war das Unmögliche mit einem Male möglich geworden. Das Tor zu der unbekannten Welt schien sich zu öffnen. Aber meine Hoffnung wurde enttäuscht, und das Tor blieb noch mehrere Jahre geschlossen. Die Maschine wurde angeschafft und Leutnant Omdal zu ihrem Führer ausersehen. Im Mai 1922 wollten wir sie, um sie noch besser kennenzulernen, von der Fabrik in New York quer durch Amerika nach Seattle fliegen. Der Motor versagte jedoch, als wir über der Stadt Marion in Pennsylvanien waren, und wir mußten eine recht ungemütliche Notlandung in den dortigen Ölfeldern vornehmen. Die Maschine wurde vollständig vernichtet. Eine neue wurde in aller Geschwindigkeit angeschafft und mit der Eisenbahn durch Amerika transportiert. Sie kam gerade noch rechtzeitig an, um an Bord der „Maud" genommen zu werden. Zur selben Zeit hatte die bekannte amerikanische Flugfabrik Curtis uns eine kleine Rekognoszierungsmaschine zur Verfügung gestellt. Als die „Maud" also 1922 abfuhr, war sie nicht nur für die Treibfahrt durch das Eis ausgerüstet, sondern auch für die Forscherarbeit von der Luft aus. Die Curtis-Maschine sollte als Rekognoszierungsapparat gebraucht werden und die ganze Zeit der „Maud" folgen. Ich versprach mir unendlich viel von ihr. Als die „Maud" auf Eis traf und See, Eis und Luft untersuchte, wurden Omdal und ich bei Wainright an der Nordküste Alaskas an Land gesetzt. Von dort aus sollten wir versuchen, so weit wie möglich in das unbekannte Gebiet nördlich dieser Küste vorzudringen. Aber alle unsere Pläne brachen zusammen. Infolge des stürmischen Sommers und Herbstes kamen Omdal und ich nicht vom Fleck. Wir mußten ein Haus bauen und überwintern.

Im Mai 1923 waren wir klar zum Fluge; aber schon bei dem ersten Probeflug brach die Junkers-Maschine ihr ganzes Untergestell bei einer Landung und wurde so beschädigt, daß jede Hoffnung auf Reparatur ausgeschlossen war. Etwas besser ging es mit der kleinen Maschine an Bord der „Maud". Ein drahtloses Telegramm teilte uns mit, daß sie zweimal in der Luft gewesen war, mit Odd Dahl als Führer und Wisting als Beobachter. Bei der zweiten Landung wurde auch leider sie zertrümmert. Diese beiden Touren sind, soviel ich weiß, nicht von langer Dauer gewesen, und wahrscheinlich ist kein größeres Gebiet untersucht worden. Aber eines ist sicher, daß diese beiden Männer die ersten waren, die wirklich über das Treibeis geflogen sind. Sie waren die ersten, die von den großen Schwierigkeiten eines Fluges in jenen Gegenden berichten konnten. Die Beschaffenheit des Eises war, wie sie sagten, von der Luft aus unmöglich zu erkennen. Es sah ganz eben aus, erwies sich bei näherer Bekanntschaft damit aber alles andere als glatt.

Die Aussichten waren nunmehr nicht gerade günstige. Bei meiner Rückkehr nach Seattle hatte ich nur leere Hände. Ich brachte eine beschädigte Flugmaschine mit, die niemand haben wollte. Indessen gab ich meinen Plan nicht auf, sondern arbeitete weiter, um mir neues Material zu verschaffen. Das Jahr 1924 ging im wesentlichen erfolglos vorüber. Im September des gleichen Jahres wandte ich mich an den Norwegischen Luftfahrtverein (Norsk Luftseilas-Forening) und machte den Vorschlag, daß wir zusammenarbeiten wollten. Ich wurde mit offenen Armen empfangen. Der Verein wollte versuchen, was in der Heimat zu erreichen wäre, und mittlerweile sollte ich nach Amerika reisen, um zu sehen, was ich etwa dort ausrichten könnte. Ich hatte schon ein paar Vorträge drüben gehalten und saß eines Morgens in meinem Hotel, tief in Gedanken über einer Berechnung versunken, wie lange Zeit es wohl dauern würde, um mit diesem Verdienst meine Gläubiger zu bezahlen und einen neuen Flug vorzubereiten. Das Resultat war nicht gerade ermunternd. Ich berechnete nämlich, daß ich, falls kein unvorhergesehener Glückszufall eintraf, in meinem hundertundzehnten Lebensjahre startklar sein würde. Aber gerade in dem Augenblick ereignete sich das Unerwartete. Das Telephon klingelte, und eine Stimme fragte nach Kapitän Amundsen. Man nennt mich in Amerika immer Kapitän; da jedoch alle Negerkondukteure, die gleiche Ehre genießen, brauche ich mir auf diesen Titel nicht viel einzubilden.

Die Stimme am Telephon war Lincoln Ellsworth. Auf diese prosaische Weise machte ich die Bekanntschaft des Mannes, dem ich einmal soviel Dank schulden sollte. Der Norwegische Luftfahrtverein wird mir sicher zustimmen, wenn ich sage, daß die Expedition ohne Ellsworths Hilfe kaum zustande gekommen wäre. Ich will damit durchaus nicht die große und ausgezeichnete Arbeit des Vereins herabsetzen. Mit tiefer Dankbarkeit werde ich stets der Namen der drei Vorstandsmitglieder gedenken: des Vorsitzenden, Dr. Rolf Thommessen, und der beiden Mitglieder des Arbeitsausschusses, Dr. Raestad und Major Sverre. Dank ihrer energischen Arbeit und der liebenswürdigen Hilfe der Behörden war die Sache bald genug geklärt. Während meines Aufenthalts über Winter in Amerika hatten diese Herren den organisatorischen Teil der Arbeit zu erledigen, während die Verantwortung für den technischen Teil auf dem Unterkommandanten der Expedition, Premierleutnant in der Königlich Norwegischen Marine Hjalmar Riiser-Larsen ruhte.

Riiser-Larsen hatte schon im Jahr vorher an den Versuchen

teilgenommen, die Expedition in Gang zu bringen. Er war also in alle Einzelheiten eingeweiht. Ich konnte ihm daher mit Freude und Zuversicht telegraphieren, daß James W. Ellsworth 85.000 Dollar gestiftet hatte, und ihn bitten, die beiden Flugboote zu bestellen. Von diesem Augenblicke an wurde Riiser-Larsen beurlaubt und konnte sich ganz und gar der Expedition widmen. Sein Ruf als ausgezeichneter Flieger und seine sonstigen vorzüglichen Eigenschaften sind so allgemein bekannt, daß ich sie hier nicht besonders hervorzuheben brauche. Die schwierigste Expedition wird für den Führer eine leichte Aufgabe, wenn man einen solchen Unterkommandanten hat.

Er wurde bei seiner Arbeit von dem Premierleutnant in der Maschine Leif Dietrichson und dem Fliegerleutnant Oscar Omdal unterstützt. Auch diese beiden Herren waren bei dem Fiasko des vorigen Jahres mit dabeigewesen und kannten also alle Einzelheiten. Dietrichson mit seiner stets guten Laune und seiner frohen Weltanschauung war ein unschätzbarer Kamerad auf dem Fluge. Auch Omdal war stets derselbe, gleichviel, ob es gut oder schief ablief. Er ist ein merkwürdiger Mensch. Es macht den Eindruck, als hätte er ein paar Glieder mehr als wir anderen. Er denkt schneller und wendet sich geschwinder. Wenn er mal nicht da ist, so wird er sofort vermißt. Bei drei solchen Mitarbeitern wußte ich, daß der technische Teil der Expedition in den allerbesten Händen lag.

Die Aufgabe der Expedition war, soweit wie möglich in das unbekannte Gebiet zwischen Spitzbergen und dem Pol vorzudringen und herauszubekommen, was dort zu finden war, bzw. was es nicht gab. Es kommt für die geographische Forschung nicht nur darauf an, Land festzustellen – von der gleichen Bedeutung für die Kenntnis unseres Erdballs ist auch die Feststellung der Grenzen des Meeres. Nach den Forschungen Nansens, des Herzogs der Abruzzen und Pearys hatten wir Grund zu der Annahme, daß in jenem Teil des Polarmeeres kein Land existiere. Aber unser Wissen mußte sich auf sicherere Grundlagen stützen als auf bloße Annahmen. Die moderne Forschung verlangt Gewißheit. Unseren Karten von jenen Gegenden ist es gerade deswegen traurig gegangen. Land war eingezeichnet, wo Meer zu finden war, Meer an Stelle von Land. Auf Grund von Vermutungen soll man eben keine Karten zeichnen. Auf diese Methode sind mehr Unglücksfälle zurückzuführen, als man ahnen sollte, und durch ihr Verschulden sind mehr Menschenleben verlorengegangen, als die Welt weiß.

Außerdem hofften wir, eine Reihe meteorologischer Beobachtungen machen zu können, die uns interessante Einblicke gewähren sollten, selbst wenn sie keine reiche wissenschaftliche Ausbeute versprachen. Schließlich hofften wir, reiche Erfahrungen zu sammeln, die uns – und andern, falls sie davon Gebrauch machen wollten – zu Hilfe kommen mußten, wenn wir einmal zu dem lange geplanten Flug Spitzbergen – Alaska starteten. Hoffentlich werden unsere Erfahrungen in der Tat andern zu gute kommen. Ich gehöre nämlich nicht zu der Art von Forschern, die der Ansicht sind, daß ihnen das Polarmeer allein gehöre. Im Gegenteil, meine Ansicht ist: je mehr desto besser! Meinetwegen auch zur selben Zeit und an der gleichen Stelle. Nichts spornt mehr an als die Konkurrenz, und nichts fördert die Forschung besser als solch ein Wettbewerb. Wenn z. B. ein Mann seinen Plan bezüglich eines Fluges über das Polbassin veröffentlichte, aus unvorhergesehenen Gründen jedoch den Plan nicht verwirklichen könnte: sollten dann die andern so lange zurückstehen müssen, wie er selbst am Leben war? Mir scheint ein solcher Gedanke absurd. Er paßt jedenfalls nicht zu dem Sportgeist, der in jenen Gegenden herrschen sollte. Wer zuerst kommt, mahlt zuerst, sagt ein altes Sprichwort. Ich hoffe, im nächsten Sommer einen Flug von Spitzbergen nach Alaska versuchen zu können. Aber es fällt mir nicht ein, das Gebiet als mein Privatterrain zu erklären, ich wünsche vielmehr, daß auch andere den gleichen Versuch machen sollen. Meine ganze Erfahrung will ich ihnen gern zur Verfügung stellen.

In einem drahtlosen Telegramm von Bord der „Maud" teilte Dr. Sverdrup im Sommer 1924 mit, daß seiner Ansicht nach keine großen Landstrecken nördlich von Alaska zu finden sein würden. Diese Theorie basiert auf den genauen Beobachtungen der Gezeiten. Ich habe großes Vertrauen zu Sverdrup. Niemals ist mir ein Mann begegnet, der in seinem Fach tüchtiger war; aber ich bin überzeugt, daß er mit mir einig sein wird, wenn ich sage, daß man trotzdem vordringen und die Sache an Ort und Stelle selbst untersuchen müsse. Feststellungen kann man nur durch den Augenschein machen.

Unsere Hoffnung, ganz zum Pol vorzudringen, war nur sehr gering. Dazu war unser Aktionsradius zu klein. Außerdem hatte ich keinerlei Interesse daran, den Pol als Punkt zu erreichen, da ich stets der

Ansicht war, daß Peary dort als Erster gewesen ist. Von Bedeutung ist nur die Größe des Weges, den man fliegt, und des Gebietes, das man erforscht.

Am 9. April waren unsre langen und zahlreichen Vorbereitungen fertig, und wir verließen Tromsö 5 Uhr morgens. Die Expedition hatte zwei Fahrzeuge: das Motorschiff „Hobby", das die zwei Flugboote nach Spitzbergen bringen sollte, und das Marinetransportschiff „Fram", das uns der Staat für unsre Unternehmung zur Verfügung gestellt hatte. An Bord der „Hobby" befanden sich Riiser-Larsen, Dietrichson, Omdal, Photograph Berge und der Rolls-Royce-Mechaniker Green. An Bord der „Fram" waren Kapitän Hagerup, sein erster Offizier, Leutnant Torkildsen, Eislotse Neß, Dr. Matheson, der Direktor der Dornier-Werke in Pisa, Schulte-Frohlinde, und die beiden Mechaniker Feucht und Zinsmayer, die Journalisten Ramm und Wharton, die Meteorologen Dr. Bjerknes und Calwagen, der Koch Olsen, Devold, Segelmacher Rönne, Leutnant Horgen, Apotheker Zapffe, Lincoln Ellsworth und ich selbst. Es klingt vielleicht unglaublich – aber diesen Teil der Fahrt betrachteten wir als einen der spannendsten. Es war noch früh im Jahre, und das Wasser zwischen Norwegen und Spitzbergen war alles andere als gemütlich für zwei Schiffchen, wie es unsre waren. „Fram" ist ein Hochsommerschiff für eisfreies Wasser, Sonne und Windstille. Im April kann man jedoch mit diesen drei Faktoren schwerlich rechnen. Man tut besser, wenn man auf viel Eis, keine Sonne und tüchtigen Sturm vorbereitet ist. Dann aber ist die „Fram" nicht das richtige Fahrzeug. Die „Hobby" war schon eher ein Eismeerdampfer und konnte sich im großen und ganzen so gut aus der Affäre ziehen, wie irgendein anderes Schiff. Aber unsere Fahrt war eben etwas Ungewöhnliches. Die kolossalen Kisten, die auf den Schiffen verstaut werden mußten, hatten nur auf Deck Platz. Infolgedessen konnte auch die „Hobby" durchaus nicht mehr als seetüchtig gelten. Die Propheten, die ja immer und überall dabei sind, hatten dem Schiffe Tod und Untergang geweissagt, und ich muß sagen, daß ich drauf und dran war, der gleichen Ansicht zuzuneigen, als ich sah, wie die Kisten sich türmten.

Bei der Abfahrt von Tromsö sah die „Hobby" längst nicht mehr wie ein Schiff aus. Sie sah aus wie ein Stapel von Riesenkisten, der über das Meer gewandert kam.

Es war abgemacht, daß die beiden Schiffe zusammenhalten sollten, um einander helfen zu können. Es ist immer angenehm, wenn die Einsamkeit des Meeres durch die Anwesenheit eines anderen Schiffes unterbrochen wird. Und daß wir Hilfe brauchen könnten, war bei beiden möglich.

Es war eine dunkle, ungemütliche Nacht, als wir Tromsö verließen, feucht und finster. Ein fremder Filmphotograph, der uns nach Spitzbergen folgte, legte eine bemerkenswerte Energie an den Tag – oder richtiger gesagt – an die Nacht. Auch sein Verstand schien etwas umnachtet zu sein, denn er kurbelte wie ein Wilder. Wenn er etwa eine pechschwarze Nacht darstellen wollte, muß die Aufnahme vorzüglich gelungen sein. Zu sehen war buchstäblich nichts.

Gleich vor Skaarö-Sund bekamen wir heftiges Schneetreiben, und da unsere Meteorologen uns gleichzeitig ein Unwetterzentrum westlich meldeten, fanden der Führer der „Fram", Kapitän Hagerup, und ich es am vernünftigsten, wieder nach Skaarö-Sund zurückzufahren, dort zu ankern und den Sturm abzuwarten. Die Meteorologen meinten, daß das Unwetter nur von kurzer Dauer sein würde. Durch Flaggenzeichen teilten wir der „Hobby" mit, daß wir vor Skaarö ankern wollten. Aber wir verloren die „Hobby" im Schneetreiben. Um 11.45 Uhr ankerten wir und erwarteten, die „Hobby" gleich neben uns zu sehen. Häufige Sturmstöße mit Schneeverwehungen machten das Wetter sehr unsichtig. Wir warteten vergebens auf unsern Kameraden.

Um 4 Uhr nachmittags war das Unwetter vorübergezogen. Wir lichteten die Anker und gingen in See. Wir steuerten direkt auf die Vogelinsel los und guckten uns die Augen nach allen Ecken und Enden aus – aber von der „Hobby" war nichts zu sehen. Sie mußte unser Signal mißverstanden haben, und so blieb uns nichts andres übrig, als Kurs auf die Bäreninsel zu nehmen.

Trotzdem Offiziere und Mannschaften immer gleich liebenswürdig und dienstwillig blieben, war die Fahrt kein ungeteiltes Vergnügen. Wir waren so eng zusammengepfercht, wie man menschliche Wesen überhaupt nur zusammenzupressen vermag. Wenn dann das Schiff zu rollen beginnt, die Luft in der Kajüte dicker und dicker wird und die unter normalen Umständen senkrecht an der Wand hängenden Sachen, wie Handtücher, Mäntel usw. plötzlich rechtwinklig davon abstehen, ist es wirklich kein Wunder, daß die menschlichen „Wesen" sich nicht ganz wohl fühlen. Seekrank wird ja natürlich keiner. Übrigens – ich bin über 30 Jahre zur See gefahren, aber noch nie habe ich einen Menschen getroffen, der eingeräumt hätte, daß er seekrank geworden. Ausgeschlossen! Höchstens ein bißchen übel im Magen oder im Kopf. In meinem Tagebuch habe ich zwar notiert, daß viele Seekranke an Bord waren; aber ich bitte die Herren um Entschuldigung, das ist wohl ein Irrtum meinerseits. Ich bin in meinem Tagebuch sogar so auffallend offenherzig, daß ich bemerke, ich selber fühlte mich nicht recht sicher. Wie gesagt: diese Bemerkung gilt nur für mich. Die Nacht zum 10. war besonders unbehaglich. Zapffe, Ellsworth und ich lagen in der Messe. Zapffe saß in einem Sofawinkel und sah recht bleich aus. Aber er behauptete, er hätte sich niemals besser gefühlt. Ellsworth und ich lagen auf unsern Schlafplätzen, und wenn ich nach den Ausrufen und Bewegungen, die ich hörte und sah, urteilen darf, so glaube ich mit Bestimmtheit sagen zu können, daß wir uns ebenso „wohl" fühlten wie Zapffe. Alles, was sich überhaupt bewegen konnte, hatte sich losgerissen und wanderte umher. Besonders die Stühle schienen die Messe zu beherrschen. Sie vollführten im Laufe der Nacht wirklich unglaubliche Kunststücke. Ab und zu traten sie einzeln auf, dann wieder im geschlossenen Zuge. Auch eine Kiste mit Zigarren hatte sich ihnen angeschlossen, und ich höre noch jetzt in Gedanken, wie uns die Zigarren um die Ohren sausten. Trotzdem Zapffe bleich war wie eine Kreidewand, hatte er seinen Humor nicht ganz verloren. „Ich glaube, ich bin in Havana", kam es ruhig und trocken aus seinem Munde, als ihn die erste Ladung Zigarren traf. Ich fragte, ob er nicht auch mit Bremen zufrieden sein würde, aber darauf wollte er sich nicht einlassen. In der Kombüse nebenan schien sich ein vollbesetztes Jazzorchester niedergelassen zu haben. Was für Instrumente benutzt wurden, war mir nicht ganz klar. Eine Zinkwanne tat sich jedenfalls besonders hervor. Glücklicherweise gab sich das Rollen am nächsten Tag, und die meisten „Wesen" zeigten sich wieder auf Deck, wenn auch etwas bleich und mit unausgeschlafenen Gesichtern. Den einen, der besonders stark mitgenommen aussah, fragte ich, ob er seekrank gewesen sei. Das hätte ich lieber nicht tun sollen. Mit kalter Verachtung antwortete er, daß er ein derartiges Gefühl noch nie kennengelernt habe. Was er fühlte, als ihn eine halbe Minute später eine mächtige Sturzsee zwischen zwei Kisten beförderte und ihn den letzten Rest des Frühstücks abzwang, weiß ich nicht. Aber bestimmt keine Seekrankheit!

Es ist merkwürdig, wie sich die Interessen der Menschen in einem Augenblick ändern können. Vorgestern waren wir noch in Tromsö spaziert, und die feinsten Parfümeriegeschäfte, die verlockendsten Schaufenster eines Delikatessenladens oder die vornehmsten Schuhgeschäfte hätten uns nicht veranlassen können, nur den Kopf zu wenden. Heute nachmittag hatte ein Mitglied der Expedition einen Koffer auf dem Achterdeck geöffnet, um irgendetwas herauszunehmen. Im Augenblick war er von einer ganzen Schar Neugieriger umgeben. Der Betreffende fühlte sich augenscheinlich durch das unerwartete Interesse geschmeichelt und langte einen Gegenstand nach dem andern heraus. Erst kam eine Tube Zahnpasta. Alle Hälse streckten sich, einer immer länger als der andre, um auch etwas von dem Wunderanblick zu erhaschen. Dann erschien eine Tafel Schokolade. Was für Kommentare sie hervorrief, weiß ich nicht, weil mein Beobachtungsplatz zu weit fort war. Aber ich merkte, daß das Interesse für die Schokoladentafel geradezu ungeheuer war. Dann kamen ein paar Pantoffeln zum Vorschein. Wenn sie neu und schön gewesen wären, hätte ich es noch verstehen können, daß man sich für sie interessierte. Aber daß die Leute für diese niedergetretenen Latschen Interesse zeigen konnten, war mir ganz unfaßbar. Ein plötzlicher Schneesturz machte der Ausstellung ein Ende.

Von der Bäreninsel wurde eisfreies Wasser gemeldet, so daß wir ohne Furcht näher fahren konnten. Am 11. frühmorgens 4 Uhr passierten wir die Südspitze der Insel. Wir hatten gehofft, die „Hobby" dort vielleicht zu sehen, aber vergebens. So sandten wir ein drahtloses Telegramm nach der Bäreninsel und baten, man möge nach ihr Ausschau halten und uns benachrichtigen, wenn man sie entdeckte. Gleichzeitig telegraphierten wir nach Kings Bay und baten um Nachricht über die dortigen Eisverhältnisse. Vor der Küste bekamen wir südöstlichen Wind, der sich im Laufe des Tages zu einer frischen Brise entwickelte. Nachmittags um 5 Uhr gerieten wir in ein bißchen Treibeis; aber wir hielten uns westlich und konnten uns befreien. Am 12. passierten wir wieder durch Eistreiben. Die „Fram" ist für Navigieren im Eise durchaus kein ideales Fahrzeug, und sowohl Kapitän Hagerup als auch der Eislotse Neß verdienen volle Anerkennung dafür, daß sie uns so vorsichtig und sorgfältig durch das Treibeis brachten. Ein unachtsamer Mann kann ein Schiff wie die „Fram" in Grund und Boden fahren, sogar schon bei weniger Eis, als wir dort trafen. Den größten Teil des Tages hatten wir unsichtiges Wetter. Abends 10 Uhr, in einem kurzen klaren Augenblick sahen wir Land. Es war Quade Hook in der Kings Bay. Um 2 Uhr kamen wir an den Eisrand und machten fest. „Knut Skaaluren", ein kleiner Dampfer, der die beiden Direktoren Brandal und Knutsen heraufgebracht hatte, lag schon dort.

Kings Bay war den ganzen Winter hindurch eisfrei gewesen. Erst in den beiden letzten Tagen hatte sich bei einer Temperatur von -26 Grad Celsius das Eis gebildet. Wir sahen das natürlich als ein großes Unglück an. Denn wir meinten, daß wir nun nicht an dem Kai der Kohlengesellschaft anlegen und mit der Löschung unsrer Schiffe beginnen könnten. Aber im Gegenteil: es war gerade unser erster und größter Vorteil.

Am Vormittag um 10 Uhr ging ich an Land, um den Direktoren einen Besuch zu machen und zu sehen, was sie für uns tun konnten. Der Weg von der Stelle, wo wir die „Fram" vertaut hatten, nach dem Kai war wohl gut und gerne 3 Kilometer lang. Viel Wasser stand auf dem Eis, und der Marsch war schwer. Zu sehen gab es von Neu-Aalesund nur recht wenig; denn es herrschte Schneetreiben. In dem Augenblick, als ich an den Kai kam und heraufklettern wollte, wurde mir eine Hand entgegengestreckt. Ein warmer Händedruck mit einem freundlichen „Willkommen" begrüßte mich. Es war Direktor Knutsen, der zusammen mit dem andern Direktor der Gesellschaft, P. Brandal, uns die herzlichste Gastfreundschaft während unseres langen Aufenthaltes in Kings Bay erwies. Ich kann gar nicht oft genug betonen, daß wir ohne die Hilfe dieser prächtigen Männer niemals unsre Sachen so tadellos instand hätten bringen können, wie es uns mit ihrem Beistand gelang.

Es wurde sofort bestimmt, daß die Mitglieder der Expedition an Land kommen und wohnen sollten, wo es irgend Platz gab. Wo Platz im Herzen ist, ist auch Platz im Haus. Kein Wunder, daß für alle Platz geschaffen wurde.

Jetzt gab es nur noch eine Frage, die mich bedrückte: wo war die „Hobby"? Ich war abends an Bord der „Fram" gegangen und spazierte gerade auf Deck auf und ab – es war gegen 7 Uhr – da kam Horgen zu mir und sagte, daß er da draußen im Eis etwas liegen sehe, das wie ein Heuhaufen aussehe. Nach seiner Meinung könnte nur die „Hobby" ein solches Bild abgeben. Heraus mit dem Feldstecher! Ja, ganz richtig: da wurden auch schon ein paar schwere Kisten über das Eis geschleppt.

Nun gab es Leben an Bord. Wir sprangen umeinander und riefen uns gegenseitig zu: „Hobby kommt, Hobby kommt!" Sofort wurden alle Mann an Deck beordert, und unter donnernden Hurrarufen legte die „Hobby" um 8 Uhr am Eisrand an. An Bord war alles wohl. Der erste Teil der Fahrt war zu Ende. Unsere Schiffe waren in Kings Bay. Ehre, wem Ehre gebührt! Den Fliegern der Expedition, Kapitän Holm, dem Eislotsen Johannessen und der ganzen Mannschaft der „Hobby". Hier war eine richtige Seemannstat vollbracht!

Die nächsten Tage waren recht winterlich. Es gab Schneetreiben mit einer Temperatur von unter 10 Grad Kälte. Wir benutzten die Gelegenheit, alle miteinander an Land umzuziehen und es uns in der Station der Kohlengesellschaft gemütlich zu machen. Die Flieger Riiser-Larsen. Dietrichson, Horgen, Omdal, sowie Ellsworth und Ramm erhielten ihr eigenes gemütliches Häuschen. Zapffe und ich wurden in der Wohnung des Direktors einquartiert und der Rest im Krankenhaus. Die Tischlerwerkstatt wurde ausgeräumt, zur Messe umgewandelt und „Spiegelsaal" (nach dem Spiegelsaal des Grand-Hotel in Oslo) getauft. Hier führten unser Messeverwalter, der Proviantverwalter, der Apotheker und Rationierungsrat das Zepter. Ja, lieber Messevorsteher, du hast dir die Herzen aller durch dein frohes und munteres Wesen gewonnen. Für mich warst du dank deinem Pflichtgefühl und deiner Gewissenhaftigkeit eine unschätzbare Stütze.

Die frische Eisdecke, die uns hinderte, an den Kai heranzukommen, hätte unangenehm werden können, wenn nicht Kapitän Jensen von dem „Skaaluren" am 15. April das Warten zu langweilig geworden wäre. Er entschloß sich, den Versuch zu machen, den Weg durch das Eis zu forcieren. Der Versuch wurde von vollem Erfolg gekrönt. Und niemand war darüber wohl mehr erstaunt, als der „Skaaluren" selbst. Das Schiff arbeitete sich nämlich sehr schnell durch das Eis und lag kurz darauf schon am Kai. Die „Fram" und die „Hobby" folgten sofort nach, und am Abend lagen wir alle wohlgeborgen am Kai. Damals wehte eine nördliche Brise bis ungefähr -13 Grad. Es war richtiger Winter.

Schon am folgenden Tage waren wir vollauf beschäftigt, die Apparate an Land zu bringen. Riiser-Larsen leitete diese Arbeit mit Hilfe seiner Kameraden und der Offiziere der „Hobby". Ich muß in diesem Zusammenhang auch die Matrosen von der „Fram" erwähnen. Wo und wann sie helfen konnten, waren sie immer dabei, flink, freundlich und jederzeit liebenswürdig.

Glücklicherweise war das Eis hier so stark, daß wir die Apparate direkt auf die Eisfläche löschen konnten. Das war ein sehr großer Vorteil und erleichterte uns unsre Arbeit in höchstem Grade. Vom Eise aus wurden die Geräte dann mit vereinten Kräften auf einer natürlichen Slip an Land geholt und erhielten ihren Platz unmittelbar vor der Werkstatt der Station, wo wir jederzeit jede gewünschte Hilfe bekamen. Hier hatten Direktor Schulte-Frohlinde vom den Pisa-Werken und seine beiden Mechaniker Feucht und Zinsmayer sowie Omdal und der Rolls-Royce-Mechaniker Green die schwerste Arbeit zu leisten. Aber sie waren ja Arbeit gewöhnt.

Es war eine Freude zu sehen, wie die Maschinen von Tag zu Tag „wuchsen". Frohlinde meinte, er würde sie bis zum 2. Mai vollständig fertig haben, und beinahe behielt er auch recht. Daneben ging ein andrer Dienst, der alltäglich unter den schwierigsten Verhältnissen und mit unbeugsamer Energie erledigt werden mußte: der Wetterdienst. Wie sehr es auch stürmte, wie heftig der Schnee trieb, wie ungemütlich und kalt es war: Bjerknes und Calwagen waren immer auf dem Posten. Nichts schien diese beiden jungen Wissenschaftler ermüden zu können, und die Expedition ist ihnen für ihre energische Arbeit vielen Dank schuldig. Sie wurden unterstützt von Devold, der freilich im wesentlichen mit der Aufnahme der drahtlosen Mitteilungen von Stationen in Europa, Kanada, Alaska und Sibirien beschäftigt war. Die Wetterkunde steckt zwar noch immer in den Kinderschuhen; aber es ist kein Zweifel, daß sie mit der Zeit bei solchen Unternehmungen eine dominierende Stellung erhalten wird. Schon jetzt verstehen wir ihre Bedeutung und wissen, daß keine Luftexpedition, in welcher Himmelsrichtung sie auch gehe, des Wetterdienstes entbehren kann.

Andre vielbeschäftigte Leute, die aber doch mal Zeit zum Verpusten hatten, waren der Photograph Berge und der Journalist Ramm. Berge konnte man immerfort mit seinem Apparat in der Hand und dem Stativ auf dem Rücken herumgehen sehen. Er war allgegenwärtig. Ich konnte mir kaum die Nase schnauben, ohne daß Berge plötzlich dastand und das Ereignis verewigte. Ramm versorgte die Welt mit Nachrichten über den Gang der Expedition. Was wir auch taten, wurde sofort telegraphiert; auch wenn wir etwas nicht taten, meldete er es. Seine schlimmsten Konkurrenten waren die Meteorologen. Nicht etwa, daß sie der Weltpresse auch Nachrichten geschickt hätten. Aber sie nahmen den drahtlosen Telegraphen stark in Anspruch. Zwischen beiden Parteien bestand eine tiefgehende Meinungs-verschiedenheit darüber, was wichtiger wäre: die Wettermeldungen oder der Nachrichtendienst. Die Meteorologen stimmten für das Wetter, Ramm für seine Telegramme. Sie haben sich bis heute nicht geeinigt.

Dr. Matheson fungierte als Arzt der Expedition. In dieser Eigenschaft bekam er glücklicherweise nichts Besonderes zu tun; aber wir fühlten uns angenehm beruhigt bei dem Gedanken, daß er bei uns war, falls jemand etwas zustoßen sollte.

Jetzt komme ich zu dem meistbeschäftigten Mann unsrer Expedition. Das war mein alter Reisekamerad von der „Fram" und der „Maud" und jetzt von der „Fram", der Segelmacher Rönne. Seitdem er das erstemal 1910 – also vor fünfzehn Jahren – bei der „Fram"-Expedition in meinen Dienst getreten war, hat seine Arbeitskraft nicht im geringsten abgenommen. Im Gegenteil, er machte den Eindruck, als ob er diesmal noch mehr leistete. Jeden Morgen war er als erster auf den Beinen und längst bei der Arbeit, bevor die anderen kamen. Aber das mußte er auch, wenn er alle die Aufträge rechtzeitig erledigen sollte, die ihm tagtäglich in überreicher Menge zuflossen. Mal nähte er Schuhe, mal Hosen, mal Zelte und wieder ein andres Mal Schlafsäcke. Er bearbeitete Boote und flickte Schlitten. Seine starke Seite ist es, gerade das mitzubringen, was andre vergessen haben. Wenn jemandem irgend etwas fehlte, konnte er sicher sein, daß Rönne ihm aus der Klemme helfen würde. Diesmal bestand sein größter Verdienst darin, daß er mir vor dem Fluge ein langes, aus einem alten Bajonett gearbeitetes Messer gab, das in der Folge unser trefflichstes Eisgerät werden sollte. Bei unserm letzten Mittagessen im „Spiegelsaal" kam er zu mir und verehrte mir dieses Messer. Ich hatte zwar schon ein andres, das sehr gut war, nahm aber sein Geschenk an, um ihn nicht zu verletzen. Meine Absicht war, sein Messer irgendwo in meine Schieblade zu verstauen, da es zu groß war, als daß ich es hätte bei mir tragen können. Wie es nun zuging, weiß ich nicht – aber das Messer fand den Weg in meinen Rucksack und leistete uns, wie erwähnt, später unschätzbare Dienste. Tonnenweise haben meine

Kameraden und ich damit Eis beiseite geschafft. Wenn ich das nächste Mal ausreise, nehme ich mindestens ein Dutzend solcher Messer mit.

Unser Koch Einar Olsen konnte ein wunderschönes Rumomelette machen, so gut, wie nur irgendein Küchenchef im besten Badehotel. Und das will viel sagen. Außerdem überraschte er uns mit einem Gebäck, das er „gateau danois" (Olsen ist Sprachforscher) nannte. Ich versuchte vergebens, auf Grund meiner Backkenntnisse dieses Gebäck zu analysieren, es glückte mir nicht. Es war ein Zwischending zwischen Malzbrot und Napoleonschnitte. Er stand womöglich noch früher auf als Rönne und kämpfte mit ihm hierbei um den Rekord.

Unser Aufenthalt in Kings Bay begann eigentlich mit der Einweihung des „Spiegelsaals". Es war am Sonntag, den 19. April. In der Ausstattung war unser „Spiegelsaal" von seinem Vorbild recht verschieden. Das ganze Meublement bestand aus einem langen Holztisch und vier Hockern. Außerdem hatte der „Spiegelsaal" infolge Platzmangels auch noch die Kombüse aufnehmen müssen. Ein kleines Grammophon sorgte für den notwendigen Jazz. Was dem „Spiegelsaal" an Ausstattung fehlte, leistete er an kulinarischen Meisterwerken, und hierin konkurrierte er ernsthaft mit seinem Original. Ja, einzelne von uns wagten zu behaupten, daß ... aber das wollen wir dahingestellt sein lassen. Man sagt ja so vieles. An diesem Einweihungsabend saßen wir zu 26 Mann um unsern Tisch. In meinem Tagebuch steht, daß die Zahl der Gäste „Legion" war. Aber ich will diskret sein und verschweige den Rest.

Von den Tagen, die nun folgten, ist viel zu sagen. Es ging der Reihe nach, einfach wie es im Kalender steht. Die meisten Tage hatten wir schönes Wetter mit Sonnenschein und herrlichen Farben über den prachtvollen Gletschern. An anderen Tagen war der Himmel bedeckt, und es schneite. Der Tag, den wir am sehnlichsten erwarteten, war nicht der Sonntag, wie man vielleicht glauben sollte, sondern der Freitag. Jeden Freitag nachmittag um ½ 6 Uhr gab es nämlich ein Dampfbad, ein richtiges, gutes Schwitzbad. Mit Wärme brauchte nicht geknausert zu werden. Kohlen gab es, wo wir gingen und standen. Mit Wasser war es schon schlimmer bestellt; aber davon merkten wir nichts. Das Bad war natürlich sehr gesucht. Am Vormittag waren die Damen des Ortes dran, am Nachmittag die Direktoren mit ihrem Stabe und die Mitglieder der Expedition. Sonnabend war der Badetag für alle Bergleute.

Wir hatten in diesen Tagen eine sehr wichtige Arbeit auszuführen, nämlich Proviant und Ausstattung für den Flug instandzusetzen. Es dürfte interessieren, zu sehen, wie meine Liste aussah.

Proviant pro Mann und Tag :		Rucksack :
Pemmikan	400 g	1 Garnitur Kleider,
Schokolade	250 g	Tagebuch, Kompaß, Streichhölzer,
Keks	125 g	Feuerzeug, Nähzeug, Schneebrille,
Trockenmilch	100 g	Tasse und Löffel, Pfeife, Tabak,
Malzextrakt	125 g	Bindfaden, wasserdichte
		Handschuhe.
Im ganzen	1000 g	Außerdem pro Mann :
		1 Paar Pelzstiefel, 1 Paar Skistiefel,
		1 Dolchmesser, 1 Paar Skier,
		2 Skistäbe, 1 Zugriemen,
		1 Schlafsack.

Außerdem führte jede Maschine mit:
1 Boot, 1 Schlitten, 1 Zelt, 1 Reiseapotheke, 1 Petroleumkocher, 30 Liter Petroleum, Reserveriemen, 1 Kochapparat für Trockenspiritus, 2 Sextanten, 1 künstlichen Horizont, Navigationsinstrumente, 6 kleine und 4 große Rauchbomben, 1 Kochkessel, Ersatzteile für die Motoren, Werkzeuge, zwei Schneeschaufeln, Tauwerk, 1 Eisanker, 1 Abtriebmeßapparat, 1 Sonnenkompaß, Zeltpflöcke, Feldstecher, meteorologische Instrumente, 1 Schrotbüchse, 1 Infanteriegewehr, 400 Patronen, 1 Revolver mit 25 Patronen, Benzinpumpe, Schlauch, Eimer, Trichter, photographische Apparate, Filme, Platten und eine Lötlampe.

Am 29. April sollte die „Fram" versuchen, nach Green Harbour zu gehen, um Post zu bringen und zu holen. Sie kam nicht weit, denn das Eis hielt sie bald fest. Am nächsten Tage zur Mittagszeit war sie schon wieder zurück.

Ellsworth und ich gingen nun täglich zu der drahtlosen Station der Kohlengesellschaft und nahmen das Zeitzeichen des Eiffelturms auf, um unsere Uhren zu kontrollieren. Jeder hatte für den Flug drei Uhren. Dank der nie versagenden Liebenswürdigkeit des Telegraphisten Hagenes erhielten wir das Zeitzeichen täglich während der letzten zwei Wochen vor unserem Abflug und konnten daher unbedingt auf unsere Uhren vertrauen.

Der 4. Mai war uns ein Beweis dafür, wie sehr wir uns danach sehnten, endlich loszukommen. Die Meteorologen prophezeiten nämlich morgens gutes Wetter, und wir zögerten nicht mit der Antwort: Alles klar! „Fram" und „Hobby" bekamen den Befehl, sich zu der Fahrt nordwärts klar zu machen und alle Mann halfen mit, um die Maschinen in Ordnung zu bringen. Indessen entwickelte sich ein scharfer Nordostwind, der die Mechaniker bei der Ausführung einiger kleiner abschließender Arbeiten hinderte. Wir waren daher genötigt, unsre geplante Abfahrt aufzuschieben, bis das Wetter sich bessern würde. Unsere Schiffe machten sich indessen fertig, und am nächsten Abend, den 5. Mai, zogen „Fram" und „Hobby" nordwärts, um in den Gewässern der Däneninsel einen guten Startplatz für uns zu suchen. Wir hatten an jenem Abend -18 Grad Celsius. Keine Arbeit konnte ausgeführt werden. Am 6. Mai empfingen wir ein drahtloses Telegramm von der „Fram" vom Südgatt, in dem mitgeteilt wurde, daß das Wetter unsicher wäre und wir am besten täten, zu warten. Das Telegramm meldete außerdem, daß es auf dem Eise keinen Startplatz gab. Alles Eis war, soweit man es überblicken konnte, zusammengetürmt und uneben und infolgedessen für unsere Zwecke unbrauchbar.

Je weiter der Zusammenbau der Maschinen fortschritt, um so deutlicher erkannten wir, daß wir das von der Fabrik angegebene Ladegewicht von 2600 Kilogramm pro Apparat beträchtlich würden überschreiten müssen. Um den Flug überhaupt wagen zu können, mußten wir mindestens 3000 Kilogramm heben können. Die beiden Führer, Riiser-Larsen und Dietrichson, meinten, daß das vom Eis aus möglich sein würde. Direktor Schulte-Frohlinde jedoch bezweifelte die Möglichkeit. Die beiden andern Herren hatten aber große Erfahrung im Start vom Eise, und mein Vertrauen zu ihnen war unbegrenzt. Wir alle waren einig, daß wir dieses Gewicht vom Wasser aus niemals heben könnten. Am 8. Mai abends kam die „Hobby" zurück. Sie teilte mit, daß die Eisverhältnisse schlecht wären. Es herrschte starker Wind, und die Temperatur war auf -23 Grad herabgegangen. Wir entschlossen uns also, abzuwarten und auf günstigeres Wetter zu hoffen.

Am 9. Mai verließ „N 25" zum ersten Mal seine Wiege auf Spitzbergen und machte ein paar Bogenfahrten über das Eis. Alles ging gut, und die Führer waren sehr zufrieden. Am 11. Mai morgens kam die „Fram" zurück, und damit war dieser Abschnitt zu Ende. Wir wollten nun bestimmt die erste Gelegenheit benutzen, die uns die Meteorologen für den Abflug empfahlen. Die Temperatur stieg an den folgenden Tagen schnell und gleichmäßig, und es war deutlich zu merken, daß der Frühling sich näherte.

Der 17. Mai (der norwegische Nationalfeiertag) wurde nach Gebühr gefeiert. Frühmorgens gab es Salut, olympische Spiele, und ein Galamittag folgte im „Spiegelsaal". Am 18. Mai meldete Dr. Bjerknes, daß die Aussichten so wären, daß wir uns in kurzer Zeit klar zum Start machen sollten. Und wir waren klar.

Am 19. Mai war das Wetter noch nicht ganz so, wie es der Prophet gewünscht hatte. Trotzdem bereiteten wir alles vor, und die Maschinen wurden zu dem endgültigen Startplatz gefahren, einer Stelle, an der man mit Hilfe einer angelegten Slip leicht auf den eisbedeckten Fjord herabkommen konnte. Am 20. Mai hinderte uns ein lokales Unwetter am Aufstieg. Die Benzinfüllung wurde vervollständigt, und abends waren wir endgültig klar zum Start.

Als ich am 21. Mai früh die Nase aus dem Fenster steckte, wußte ich sofort, ohne weiteren Bescheid abzuwarten, daß heute der Tag gekommen wäre. Es war strahlendes Sommerwetter mit einer leichten Brise über dem Fjord, genau das, was die Führer sich gewünscht hatten.

Der Start wurde auf 4 Uhr nachmittags angesetzt. Um diese Zeit stand die Sonne am günstigsten für unsre Sonnenkompasse und bot uns den größten Nutzen auf dem Fluge. Schon bei dem Frühstück konnten wir eine kleine Unruhe im Lager bemerken. Mehrere Mitglieder der Expedition, die sonst unsichtbar geblieben waren, während ich mein Frühstück einnahm, hatten heute schon gegessen und waren verschwunden. Es war überflüssig, Mitteilung davon zu machen, daß der große Tag gekommen sei. Jeder traf für sich seine Vorbereitungen, und von Zeit zu Zeit konnte man verschiedene Mitglieder sehen, wie sie mit vollen Händen zurückkamen. Jeder dieser Gänge bedeutete eine Mehrbelastung, und als endlich die letzte Nähnadel verstaut war, wog unser Apparat 3100 Kilogramm oder ungefähr 500 Kilogramm über das angegebene Ladegewicht. Direktor Frohlinde hatte immer wieder betont, daß wir Probeflüge vornehmen müßten. Die Flieger meinten das Gegenteil. Da dieser Meinungsstreit an andrer Stelle ausgetragen werden wird, brauche ich hier nicht näher darauf einzugehen. Während des ganzen Vormittags zog eine große Schar von Menschen hinüber zum Startplatz. Jeder, der konnte, wollte dabei sein. Unser Mittag wurde im „Spiegelsaal" eingenommen, und wenn irgend jemand zufällig dazu gekommen wäre, würde er nichts Ungewöhnliches bemerkt haben. Das einzige, was die Aufmerksamkeit hätte erregen können, waren sechs Thermosflaschen, die in Reih und Glied aufgestellt waren. Diese enthielten Schokolade, unsern einzigen Proviant auf dem Fluge, neben einer Büchse mit Haferkeks.

Der einzige, der den gewohnten Verlauf des Mittags störte, war der Messeverwalter. Er meinte nämlich, er müßte seinen Kameraden gute Reise wünschen und ihnen für das gemütliche Zusammensein danken. Schließlich war das letzte Mittag zu Ende, und der „Spiegelsaal" blieb wieder in seiner ursprünglichen Verfassung als Tischlerwerkstatt der Kohlengesellschaft zurück. Sic transit gloria mundi.

Bei dem Abschied von meinem gemütlichen Heim bei dem Direktor der Gesellschaft stand die liebenswürdige Haushälterin Berta mit zwei Paketen da, die sie mir überreichte. „Eins für jede Maschine, ein bißchen Wegzehrung." Die gute Berta hat nicht ahnen können, mit welcher Freude wir am nächsten Tage ihre Pakete hervorlangten, die Butterbrote und Eier langsam und vorsichtig in gleiche Teile teilten, und mit wie herzlichem Dank wir dieses letzte zivilisierte Essen genossen.

Nachmittags 3 Uhr standen wir alle um die Maschinen versammelt. Wie ich früher bemerkt habe, wird man nie fertig. Direktor Frohlinde ist überall zugegen und guckt und guckt. Green, der Rolls-Royce-Mechaniker, überhört noch einmal seine Motoren. Um 4 Uhr werden alle vier Motoren gestartet, um angewärmt zu werden. Das ist das Zeichen für uns alle, daß jetzt gleich die Stunde schlagen werde. Beide Sonnenkompasse, die auf 4 Uhr eingestellt waren, wurden gleichzeitig in Gang gesetzt. Schon summen die Motoren. Inzwischen ziehen wir sechs uns unsre dicken, schweren Fliegerkostüme an. Die beiden Flieger und Beobachter sind gleichmäßig gekleidet. Dickes

Unterzeug von Wolle, mit Lederkleidung drüber. Ich persönlich hatte die ganze Zeit am meisten Angst um unsre Beine während des Fluges: die mächtige Geschwindigkeit, die natürlich starken Zug erzeugte, und die niedrige Temperatur mußten unsre Füße auf eine harte Probe stellen. Meine Erfahrung war mir noch nicht auf einer Tour wie dieser zugute gekommen; sie sollte mir aber diesmal recht nützlich werden. Auf meinen früheren Reisen war ich oft genötigt gewesen, stundenlang stillzustehen und zu beobachten. Wenn die Temperatur damals, wie es häufig geschah, auf -50 Grad oder -60 Grad herabging, dann mußte man schon besonders für seine Füße sorgen. Ich fand damals, daß man den Fuß am bestehen beschützte, wenn man locker sitzende Fellstrümpfe mit Fellstiefeln – was die Eskimos „Kamikker" nennen – anzog und dann die Füße in riesige Segeltuchstiefel, die mit Heu ausgestopft waren, hineinsteckte, so daß das Heu in dicken Schichten den Fuß überall umgab. Diesmal hatten wir kein solches Eskimoschuhwerk. Stattdessen brauchten wir Filzstiefel mit ein Paar dünnen Strümpfen darin; darüber zogen wir unsere riesigen Segeltuchstiefel, die mit Heu ausgestopft waren.

Das Ergebnis war ausgezeichnet. Wir haben kein bißchen gefroren. Einzelne klagten im Gegenteil, daß es ihnen zu warm wäre. An den Händen trugen die Führer dicke Pelzhandschuhe. Ich persönlich hatte nur ein Paar alte Wollhandschuhe mit, und die hatte ich während der ganzen Tour fast niemals an, da ich ununterbrochen schreiben mußte. Die Mechaniker waren leichter gekleidet, da sie die ganze Zeit in lebhafter Bewegung zwischen dem Benzinraum und den Motoren herumklettern mußten. Damit sie von dem Tankraum durch die Luke in die Motorgondel kommen konnten, durfte ihre Kleidung nicht zu dick sein.

Nachdem wir alle mit unserer Garderobe fertig sind, nehmen die verschiedenen Mitglieder ihre Plätze ein. In den Beobachtungskabinen sitzen Ellsworth und ich, auf den Führerplätzen Riiser-Larsen und Dietrichson, und in den Motorgondeln die beiden Mechaniker Feucht und Omdal. Mein Platz ist also in der Beobachtungskabine des „N 25", ganz vorne am Bug des Apparats. In der Kabine hinter mir, dem Führerstande, sitzt Riiser-Larsen, und endlich im Benzinraum hinter ihm Feucht. Auf „N 24" war die Verteilung ähnlich: Ellsworth – Dietrichson – Omdal. Feucht war mit dem Direktor Schulte-Frohlinde von Pisa hierher gekommen. Er wurde erst ein paar Tage vor dem

Abflug als Mitglied der Expedition angenommen. Bis zu dieser Zeit hatte er im Dienst der Fabrik gestanden. Er ist Deutscher von Geburt und galt als außerordentlich tüchtiger Mechaniker, wie ich auch im Laufe der Zeit feststellen konnte.

Nun wollten alle Lebewohl sagen. Ein langer Zug Menschen passierte an den Maschinen vorbei. Indessen knatterten die Motoren, die Zeit ging hin: es wurde 5 Uhr.

Für die beiden Schiffe war folgende Dienstanweisung aufgestellt:

1. Das Kommando über den Rest der Expedition übernimmt der Chef der „Fram", Kapitän Hagerup.

2. Während der ersten 14 Tage nach dem Start, solange die Expedition auf der Flugmaschine zurückerwartet werden kann, halten „Fram" und „Hobby" zusammen im Fahrwasser an der Däneninsel, sofern einigermaßen sichtiges Wetter an der Nordküste ist. Sollte die Sichtigkeit nachlassen, geht „Hobby" möglichst weit nach Osten, aber nicht über Verlegen Hook hinaus.

3. Nach Verlauf der erwähnten 14 Tage nach dem Start soll die „Hobby" auf jeden Fall ostwärts gehen, wenn möglich bis zum Nordkap von Spitzbergen. Nach Besprechung mit der „Fram" wird so nah wie möglich an der Eisbarriere patrouilliert, wobei beide Fahrzeuge scharfen Ausguck halten müssen.

4. Vom 16. bis 19. Juni soll die „Fram" in Kings Bay zur Kesselreinigung sein.

5. Die Schiffe (eventuell nur die „Hobby", falls die „Fram" früher zurückgezogen worden ist) bleiben an der Nordküste von Spitzbergen und setzen ihre Patrouillenfahrten fort bis 6 Wochen nach dem Start. Die „Hobby" nimmt danach das in Kings Bay zurückgebliebene Material mit und geht nach Tromsö, um es dort abzuliefern, bzw. von dort nach besonderen Instruktionen zurückzusenden. Die Rücksendung soll von Apotheker Zapffe geleitet werden.

6. Wenn die „Fram" nach Kings Bay zur Kesselreinigung geht, sollen diejenigen Teilnehmer der Expedition, die heimreisen wollen, Gelegenheit haben, mitzufahren. Ausgenommen von dieser Erlaubnis sind Horgen, Ramm und Berge, die erst zurückkehren dürfen, wenn beide Schiffe endgültig zurückgezogen werden.

Premierleutnant E. Horgen, der bei der Expedition als Reserveflieger angestellt war, hatte zu diesem Zweck von der Norwegen-Amerika-Linie, bei der er Obersteuermann war, Urlaub erhalten. Er wurde nun Expeditionsleiter an Bord der „Hobby". Viele gute Dienste hat uns Horgen geleistet. Gerne hätte ich ihm seinen höchsten Wunsch erfüllt, nämlich mit uns nordwärts zu fliegen; aber wir hatten keinen Platz mehr für ihn. Das nächste Mal hoffe ich bestimmt, Horgen als aktiven Teilnehmer am Fluge zu sehen. Er ist gerade der Typ, den ich immer gesucht habe: still, entschlossen und unerschrocken. Als Flieger muß Horgen zu unsern vortrefflichsten Männern gerechnet werden.

Mittlerweile ist der Uhrzeiger schon um 5.10 Uhr angelangt. Die Motoren sind warm und Green nickt beifällig. Sein Lachen drückt vollste Zufriedenheit aus. Ein letzter Händedruck wird mit Direktor Knudsen gewechselt, und dann geht es los! Der Motor wird auf höchste Geschwindigkeit gebracht: unser „N 25" zittert in allen Gelenken. Nach unsrer Verabredung soll unsre Maschine zuerst starten. Sie versucht, sich draußen über dem Fjord mit dem Winde zu erheben, um die Böen im Innern des Fjords zu vermeiden. Glückt es nicht, dann soll der Kurs direkt gegen den Wind in Richtung auf den Kings Bay-Gletscher gesetzt werden. Es ist ferner bestimmt, daß die Apparate versuchen sollen, während des ganzen Fluges zusammenzubleiben. Was der eine tut, soll der andere nachmachen.

Ein letzter Ruck „N 25" zieht los und gleitet sachte die Slip hinab auf die Eisfläche des Fjords. Der Flug hat begonnen. „Auf Wiedersehen morgen!" waren die letzten Worte, die ich hörte.

In rasender Fahrt, mit 1800 Umdrehungen in der Minute, sausen wir zum Startplatz in der Mitte des Fjords. Da sehen wir plötzlich, daß Spalten weit vor uns durch das Eis reißen und daß das Wasser aufrauscht. In einem Nu wird die Maschine herumgerissen, in den Fjord hinein, geradezu auf den Gletscher. Der Motor bekommt höchstes Tempo – 2000 Umdrehungen. Es war einer der spannendsten Augenblicke. Wird die Maschine das große Übergewicht schaffen können, oder müssen wir stoppen und sie entladen? Der Führer sitzt am Rade. Wenn er am Frühstückstisch gesessen, hätte er nicht ruhiger aussehen können. Je mehr die Geschwindigkeit zunimmt, je schneller wir uns in rasender Fahrt dem Gletscher nähern, um so mehr scheint der ruhige Blick einen bestimmten Ausdruck bekommen zu haben.

Sein Mund drückt nur Willen und Entschlossenheit aus. Wie ein Sturmwind jagen wir über das Eis. Die Geschwindigkeit wächst und wächst. Und plötzlich, ja, plötzlich geschieht das Wunderbare! Mit scharfem Schwung reißt er den Apparat vom Eis in die Höhe. Wir schweben. Das Meisterstück ist gelungen. Mir kommt es vor, als könnte ich deutlich die atemlose Spannung der Zurückgebliebenen fühlen, die sich in einem erleichternden „Ah!" auslöst, um sich gleich darauf in brausenden Jubelrufen zu entladen.

Wieder ist die sichere Ruhe über den Mann gekommen; sie hat ihn auf der ganzen Fahrt nicht mehr verlassen. Feucht kriecht zwischen dem Tankraum und den Motoren hin und her. Er hat die Pflicht, den Führer über alles zu unterrichten: wie die Motoren arbeiten, wieviel Benzin verbraucht wird usw. Alles scheint in schönster Ordnung zu sein, und Feuchts Meldungen lauten stets befriedigend. Vor dem Aufstieg habe ich versucht, meine Sachen zu ordnen. Aber der Platz ist klein, und der Sachen sind zu viele.

Bei Kap Mitra sind wir schon in etwa 400 Meter Höhe, und die ganze Welt da unten erscheint uns recht klein. Immer wieder habe ich mich umgewandt und nach der andern Maschine ausgeschaut, habe sie aber nicht entdecken können. Unser Apparat wird nochmal herumgeworfen und geht wiederum zum Lande zurück, um nach N 24 zu suchen. Man kann ja schließlich niemals wissen, ob etwas passiert ist. Vielleicht hat der Apparat beim Aufstieg Pech gehabt. Vielleicht ist das Eis gebrochen und möglicherweise schafft er's nicht mit seiner Last. Da blinkt es und glitzert es in der Sonne wie Gold. Es ist die Sonne, die auf den Tragflächen des N 24 spielt. Und schon kommt er auf uns zugesaust, als wäre das alles eine Selbstverständlichkeit. Wenn ich damals geahnt hätte, was ich jetzt weiß, so hätte ich den Atem angehalten und meine Mütze vor dem Mann abgezogen, der am Steuerrade saß. Aber davon werden wir sprechen, wenn die Gelegenheit da ist.

Wieder wird die Maschine gewendet, der Bug gen Norden gedreht, und zusammen beginnen die beiden Riesenvögel ihren Flug ins Ungewisse.

Meine Gefühle in diesem Augenblick waren ein Durcheinander von Dankbarkeit. Ein freundliches Nicken und ein dankbarer Blick zu dem Manne, der hinter mir sitzt und dieses brilliante Meisterstück ausgeführt hat – ein warmer stiller Dank an den andern da drüben, der sich uns eben angeschlossen hat – ein tiefer, herzlicher Dank an meine fünf Kameraden, die alle bereitwillig ihr Leben in die Wagschale werfen – ein Dank, daß die fürchterliche Last endlich von meinen Schultern genommen war – die bitter gefühlte Verachtung, die mir während der letzten Jahre des Pechs so oft begegnet war. Dieser Last war ich nun für immer ledig! Wenn wir jetzt auch an der Stelle, wo wir uns gerade befanden, abstürzten, so konnte der Stempel des Ernstes doch nicht mehr von uns genommen werden.

Schnell geht es die Nordwestküste von Spitzbergen entlang, wo das Meer unter uns ganz eisfrei ist. Hier haben wir die Magdalena-Bay, dort das Südgatt mit der Moosinsel, dann kommt die Däneninsel. Ich kannte sie alle von meiner Fahrt mit der „Gjöa" im Jahre 1901. Nach einer Stunde Flug sind wir direkt über der Amsterdaminsel. Hier wartet unser eine unangenehme Überraschung. Nebel, so dick wie Brei. Erst kommt er uns in Schwaden entgegengefegt, rauh und kalt aus Nordosten. Dann wird er dichter und dichter. Der Führer hat indessen das Höhensteuer gezogen, und wir fahren über dem Wolkenteppich dahin. Die andre Maschine folgt uns etwas tiefer. Hier sehe ich das merkwürdigste optische Spiel, das ich je beobachtet habe, in unvergleichlicher Schönheit. Dort weit weg im Nebel steht ein vollständiges Spiegelbild unsrer eigenen Maschine, umgeben von einem Ring in allen Farben des Regenbogens. Wunderbar schön und eigentümlich wirkte der Anblick.

Wir peilten den höchsten Punkt der Amsterdaminsel und gingen nordwärts ins Nebelheim. Ich muß gestehen, der Nebel überraschte mich einigermaßen. So früh hatten wir ihn nicht erwartet und auch nicht so ausgedehnt. Dieser Nebel war keine lokale Erscheinung. Ein Feld von kolossaler Ausdehnung lag vor uns. Zwei ganze Stunden flogen wir darüber hin, eine Strecke von gut 200 Kilometern. Hin und wieder passierten wir ein ganz kleines Loch im Nebel, aber der Durchblick war niemals tief genug, um den Abtrieb und die Geschwindigkeit messen zu können. Diese Löcher hatten jedoch für uns ein besonderes Interesse. Durch sie bekamen wir immer wieder einen Eindruck von dem darunter liegenden Terrain. Das Meer war hier mit Eisschollen im offenen Wasser bedeckt. Diese merkwürdige Erscheinung hielt sich bis zu 82 Grad nördlicher Breite, und ich bin überzeugt davon, daß ein Schiff mit einigermaßen brauchbarem Motor sich bis zu diesem Breitengrad hätte durcharbeiten können. Kurz nach

8 Uhr begann der Nebel plötzlich zu verschwinden.

Wie mit einem Zauberschlage hatten wir unter uns und vor uns die große leuchtende Fläche, das berüchtigte Packeis. Es hat im Laufe der Jahre manches Unglück verursacht. Es hat viel Not und Elend miterlebt, aber es hat auch seine Bezwinger gefunden, die ihm den Fuß in den Nacken setzten. Das Packeis hat Nansen und Johansen erlebt, den Herzog der Abruzzen und Peary. Gegenüber diesen Männern versagte der Widerstand des Eises. Aber was ist aus den vielen andern geworden, die versucht haben, sich aus der eisigen Umklammerung zu befreien, ohne daß es ihnen gelang? Was ist aus den vielen stolzen Schiffen geworden, die ihren Kurs in das Herz des Eises lenkten, um nie wieder zum Vorschein zu kommen? Wo sind sie geblieben, frage ich mich. Keine Spur, kein Lebenszeichen, nur die unendliche weiße Wüste.

Selbstverständlich beschäftigt sich der Flieger stets mit dem Gedanken an den Landeplatz. Jederzeit können die Motoren versagen. Wenn er dann keine Möglichkeit zum Landen hat, so geht es ihm übel. Aber wohin man hier auch das Auge wandte, nirgends eine Spur von Landungsplatz. Nach seinem Aussehen machte das Eis fast den Eindruck von Bauernhöfen, die wahllos über die Landkarte gestreut waren. Und zwischen allen diesen kleinen Bauernhöfen waren Steinzäune errichtet. Die Verhältnisse waren gerade umgekehrt, wie sie sein sollten. Die Zäune nahmen größeren Platz ein als das, was wie bebautes Land aussah. Wenn nun wenigstens der Boden eben und glatt gewesen wäre, würde sich unser Auge nicht so sehr daran gestoßen haben. Aber nirgends war eine ebene Stelle zu entdecken. Der Pflug schien seine Furchen überall zwischen Steinen und Stümpfen gezogen zu haben. Hin und wieder floß auch ein Bächlein, aber, du lieber Himmel, wie klein schien solch Wässerchen zu sein! An jeder beliebigen Stelle konnte man hinüberspringen. Nirgends habe ich ein gleichförmigeres Terrain gesehen. Keine Spur von Abwechslung. Wäre ich nicht so stark mit Beobachtungen und Aufzeichnungen beschäftigt gewesen, würde mich der einförmige Anblick und das monotone Geräusch der Motoren sicher einge-schläfert haben. Aber dank der geistigen Anspannung hielt ich mich wach. Riiser-Larsen vertraute mir später an, daß er sich ein Schläfchen geleistet hätte. Ich verstehe das nur zu gut. Er hatte ja die einförmigste Arbeit.

Die Mitteltemperatur während des Fluges muß ungefähr -13 Grad gewesen sein. N 24 hielt sich stets in unsrer Nähe. Die Gefahr eines Verlierens gab es überhaupt nicht. Verschiedene Male versuchte ich die Sonnenhöhe zu messen, aber ganz erfolglos. Zwar war die Sonne tadellos zu sehen, aber der Horizont war gänzlich unbrauchbar. Mit unsern künstlichen Horizonten an den Sextanten hatten wir in Kings Bay eine Reihe Versuche gemacht; die Ergebnisse waren jedoch durchaus nicht befriedigend ausgefallen. Wir mußten auf die Apparate einfach verzichten. Ich war daher jetzt darauf angewiesen, daß mir die Natur zu Hilfe kommen würde. Sie zeigte kein Entgegenkommen. Es gab keinen Horizont. Himmel und Eis waren eins.

Erst zwei Stunden, nachdem ich die Amsterdaminsel gepeilt hatte, bekam ich Gelegenheit, Geschwindigkeit und Abtrieb zu kontrollieren. Was war in diesen zwei Stunden geschehen? Das war schwer festzustellen. Wenn man nicht Abtrieb und Schnelligkeit bestimmen kann, kann man selbstverständlich auch bei einer Fahrtgeschwindigkeit von 150 Kilometer durch die Luft nicht die Windrichtung feststellen. Als wir aus dem Nebel herauskamen, war es ganz klar; nur ein paar hohe Zirruswolken standen im Osten. Gegen 10 Uhr zog ein feiner Stratusschleier von Norden auf, aber ganz zart, so daß er uns nicht störte. Die Sonne blieb trotzdem sichtbar. Aber nach der Stellung der Sonne und der Deklination des Kompasses war es durchaus klar, daß wir weit nach Westen abgetrieben waren. Wir konnten daher nichts andres tun, als ostwärts zu schwenken. Ich habe niemals eine solche Einsamkeit gesehen wie dort. Wenigstens hatte ich gedacht, daß hin und wieder doch ein Bär etwas Leben in das einförmige Bild bringen würde. Aber nein, weit und breit kein Lebewesen zu sehen. Hätte ich das vorher mit Sicherheit gewußt, ich glaube, ich hätte wir auf jeden Fall einen Floh mitgenommen, um überhaupt etwas Leben um mich zu spüren.

Um 1.15 Uhr früh am 22. Mai kamen wir an die erste größere Stelle mit offenem Wasser. Es glich nicht einem See, sondern einem großen Teich mit schmalen Wasserarmen in verschiedenen Richtungen. Diese Stelle bot uns die erste Möglichkeit zum Landen. Wie unser Besteck (Ortsbestimmung) ergab, mußten wir etwa auf 88 Grad nördlicher Breite sein; bezüglich der Länge jedoch waren wir ohne jede Vorstellung. Daß wir westlich geraten waren, war sicher. Aber wie weit? Da Feucht gleichzeitig meldete, daß die Hälfte unsrer

Benzinvorräte verbraucht wären, fanden wir, daß wir eine Landung versuchen müßten. Unsre Absicht war daher, niederzugehen, die notwendigen Beobachtungen für eine Positionsbestimmung anzustellen und dann weiter zu tun, was die Verhältnisse gestatteten. Die Frage war nur, wo man landen sollte. Natürlich war eine Landung auf dem Wasser das sicherste. Dagegen war andererseits einzuwenden, daß das Eis sich schließen und uns zerquetschen konnte, bevor wir Zeit fänden, wieder aufzusteigen. Wir einigten uns daher, auf dem Eise zu landen, wenn sich eine Möglichkeit dafür finden würde. Um das Terrain so sorgfältig wie möglich zu untersuchen, gingen wir in großen Spiralen abwärts. Während dieses Manövers begann der Motor achtern auszusetzen, und das veränderte die ganze Situation. Jetzt hatten wir keine Wahl mehr, sondern mußten nehmen, was sich uns bot. Die Maschine war zu schwer, um von nur einem Motor getragen zu werden. Eine Notlandung war also erforderlich.

Bei der geringen Höhe, in der wir uns befanden, konnten wir nicht zu dem Hauptteich gelangen, sondern mußten uns mit dem nächsten Wasserarm begnügen. Er sah nicht gerade sehr einladend aus, da er mit Schneeklecksen und Eisschollen übersät war. Aber wir hatten, wie gesagt, keine Wahl mehr. Unter solchen Umständen gilt es, einen kalten, ruhigen Führer zu haben, der nicht die Fassung verliert, sondern sich ohne weiteres ein klares Bild der Verhältnisse machen und in Ruhe danach handeln kann. Eine falsche Bewegung, und das Spiel ist verloren. Der Wasserarm war gerade breit genug für unsre Maschine. Die Landung war also nicht so gefährlich. Jeder Ungeübte konnte zur Not diese Aufgabe bewältigen. Die Gefahr lag vielmehr in den hohen Eisblöcken, die zu beiden Seiten aufgestapelt lagen. Durch diesen Engpaß allerdings konnte den Apparat nur ein Meister steuern und die Tragflächen vor Bruch bewahren. Wir landeten, daß es nur so klatschte. Und nun mußte die schwierigste Aufgabe gelöst werden, die jemals ein Flieger bisher zu bewältigen gehabt hatte. Ein Glück für uns, daß wir im Schneebrei landeten. Denn dadurch wurde unsre Geschwindigkeit gleich abgestoppt. Andrerseits aber verlor unser Flugboden etwas von seiner Manövrierfähigkeit.

Wir gleiten an einem Eisfelsen am rechten Ufer vorbei. Die Maschine legt sich nach links hinüber, die Tragfläche streicht unmittelbar über den Eisblock, so daß der lockere Schnee hoch in die Luft gewirbelt wird. Hei, da kommen wir auch schon an einem

Eisblock auf der andern Seite, der noch imponierender und furchterregender aussieht. Werden wir mit dem auch fertig werden? Die Spannung ist für den, der nur Zuschauer ist, ungeheuer. Auf unsern Führer scheint die Sache nicht den geringsten Eindruck zu machen. Er ist vollständig kalt und sicher. Wenn ich sage, daß wir genau auf den Millimeter mit Nummer zwei fertig wurden, so ist das keine Übertreibung. Ich erwartete jeden Augenblick, die linke Tragfläche zersplittert zu sehen. Unsre Fahrt wurde nun durch den breiigen Schnee schnell gehemmt, und wir stoppten am Ende unsres Kanals mit dem Bug direkt vor einem Eishaufen. Auch diesmal handelte es sich um den Millimeter. Nur ein bißchen mehr Geschwindigkeit, und unser Bug wäre eingedrückt worden.

Soweit ging alles gut. Am Leben waren wir noch. Aber wie sah es an dieser Stelle eigentlich aus? Ja, der Wasserarm endete in einer kleinen Erweiterung, die von hohen Blöcken umgeben war. Mit dem Bug vor einem dieser Blöcke und dem Schwanz nach der Einfahrt lagen wir eingeklemmt. Wir sprangen auf das Eis und sahen uns um. Was war nun zu tun? Wir konnten nur versuchen, so schnell wie möglich wieder herauszukommen. Wenn das Eis sich zusammenschob, waren wir in wenigen Minuten zum Tode verurteilt. Es galt jetzt, die Maschine um rund 180 Grad herumzudrehen. Ich darf sagen, wir wandten alle Kraft an diese Arbeit und versuchten die verschiedensten Mittel. Aber alles war vergebens. Die Schneekleckse und Eisschollen hatten sich an unserm Flugboot festgesogen. Es lag wie in Fischleim. Wenn es uns glückte, das Boot ein paar Zoll zu verschieben, schob sich der ganze Brei mit. Wenn wir die Maschine losließen, fiel sie in ihre alte Lage zurück, und das tat der Schlamm auch. Himmel, was haben wir geschuftet! Wir mußten schließlich nach ein paar Stunden unsern Plan aufgeben und uns etwas Besseres überlegen. Aber zuerst mußten wir herausfinden, wo wir waren. Unsre Beobachtungen ergaben 87 Grad 83 Minuten nördlicher Breite und 10 Grad 20 Minuten 1 Sekunde westlicher Länge. Unsre Vermutung, daß wir nach Westen abgetrieben worden, erwies sich also als richtig.

Frühmorgens um 8 Uhr waren wir der Ansicht, daß wir uns etwas Essen und etwas Ruhe leisten sollten. Aber bevor wir uns mit gutem Gewissen diesem Genuß hingeben konnten, mußten noch zwei Dinge erledigt werden. Erst mußten wir allen Proviant und alles Material auf das feste Eis bringen, für den Fall, daß das Eis zu pressen begann. Und dann mußten wir sehen, ob wir etwas von N 24 und unsern Kameraden entdeckten. Unser bißchen Ausstattung und Essen war in wenigen Minuten auf dem Eise untergebracht. Dann machten wir uns sofort daran, das Eis mit dem Feldstecher von dem höchsten Aussichtspunkt des höchsten Eisblocks zu untersuchen. Wir glaubten, einen Schuß gehört zu haben, nachdem wir gelandet waren; aber ganz sicher waren wir unsrer Sache nicht. Im Polareise gibt es so viele Laute, die wie Schüsse klingen. Das letztemal hatte ich N 24 bei unsrer Landung gesehen. Da flog er sehr niedrig auf der andern Seite des Teiches. Wir mußten ihn also in südlicher Richtung suchen. Wie angestrengt wir aber auch nach ihm spähten, nichts konnten wir entdecken. Der Stratus lag jetzt auch wesentlich niedriger als bei unsrer Landung, und einige Schneeflocken wirbelten herum. Die Temperatur war ungefähr -15 Grad.

Niemals vorher hatte ich unsre Maschine von dem Standpunkt betrachtet, daß sie uns als Wohnraum dienen könnte. Das wurde jetzt notwendig. Sie war in fünf einzelne Räume geteilt. Die Beobachtungskajüte war zu klein als Aufenthaltsraum. Der Führerstand dagegen gab einen vorzüglichen Schlafplatz für einen bis zwei Personen ab. Der Benzinraum war mit Tanks gefüllt und konnte nicht benutzt werden. Der vierte Raum eignete sich am besten, und hier entschlossen wir uns, neben unsern Schlafplätzen auch unsre Messe einzurichten. Dieser Raum war ungefähr 4 Meter lang. Nach achtern wurde er schmäler. Der Konstrukteur hat bei dem Bau sicher niemals an eine Messe gedacht, aber trotzdem war das Räumchen dafür wie geschaffen. Ja, sogar unser Petroleumkocher bekam einen ausgezeichneten Platz. Der fünfte Raum lag ganz hinten im Schwanz. Durch eine runde Tür kam man hinein. Dieser Raum war lang, schmal und dunkel; denn hier gab es kein einziges Fenster wie in den übrigen Räumen. Als Schlafzimmer für einen Mann würde er sich vorzüglich geeignet haben, wenn die Spanten hier nicht so dicht gelegen hätten. In der Messe stellten wir also unsern Kochapparat auf, und es dauerte nicht lange, bis wir unsre erste Mahlzeit von Schokolade und Keks einnehmen konnten. Solange man den Raum warm halten konnte, war es sehr gemütlich da drinnen, und anfangs konnten wir das ja, da wir glaubten und hofften, daß unser Aufenthalt nur von kurzer Dauer werden würde. Wir hatten nämlich ein paar Benzinöfchen, sogenannte Thermixapparate, mit, und mit deren Hilfe konnten wir die

Temperatur uns ganz erträglich gestalten.

Ich kann mich von unserm Freunde Thermix nicht trennen, ohne ihm ein freundliches Abschiedswort mit auf den Weg zu geben. Wie er konstruiert ist, weiß ich nicht. Es wird auch vielleicht nur wenige Leute interessieren. Aber was er leisten kann, ist höchst interessant. Mit nur einem Liter Benzin verbreiten diese kleinen Apparate zwölf Stunden lang eine ganz ansehnlich Wärme. Dazu kommt, daß sie gar nicht feuergefährlich sind. Die Wärme wird nämlich nur ausgestrahlt, da der Apparat nicht mit Flamme brennt. Man kann sogar Benzin zugießen, während er sich in Funktion befindet. Das schadet nicht das Geringste; nur riecht es dann ein bißchen unangenehm. Bei einer Reise, wie der unsern, auf der wir stets von großen Benzinbehältern umgeben waren, waren diese Apparate von unschätzbarem Wert. Wenn man dann noch die erstaunliche Sparsamkeit des Verbrauchs erwähnt, so ist damit wohl alles gesagt. Mit ein paar Thermix-apparaten in jedem Raum konnten wir es uns richtig gemütlich machen. Aber schließlich mußten wir aus Ersparnisrücksichten sogar auf die Gemütlichkeit des Thermix verzichten, und da blieb es in unsern Räumchen nicht mehr behaglich.

Nach dem Frühstück verteilten wir uns auf unsre Schlafplätze. Riiser-Larsen nahm, uneigennützig, wie er immer ist, im Schwanz Platz. Wie er es dort vier Wochen lang aushielt, ist mir ein Rätsel. Er muß bestimmt noch jetzt fünf blaue Streifen von den fünf Spanten haben! Feucht bekam seinen Platz in der Messe, ich lag in der Führerkabine.

Der erste Schlaf, den wir uns leisteten, war nicht von langer Dauer. Um 10 Uhr war bei uns schon wieder Vollbetrieb. Wir versuchten wieder, den Apparat zu wenden, mußten es aber schnell aufgeben und entschlossen uns für einen andern Plan: nämlich den, die Maschine möglichst schnell in Sicherheit zu bringen. Jeder Augenblick konnte sich unser Wasser unverhofft schließen, und wir konnten zerquetscht werden wie die Nuß im Nußknacker. Um uns vor dieser Gefahr zu schützen, entschlossen wir uns, den Apparat auf den Eisblock, an dem wir lagen, hinaufzubugsieren. Bei der ersten Überlegung konnte dieses Unterfangen aussichtslos erscheinen. Wir mußten also weiter über-legen. Der Block mußte niedriger gemacht werden, und dann mußten wir uns eine Slip bauen. „Aber wie sollen wir denn eigentlich die Arbeit ausführen?" fragte einer. Ja, das war es ja gerade. Wir hatten beim Start 500 Kilogramm zu viel und mußten uns daher an allen Ecken und Enden einschränken. Es konnte ja keine Rede davon sein, eine Menge Eiswerkzeug mitzunehmen, das wir höchstwahrscheinlich nie brauchen würden. Wir hatten damit gerechnet, auf brauchbarem Eis landen und ebenso von dort wieder aufsteigen zu können. An eine solche Situation hatte niemand auch nur im Traum gedacht.

Wir begannen also, unser Werkzeug zu mustern. Drei Dolchmesser, ein größeres Messer, eine Pfadfinderaxt, ein Eisanker, der im Notfall als Hacke benutzt werden konnte, und endlich zwei Holzschaufeln waren alles Material, über das wir verfügten. Es ist unglaublich, was man leisten kann, wenn man muß. Für uns gab es nur eine Aufgabe: das war, die Maschine in Sicherheit zu bringen, und um dieses Ziel zu erreichen, mußte der Eisblock abgeschliffen werden, ganz gleichgültig, ob wir es mit den Fingern hätten machen müssen. Übung hatten wir hierin wirklich nicht, und da die Arbeit uns recht überraschend kam, stellten wir uns anfänglich sehr ungeschickt an. Aber wir machten uns mit voller Energie an unsre Aufgabe, und es glückte uns, den Block zu bewältigen. Bei späterer Gelegenheit bekamen wir einen gleichen Eisblock in fabelhaft kurzer Zeit klein. Aber eben jetzt waren wir, wie gesagt, noch ganz ungeübt und kamen nur langsam vorwärts.

Während unsrer Arbeit hatten wir immer wieder das Bedürfnis, auf die Maschine oder einen Eisblock zu springen und nach den andern auszuschauen. Bei der Situation, in der wir uns befanden, war ja alles möglich. Bei den Mahlzeiten konnten wir diese Möglichkeiten erörtern. Ob die andern bei der Landung Pech gehabt hatten? Ob sie es für aussichtslos angesehen hatten, in diesem Chaos zu landen?

Schon am nächsten Tage machten wir alles klar zu einem Fußmarsch nach Kap Columbia. Wir machten also unsern Schlitten fertig, damit wir unsern Landeplatz sofort verlassen könnten, falls das Eis unsre Maschine zerquetschte. Unser Proviant war so berechnet, daß er mit einem Kilogramm pro Mann und Tag einen Monat reichen mußte. Aber da wir einsahen, wie ernst unsre Lage war, schnallten wir den Schmachtriemen sofort enger und setzten unsre Tagesration auf 300 Gramm pro Mann und Tag herab. Das war natürlich auf die Dauer zu wenig; für kurze Zeit aber konnten wir damit auskommen. Nach den ersten Tagen fühlten wir alle uns ermattet, aber es schien uns, daß wir uns auch daran gewöhnen könnten. Täglich nahmen wir zusehends ab und mußten die Gürtel immer enger ziehen. Mein Leibriemen, der mich wiederholt während des Aufenthalts in Kings Bay gedrückt hatte, wurde mir bald viel zu weit, sogar über dem dicken Pelz.

Unsre „Betten" waren nichts andres als leichte Schlafsäcke aus Renntierfellen, die nur für den Sommergebrauch geeignet waren. Meistens klagten wir anfänglich über Kälte, da die Temperatur sich auf ungefähr -10 Grad hielt. Aber es gehört auch Übung dazu, einen Schlafsack richtig zu benutzen, und ein Mann, der das versteht, kann eine gemütliche, warme Nacht verbringen, während ein Unerfahrener friert. Wenn man in den Schlafsack kriecht, muß man sich ganz hineinarbeiten. Man kann häufig sehen, daß ungeübte Leute nur zur Hälfte hineinkriechen und dann eine recht ungemütliche Nacht verbringen.

Schon am 23. konnten wir über die neue Eisdecke unsres Teichs gehen. Wir machten uns früh auf, um die Slip zurechtzuzimmern. Während einer kleinen Arbeitspause nahm ich meinen Feldstecher und stieg oben auf die Maschine, um den Horizont nach N 24 abzusuchen. Wer beschreibt meine Freude, als ich alsbald den Apparat entdeckte! Südwestlich von uns, in einem andern Wasserarm lag er und sah intakt aus. Links daneben stand das Zelt, und noch etwas weiter entfernt, auf einem Eisturm, wehte eine Flagge. Das war eine frohe Botschaft für meine Kameraden, und sofort zogen auch wir unsre Flagge auf. Ich beobachtete mit Spannung in meinem Fernglas, ob die andern uns bemerkten. Ja, zweifellos! Es dauerte nun ein paar Augenblicke, da wurde es da drüben lebendig. Einer ergriff die Flagge, schwenkte sie, und schon verstanden wir einander. Glücklicherweise waren unsre beiden Führer geübt im Signalisieren. Die Entfernung zwischen uns ward durch das Morsealphabet überbrückt. Dietrichson teilte mit, daß seine Maschine schon bei dem Abflug von Kings Bay ein böses Leck bekommen hätte; er hoffte aber, sie würden die Sache schon schaffen. Wir konnten mitteilen, daß unser Apparat noch ganz unbeschädigt wäre. Weitere Nachrichten tauschten wir zunächst noch nicht aus. Nun arbeiteten wir weiter an unserer Slip, und damit verging der ganze Tag.

Auch der 24. Mai blieb ganz und gar der gleichen Arbeit gewidmet. Der größte Teil des Eises war hart wie Knochen, und es dauerte lange Zeit, bis wir es bewältigten. Am Nachmittag entdeckte ich plötzlich in meinem Feldstecher, daß drüben in dem andern Lager eine ungewöhnliche starke Bewegung zu beobachten war. Die Leute sprangen hin und her und waren mit irgendetwas stark beschäftigt. Nach einiger Zeit schnallten sie ihre Skier an, schwangen sich schwere Säcke auf den Rücken und machten sich auf den Weg in Richtung auf unser Lager. Das war eine erfreuliche Überraschung. Gerade das hatte ich gewünscht, ohne doch dem Wunsch Ausdruck zu geben, so lange die andern noch mit ihrem Apparat zu schaffen hatten. Wenn sie irgendwie ihr Flugboot startklar machen konnten, wollte ich sie selbstverständlich nicht daran hindern. Wir brauchten dringend Hilfe, um unsern Apparat retten zu können. Aber solang unsre Kameraden mit ihrer eigenen Maschine zu tun hatten, konnten wir sie nicht um Hilfe bitten. Ich verfolgte sie gespannt mit dem Fernglas. Die Art und Weise, wie sie sich zwischen den Eisblöcken hindurcharbeiteten, ließ mich deutlich erkennen, daß sie ungeheure Mengen Gepäck auf dem Rücken schleppten. Indessen gefiel mir die Richtung nicht, die unsre Kameraden einschlugen. Ihr Kurs ging nämlich gerade auf die neue Eisdecke in unserm Wasser, und an deren Tragfähigkeit zweifelte ich. In unserm kleinen Abschnitt war das Eis wohl stark genug; bezüglich des Eises auf dem großen Teich jedoch lag die Sache vermutlich ganz anders. Ich hielt den Atem an, als sie von dem festen Eise auf das neue herabgingen. Das konnte böse werden und schlimme Folgen haben. Glücklicherweise waren sie so vorsichtig, sich direkt am Rande des alten Eises zu halten. Zu meiner großen Erleichterung hielten sie an und legten ihr Gepäck ab. Ich glaubte, sie wollten sich ausruhen, aber sie zogen zwei Flaggen hervor und begannen damit Zeichen zu geben. Riiser-Larsen war sofort bereit, und das Gespräch begann. Sie teilten mit, daß sie allein ihre Maschine nicht klarmachen könnten, und fragten, ob sie zu uns herüber kommen sollten. Da sie anscheinend über die neue Eisdecke wandern wollten, antworteten wir schleunigst, sie möchten lieber kehrt machen und abwarten. Wir verabredeten, daß wir die Verständigung am nächsten Morgen um 10 Uhr fortsetzen wollten. Mir fiel ein Stein vom Herzen, als ich sie erst wieder auf ihrem alten, festen Eisplatze sah.

Am 25. Mai glückte es uns, die Maschine so auf die Slip zu bekommen, daß ihr Schwerpunkt auf dem alten, tragfähigen Eis lag. Damit war schon viel gewonnen. Denn jetzt konnte uns eine etwaige

34

Eispressung vermutlich nur höher schieben und ganz in Sicherheit bringen. Am Vormittag um 10 Uhr begann das Signalisieren wieder. Dietrichson teilte mit, daß die Verhältnisse drüben besser geworden wären. Wir antworteten und baten, sie möchten doch zu uns herüber kommen und uns helfen, wenn sie drüben mit ihrer Arbeit fertig wären. Am liebsten hätte ich es gesehen, wenn sie sofort gekommen wären. Aber ich wollte sie nicht an ihrer eigenen Arbeit hindern. Während wir uns noch mit den andern unterhielten, steckte plötzlich ein großer, dicker Seehund seinen Kopf aus dem Eisloche heraus. Ich war überrascht: Robben auf 88 Grad nördlicher Breite hatte ich nicht erwartet.

Mit behaglicher Zufriedenheit genossen wir an diesem Abend unsre Schokolade. Unsre Lage war wesentlich besser geworden. Wenn wir auch noch nicht ganz in Sicherheit waren, so sahen wir doch, daß wir uns mit unsrer Arbeit retten konnten. Der Aufenthalt in dem Bassin hatte wie ein Alpdruck auf uns gelastet. Hochgeschobene Eisblöcke grinsten die ganze Zeit auf uns herab.

Am 26. gab es einen ereignisreichen Tag. Der Morgen begann mit bedecktem Himmel und einer Temperatur von -10 Grad. Das Eis auf beiden Seiten unseres Wasserloches war während der ganzen Nacht in lebhafter Bewegung gewesen, und die beiden Apparate waren einander viel näher getrieben. Wir konnten jetzt mit Leichtigkeit alles erkennen, was in dem andern Lager geschah. Wie gewöhnlich, arbeiteten wir an unserer Slip und hofften, den Apparat im Laufe des Tages ganz heraufzubekommen. Nachmittags 3 Uhr gab es indessen drüben auf der andern Seite eine große Erregung; wir erkannten sofort, daß sich die Kameraden dort fertig machten, um zu uns herüber zu kommen. Der große See war im Laufe der Nacht bedeutend kleiner geworden, und man konnte das alte Eis mit den Augen ganz und gar überblicken. Als wir die andern aufbrechen sahen, waren wir überzeugt, daß sie am Rande des alten Eises entlang marschieren wollten. Wir wußten, daß es ein anstrengender Marsch von mehreren Stunden Dauer werden würde. Als wir sie daher loswandern sahen, schufteten wir gleich wieder weiter.

Wer beschreibt mein Erstaunen, als plötzlich jemand sagte: „Da sind sie ja schon!" Zwanzig Minuten, nachdem sie ihr Lager verlassen hatten, waren sie schon bei uns. In nur 200 Meter Entfernung sahen wir sie, wie sie sich durch die Eisfelsen hindurcharbeiteten. Nun wußten wir, daß sie auf diesem Wege nicht ganz bis zu uns herankommen konnten, wegen des schmalen Tümpels, der zwischen ihnen und uns lag. Riiser-Larsen und ich verließen daher unsre Arbeit, nahmen unser Segeltuchboot und gingen ihnen entgegen. Wir hatten das Boot bald ins Wasser gesetzt, und Riiser-Larsen war eingestiegen, um überzusetzen und einen nach dem andern herüberzuholen.

Während er sich durch die Eisschollen stakte, stand ich in ruhiger Erwartung auf dem alten Eise. Da wurde ich plötzlich durch einen entsetzlichen Schrei aus meinen Gedanken aufgeschreckt, einen Schrei, der mir durch Mark und Bein ging und sicher das Kunststück fertigbrachte, mein Haar zu Berge stehen zu lassen. Andre Entsetzensrufe folgten dem ersten Schrei, einer immer verzweifelter und grausiger als der andre. Ich zweifelte nicht, daß sich auf der andern Seite des Eiskegels ein Drama grauenvollster Art abspielte. Ein Mann war im Begriff zu ertrinken. Und hier stand ich, mußte die Schreie mit anhören und konnte keinen Finger rühren, um zu helfen. Die Situation schien hoffnungslos zu sein. Da starben die Schreie allmählich dahin, und ich dachte bei mir: nun ist es wohl vorüber. Aber wie viele und wer? Da steckte auch schon einer den Kopf hinter dem Eisfelsen hervor. „Glücklicherweise sind also nicht alle drei ertrunken." Schon erschien der zweite Kopf und endlich auch der dritte. Da waren sie ja alle. Wenn ich sage, daß ich mich freute, sie wohlbehalten zu sehen, so ist das ein allzu milder Ausdruck. Die beiden ersten schüttelten sich, wie gebadete Hunde, während der dritte sich ganz normal benahm. Riiser-Larsen setzte sie schleunigst über den Tümpel über. Dietrichson und Omdal waren bis auf die Haut durchnäßt, Ellsworth aber war trocken. Wir brachten sie geschwind an Bord unsres Flugbootes und gaben ihnen trockene Kleider.

Ich war so vorsichtig gewesen, zum Anzünden unsers Kochers trinkbaren Alkohol mitzunehmen. Jetzt lachte ich innerlich über diesen guten Gedanken. Den beiden nassen Pudeln klapperten die Zähne, so daß sie nicht sprechen konnten. Das war ja auch ganz natürlich. Wenn man in Eiswasser fällt und sich dann 10 Minuten lang bei frischer Brise in einer Temperatur von -10 Grad aufhalten muß, ist das etwas, wobei einem das Mark in den Knochen gefrieren kann. Mein Schnaps mit seinem Gehalt von 97 Proz. Alkohol hat sie vielleicht vor bösen Folgen bewahrt. Eine Tasse glühheiße Schokolade tat ein weiteres Wunder; aber es dauerte immerhin 20

Minuten, bis wir das Getränk fertig hatten. Der Schnaps dagegen war trinkbereit. (In Norwegen besteht strengstes Alkoholverbot. Anm. d. Übers.)

An diesem Abend wurde nicht mehr gearbeitet. Wir versammelten uns alle in der Messe, um die neuesten Nachrichten untereinander auszutauschen. Als die drei am Nachmittag um 3 Uhr ihr Lager verließen, mit ungefähr 40 Kilogramm Gewicht auf dem Rücken, hatten sie ihre Rettungsgürtel umgelegt und die Skier benutzt, ohne jedoch die Bindungen festzuschnallen. Da sie fanden, daß das alte Eis wegen seiner vielen offenen Spalten schwer gangbar war, entschlossen sie sich, ihr Glück zu versuchen und quer über das neue Eis zu setzen. Es ging besser, als man hätte erwarten dürfen, und sie kamen wohlbehalten zu der alten Eisfläche. Aber diese war auf unsrer Seite so aufgetürmt und ungangbar, daß sie vorzogen, am Rande des alten Eises entlang über die neue Eisfläche zu gehen.

Zuerst kam Omdal, dann Dietrichson und zuletzt Ellsworth. Zuerst brach Dietrichson ein. Eigentlich kann man das Wort „einbrechen" hier nicht gebrauchen, sondern müßte richtiger „versinken" sagen. Dieser Schneebrei ist natürlich sehr verräterisch. Er verschwindet einem völlig geräuschlos unter den Füßen. In dem Augenblick, in dem Dietrichson versank, stieß er natürlicherweise einen Schrei aus, Omdal wandte sich um, um zu sehen, was los sei. Im gleichen Augenblick brach auch er durch die Decke. Mit bewundernswerter Geistesgegenwart, und ohne einen Augenblick an sich selbst zu denken, lief Ellsworth auf die Unglücksstelle zu, holte Dietrichson heraus, und dann eilten sie gemeinsam Omdal zu Hilfe. Sie faßten ihn gerade im letzten Augenblick, schnitten ihm den Rucksack ab und schafften ihn herauf. Er hatte die Fingernägel in das Eis gekrallt und hielt sich in wilder Verzweiflung fest. Aber alle Anstrengung hätte ihm nichts geholfen, denn die Strömung zog seine Beine unter das Eis und würde ihn ganz hinuntergedrückt haben, wenn die Hilfe nicht gerade in diesem Augenblick gekommen wäre.

Lincoln Ellsworth wurde später vom König von Norwegen mit der Rettungsmedaille ausgezeichnet. Ich kenne kaum jemanden, der diese Dekoration mehr verdient hätte als er. Zweifellos rettete er damals die ganze Expedition vom Untergang. Unsre spätere Erfahrung zeigte uns nämlich, daß wir mit weniger als sechs Mann niemals unsern N 25 wieder freibekommen hätten.

Nun bekamen wir Dietrichsons Erzählung über den Abflug von Kings Bay zu hören. Trotzdem er wußte, daß sein Apparat leck geworden war, entschloß er sich, den Flug fortzusetzen, um N 25 nicht im Stich zu lassen. Er wollte lieber das Leben riskieren, als den Erfolg des Fluges aufs Spiel zu setzen. Ich weiß, andre Leute werden die Achseln zucken und ihn einen Tollkopf schelten. Ich ziehe den Hut vor ihm und bewundere seinen unüberwindlichen, vorbildlichen Mut. Wenn wir nur recht viel solche Männer hätten.

Als die drei uns landen sahen, trafen sie ihre Vorbereitungen, um gleichfalls niederzugehen. Aber da Dietrichson wußte, daß das Wasser in den Apparat stürzen würde, sobald er herabkäme, suchte er einen Landeplatz nahe dem alten Eise, wo er glaubte, er könnte die Maschine heraufschaffen. Auf dem Eise zu landen, schien ihm ausgeschlossen. Es glückte auch, den Apparat so weit zu lenzen, daß er halbwegs auf das alte Eis gefahren und dadurch gerettet wurde. Eine große Menge der Sachen, die sie mitbrachten, war natürlich feucht geworden und wurde zum Trocknen ausgehängt. Es hört sich vielleicht komisch an, daß man bei -10 Grad trocknen wollte; allein, getrocknet werden mußten die Sachen. Von diesem Augenblick an nahmen wir alle sechs Quartier an Bord des N 25. Dietrichson und Omdal bekamen zusammen mit Feucht ihren Platz in der Messe, Ellsworth zusammen mit mir in der Führerkabine. Schön war der Platz nicht, den wir zu vergeben hatten, aber auf 88 Grad nördlicher Breite ist man nicht so anspruchsvoll. Die drei in der Messe mußten jeden Abend ihre Skier auf den Boden legen, um überhaupt auf etwas liegen können.

Am 24. Mai machten wir uns alle sechs daran, unsere Flugmaschine endgültig in Sicherheit zu bringen. Wie leicht und lustig und vergnügt ging das jetzt, da wir alle zusammen waren! Der Gedanke an die andern war während der Trennung oft niederdrückend gewesen. Jetzt lachten und sangen wir, und kein Mensch hätte glauben können, daß wir als Gefangene in dem solidesten Gefängnis der Natur saßen. Anfänglich hatten wir Drei nur ein Ziel vor Augen, nämlich unsern N 25 auf das nächstgelegene feste Eis zu bringen. Unsre Slip hatten wir fertig, als die andern zu uns kamen. Aber den Apparat hatten wir doch noch nicht heraufschaffen können. Jetzt bekamen unsere Pläne sofort größeren Umfang. Wir beschlossen, die Maschine auf eine Eisscholle zu schaffen, die wir untersucht hatten, und die besonders geeignet dazu erschien. Aber um dorthin zu kommen, mußten wir die Maschine erst auf eine dazwischenliegende Scholle schaffen, und diese konnten wir nicht erreichen, ohne erst eine Reihe andrer Unebenheiten und Eisblöcke zu beseitigen und dann ein paar Spalten von etwa 2 Meter Breite damit auszufüllen. Zuerst mußten wir also den Apparat auf die Slip bekommen. Was uns dreien mißlungen war, gelang uns zu sechs mit Leichtigkeit. Es war nicht nur der Zuwachs an physischer Kraft, sondern auch ganz besonders das Bewußtsein, daß wir jetzt alle wieder beisammen waren. Fast mühelos gelang es uns, die Maschine auf die erste Scholle zu bringen. Wir alle waren zufrieden und froh. Wir verstanden, daß wir mit vereinten Kräften alles erreichen könnten. Viele dieser Arbeiten sahen zu Anfang wohl hoffnungslos aus; aber unser Selbstvertrauen und das gemeinsame Arbeiten ließen das alles bald in anderm Licht erscheinen. Riiser-Larsen war ein Meister in der Anlage der verschiedensten Brücken und Bahnen. Es schien, als hätte er sein Leben lang nichts andres getan. Die beiden Gräben wurden ausgefüllt, der Platz geebnet, und um 8 Uhr abends glitten wir unter lauten Hurrarufen auf das dicke solide Eis, wo wir wußten, daß wir so weit in Sicherheit waren, wie das hier überhaupt möglich war. Eine Messung mit dem Echolot am nächsten Tage ergab eine Meerestiefe von 3750 Metern. Wenn man hierzu in Betracht zieht, daß wir auf 88 Grad 30 Minuten gelandet waren, so glaube ich, unter Bezugnahme auf Pearys Beobachtungen mit Sicherheit erklären zu können, daß in dem norwegischen Sektor des Polarmeeres kein Land existiert. Aber wirklich zweifelsfrei kann das natürlich erst festgestellt werden, wenn jemand das ganze Gebiet überfliegt.

Die Nacht zum 29. Mai hatte das Wasser sich weiter verengt und die Entfernung zwischen unsern beiden Flugapparaten konnte höchstens noch 1 Kilometer in der Luftlinie sein. Am Abend gingen Dietrichson, Ellsworth, Feucht und Omdal hinüber, um nach dem andern Apparat zu sehen und, wenn möglich, etwas Benzin mitzubringen. Das Eis war jedoch in Bewegung, und sie mußten einen weiten Umweg machen, um wieder zurückzukommen. Ein Benzinfaß, das sie mitbringen wollten, hatten sie auf dem Eise zurücklassen müssen. „Sobald wir zwei Faß Benzin herüberbekommen haben," schreibe ich in meinem Tagebuch, „starten wir nach Spitzbergen. Auf Grund unsrer Lotung und unsren übrigen Beobachtungen können wir annehmen, daß das Terrain zwischen hier und dem Pol überall das gleiche ist: Treibeis, Treibeis und Treibeis. Was sollen wir da anfangen? Das Treibeis zu konstatieren, lohnt sich nicht, Aber vielleicht finden wir keinen geeigneten Startplatz hier. Günstig sieht es nicht aus, die Verhältnisse können sich jedoch schnell ändern."

Der nächste Tag verging, und es glückte uns, das Benzinfaß auf unsere eigene Scholle in Sicherheit zu bringen. Später am Abend gingen Dietrichson und Omdal nochmals hinüber zum N 24 und holten den größten Teil des hinterlassenen Proviants zu uns. Die Temperatur stieg dauernd; wir hatten jetzt ungefähr -6 Grad. Bis zum 1. Juni hatten wir uns von der neuen Eisdecke ferngehalten. Sie sollte stark genug werden, um uns gleichfalls als Grundlage zu dienen. Nun stellten wir durch Untersuchung fest, daß die Decke jetzt 8 Zoll stark, vermutlich also für unsre Zwecke tragfähig genug war. Sobald wir das festgestellt hatten, begannen wir die Bahn zu ebnen. Das ging nicht so ganz leicht, wie man glauben sollte. Zwar war das Eis neu gefroren und infolgedessen auf weite Strecken hinaus eben und glatt; aber dann kamen wir wieder an Stellen, an denen das alte Eis sich gestattet hatte, dem neuen einen uns unerwünschten Besuch zu machen und es zu stören. Dort lagen dann die Schollen übereinandergeschoben, und die Risse und sonstigen Unebenheiten machten uns viel zu schaffen. Nun galt es, die Maschine von der alten hohen Scholle auf das neue Eis hinunterzubekommen. Dazu brauchten wir wieder eine Slip. Was wir da fortgehackt haben, und wie wir uns in diese Arbeit hineingekniet haben, kann ich kaum beschreiben. Es waren eben nicht wenige Tonnen Eis und und Schnee, die bewältigt werden mußten. Am Abend hatten wir endlich die Bahn und die Slip fertig, waren dafür aber auch gründlich abgeschunden.

Früh am nächsten Tage begannen wir, uns wieder fertig zu machen. Alles mußte ja gründlich vorbereitet werden. Jedes Ding sollte seinen Platz bekommen und sicher verstaut werden. War es möglich, aufzusteigen, so mußte alles in Ordnung sein. Erst 2.15 Uhr nachmittags waren die Motoren angewärmt und alles klar zum Start. Riiser-Larsen saß auf dem Führersitz, Feucht im Motorraum, und wir vier andern standen auf dem Eise bereit, um das Flugboot nach Bedarf zu ziehen oder zu schieben. Hier begannen wir eine neue Arbeit; die Maschine mußte nämlich in tiefem, losem Schnee manövrieren. Wenn ich diese Arbeit als Schinderei bezeichne, glaube ich, den einzig richtigen Ausdruck dafür gefunden zu haben. Namentlich im Anfang ging die Sache verdammt schwer. Später, als wir erst Übung hatten und ein paar Kunstgriffe kannten, ließ es sich schon besser an. Unser erster Startversuch mißglückte; denn die neue Eisdecke trug uns nicht. Wir brachen sehr schnell durch und arbeiteten den größten Teil der Strecke als Eisbrecher. Unsre Bahn war etwa 500 Meter lang und endete im alten, übereinandergeschichtetem Eis. Als wir das Ende erreicht hatten, wendeten wir die Maschine und bereiteten uns vor, die Wasserbahn, die wir eben aufgebrochen hatten, in umgekehrter Richtung als Startplatz zu benutzen. Man spricht schon im allgemeinen von einer Reise mit Hindernissen; wenn man aber überhaupt von Hindernissen reden will, dann muß jemand mit dem Flugzeug im Polareis landen. Gerade in dem Augenblick, als unser Apparat kehrt gemacht hatte, kam Nebel, so dicht wie eine Wand. Wir konnten kaum vom Bug bis achtern sehen, noch viel weniger konnten wir daran denken, durch den Nebel mit einer Geschwindigkeit von 110 Kilometern davonzusausen. Also galt es wieder mal, sich mit Geduld auszurüsten, denn Geduld ist der beste Panzer des Polar-fahrers. Einer wurde als Wache aufgestellt, die andern legten sich schlafen. Der Zeiger wies auf 10 Uhr.

Feucht war an der Reihe mit der Wache. Er verbrachte die Zeit, indem er die Maschine vor- und rückwärts schob, um zu verhindern, daß der Schneebrei wieder zufror. Mit der Zeit gewöhnte ich mich an das dabei entstehende kratzende Geräusch und schlief schließlich bei dieser Musik ein. Ich hatte wohl eine Stunde geschlafen, als ich plötzlich durch ein fürchterliches Brüllen geweckt wurde. „Alle Mann sofort heraus" das Eis schiebt sich zusammen." Ich erkannte Riiser-Larsens Stimme. Der Ton war nicht mißzuverstehen. Hier drohte Gefahr. Rund um uns krachte und dröhnte es. Jeden Augenblick erwartete ich daß die Seiten unsres Apparats zusammengedrückt würden, wie die Wände einer Ziehharmonika. Im Augenblick sind Ellsworth und ich in die Stiefel gefahren, das einzige Kleidungsstück, das wir während unsres ganzen Aufenthalts im Eise überhaupt auszuziehen pflegten. Wenn ich sage „im Augenblick", so ist das relativ zu verstehen. Man muß daran denken, wo wir uns befanden. Die Führerkabine bietet vorzüglichen Schlafplatz für zwei Mann, aber nur unter der Voraussetzung, daß man in Ruhe und Gemütlichkeit schlafen gehen kann. Es gab da eine Unmenge von Stangen, Stützen und Leitungsrohren, die unserm Schlafraum fast das Aussehen eines

Vogelbauers gaben. Wenn man eine unberechnete Bewegung machte, klemmte man sich in der Regel an irgendeinem Fremdkörper fest. Dazu kommt, daß man in dem Raum nur zu drei Vierteln aufrechtstehen konnte, und man wird verstehen, daß so ein „Augenblick" in dieser Kabine mehr Zeit in Anspruch nimmt als im Freien. Aber diesmal glaube ich doch, daß an dem Ausdruck „Augenblick" nichts auszusetzen war. Der Anblick, der sich uns bot, als wir den Kopf aus der Luke steckten, war nicht gerade einladend. Interessant war es zu sehen, was vier verzweifelte Männer ausrichten können. Die Fahrtrinne, die wir uns gebrochen hatten, war ganz zusammengepreßt, und mitten in dieser Klemme stak N 25. Der Druck war sehr stark, und eine Katastrophe schien unvermeidlich. Riiser-Larsen führte trotz seines großen Körpergewichts geradezu tigerähnliche Sprünge aus. Er fuhr hoch in die Luft und landete irgendwo sonst auf dem Eise, wo gerade das Flugboot gepreßt wurde. Das Ergebnis war stets das gleiche. Das Eis brach unter ihm widerstandslos zusammen. Omdal hatte ein Instrument ergriffen, ich weiß nicht mehr, welches, und half seinem Kameraden vorzüglich. Die andern drückten mit ihrem ganzen Gewicht gegen den Bug des Bootes und suchten, ihn über das pressende Eis zu schieben. Alle arbeiteten sehr gut zusammen, und es glückte, die Maschine um 45 Grad zu wenden und dadurch den Druck gegen die Seiten etwas zu mildern. Währenddessen warfen Ellsworth und ich allen Proviant und alle Geräte, die wir erfassen konnten, auf das alte Eis. So wurden wir wenigstens einigermaßen Herren der Situation.

Wir mußten jetzt versuchen, uns anderswo in Sicherheit zu bringen. Unsre Stellung schien ziemlich günstig, um zu N 24 hinüber-zukommen. Wenn uns dies glückte, konnte möglicherweise viel gewonnen werden. Erstens gab es eine Möglichkeit, dort vielleicht von der neuen Eisdecke aus zu starten, und zweitens war es ein großer Vorteil, dort ganz in der Nähe des andern Flugzeugs zu sein und sein Benzin ausnutzen zu können, ohne daß wir es unter großer Mühe über das Eis transportieren mußten. Schließlich sah es auch so aus, als ob die Verhältnisse drüben sicherer und gemütlicher wären. Daß dies eine Täuschung war, sollten wir bald erleben.

Wir begannen also wiederum zu hacken und zu ebenen, und schon vor dem Frühstück hatten wir die Bahn fertig. Kaum waren wir so weit, da hob sich der Nebel, und wir konnten sofort starten. Ich muß an ein komisches Ereignis bei diesem Start denken, komisch freilich nur für andre, nicht gerade für mich. Da wir so wenig Platz in der Maschine hatten, mußten wir immer „in konzentrierter Form" auftreten, d. h. Wir mußten uns bücken und uns an allen Ecken und Enden zusammenquetschen. Infolgedessen gab es ganze Serien von Krämpfen, mal im Schenkel, mal in den Waden, im Bauch oder im Rücken. Natürlich traten diese Krämpfe zu den unbequemsten Augenblicken auf, und ihre Opfer wurden unwiderruflich mit allgemeinem Jubel begrüßt.

An diesem Morgen war alles klar zum Abgang, als ich plötzlich an etwas dachte, was ich vergessen hatte. Es war wohl mein Feldstecher, den ich in der Messe hatte liegen lassen, und den ich nun schleunigst holen wollte. Das hätte ich lieber nicht tun sollen. Meine plötzliche Kehrtwendung erzeugte Krämpfe in beiden Schenkeln, und das hatte zur Folge, daß ich mich überhaupt nicht fortbewegen konnte. Ich hörte Kichern und Lachen, und trotz des infamen Gefühls konnte ich nur in die allgemeine Heiterkeit mit einstimmen.

Der Startversuch Nummer 2 glückte nicht besser als der erste. Das Eis brach auf der ganzen Strecke, und N 25 rechtfertigte seinen alten Ruhm als Eisbrecher. Aber einen Erfolg erzielten wir doch: wir kamen zu der andern Maschine hinüber.

Sie machte einen traurigen Eindruck, wie sie so dalag, verlassen und einsam, mit der einen Tragfläche hoch in der Luft, die andre tief auf dem Eise. Es war uns geglückt, das Vorderteil der Maschine auf den slipartig geformten Teil der soliden alten Scholle zu fahren, während der Schwanz noch draußen lag.

Die Verhältnisse sahen hier ziemlich vielversprechend aus. Wir hatten offenes Wasser von etwa 400 Meter Länge und ganz nettes neues Eis in der Nähe. Der dritte Startversuch wurde am selben Nachmittag unternommen, führte aber zu keinem Resultat. Wir beschlossen also, den Versuch zu machen, den 400 Meter langen Tümpel dadurch zu verlängern, daß wir die benachbarte neue Eisdecke mit zu Hilfe nahmen. Es war ja möglich, daß die ziemlich große Geschwindigkeit, die wir im Wasser erzielen konnten, uns auch über dem Eis halten würde. Glückte uns das, so hatten wir gute Chancen, aufsteigen zu können, da unsre Startbahn auf diese Weise etwa 700 Meter lang werden würde.

Am 4. Juni um 2 Uhr morgens begannen wir mit dieser Arbeit und setzten sie den ganzen Tag fort. Als wir abends die Bahn fertig hatten, kam Nebel und hinderte unsern Start. Etwas später kam wieder Bewegung in das Eis, und während der Nacht preßte es von neuem. Glücklicherweise war es diesmal nur das neugefrorene Eis; aber dieses war immerhin 8 Zoll dick. Um uns herum pfiff und sang es, und das Eis begann wieder das Flugzeug einzuklemmen. Die Methode, die wir jetzt benutzten, und die Geräte, die wir dabei anwandten, waren höchst originell. Dietrichson hatte sich mit einer vier Meter langen Aluminiumstange bewaffnet, die ihm glänzende Dienste leistete. Omdal brauchte das Stativ des Filmapparats. Es war sehr schwer und endete in drei spitzen, eisenbeschlagenen Beinen. Jeder Stoß wurde daher verdreifacht und hatte ungeheure Wirkung. Riiser-Larsen war der einzige, der Gummistiefel mitgenommen hatte, und mit diesen führte er Sprünge von erschütternder Wirkung aus. Als nun das Eis sich mehr und mehr gegen den Apparat vordrängte, wurde es von unsrer Arbeitskolonne in Empfang genommen und zertrümmert. Der Kampf währte die ganze Nacht. Als der Morgen kam, konnten wir wieder auf eine gewonnene Schlacht zurückblicken. Aber das alte Eis mit seinem großen Gewicht war uns während dieses Kampfes bedeutend näher zu Leibe gerückt. Besonders die „Sphinx" schien es auf uns abgesehen zu haben. Das war ein scheußlicher Eisturm von 30 Fuß Höhe, mit einem Profil wie das Bild einer Sphinx. Durch die Eisbewegung hatte sich der Teich verengt, und unsre ganze Arbeit, die wir auf diesen Startplatz verwandt hatten, war umsonst gewesen.

Den ganzen 5. Juni lag fester, dichter Nebel, und ein feiner Sprühregen ging hernieder. Hin und wieder pfiff und knisterte es im Eise, als sollten wir darauf aufmerksam gemacht werden, daß das Eis noch da war und uns noch nicht ganz aufgegeben hatte. Ja, was sollte man da beginnen?

Mit seiner gewohnten Energie hatte Riiser-Larsen am Nachmittag einen Spaziergang zwischen den Eisblöcken gemacht, in Begleitung von Omdal, um zu sehen, ob es möglich wäre, die eine oder die andre Stelle zu finden, die als Startplatz hergerichtet werden konnte. Sie hatten sich schon wieder auf den Heimweg begeben, als der Nebel, der sie die ganze Zeit am Sehen gehindert hatte, sich plötzlich hob. Und siehe da: sie standen mitten auf der einzigen Scholle, die brauchbar war. Dieses Stück Eis war 500 Meter im Quadrat. Es war nicht so uneben, als daß es nicht mit Geduld und Arbeit zu einem brauchbaren Startplatz hergerichtet werden konnte. Froh und hoffnungsvoll kehrten sie zurück, und bald klang es der „Sphinx" entgegen: „Du kannst dich freuen und lachen, auch wenn andre meinen, du müßtest verzweifeln; wenn deine Lage noch so schlecht ist, kannst du ruhig zufrieden singen: hurra, hurra, hurra, es geht mir besser von Tag zu Tag!" (Text eines in Skandinavien viel gesungenen Revueschlagers. Anm. d. Übers.) Aber die „Sphinx" runzelte die Augenbrauen. Sie war offenbar mit dem Texte nicht ganz einverstanden.

Der Weg zu dem neu entdeckten Startplatz war lang und beschwerlich, aber wir waren schon an Mühseligkeiten aller Art gewöhnt. Zuerst mußte die Maschine 300 Meter durch das neue Eis zu einer hohen alten Scholle gefahren werden. Hier mußten wir eine neue Slip zurechthauen und den Apparat herauffahren. Von dort ging nun der Weg steil empor zu dem „Engpaß der Thermopylen", der von zwei ungeheuren Eisriesen gebildet wurde und in einer 3 Meter breiten und ebenso tiefen Spalte endete. Hierüber mußte die Maschine auf die nächste Scholle gebracht werden. Diese war 200 Meter lang und mußte wiederum überschritten werden. Auf der andern Seite gab es dann das letzte Hindernis, das überwunden werden mußte, in Gestalt einer ziemlich gefährlichen, alten Spalte. Sie war ungefähr 5 Meter breit und wurde von hohen Eisblöcken mit losem Schnee eingerahmt: eine Hundearbeit!

Früh am Morgen des 6. Juni begann sie. Nach dem Frühstück nahmen wir alle unsre Gerätschaften und begaben uns zu dem alten Eis, dort, wo die Slip gebaut war. Um dort hinzukommen, mußten wir den Vorsprung einer andern alten Eislagerung passieren, wobei wir N 25 aus den Augen verloren. Unter gewöhnlichen Umständen hätten wir wohl eine Wache bei dem Apparat hinterlassen; aber die Umstände waren eben alles andre als gewöhnlich, und wir konnten keinen Mann entbehren. Also: „In Swinemünde träumt man im Sand von kleinen Mädchen und allerhand!", und zum Klange der populärsten Melodie aus unsern sorglosen Tagen auf Spitzbergen bohrten sich die Messer, Äxte und Eisanker in die mächtige Eiswand, daß die Stücke uns nur so um die Ohren flogen. Mit Stolz und Freude denke ich an diese Tage zurück – mit Freude, weil ich mit solchen Männern zusammenarbeiten durfte, mit Stolz, weil wir etwas erreicht haben. Ich will offen und ehrlich zugestehen, daß ich manches Mal die Situation als ganz hoffnungslos und unmöglich ansah. Eine Eismauer erhob sich hinter der andern, und eine nach der andern mußte aus dem Wege geräumt werden. Abgrundtiefe Schlünde gähnten uns entgegen und hinderten uns am Weiterkommen. Da waren es die braven Kameraden, die mit Lachen und Gesang sich an die hoffnungsloseste Aufgabe machten.

Um 1 Uhr nachmittags gingen wir an Bord, um unsre Suppe zu essen. Das Eis war ganz ruhig. Die „Sphinx" lag auf ihrem Platz. Ach, wie gut schmeckte die Pemmikansuppe. Fünf Stunden harter Arbeit nach einer Tasse Wasserschokolade und drei kleinen Haferkeks: da kann man schon guten Appetit haben! Gegen 4 Uhr nachmittags ging Dietrichson einen Augenblick an Bord, um etwas zu holen. Als er zurückkam, schien es ihm, als ob das alte Eis dem Boot bedeutend näher gekommen wäre. Nun hatte er allerdings während der letzten Tage an einer peinlichen Schneeblindheit gelitten. Wir beruhigten uns also, indem wir glaubten, daß nur die Besserung in seinem Befinden an solcher falschen Einschätzung der Entfernung schuld wäre. Das war natürlich ein Fehler. Wir hätten sofort selber hingehen und nachsehen sollen. Man muß dabei aber immer bedenken, daß uns jeder Augenblick kostbar war, und daß wir höchst ungern eine Pause in unsrer Arbeit eintreten ließen. 7 Uhr abends gingen wir wieder an Bord, um unsre drei Keks zu essen. Der Anblick, der uns erwartete, hätte auch den mutigsten Mann zur Verzweiflung bringen können. Das Packeis war direkt auf das Flugboot zugerückt und nur noch ein paar Meter davon entfernt. Die „Sphinx" schien den Kopf zu bewegen und vor Freude zu glucksen. Jetzt hatte sie uns sicher! Aber man soll nicht die Rechnung ohne den Wirt machen. Die sechs Mann, die jetzt vor ihr standen, waren nicht mehr dieselben sechs Mann, die vor wenigen Tagen von milden Himmelsstrichen gekommen waren. Jetzt standen sechs Männer hier, die durch widriges Geschick gestählt waren, abgearbeitet und hungrig, und vor nichts zurückschreckten, nicht einmal vor der „Sphinx".

„Und ob die Welt voll Teufel wär' und wollt' uns gar verschlingen - - - - - -", damit machten wir uns an die Arbeit, deren Durchführung unser Selbstvertrauen vielleicht mehr stärkte, als irgend etwas sonst, was wir bisher vollbracht hatten. Wir mußten im Laufe weniger Minuten unsre schwere Flugmaschine auf der Stelle herumdrehen.

Was jeder von uns bei dieser Gelegenheit an Arbeit leistete, ist schwer zu sagen. Aber es war eine Herkulesarbeit. Wir legten uns richtig hinein, wir schufteten aus Leibeskräften. Das Motto war: „Du mußt rum!" Wir wußten kaum noch, wie uns war, da war der Apparat schon um 180 Grad herumgedreht, mit Richtung auf die neue Slip. Die „Sphinx" ließ den Kopf hängen und sah traurig aus. Am nächsten Tage lag sie genau auf der Stelle, auf der N 25 gelegen hatte.

Durch diese Verschiebungen der Eismassen war N 24 auf die Scholle heraufgepreßt worden, neben der er bis dahin gelegen hatte.

Nun noch ein paar ebnende Schläge, und die Slip war fertig. Unter stürmischen Jubelrufen wurde die Maschine um 11 Uhr abends die Slip hinaufgefahren und stoppte direkt vor dem Engpaß der Thermopylen. Morgen würde es auch noch etwas zu tun geben.

7. Juni. Nun geht ihr in leichten Sommeranzügen und freut euch des Lebens, während die Flaggen in ganz Norwegen, vom Nordkap bis zur Südküste, wehen. Aber glaubt nicht, daß wir den Tag vergessen. Nein, unsre schöne Seidenflagge weht von der höchsten Stelle unsres N 25. Und unsre Gedanken – na ja, wir wollen lieber nicht daran denken.

Die Seiten des Engpasses werden von zwei riesigen Eisfelsen gebildet, die erst mehr als zur Hälfte abgetragen werden müssen, bevor die Tragflächen vorbeikommen können. Und der große Spalt muß mit Schnee ausgefüllt werden, mit einer Tonne nach der andern. Aber der 7. Juni ist ein Tag, gut zum Arbeiten für Leute, die sich nach der Heimat sehen. Das Messer wird mit größerer Sicherheit, die Axt mit größerer Kraft geführt, um im Laufe von verblüffend kurzer Zeit sind die mächtigen Eisriesen in kleine Zwerge verwandelt. Bei dieser Gelegenheit erlebten wir einen spannenden Zwischenfall. Während Riiser-Larsen den Apparat über die Schneebrücke fuhr, paßte Dietrichson nicht auf und machte nicht rechtzeitig Platz. Im letzten Augenblick war er sich platt hin; aber der Haken an der Unterseite des Seitensteuers fuhr direkt über ihn hin, daß uns allen ganz anders wurde. Es war wirklich im wahrsten Sinne des Wortes eine Rettung um Haaresbreite. „Ich habe dich wohl gesehen," bemerkte der Führer später, „aber ich konnte nicht mitten auf der Brücke haltmachen." Daß er mit diesem Wort Recht hatte, sahen wir, als wir zurückblickten. Die Brücke existierte nicht mehr.

Wie herrlich war das Gefühl, auf unserer „Flunder" zu sitzen und über die Schneefläche zu sausen. Oft haben wir dieses Vergnügen nicht gehabt, da wir im allgemeinen nebenher springen und die Maschine durch den Schnee ziehen oder schieben mußten. Aber diese dazwischenliegende Scholle war hart, so daß der Führer das Steuern mit dem Rade allein erledigen konnte. So standen wir denn vor der letzten großen Spalte, die ausgefüllt und geebnet werden mußte. Es erforderte 6 Stunden Arbeit, bis die Brücke fertig war und der Apparat sich in Sicherheit auf der großen Scholle befand. Den ganzen Tag war Tauwetter gewesen. Die Wärme störte beim Arbeiten, aber wir konnten uns ja nach und nach ausziehen. Besondere Garderobenvorschriften brauchten wir nicht zu beachten.

Am 8. Juni gab es Nebel und ½ Grad Wärme. Die ganze Zeit regnete es ein bißchen. Sehr ungemütlich. Wir wurden auf eine neue harte Probe gestellt; denn wir mußten die Maschine ganz wenden, und das im tiefen, feuchten Schnee. Wir waren an diese Arbeit nicht gewöhnt und daher vermutlich recht ungeschickt. Dazu kam, daß wir an diesem Tage unsre Ration an Lebensmitteln von 300 auf 250 Gramm herabsetzen mußten. Das diente auch nicht dazu, unsre Kräfte zu vermehren. Das Arbeiten im Schnee auf dieser Scholle war eine Schinderei, wie keine zuvor. Denkt ihr Kameraden noch daran, wie wir die Drehscheibe machten? Das habt ihr wohl kaum vergessen. Die Maschine war festgefahren und mußte um 180 Grad gewendet werden, um in die richtige Richtung zu kommen. Der Schnee war, wie gesagt, tief und naß, und es konnte keine Rede davon sein, die Maschine in dieser Masse zu drehen. Was sollten wir da tun? Es gab nur eine Möglichkeit, nämlich bis auf das Eis herunterzugraben und dann die Maschine auf dem Eise herumzudrehen. Der Schnee war hier zwischen zwei und drei Fuß tief, und jeder Spatenstich in dieser feuchten, schweren Masse war eine Leistung, besonders für die von uns, die die großen Schneeschaufeln handhaben. Wir machten einen kreisförmigen Platz mit einem Durchmesser von 15 Metern frei, und diesen Platz nannten wir die „Drehscheibe". Hätten wir nun sofort erreicht, was wir beabsichtigten, nämlich die Maschine auf dieser harten Unterlage herumzudrehen, so hätten wir vielleicht die ganze Drehscheibe längst vergessen. Aber soweit kam es keineswegs. Die Profile, die neben der Unterfläche des Bootes lagen, schnitten nämlich in das Eis ein und hinderten die ganze Drehung. Wieder standen wir der Frage gegenüber: was sollen wir nun tun? Da bekam einer die glänzende Idee: einen Ski unterlegen! Wir waren sofort alle einig, daß der Gedanken gut war. Aber ihn in die Tat umzusetzen, war nicht so einfach. Wir mußten ja den Apparat anheben, und er wog immerhin 4 1/3 Tonnen. Aber selbst das konnte uns nicht abschrecken. Wir brauchten ja nicht hoch anzuheben, nur ungefähr 2 Zentimeter. Aber wir waren dazu nur fünf Mann: der sechste mußte ja den Ski unterschieben. Also vorwärts, Jungens! Jetzt den Rücken unterstemmen und heben, und wenn wir Blut schwitzen sollten! Alle fünf Rücken wurden unter den Schwanz des Apparats gebeugt und nun eins, zwei, drei! Wir bekamen die Maschine auf den Ski, glücklicherweise ohne Blut zu schwitzen. Nun arbeiteten wir ohne Pause, mit Ausnahme der Mahlzeiten, von 4 Uhr morgens am 8. Juni bis 4 Uhr morgens am nächsten Tage. In dieser Zeit wurde der Startplatz Nr. 5 zurechtgemacht, versucht und wieder aufgegeben. Den ganzen 9. Juni lag schwerer, dichter Nebel; es regnete wie aus Kannen. An diesem Tage steckte Riiser-Larsen die Bahn ab, die unsre endgültige Startbahn werden sollte. Am 10. begannen wir dort zu arbeiten. Es war eine tüchtige Aufgabe, an die wir uns am Morgen dieses Tages heranmachten. Eine Bahn von 500 Metern Länge und 12 Meter Breite sollte zurecht gemacht werden, und das in einer feuchten Schneemasse von drei Fuß Tiefe. Der Schnee, der von dieser 12 Meter breiten Bahn entfernt werden sollte, mußte mindestens 6 Meter weit nach beiden Seiten geworfen werden, um der Maschine nicht in den Weg zu kommen. Mehrere Tage lang hatten wir schon nur 250 Gramm täglich zu essen bekommen. Niemand wird sich wundern, wenn er hört, daß wir am Abend völlig entkräftet waren. Mit Bewunderung folgten meine Augen den beiden Riesen, die die große Schneeschaufel den ganzen Tag gehandhabt hatten. Wir andern taten auch, was wir konnten; aber im Vergleich zu ihnen konnten wir nur wenig ausrichten.

Am 11. nach dem Frühstück gingen wir wieder mit aller Kraft an die Arbeit. Aber wir konnten merken, daß wir nicht mehr in dem gleichen Tempo schaffen konnten. Ein Beobachter würde mit Leichtigkeit festgestellt haben, daß hier abgerackerte Leute sich abmühten. Die Spatenstiche wurden langsamer, die Erholungsstunden länger und länger. Zum Schluß standen wir nur noch da und glotzten einander an. „Nein, Jungens, darüber können wir uns schon jetzt klar sein, daß wir diesen Schnee sobald nicht fortbekommen." Während wir noch diskutierten, war Omdal hin und her durch den Schnee getrampelt. Zweifellos hatte er sich zu Anfang gar nichts weiter dabei gedacht. Aber auch der Zufall kann ernste Folgen haben. „Seht doch bloß," rief er plötzlich aus, „da brauchen wir doch nicht zu schippen." Die Stelle, auf die er getreten war, war ganz hart und mußte bei dem geringsten Frost eine glänzende Unterlage bilden. Nach dem Mittagessen machten wir uns also an das Trampeln. Die Bahn wurde Fuß für Fuß „betreten", und der weiche, nasse Schnee wurde auf diese Weise zu einer massiven Schicht. Noch hatten wir Tauwetter. Aber wir wußten: sobald Frost kam, würden wir eine vortreffliche Bahn bekommen, und nach den Gesetzen der Natur konnten wir auf baldigen Frost rechnen. Um die Bahn ganz eben zu machen, mußten wir neben unsrer Trampelarbeit ein paar lange Eishindernisse beseitigen, die mehrere Tonnen enthielten. Als wir am 14. Juni unsre Werkzeuge aus der Hand legten, hatten wir ohne Übertreibung, gewiß 500 Tonnen Eis und Schnee weggeräumt.

Wir machten an diesem Tage unsern sechsten und siebenten Startversuch; aber die Unterlage war zu weich, da wir noch keine ordentliche Kälte gehabt hatten. Zwar war die Temperatur an diesem Tage bis auf -12 Grad heruntergegangen, sie stieg jedoch sofort danach wieder auf 0 Grad an. Es war unmöglich, dem Apparat die nötige Geschwindigkeit zu geben, daß er aufsteigen konnte. Er sank ein und riß an vielen Stellen die darunterliegende Schneeschicht mit sich. „Ja, jetzt müssen wir Frost bekommen, sonst....?"

Der 15. Juni war als der äußerste Termin für unsre Startversuche angesetzt. Ging es auch da nicht, so mußten wir zusammentreten, die Lage beraten und abstimmen, was wir tun sollten. Wir hatten keine weitere Wahl. Entweder mußten wir sofort unsre Maschine verlassen und das nächstgelegene Land zu erreichen suchen, oder wir mußten bleiben, wo wir waren und hoffen, bei der einen oder andern Gelegenheit hochzukommen. Wir hatten das Kunststück ausgeführt, beim Abflug aus Spitzbergen Proviant für einen Monat mitzunehmen, und jetzt, nach 4 Wochen, noch Proviant für 6 Wochen zu haben. Bis zum 1. August konnten wir uns also am Leben erhalten.

Ich habe oft in meinem Leben Situationen durchgemacht, in denen es schwierig war, eine Wahl zu treffen. Aber ich weiß bestimmt, daß die Wahl mir diesmal viel schwerer gefallen sein würde als bei irgendeiner früheren Gelegenheit. Die eine Möglichkeit, zum nächsten Lande zu wandern, schien mir am vernünftigsten zu sein, da wir in diesem Falle vielleicht so weit nach Süden kommen konnten, daß wir Wild fanden, bevor unser Proviant zu Ende war. Außerdem hatte dieser Plan den großen Vorteil, daß unsre Gedanken mit der bevorstehenden Aufgabe beschäftigt sein würden. Gegen den Plan sprach aber, daß wir für einen langen Marsch nicht gut genug ausgerüstet und wahrscheinlich auch zu sehr geschwächt waren. Wenn ich diese beiden Möglichkeiten bei mir selbst überdachte, kam ich immer zu dem Schluß, es sei das beste und vernünftigste, Land aufzusuchen. Aber dann flüsterte mir eine Stimme ins Ohr: „Bist du verrückt, Mensch! Willst du eine tadellose Maschine mit reichlich Benzin verlassen und dich in das Packeis begeben, wo du weißt, daß du jämmerlich verrecken mußt? Morgen öffnet sich vielleicht ein Wasserarm, und dann bist du in acht Stunden zu Hause." Will mir jemand wohl vorwerfen, ich sei von mangelnder Entschlußfähigkeit, weil ich meine Wahl so schwer treffen konnte?!

Am 14. Juni abends warfen wir alles, was wir irgend entbehren konnten, auf das Eis und sammelten es in ein Segeltuchboot. Wir behielten nur Benzin und Schmieröl für acht Stunden, ein zweites Segeltuchboot, zwei Schrotflinten, 200 Patronen, sechs Schlafsäcke, ein Zelt, Kochgeräte und Proviant für ein paar Wochen. Sogar unsre prächtigen Skistiefel mußten wir zurücklassen, weil sie zu schwer waren. An Kleidern behielten wir nur, was wir anhatten. Alles in allem machte unsre Last etwa 300 Kilogramm aus.

Am 15. Juni hatten wir morgens –3 Grad und eine leichte Süd-ostbrise. Das war gerade der Wind, den wir brauchen konnten. Die Startbahn war im Laufe der Nacht glatt und hart gefroren. Die Wolkendecke war nicht von der allerbesten Art – ein tiefer Stratus – aber was in aller Welt kümmerten wir uns um die Wolken! Der dichteste Nebel hätte uns nicht zurückgehalten. In dieser Beleuchtung war die Bahn sehr schwierig zu übersehen. Wir brachten daher auf beiden Seiten kleine schwarze Gegenstände an, damit der Führer sicher sein sollte, nicht verkehrt zu fahren. Eine Kleinigkeit zuviel nach der einen oder der andern Seite konnte verhängnisvoll werden.

Um ½ 10 Uhr vormittags ist alles klar, und Sonnenkompaß und Motoren werden gestartet. Dreiviertel Stunden dauert es, bis sie ganz warm sind. Ich schlendere zum letztenmal über die Bahn, um mir die Zeit zu vertreiben. Die Bahn geht in südöstlich-nordwestlicher Richtung, mit Auslauf nach Südosten. Ein paar Meter vor unsrer

Maschine läuft ein schmaler Spalt quer herüber. Er ist nur ein paar Zoll breit, aber er ist nun einmal da und kann sich jederzeit öffnen und das Eckchen, auf dem wir stehen, von dem großen Rest trennen. Auf 100 Meter Entfernung steigt die Bahn ganz allmählich an, verläuft dann aber ganz eben. 200 Meter von dem Südostende der Scholle geht ein andrer Riß quer über das Eis. Der war viel ernsterer Natur und hatte uns manches Kopfzerbrechen verursacht. Er war ungefähr zwei Fuß breit und mit Wasser und Schneebrei angefüllt. Das schien darauf zu deuten, daß er direkt ins Meer lief und uns jederzeit Schwierigkeiten bereiten konnte. Wenn sich dieser Riß erweiterte und uns 200 Meter von unsrer Bahn abschnitt, wäre unser Startplatz unbrauchbar geworden. Die Scholle endete vor einem 3 Meter breiten Wasserarm. Jenseits lag in der Richtung unsrer Bahn eine 40 Meter lange Scholle. Man kann aus dieser Beschreibung ersehen, daß die Bahn keineswegs überwältigend war; aber sie war die beste, die hier zu haben war. Um 10½ Uhr war alles in Ordnung. Auf dem Führersitz saß Riiser-Larsen, hinter ihm auf dem Boden des Bootes Dietrichson und ich; im Benzinraum hatten Omdal und Feucht und Ellsworth in der Messe Platz genommen. Dietrichson war der Kommandant der Rückfahrt. Als solcher hätte er eigentlich den Platz vorne in der Beobachtungskabine vor dem Führerstand haben müssen. Aber da dieser Platz für unser bevorstehendes Manöver zu exponiert war, wurde sein Platz für den Start zurückverlegt. Es waren unleugbar ein paar Augenblicke höchster Spannung. Sobald die Maschine zu gleiten begann, konnte man einen großen Unterschied gegenüber dem vorigen Tage merken. Kein Zweifel, sie entwickelte gleich eine mächtige Geschwindigkeit. An der höchsten Stelle – nach 100 Metern – stellten wir auf Höchstgeschwindigkeit mit 2000 Umdrehungen in der Minute. Es zitterte und bebte, dröhnte und pfiff durch die Maschine. Es war, als ob N 25 die Situation verstand, als ob er seine ganze Energie zu dem letzten entscheidenden Sprung von der Südkante der Scholle sammelte. Entweder – oder.

Wir fuhren über die 3 Meter breite Spalte, sprangen über die 40 Meter breite Scholle und dann... ja, war das möglich? Wahrhaftig! Das scheuernde Kratzen hatte aufgehört, und nur der Motor donnerte. Im selben Augenblick sind wir auf den Beinen. Wir lachen und nicken einander zu, und Dietrichson verschwindet in der Führerkabine.

Nun begann der Flug, der zu allen Zeiten einen Ehrenplatz als einer der hervorragendsten in der Geschichte der Luft einnehmen wird. Ein Flug von 850 Kilometern, mit dem Tod als Fahrgast. Man darf nicht vergessen, daß wir sozusagen alles von uns geworfen hatten. Wenn wir selbst bei einer Notlandung durch ein Wunder mit dem Leben davonkommen sollten, so würden unsre Tage doch sehr schnell gezählt sein.

Die Wolken lagen sehr tief, und wir waren etwa zwei Stunden lang gezwungen, in nur 50 Meter Höhe zu fliegen. Es war interessant, im Augenblick des Aufstiegs die Eisverhältnisse zu beobachten. Wir glaubten, nach dem Aussehen des Himmels zu urteilen, daß wir hinreichend offenes Wasser in der Nähe haben würden. Das war aber nicht der Fall. Kein Tropfen war zu sehen. Überall nur Eismassen in chaotischer Verwirrung. Interessant war es auch, zu beobachten, daß die Scholle, die uns letzten Endes zur Freiheit verholfen hatte, auf Meilen im Umkreis die einzige war, die sich dazu eignete. N 24 bekam einen letzten Gruß zugewinkt, und dann entschwand er für immer unsern Blicken. Alles an Bord funktionierte vorzüglich. Die Motoren gingen wie Nähmaschinen und flößten uns unbedingtes Vertrauen ein. Beide Sonnenkompasse tickten gleichmäßig. Wir wußten daß sie uns unschätzbare Dienste leisten würden, sobald die Sonne sich zeigte. Geschwindigkeits- und Abtriebsmesser waren auf ihrem Platz. Am Rade saß der Führer, ruhig und sicher wie immer. In der Navigationskabine war ein Mann, zu dem ich vollstes Vertrauen hatte, und die Motoren wurden von zwei Leuten bedient, die ihre Sache tadellos verstanden. Ellsworth war die ganze Zeit mit meteorologischen Beobachtungen und mit Photographieren beschäftigt. Ich selbst hatte Gelegenheit, den ganzen Flug nur zu beobachten. Dazu war ich auf der ganzen Tour nordwärts nicht gekommen. Der Kurs wurde auf die Nordküste von Spitzbergen gesetzt, ungefähr auf die Umgebung des Nordkaps. Während der beiden ersten Stunden steuerten wir ausschließlich nach dem magnetischen Kompaß. Das hatte man bisher auf diesen hohen Breitengraden für unmöglich angesehen. Aber es ging ausgezeichnet. Als die Sonne nach zwei Stunden durchbrach, kam sie gerade mitten in unsern Sonnenkompaß und brachte uns den Beweis, daß wir völlig richtig steuerten. Drei Stunden lang hatten wir sichtiges Wetter. Dann kam wieder dichter, undurchdringlicher Nebel. Wir gingen auf 200 Meter Höhe und flogen über dem Nebel in strahlendem Sonnenschein.

Hier hatten wir die ganze Zeit über großen Nutzen von unserm Sonnenkompaß und konnten zwischen ihm und dem magnetischen Kompaß Vergleichungen anstellen. Der Nebel hielt eine Stunde an, und dann kamen wir wieder in sichtiges Wetter. Das Eis hatte die gleiche Beschaffenheit wie damals, als wir nordwärts flogen: Treibeis mit Blockbildung an allen Ecken und Enden. Augenscheinlich war kein System in diesen Formationen. Es herrschte völliger Wirrwarr. Etwas mehr offenes Wasser gab es wohl als bei unserm Nordflug, aber keine richtigen offenen Arme.

Auf 82 Grad nördlicher Breite kam der Nebel wieder. Lange Zeit versuchte der Führer, darunter wegzufliegen, und das wurde ein Flug, der allen den Menschen Freude gemacht hätte, die nervenkitzelnde Zerstreuungen suchen. Der Nebel lag immer tiefer und tiefer, und schließlich strichen wir buchstäblich direkt über die Eisblöcke dahin. Bei einer Geschwindigkeit von ungefähr 120 Kilometern bekommt man da wirklich den Eindruck des Fliegens. In größerer Höhe merkt man die Geschwindigkeit doch nicht so sehr. Dann ist man erstaunt, wie langsam man vorwärts zu kommen scheint, während wir hier über die Eisfelsen von Gipfel zu Gipfel hinwegsausten. Ein paarmal tauchten die Eisblöcke direkt unter uns auf, so unmittelbar, daß ich dachte: den schaffen wir nicht. Aber wir kamen doch hinüber. Schließlich wurde der Zustand unerträglich. Nebel und Eis gingen in eins über. Es war gar nichts mehr zu sehen. Dabei näherten wir uns immer mehr Spitzbergen. Sollten wir mit 120 Kilometer Geschwindigkeit auf eine der dortigen Felsenwände auftreffen, so würde wohl nicht viel von uns übriggeblieben sein. Der einzige Ausweg war also, über den Nebel zu fliegen. Dazu entschloß sich dann auch unser Führer.

In 100 Meter Höhe waren wir schon über dem Nebel und wieder in strahlender Sonne. Man konnte gleich sehen, daß der Nebel im Begriff war, sich zu lichten. Er teilte sich in einzelne Wolken, so daß man recht oft das Terrain erkennen konnte. Einladend sah es nicht aus. Nur Treibeis mit etwas Wasser dazwischen. Wenn ich jetzt wieder von den unmöglichen Landungsverhältnissen spreche, geschieht es, um hervorzuheben, wie nahe wir auch da wieder dem sicheren Tode waren. Bei einer Landung würde unser Apparat erbarmungslos zertrümmert worden und untergegangen sein. Immer mehr und mehr lichtete sich der Nebel und schwand endlich ganz. Diese willkommene

Änderung hatten wir einer frischen südlichen Brise zu verdanken. Der Nebel lag am weitesten und dichtesten im Süden, aber jetzt kam auch dort Bewegung in die Nebelmassen. Wie große Flocken löste es sich daraus und verflüchtigte sich zu treibenden Wölkchen. Wo lag Spitzbergen? Waren wir so falsch gefahren, daß wir vorbei geraten waren? Denkbar war das. Wir hatten ja keine Erfahrung, wie man in diesen Breitengraden in der Luft zu navigieren hat. Immer wieder mußte ich daran denken, daß man die üblichen magnetischen Kompasse in diesen Gewässern für unbrauchbar ansieht. Zwar hatte der Sonnenkompaß jedesmal, wenn wir Sonne bekamen, mit dem magnetischen übereingestimmt. Aber wenn ich auch keinen Grund zur Beunruhigung finden konnte, so fühlte ich mich doch unsicher. Wir hätten jetzt Land sehen müssen. Viel Benzin hatten wir nicht mehr übrig – und Land konnten wir nicht entdecken. Da plötzlich löste sich eine große, dicke Nebelhaube, schob sich langsam zur Seite und ließ eine hohe, glitzernde Bergspitze zum Vorschein kommen. Ein Zweifel war kaum möglich: das mußte Spitzbergen sein. Am weitesten nördlich lagen ein paar Inseln. Das konnten die „sieben Inseln" sein, und dann erstreckte sich das Land in westlicher Richtung. Aber Spitzbergen oder nicht..... es war Land, gutes, festes Land. Von den Inseln zog sich ein dunkler Streifen in nordwestlicher Richtung. Das war Wasser – das große, offene Meer. Ein herrliches Gefühl, wieder Meer und Land, aber kein Eis mehr unter sich zu haben! Unser Kurs lag eigentlich südlich; aber um schneller von dem ungemütlichen Terrain unter uns fortzukommen, wurde der Kurs westlicher nach dem offenen Meer zu verlegt. Das war mehr als klug von unserm Führer gehandelt. Man könnte versucht sein, zu sagen, daß ihn sein Instinkt leitete. Vielleicht hatte die Verbindung mit den Seitensteuern ihn fühlen lassen, daß irgendetwas nicht ganz in Ordnung war. Wie dem auch sei: zehn Minuten, nachdem wir das offene Meer erreicht hatten, fuhr sich die Steuerleitung ganz fest, und wir mußten landen. Es wehte ein starker Wind, und die See ging hoch. Die Notlandung wurde so sicher und ruhig vorgenommen, wie das bei unserm Führer nicht anders zu erwarten war. Wir begaben uns alle nach achtern in die Messe, um den Bug, so hoch wie möglich aufzurichten. Der Führer war der einzige, der vorne blieb. Sehr vorsichtig führte er das Boot vorwärts. Es galt für ihn, gegen die höchsten Sturzseen zu manövrieren, die in diesem Augenblick mächtige Dimensionen hatten.

Wir hinten hielten uns warm und trocken. Anders der Mann am Steuerrade. Eine Welle nach der andern überschüttete ihn, und nach wenigen Minuten war er bis auf die Haut durchweicht. An solche Behandlung war ich noch nicht gewöhnt und erwartete dauernd, daß unserm Boot der Boden eingeschlagen würde. Abends gegen 7 Uhr ging die Notlandung vor sich. Erst um 8 Uhr kamen wir dem Lande nahe. Die Landungsverhältnisse in der Bucht, in die wir geraten waren, waren nicht die besten. Wir hatten indessen am Landeise einen abfallenden Rand, an dem wir hinaufklettern konnten. Der Wind hatte sich jetzt ganz gelegt, und die Sonne brannte auf die großen Steine, mit denen der Strand bedeckt war. Hier und da lag frisches Moos zwischen den Steinen, und das Wasser rieselte murmelnd von den Felsvorsprüngen. Ein paar dünne Vogelstimmen paßten trefflich in dies schöne Abendbild. Uns wurde geradezu andächtig zumute. Eine Kirche brauchten wir nicht aufzusuchen, um Gott, dem Allmächtigen, unsern heißesten Dank zu sagen. Wir brauchten nur seine herrliche Natur, um ihn anzubeten. Das Meer lag blank und still. Hier und da ragten feststehende Eismassen daraus hervor. Das Ganze machte einen gewaltigen Eindruck, den wohl keiner von uns vergessen wird. Der Apparat wurde an einem Eisblock vertaut, so daß er frei schwingen konnte, und alle Mann begaben sich an Land. Zwei Fragen interessierten uns im Augenblick besonders, nämlich zu wissen, wo wir waren, und dann, etwas Essen in den Leib zu bekommen. Die Schokolade und die drei Keks, die wir um 8 Uhr morgens genossen hatten, reichten jetzt wirklich nicht mehr. Während Dietrichson die Sonnenhöhe maß, bereiteten wir andern unser Festessen vor, d.h. eine Wiederholung unsers Frühstücks. Nein, wie wohl das tat, über die großen Steine zu springen! Man wurde richtig wieder zum Kinde. Hier und dort lagen Treibholzstämme, die wir gut benutzen konnten, falls wir hier hätten bleiben müssen. Die 90 Liter Benzin, die wir noch übrig hatten, mußten sparsam behandelt werden.

Omdal, unser Koch während der ganzen Expedition, war gerade dabei, den Petroleumkocher in Gang zu pumpen. Es war gerade noch ein Tropfen Benzin drin, der von unserm Aufenthalt im Eise übriggeblieben war. Im selben Augenblick rief Riiser-Larsen: „Da ist ein Kutter"! Tatsächlich kam ein kleiner Fischkutter gerade östlich von uns um den nächsten Felsvorsprung. Hatten wir vorher das Glück gegen uns gehabt, so schien es jetzt in überwältigendem Maße für uns zu sein. Es war jetzt 9 Uhr abends, und Dietrichson hatte seine Beobachtungen gerade fertig berechnet. Wir befanden uns genau am Nordkap des Nordostlandes von Spitzbergen, gerade dort, wo wir morgen hinzusteuern beabsichtigten. War der Flug ein Meisterstück des Führers gewesen, so war es das Navigieren nicht minder. Es war eine Glanzleistung. Aber – der kleine Kutter nimmt den Kurs außen herum und scheint uns nicht gewahr zu werden. Er bewegt sich augenscheinlich recht schnell und muß daher wohl einen Motor haben. Was sollen wir tun? Wir sind ja nicht gewöhnt, für gewöhnlich in der Luft herumzufliegen und uns mit großer Geschwindigkeit zu bewegen. Wie sollen wir das Boot erreichen? „Nichts leichter als das," sagte der Flieger, „setzt euch nur wieder hinein, dann sollt ihr sehen." Im Augenblick wird alles wieder an Bord gebracht, der Motor donnert los, und wir sausen über das Meer, um sofort neben dem Kutter anzuhalten. Es ist die „Sjöliv" aus Balsfjord, Kapitän Nils Vollan. Eine Jolle wird zu Wasser gelassen, und zwei Mann kommen zu uns gerudert. Die Leute scheinen im Zweifel zu sein, wen sie vor sich haben, schmutzig und bärtig, wie wir waren. Aber da wende ich mich ein bißchen und zeige mein Profil, und – da erkennen sie uns. Ob er uns nach Kings Bay bugsieren wolle, da unser Benzin fast aufgebraucht sei? Ja, das könne er natürlich machen. Vollan hätte auch ja gesagt, wenn er uns bis China hätte schleppen sollen: so sehr freute er sich darüber, uns zu sehen, so sehr strömte er von Liebenswürdigkeit und Diensteifer über. N 25 wurde ins Schlepptau genommen, und wir begaben uns alle an Bord der „Sjöliv". Zum ersten Male hatten wir das Gefühl, daß jetzt unsre Mission abgeschlossen wäre. Still und ruhig reichten wir einander die Hand. In diesem Händedruck lag alles.

An Deck wurden wir auf das herzlichste von allen Mann empfangen und in die Kajüte begleitet. Es war gerade kein Tanzsaal, nur 2:2 Meter. Aber im Vergleich mit den Dimensionen, an die wir uns in den letzten vier Wochen gewöhnt hatten, war die Kajüte geräumig und bequem. Die guten Menschen räumten sie ganz und überließen sie uns. In den zwei breiten Kojen, die dort waren, konnten vier von uns gut schlafen. Die beiden andern bekamen ihren Platz in der Mannschaftskajüte angewiesen.

„Wollte ihr Kaffee haben?" war die erste Frage. Ja, nicht zu knapp und so schnell wie möglich, und außerdem was zu rauchen. Die Sache war nämlich die, daß uns in den letzten Tagen auch der Tabak knapp geworden war, und daß wir uns nach einer Pfeife sehnten. Der erste Kaffee erreichte seinen Zweck allerdings nicht. Der Kessel wurde auf den Ofen gestellt, um sich warm zu halten, und landete bei einer schönen Schlingerbewegung auf Riiser-Larsens Rücken. Der bekam zwar nun als erster auf diese Weise Kaffee, aber er hätte ihn wohl lieber mit einem andern Körperteil genossen. Dann gab es Eierkuchen und Seehundsfilet. Der Kapitän entschuldigte sich, daß er uns nichts Besseres vorsetzen konnte. Alles verschwand, als hätte es ein Wirbelwind über Bord gefegt, obwohl wir uns vorgenommen hatten, nach der langen Hungerperiode recht vorsichtig zu sein.

Die Schleppfahrt mit N 25 ging anfänglich ganz gut; im Lauf der Nacht jedoch frischte die südliche Brise auf, und mächtige Windstöße fegten über die Felsen. Das Meer wurde immer unruhiger, je weiter wir westlich zu der Hinlopenstraße kamen. Schließlich hatten wir so grobe Wehen, daß wir unter Land gehen und ankern mußten. Zu Bett kamen wir erst um ½6 Uhr morgens nach einer unendlichen Reihe von Mahlzeiten. Um 11 Uhr vormittags standen wir wieder auf. Kräftige Windstöße fegten über die Küste, unser Liegeplatz war nicht günstig. Wir entschlossen uns daher, die nächste Bucht aufzusuchen und nachzusehen, ob es dort einen bequemeren und sichereren Platz für die N 25 gäbe. Dann sollte die Maschine dort liegen bleiben, während wir nach Kings Bay fuhren, um Hilfe zu holen und unsern Apparat dorthin zu fliegen. Die nächste Bucht war die Branntweinbucht. Wir lachten einander verständnisinnig an, hatten wir alle den gleichen Gedanken: ob wir wohl an einer Stelle mit einem so verfänglichen Namen an Land gehen könnten? Das Landeis lag noch fest im Innern der Bucht. Dort konnten wir die Maschine sicher anbringen. Um 8 Uhr abends setzten wir unsern Kurs auf Kings Bay. Die Fahrt um die Hinlopenstraße war recht frisch. Die See ging hoch, und die „Sjöliv" amüsierte sich königlich. Daß unsre Gefühle nicht von der gleichen Art waren, brauche ich wohl kaum zu sagen.

Während des ganzen 17. Juni ging es an der Nordküste Spitzbergens in Sommer, Sonne und Wärme entlang. Wir riefen ein paar Boote an, denen wir begegneten, und wollten wissen, ob sie die „Hobby" gesehen hätten. Nein, das hatten sie nicht. Als wir Virgohafen passierten, gingen alle unsre Flaggen hoch, und die kleine „Sjöliv" prangte in vollstem Festschmuck. Wir wollten gern das Andenken des

Mannes ehren, der zum erstenmal versuchte, über das Polarmeer durch die Luft vorzudringen – Salomon August Andrée. Es gab wohl in der ganzen Welt keine Männer, die mit mehr Recht die Erinnerung an ihn feiern durften, als uns sechs; kamen wir doch aus der Gegend, die er zu erreichen suchte, und hatten jetzt die Stelle vor Augen, von der aus er im Jahre 1897 seinen tollkühnen Abflug unternahm. Wir senkten die Flagge und fuhren weiter.

Um 11 Uhr abends rundeten wir Kap Mitra, und da lag auch Kings Bay vor uns. Mit einem eigentümlichen Gefühl stachen wir in die Bucht und sahen alle die altbekannten Stellen wieder. Das Eis war jetzt ganz verschwunden, und Enten, Lummen und Alken tummelten sich im Sonnenschein. Die Spannung wuchs, je näher wir kamen. Ist die „Hobby" hier oder nicht? Der Schiffer stieg in den Mastkorb, um auszuschauen. Er kam zurück mit der Meldung, daß die „Hobby" nicht da wäre. Nur ein Kohlendampfer lag am Kai. Wir kamen näher und näher, und einer nach dem andern stieg hinauf, um Ausschau zuhalten. Plötzlich rief einer: „Doch, die „Hobby" ist da, und daneben liegt noch ein andres Schiff, ich kann nur nicht sehen, was für eins." Die Freude war groß. Da lag also die „Hobby", und viele unsrer guten Freunde waren uns schon ganz nah. „Jungs," rief es aus dem Mastkorb wieder, „das andre ist ja der „Heimdal"."Bist verrückt, Mensch; was hat denn „Heimdal" hier zu suchen?" („Heimdal" war von der norwegischen Marine ausgesandt, um den Polarfahrern, wenn möglich, Hilfe zu bringen. Anm. d. Übers.) tönte die Antwort zurück. Wir hatten ja keine Ahnung, was uns erwartete.

Und näher und näher gleiten wir. „Sollen wir die Flagge hissen?" fragt der Schiffer. „Nein," antwortete ich, „keine Ursache." Aber etwas später sagt ein andrer: „Wir sollten doch eigentlich die Marineflagge grüßen." „Ja, natürlich, ich habe vergessen, wie man sich auf See benimmt", mußte ich einräumen. So ging die Flagge in Topp, und die „Sjöliv" näherte sich, wie es sich gehörte. Wir halten dauernd unsre Feldstecher auf die Schiffe vor uns gerichtet. Plötzlich bricht einer aus: „Donnerwetter nochmal, da liegen ja zwei Flugmaschinen!" Tatsache! Da lagen zwei Hansa-Brandenburg-Maschinen klar zum Abflug. „Die sollen wahrscheinlich die Nordküste kartographieren," kam es von einer Seite, „davon haben sie schon im Frühjahr zuhause gesprochen." Das hörte sich ja ganz wahrscheinlich an. Daß wir die Ursache dieses ganzen Aufstandes waren, kam uns nicht im Traum bei. Wir kamen immer näher und näher. Nun konnten wir sehen, daß sie auch auf der andern Seite ihre Gläser einstellten und sich für unser Schiffchen interessierten. Als wir in Rufweite hineingeglitten waren, brüllte einer unsrer Leute, der einen Kameraden an Bord der „Hobby" erkannte: „Hallo, Finn, wie geht's zu Hause?" Das war das Alarmsignal. Wir konnten sehen und hören, wie sie herumfuhren, jubelten, riefen und gestikulierten. „Was in aller Welt sollte das alles bedeuten?"

Das sollten wir bald genug erfahren. Der Motor stoppte, und die „Sjöliv" legte sich neben die „Hobby". Den Empfang, der uns da zuteil wurde, werden wir nie vergessen, selbst wenn unser Gedächtnis uns sonst im Stich lassen sollte. Man lachte und weinte, faßte uns an und betrachtete uns mit ganz verständnislosen Blicken. „Großer Gott, seid ihr's denn wirklich?" Sie glaubten einfach nicht, daß wir es waren. Und nun erzählten sie, wie sie gewartet und gewartet hatten. Sie sagten zwar, daß sie uns nie aufgegeben hätten, aber im Innersten ihres Herzens mußten sie sich eingestehen, daß sie gerade das und nichts andres getan hatten. Und plötzlich standen wir wieder mitten zwischen ihnen: die Toten waren zum Leben erwacht. Es war kein Wunder, daß die Reaktion mächtig wirkte. In der ersten halben Stunde wurde sicher kaum ein vernünftiges Wort gesagt. Da standen alle unsre lieben, alten Freunde: Kapitän Hagerup, Leutnant Horgen, Zapffe, Ramm, Berge usw. Sie strahlten einfach vor Glück. Und da waren auch alle die braven Kerls, die uns zu Hilfe gesandt waren: Kapitän Blom mit dem „Heimdal" und Premierleutnant F. Lützow-Holm mit der Luftflotte. Der letzte beim Empfang, nicht aus Mangel aus Interesse, sondern weil er von der Direktorvilla den weitesten Weg hatte, war unser lieber Wirt. Armer Knutsen! Er war so gelaufen, daß er erst stille stehen mußte, um den Atem wiederzufinden. Das war ein herzliches Wiedersehen. Von allen denen, die uns in der Zwischenzeit vermißt hatten, war kaum einer, den die Trennung stärker berührt hatte, als ihn. Früh und spät, so erzählte er, hatte er nach uns Ausguck gehalten. Niemals hatte er uns aus den Gedanken verloren. Man konnte nicht ahnen, daß in diesem großen, kräftigen Mann das weichste, wärmste Herz schlug. Kein Wunder daher, daß das Wiedersehen mit Knutsen ein Kapitel für sich blieb.

Nun mußten wir uns von allen Seiten photographieren lassen. Der Bart und der Schmutz eines ganzen Monats mußten doch auf der

Platte festgehalten werden. In einer Stunde würde das leider schon verschwunden sein. Dann zogen wir los zu unserm früheren Heim, wo wir alle die unvergeßlichen Tage vor der Abreise zugebracht hatten. Es war wie ein herrlicher Traum, daß wir nun wieder da waren. Jeden einzigen Tag, wenn wir in unsrer kleinen Messe an Bord des N 25 saßen und unsre bescheidene Mahlzeit einnahmen, konnten wir den einen oder andern sagen hören: „Wann werden wir wohl wieder zu Knutsen kommen?"

Und nun waren wir da. Nun war es an uns selbst, uns in die Arme und Beine zu kneifen und uns zu vergewissern, ob dies wirklich wahr war, ob wir jetzt tatsächlich so viele Keks essen konnten, wie wir Lust hatten. Man ließ uns keine Zeit, uns erst zu rasieren und zu waschen. Nein, jetzt hatte Berta das Kommando übernommen, und nun sollten wir zuerst mal ordentlich essen. Als wir in die Speisestube eintraten, donnerte der Salut los. Die Station begrüßte unsre glückliche Heimkehr. Niemals hat uns wohl unsre Nationalhymne schöner geklungen. In strammer Haltung stehend, lauschte die ganze Schar den Klängen unsres Lieblingsliedes. Da blieb wohl kein Auge trocken. Gott segne das Vaterland! Für die Heimat geben wir mit Freude alles dahin.

Zwischen 3 und 4 Uhr morgens war das Dampfbad angeheizt, und nun konnte die Verwandlung vor sich gehen. Haar und Bart verschwanden und mit ihnen die „dunklen Schichten" auf unsrer Haut. Mager waren wir alle geworden. Das kam jetzt erst richtig zur Geltung. Es sah aus, als hätte Riiser-Larsen seinen Schlips jetzt zweimal um den Hals knoten können. Und dabei war er ihm vor dem Abflug knapp gewesen.

Wann wir in dieser Nacht zu Bett kamen, weiß ich wirklich nicht mehr. Es ist ja auch gleichgültig. Aber als ich am nächsten Tage herauskam und mich umsah, da empfing ich einen der Eindrücke, die sich für alle Zeiten fest in die Erinnerung einmeißeln. Auf dem Flaggenhügel gerade vor dem Hause flatterte die große schöne Fahne in einer leichten, prächtigen Sommerbrise. Die Sonne stach glühend heiß, und die Gletscher in der Runde schimmerten im Strahl der Sonne wie leuchtendes Silber. Die ganze Welt schien ein Festkleid anzuhaben. Der Hügel war mit feinen Blümchen rosig überhaucht, und die Vögel sangen und zwitscherten. Im Hafen lagen die Schiffe in voller Flaggengala. Man konnte versucht sein, sich noch einmal zu kneifen, um sich zu überzeugen, ob man wachte oder schlief. Das Dasein glich einem schönen Traum.

Am 20. Juni stach „Heimdal" um 2 Uhr früh in See, mit Fliegern, Mechanikern und einem Photographen an Bord. Sie wollten nach der Branntweinbucht und unsre Maschine holen. Am nächsten Abend um 8 Uhr waren sie schon wieder zurück, unser Apparat in tadellosem Zustand. Wir saßen gerade beim Essen, als sie kamen, aber das Rattern des Motors brachte uns alle auf die Beine. Da glitt er auch schon elegant hernieder und landete gleich danach.

Jetzt kamen Ferientage, die wir alle gut gebrauchen konnten. Ich mußte an meine Kindertage denken, wenn wir auf dem Lande waren, faulenzten und gemästet wurden. Aus allen Ecken und Enden der Welt strömten täglich Hunderte von Telegrammen bei uns zusammen. Der norwegische König und die Königin kamen zuerst: „Die Königin und ich beglückwünschen Sie und Ihre Begleiter zu Ihrer glücklichen Heimkehr. Ich danke Ihnen für das, was Sie geleistet haben, und dafür, daß Sie Norwegen wieder Ehre gemacht haben. Haakon. R." Unmittelbar danach kam der Kronprinz, dann das Storting, die Regierung, die Universität Oslo, alle Städte des Landes, eine Unmenge von Gemeinden und Vereinen, ferner alle fremden Gesandtschaften. Von Telegrammen aus dem Auslande erfreute uns besonders ein herzliches Telegramm des englischen Königs, des deutschen Reichstagspräsidenten und Glückwünsche geographischer und wissenschaftlicher Vereinigungen. Für den Telegraphendienst hier oben waren das Tage mit harter Arbeit, aber die Beamten waren besonders tüchtig. Der Telegraphendienst auf der „Fram" und dem „Heimdal" war uns eine unschätzbare Hilfe. Außerdem arbeitete der Telegraphist Hagenes von der Kings Bay-Kohlengesellschaft die ganze Zeit unter Hochdruck.

Am 23. Juni verließ uns die „Hobby", um in ihren Heimathafen Tromsö zurückzukehren. Uns war, als trennten wir uns von einem alten Freunde. Alle diese tüchtigen, prächtigen Menschen hatten wir liebgewonnen. Ramm und Berge reisten mit. Der Johannistag wurde nach guter Sitte und altem Brauch gefeiert, mit Scheiterhaufen, Gesang und Tanz. Der von der Kohlengesellschaft gecharterte Dampfer „Albr. W. Selmer", der am 21. Juni eingelaufen war, hatte am 25. seine Kohlenladung fertig. Am gleichen Nachmittag nahm er N 25 und die beiden Hansa-Brandenburger Maschinen der Marine an

Bord. Diese beiden wurden so aufgeladen, wie sie auf Wasser lagen. N 25 lag vorne, die beiden andern Maschinen achtern. „Albr. W. Selmer" war plötzlich zu einem Mittelding zwischen Vogel und Fisch umgewandelt worden. Die Tragflächen ragten beiderseits weit heraus, und die Geschichte muß für die vorüberfahrenden Schiffe eigentümlich ausgesehen haben. „Selmer" war ein alter Kahn, aber gerade gut geeignet, um die ganze Expedition südwärts mitzunehmen. Erstens hatte er ausgezeichneten Platz für die Apparate, und zweitens konnte er bequem und mit Leichtigkeit alle Mitglieder der Expedition unterbringen. Der Führer, Kapitän Aasgaard, und seine Offiziere machten mit der bei norwegischen Seeleuten üblichen Gastfreundlichkeit und Liebenswürdigkeit den Teilnehmern der Expedition Platz, so daß wir uns achtern, wo sämtliche Kabinen der Offiziere und der Salon lagen, als Alleinherrscher fühlten. Es tat uns ordentlich weh, Knutsen und Kings Bay Lebewohl zu sagen. Die vorbildliche Gastfreundschaft, die wir dort genossen haben, und die wunderbare Pflege, die uns nach unsrer Rückkehr zuteil wurde, werden uns immer in dankbarer Erinnerung bleiben.

Um 11 Uhr stach „Selmer" bei allerschönstem Wetter in See. Die Mitternachtssonne stand hoch am Himmel, und die umliegenden Berge nahmen sich prachtvoll aus. Am Deck des „Heimdal" spielte man „Ja, wir lieben dieses gute Land" (die norwegische Nationalhymne. Anm. d. Übers.), und von dem Stationshügel wurde Salut geschossen. Dann senkten sich die Flaggen – ein letztes Lebewohl – und schnell verschwindet die Station, unser liebes Heim, in der Ferne. Wir waren zehn Passagiere: Kapitän Hagerup, die Leutnants Riiser-Larsen, Dietrichson, Horgen, Lützow-Holm, Omdal, Zapffe, Feucht, Ellsworth und ich selbst. Das wurde eine unvergeßliche Ferien- und Festreise. Bestimmungsgemäß sollten wir den ganzen Weg außerhalb der Schären gehen und dann vor Langengrund ankern. Von dort sollten wir Horten anlaufen. Aber auch dieser Plan sollte sich, wie so vieles andre, im Laufe der Zeit ändern. Wir bekamen nämlich eine mächtig schwere, östliche Dünung gegen uns, und eine Zeitlang sah es recht gefährlich für die Apparate aus. Wir mußten daher näher an Land gehen, und am 29. Juni um 11 Uhr vormittags passierten wir die Vogelinsel (Fugleö, nicht weit von Tromsö). Es hagelte immer noch Telegramme in solchen Mengen, daß der zweite Steuermann, der gleichzeitig Radiotelegraphist war, schwer überarbeitet war.

In der Nähe von Tromsö wurden wir von dem Dampfer „Richard With" von der Vesteraalen Dampfschiff-Gesellschaft eingeholt. Als das Schiff an uns vorbeikam, flogen alle seine Flaggen in die Höhe. In vollstem Flaggenschmuck überholte er uns, während die Kanonen Salut schossen und alle Mann an Bord winkten und jubelten. Das war die erste Begrüßung dieser Art. Da sie uns ganz überraschend kam, wirkte sie ergreifend. Es war ein schöner Willkommensgruß, den wir nie vergessen werden. Aber nun ahnten wir doch schon, was uns bevorstand. Als wir daher die große Bewegung im Tromsösund sahen, waren wir auf alles vorbereitet. Zwei große Dampfboote im Flaggenschmuck schossen uns entgegen, vollbeladen mit begeisterten, festlich gekleideten Menschen.

Etwas weiter drinnen im Fjord zeigte sich unser alter Freund „Hobby", auch so feierlich geschmückt und so mit Menschen überfüllt, daß es uns ordentlich den Atem benahm. Reden wurden geschwungen, man sang und salutierte. Die Fahrt durch den Tromsösund war prachtvoll, sie paßte im Stil zu dieser gastfreien, warmherzigen Bevölkerung.

Das wunderbare Sommerwetter hielt sich während der ganzen Zeit unverändert, und unsre Reise entlang der Küste gestaltete sich zu einer Fahrt durch das Traumland. Unsre schöne Flagge grüßte uns überall und drückte uns die gleiche Freude aus, mit der wir ihr zuwinkten. Tanne und Birke standen in ihrem herrlichsten Grün und wirkten auf uns, wenn wir so still vorbeiglitten, wie ein Märchen aus einer andren Welt. Hier und da lag ein einzelnes kleines Fischerboot, und manches Mal war ich vor Rührung dem Schluchzen nahe, wenn diese wettergebräunten Männer sich erhoben, die Hüte schwenkten und uns zur glücklichen Heimkehr beglückwünschten. Das war der stille, von Herzen kommende Willkommensgruß, der ebenso ergreifend, ja, vielleicht oft noch erschütternder wirkt, als die großen, strahlenden Empfänge.

Vor Christiansand bekamen wir den ersten sichtbaren Gruß aus der Luft. Norwegens Heer und Flotte boten uns ihr Willkommen. Vier Hanse-Brandenburger umkreisten unser Schiff eine Zeitlang und verschwanden dann wieder. Ein schöner Gruß. Am Nachmittag des 4. Juli passieren wir Färder (Das erste Leuchtfeuer bei der Einfahrt zum Oslofjord, Anm. d. Übers.) und nun begann die Einfahrt in den

Oslofjord. Sofort wurden wir von jubelnden Scharen in der Luft und zu Wasser begrüßt. An der Vogelecke (Fluglehuk) erlebten wir von allen den ergreifenden Szenen, die wir mit ansahen, die erschütterndste: das Wiedersehen zwischen den beiden Fliegern und ihren Frauen. Das Fallreep wurde herabgelassen, alle Häupter entblößten sich, und die beiden Frauen, die die schwerste Last unsrer Fahrt getragen haben, stiegen an Bord. Schade, daß ich nicht alle Flaggen der Welt an Bord hatte, um sie vor ihnen in Ehrfurcht zu senken, daß ich nicht alle Kanonen der Welt ihnen zu Ehren abfeuern konnte, um sie zu empfangen, wie es Kaiserinnen gebührte!

Um 11 Uhr abends glitten wir in den Hafen von Horten. Jeder Versuch, dieses Erlebnis zu schildern, wäre vergeblich. Es war wie ein Märchen aus 1001 Nacht, in die Wirklichkeit übertragen.

Ich freute mich, daß Horten der erste Platz war, wo ich an Land stieg. Im Laufe der Jahre habe ich dort so viel Gutes erfahren, daß ich mich der Stadt gegenüber in tiefer Dankesschuld fühle. Keine meiner Expeditionen ist hinausgegangen, ohne daß die norwegische Marine ihren wesentlichen Anteil daran hatte. Das gilt besonders von meiner letzten Fahrt. Es war dem Flugwesen der norwegischen Marine zu danken, daß die letzte Fahrt verwirklicht werden konnte. Die Marine verdient Dank, weil sie die erforderlichen Männer ohne weiteres beurlaubte, aber vor allen Dingen, weil sie solche Männer ausgebildet hat. Nur dadurch wurde die Expedition möglich.

Dann kam der Tag, der große, der unvergeßliche 5. Juli 1925. Sommerwetter in seiner vollsten Pracht begünstigte den Tag. Wer kann die Gefühle beschreiben, die sich in uns rührten, als wir auf unserm N 25 in die festlich geschmückte Hauptstadt mit den Tausenden und Abertausenden von jubelnden Menschen hineinschwebten? Wer kann den Anblick beschreiben, der sich uns bot, als wir auf dem Wasser niedergingen und von Tausenden von Booten umringt wurden? Wer den Empfang im Hafen ? Wer den Triumphzug durch die Straßen ? Und als leuchtende Krönung des Ganzen – das Festmittagsmahl bei dem Königspaar im Schloß? Das gehört jetzt alles der Erinnerung an – der schönsten und unvergeßlichsten Erinnerung.

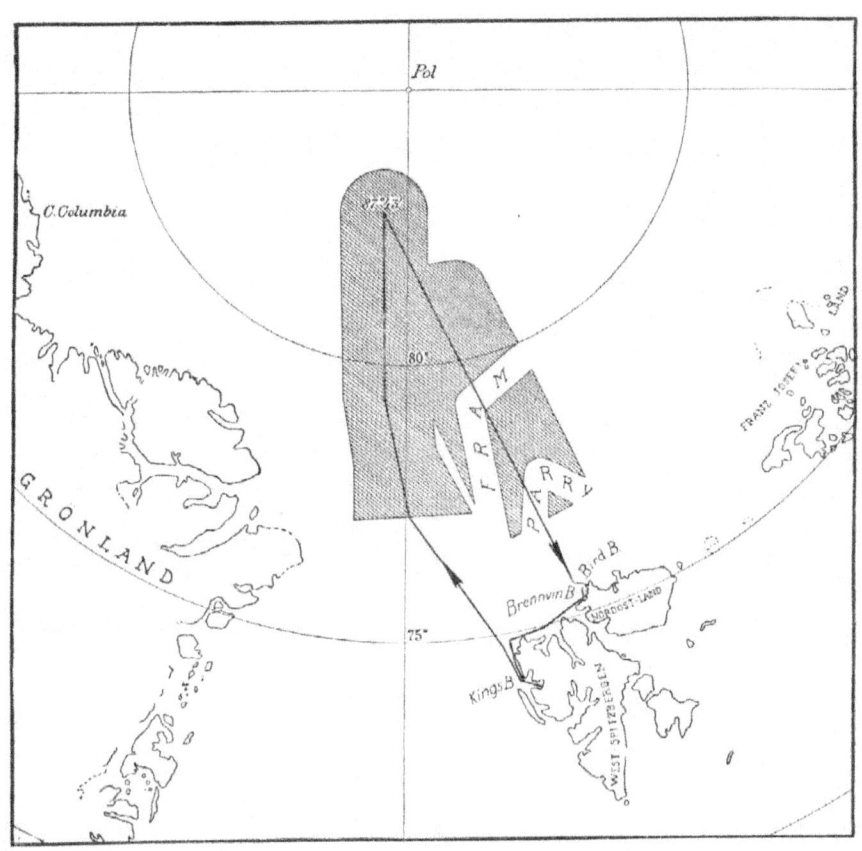

Das neuerforschte Gebiet

II

Die Ausrüstung der Expedition

Die Aufgabe des Unterkommandanten

„Der Verein für Luftschiffahrt hat einen Kontrakt für ein Buch von mindestens 70000 Wörtern mit den Verlegern verschiedener Länder geschlossen. Davon mußt Du einige tausend schreiben. Komm zu mir aufs Land hinaus, da kannst du in Ruhe arbeiten." So lautete Roald Amundsens Befehl, gleich nachdem wir am 5. Juli in Oslo an Land gestiegen waren.

Das Manuskript dieser 70000 Worte sollte bis zum 10. August abgeliefert werden. Rechnet man die Ausarbeitung der Karten und das Aussuchen des Bildmaterials dazu, war nicht viel Zeit übrig, und ich mußte mich beeilen.

Aber inzwischen waren noch manche andre Dinge zu besorgen. Der Film, der von der Expedition aufgenommen war, mußte nämlich immer wieder abgerollt und immer wieder zurechtgeschnitten werden. Die Kinotheater wollen mindestens drei Vorstellungen am Tage haben. 15 Minuten braucht man, um das Lokal zu leeren, zu lüften und wieder zu füllen. Also darf der Film nicht länger als 7 Viertelstunden dauern. Die Vorführung unsres Film nahm zuerst 2 ½ Stunden in Anspruch, und das noch dazu ohne Text. Es wurde gestrichen und gestrichen, der Film wurde jeden Tag kürzer. Am schwersten gestaltete sich aber die Anordnung der Szenen, die dadurch nicht in der richtigen Reihenfolge waren. Allmählich aber ordnete sich doch das Ganze zu einem guten Bild von dem Verlauf der Expedition zusammen, und dieses Bild gibt einen nüchternen und ruhigen Bericht der einzelnen Episoden, die sich von Tag zu Tag abrollen. Der Text zum Film machte sich auch nicht von selbst.

Während das besorgt werden mußte, hatten wir auch noch genug zu tun, um Reste unsres Expeditionsmaterials an die Lieferanten zurückzusenden. Ein großer Teil war nämlich unter der Bedingung gekauft worden, daß wir das nichtverwendete Material wieder zurückschicken konnten. Diesen Teil der Arbeit besorgte der immer hilfsbereite Omdal, der nie genug Arbeit bekommen konnte. Je mehr ich ihm aufpackte, um so lieber war es ihm. Manches Mal fragte ich ihn in dieser Zeit, ob er nicht Urlaub haben wollte, um nach Haus zu reisen. „Solange es für die Expedition noch Arbeit gibt, so lange eilt es nicht damit." Endlich am 1. August reiste er in seine Heimat nach Christiansand, nach der er sich so lange gesehnt hatte, aber ich bin sicher, daß er nur froh gewesen wäre, wenn ich ihm gesagt hätte, er könne noch nicht reisen. So ist Omdal.

In der Zwischenzeit füllte sich unser Briefkasten jeden Tag mit Bitten um unsre Gutachten über Instrumente und sonstige Gebrauchsgegenstände, die wir auf der Fahrt benutzt hatten. Das Lichtbildermaterial für die Vorträge sollte geordnet werden, und das Reklamematerial mußte unsren Impresarios zur Verfügung gestellt werden. So gingen die Tage, und der fürchterliche 10. August näherte sich so gefahrdrohend, daß ich endlich alles im Stich lassen mußte und zu Amundsen hinausfuhr, um den vorliegenden Bericht anzufangen.

Nun sitze ich hier mit den gleichen Gefühlen, die ich so soft in meiner Schulzeit hatte, wenn ich einen Aufsatz zu schreiben hatte und die Aufgabe so lange hinausschob, bis ich sie in einer Pause während der Schulzeit erledigen mußte.

Das erste, was ich hier auseinandersetzen will, ist die Frage:

Weshalb wählten wir den Typ Dornier-Wal?

Aus Gründen der Sparsamkeit verbot es sich, ein Luftschiff zu benutzen. Nur eine Flugmaschine konnte in Betracht kommen. Die Ansicht, die man von den Landungsverhältnissen dort oben im Eis hatte, war für die Wahl des Typs entscheidend. Die ersten Kenner auf dem Gebiet der Polarforschung und andre, die jahrelang auf dem Eise an der grönländischen Ostküste Fang getrieben hatten, meinten, daß es dort genug Landungsmöglichkeiten auf den großen und ebenen Eisschollen gäbe, ebenso daß man auch offene Wasserstellen finden müßte, auf denen Hydroplane niedergehen konnten. Später wurden wir auf Stimmen aufmerksam, die gegen diese Ansicht sprachen, aber diese bauten ihre Äußerungen auf Vermutungen auf, und deshalb konnte man diesen Äußerungen nicht das gleiche Gewicht beilegen. Daß diese letzteren recht behielten, hat uns überrascht. Wir glaubten damals sicher, daß wir Landungsplätze von ausreichender Größe und in genügender Anzahl finden würden. Danach mußten wir unsre Pläne aufbauen, denn eine Expedition mit einer Landung, die uns die Ausführung verschiedener Beobachtungen ermöglichte, würde als Forschungsexpedition viel größere Bedeutung haben, als nur ein einfacher Flug über das Eis. Natürlich ist eine solche Expedition auch gefahrloser, wenn man die Möglichkeit von Notlandungen in Betracht zieht. Wir beschlossen daher sofort, zwei Maschinen zu benutzen, damit der Flug mit einer Maschine fortgesetzt werden könnte, für den Fall, daß die andre Maschine einen Motordefekt bekäme, der nicht ausgebessert werden konnte. Es war auch denkbar, daß sie bei einer solchen Notlandung havarierte, weil sie sich dann keinen so günstigen Landungsplatz aussuchen konnte wie eine Maschine, die freiwillig landete. Es ist selbstverständlich, daß man doppelt so große Chancen hat, ein Ziel zu erreichen, wenn einem zwei Maschinen zur Verfügung stehen, als wenn man nur eine besitzt, vorausgesetzt, daß man Landungsmöglichkeiten hat.

Gibt es aber nun keine solchen, dann hat man mit zwei Maschinen nur halb so gute Chancen wie mit einer Maschine, denn die Möglichkeit, daß ein Motordefekt eintritt, ist doppelt so groß. Für diesen Fall gilt auch die Voraussetzung, daß die Besatzungen der beiden Maschinen sich immer dicht beieinander halten. Als wir uns später, nach der Landung dort oben im Eis, klar darüber waren, daß es keine Landungsmöglichkeiten gab, folgerten wir aus dieser Erkenntnis sofort den Beschluß, nur eine der Maschinen für den Rückflug zu benutzen. Trotzdem arbeiteten wir mehrere Tage, um beide Maschinen zum Start klarzumachen, denn die Startverhältnisse waren so schwierig, daß es vorteilhaft erschien, beide Maschinen klar zu halten, weil die eine leicht beim Start havarieren konnte. Als wir aber gemerkt hatten, daß wir alle sechs nötig waren, um die Arbeit an einer Maschine zu bewältigen, wählten wir die Maschine, die am besten im Stand war und die größte Sicherheit für den Rückflug bot.

Der Grund, daß ich soviel von unsern diesbezüglichen Plänen und diesem Teil des Unternehmens berichte, liegt darin, daß wir öffentlich kritisiert worden sind, „daß wir mit zwei Maschinen über ein Gebiet ohne Landungsmöglichkeiten flogen und daher die doppelte Möglichkeit eines Motordefekts riskierten". Damit stellt man aber die Sache auf den Kopf. Wenn wir nach dem Start gen Norden unsern Flug mit zwei Maschinen fortsetzten, nachdem wir auf 83 Grad aus dem Nebel herausgekommen waren und gesehen hatten, daß es schlecht um Landungsmöglichkeiten bestellt war, war der Grund natürlich der, daß wir ein Ziel vor uns hatten, und daß es denkbar war, daß die Verhältnisse sich weiter nördlich besserten.

Nun noch einiges über die Wahl des Typs! Bei klarem Wetter, besonders bei Sonnenschein, wird man die Unebenheiten eines Platzes aus der Luft übersehen können, aber darum ist man noch nicht ganz sicher. Es ist nämlich leicht möglich, daß der Schnee an einzelnen Stellen Packeisbildungen zudeckt. Ist man in unsichtiges Wetter gekommen, ist selbst eine freiwillige Landung eine reine Zufallssache, da man sogar stark welliges Geländer unter Schnee nicht erkennen kann. Man kann zwischen drei Arten von Untergestell wählen: Skier, Schwimmer oder Flugboot. Hat man Skier oder Schwimmer gewählt und rennt nun gegen eine Unebenheit auf einer Seite an und reißt das Untergestellt ab, so wird die Maschine kentern. Eine Fortsetzung des Fluges wird mit dieser Maschine ausgeschlossen sein.

Ein Flugboot dagegen hat seitlich eine geringere Ausdehnung, und infolgedessen liegen ihm weniger Unebenheiten im Wege. Daher ist die Gefahr des Kenterns bei ihm geringer. Man erreicht noch eine größere Sicherheit, wenn man das Boot aus Duraluminium bauen läßt. Bei Stößen, die den Boden eines Holzbootes aufreißen und eine Reparatur bei den schwierigen Verhältnissen im Polargebiet unmöglich machen würden, wird ein Boot aus Duraluminium nur Beulen bekommen, die man wieder aushämmern könnte, wenn sie stören sollten. Aluminium bricht nämlich nicht so leicht.

Aber noch andre Erwägungen sprachen für die Wahl des Bootstyps. Will man die Möglichkeit haben, aus tiefem Schnee aufsteigen zu können, darf das Gewicht, mit dem das Boot oder das Untergestell der Maschine auf dem Schnee liegt, eine gewisse Anzahl Kilogramm im Verhältnis zur Flächeneinheit nicht übersteigen, nämlich 600 Kilogramm pro Quadratmeter. Man konnte leicht im voraus berechnen, daß das Gewicht unsrer Maschinen sich auf etwa 6 Tonnen stellen würde. Sie mußten infolgedessen mindestens 10 Quadratmeter oder mehr Unterlage haben, denn die obengenannte Zahl stellt nur die Maximalgrenze dar. Ein solches Untergestell von Skiern würde sehr schwer sein, und Schwimmer würden unnötig groß sein, wenn die Linien der Bodenfläche außerdem noch den seemännischen Anforderungen für einen Start vom Wasser aus genügen sollten.

Nach diesen Berechnungen stand die Wahl eines Duraluminiumflugbootes für uns fest. Im Vergleich zu Maschinen auf Ski-Untergestell hatten wir noch den Vorteil, daß wir zum Landen und Starten offene Wasserstellen benutzen konnten, und verglichen mit holzgebauten Maschinen war ein etwaiger Zusammenstoß mit treibenden Eisschollen auf offenen Wasserstellen weniger gefährlich.

Nun mußte das richtige Duraluminiumboot ausgesucht werden, denn nicht nur Dornier baut solche Maschinen. Will man von losem Schnee aus starten, so kommt es indessen nicht nur auf das Gewicht pro Flächeneinheit an. Gewisse Anforderungen werden auch an die Linien des Bootbodens gestellt, damit keine Kraft dadurch verloren geht, daß unnötig viel Schnee bei dem Vorwärtsgleiten zur Seite geschoben wird. Berechnete man auch noch diesen Umstand, so kamen andre Typen nicht in Betracht. Es blieb nur der eine Typ übrig, der allen Anforderungen genügte, und das war Dornier-Wal.

Dornier-Wal hat noch einen weiteren Vorteil, auf den wir erst dort oben im Eis aufmerksam wurden. Er hat nämlich keine Seitenflossen, um die nötige Stabilität im Wasser zu halten, sondern zu diesem Zweck auf jeder Seite des Körpers eine große „Flosse". Bei unsern Startversuchen auf der neuen Eisdecke über der offenen Wasserstelle brach der Apparat so weit durch das Eis, bis ein Teil seines Gewichts auf den Flossen ruhte. Auf diese Weise konnten wir als Eisbrecher gehen und N 25 mehrere Male aus kritischen Situationen retten.

Aus den vorstehenden Ausführungen geht hervor, daß wir Dornier-Wal für unsern Flug benutzen mußten, selbst wenn er in jeder andern Beziehung minderwertig gewesen wäre. Aber ich habe keinen einzigen Fehler entdecken können, sondern im Gegenteil nur Vorzüge. Als wichtigsten Vorzug betrachte ich den, daß der Typ mit Rolls Royce-Motoren (Eagle IX) ausgestattet ist. Ich hätte mich auf einen solchen Flug ohne Rolls Royce kaum gewagt. Es ist natürlich kein Zufall, daß Dornier Rolls Royce-Motoren für seinen Wal-Typ verwendet. Es wäre schlechte Politik gewesen, einen andern als den besten Motor für ein Flugzeug von der hohen Qualität des Wal-Typs zu verwenden.

Der Wal ist mit zwei Motoren ausgerüstet und diese sind tandemartig angebracht, so daß der eine zieht und der andre schiebt. Der hintere Propeller arbeitet als Kontrapropeller im Vergleich zu dem vorderen, da jeder Propeller in seiner eigenen Richtung rotiert.

Dadurch wird ein ausgezeichneter Wirkungsgrad erreicht. Das Ergebnis ist, in Verbindung mit den vorteilhaften Linien des Maschinentyps auf dem genial gewählten Tragflächenprofil, daß man eine Last, die dem eigenen Gewicht der Maschine entspricht, damit heben kann. Bei dem Start in Kings Bay hatten wir eine Belastung von 3100 Kilogramm, während der Wal selbst 3300 Kilogramm wiegt. Die Maschine startete indessen so leicht vom Eise, daß ich überzeugt bin, wir hätten noch weitere 200 Kilogramm mitnehmen können. Daran dachten wir immer dort oben im Eise, wenn wir uns überlegten, wieviel Kekspakete wir noch hätten mitnehmen können, oder wieviel Tabak als Ergänzung für unsre später so knapp gewordenen Vorräte noch Platz gehabt hätte. Aber wir schlossen diese Betrachtungen doch immer mit dem Gedanken ab, daß es gut war, wenn wir nicht noch mehr mithatten. Denn eine weitere Belastung hätte ja auch bedeutet, daß die Motoren mit mehr Umdrehungen hätten gehen müssen.

Daß der Wal zwei Motoren hatte, erhöhte unser Vertrauen zu seiner Leistungsfähigkeit. Da die Motoren so angeordnet waren, wie oben erwähnt, kann man auch mit einem Motor allein eine größere Last transportieren, als wenn die Motoren nebeneinander angeordnet gewesen wären, wie bei andern Maschinen mit zwei Motoren. Mit leichter Belastung kann der Wal sogar vom Wasser aus starten, auch wenn nur ein Motor arbeitet.

Unsre Maschinen wurden von der S.A.I. di Costruzione Meccaniche i Marina di Pisa gebaut. Sie zeigten nur in Einzelheiten unbedeutende Abweichungen von dem normalen Typ des Dornier-Wal. Wir schulden dem technischen Direktor der Fabriken, Schulte-Frohlinde, vielen Dank für das große Interesse, das er der Arbeit für unsre Expedition widmete. Der Direktor kam sogar selbst nach Spitzbergen und leitete persönlich die Montage. Im ganzen opferte er uns drei Monate seiner kostbaren Zeit. Infolgedessen konnten wir, die sonst diese Arbeit hätten erledigen müssen, uns während der Montierung mit den vielen andern Vorbereitungen beschäftigen.

In tiefer Dankesschuld stehen wir auch den Rolls Royce-Fabriken gegenüber. Sie schickten fünf Leute nach der Marina di Pisa, um noch einige Detailverbesserungen anzubringen, mit denen gerade noch gründliche Versuche angestellt worden waren. Sie sandten ihren Mechaniker Green mit uns nach Spitzbergen, und Green überwachte das Probelaufen der Motoren und hegte und pflegte die Maschinen wie seinen Augapfel. Als er nach der letzten Prüfung unmittelbar vor dem Start am 21. Mai auf meine Frage, ob alles in Ordnung sei, mir bejahend zulächelte, gab ich sofort volle Fahrt, denn ich fühlte mich genau so sicher, als hätte ich nur quer über den Fjord fahren sollen.

Schutzmaßnahmen gegen die Kälte

Die Öltanks am Dornier-Wal stehen im allgemeinen mit der einen Seite außerhalb der Wand der Motorengondel. Diese Seite ist mit Kühlrippen zur Kühlung des Öls versehen. Bei unsrer Maschine waren die Tanks in die Motorgondel ganz hineinverlegt, da diese Abkühlung nicht notwendig war. Außerdem waren Kapseln über die Motoren gebaut, damit deren Wärme sich in der Motorgondel ohne Abkühlung von außen her besser halten sollte.

Alle Rohrleitungen waren oft in mehreren Schichten mit Leinenband umwickelt. Einzelne Rohre wurden sogar zunächst mit einer Filzschicht umkleidet. Diese Maßnahme war notwendig, um die Rohre gegen die Kälte zu schützen und mit Rücksicht auf einen eventuellen Rohrbruch. Die Erfahrung lehrt nämlich, daß die meisten Motorversager bei Dauerflügen auf einen Rohrbruch zurückzuführen sind. Die Motoren selbst halten in der Regel gut aus. Ich habe wohl selten oder niemals eine so vibrationsfreie Motorenanlage gesehen, wie auf unsern Maschinen. Daher war die Wahrscheinlichkeit eines Rohrbruchs bei uns sehr gering. Aber als Sicherheitsmaßnahme sehe ich eine solche Umwicklung doch als notwendig an. Dem Kühlwasser setzten wir 40 Prozent reines Glyzerin zu und erzielten damit eine Mischung, die frühestens bei minus 17 Grad hätte frieren können. Aber eine so niedrige Temperatur haben wir im Eise nicht erlebt. Trotzdem ließen wir das Wasser zur Sicherheit in einen der Benzintanks ab, wenn wir nicht zu sofortigem Start klarzuliegen brauchten. Mit Hilfe einer besonderen Anordnung konnten wir das Wasser von dem Tank direkt wieder in den Kühler hinaufpumpen. In der Regel ließen wir erst die Motoren an und pumpten dann das Wasser herauf. In will erklären, warum wir das taten. Der untere Teil der Gasaufnahmerohre ist von einem Wasserbehälter umgeben, durch den ein kleiner Teil des Kühlwassers zur Erwärmung des Rohres geleitet wurde. Wenn man den Propeller anwirft und das Vergasen beginnt, wird die Temperatur weit unter die Lufttemperatur herabgedrückt. Die Wand des Wasserbehälters nimmt sofort die gleiche tiefe Temperatur an. Wenn nun hier eine Kühlwassermischung steht, deren Temperatur nur wenige Grad über dem Gefrierpunkt der Flüssigkeit liegt, läuft man Gefahr, daß die Mischung einfriert und das Ablaufrohr des Behälters verstopft wird. Geschieht dies, so wird der Behälter im Laufe eines Augenblicks zu einem festen Eisblock werden, und das Ergebnis wird sein, daß die Wände gesprengt werden. Wirft man dagegen erst den Motor an und füllt dann das Kühlwasser auf, so wird dieses, nachdem es an den Zylindern vorbeigegangen ist, bei dem Einfluß in den Behälter so weit angewärmt sein, daß diese Gefahr vermieden wird.

Wie schon angedeutet, zapften wir kein Wasser ab, wenn wir zu sofortigem Start bereit liegen mußten. Um die Temperatur in der Motorgondel so hoch zu halten, daß nichts gefrieren konnte und die Motoren jederzeit startbereit waren, wandten wir Thermixapparate an.

Diese Apparate waren speziell für uns von der Société Lyonnaise des Chauds Catalytiques gebaut und waren in Größe und Form so gehalten, daß sie gut unter den Motoren und unter den Öltanks angebracht werden konnten. In jeder Gondel hatten wir sechs Apparate, die imstande waren, die Temperatur bis auf etwa 35 Grad über der Lufttemperatur zu bringen.

Während der ersten Zeit oben im Eise nahmen wir die Thermix- apparate mit uns in die Messe; sie heizten so gut, daß wir es richtig warm und gemütlich hatten. Abends, wenn wir uns trennten, um in unsre Schlafsäcke zu kriechen, verteilten wir die Apparate auf unsre drei Schlafstellen. Dann hatten wir es wie im Paradiese, jedenfalls im Vergleich mit der spätern Zeit, da wir sogar das bißchen Benzin, das die Thermixapparate brauchten, sparen mußten. Dann hängten wir unsre patschnassen Strümpfe, Socken, Stiefel und Handschuhe unmittelbar über den Apparaten zum Trocknen auf. Ich erinnere mich noch, wie herrlich es war, morgens wieder trockene und warme Sachen auf die Füße zu ziehen. Später, als wir die Thermixapparate nicht mehr in Betrieb hatten, mußten wir die Strümpfe auf unsre Brust legen, wenn wir abends schlafen gingen. Das war kein angenehmes Gefühl.

Die hohe Temperatur, die wir mit Hilfe der Thermixapparate in unsrer Maschine erzeugen konnten, hatte auch zur Folge, daß das Flugzeug nicht im Eise festfror. Immer blieb eine kleine

Wasserschicht um den Aeroplan.

Da wir außerdem noch verschiedene Einzelteile an den Zylindern und Gasrohren erwärmten, bevor die Motoren in Gang gesetzt wurden, hatten wir niemals Schwierigkeiten. Die Motoren sprangen stets sofort an.

Die Kühler waren mit einer Schutzdecke ausgestattet, damit wir die Kühlwirkung regulieren könnten. Diese Einrichtung war uns sehr nützlich. War die Abdeckung ganz geschlossen, so brauchten wir kürzere Zeit, um die Motoren anzuwärmen. Infolgedessen sparten wir auch Benzin dabei. Wenn wir gleich beim Start möglichst viel Kraft aus den Motoren herausholen wollten, konnten wir durch Regulierung der Schutzdecken die Temperatur dicht unter dem Siedepunkt halten, um sie später durch größere Öffnung zu senken.

Selbstverständlich waren die Kompasse mit reinem Alkohol an Stelle einer Spritmischung gefüllt. Dasselbe galt von den Libellen und andern Wasserwagen. Wenn auch Öl gegebenenfalls nicht gefroren wäre, so würde eine Öllibelle bei starker Kälte doch zu träge gearbeitet haben. Außerdem waren die beweglichen Teile aller Instrumente, die großer Kälte ausgesetzt waren, mit einem besondern Öl geschmiert, das bei -40 Grad erprobt war.

In diesem Abschnitt muß ich wohl auch von der Kleidung der Flugzeugführer sprechen. Für das Fliegen bei kalter Temperatur ist es sehr wesentlich, daß der Führer, der die ganze Zeit stillsitzen muß, warm und zweckmäßig gekleidet ist. Es kann sehr einfach sein, irgendwo einen schweren Pelz zu finden, der sozusagen jeder Kälte widerstehen kann. Aber es ist wesentlich schwieriger, eine in jeder Hinsicht zweckmäßig Kleidung aufzutreiben. Selbst wenn man sitzen soll, darf die Bewegungsfreiheit nicht durch Kleidung behindert werden. Diese muß vielmehr leicht und bequem sein. Am wichtigsten ist es aber, daß sie für die Arbeiten, die stets vor dem Start zu tun sind, zweckmäßig sein muß. Unmittelbar vor einem Start wird immer das eine oder andre zu tun sein. Was unsern besondern Fall betraf, so konnten wir uns denken, daß wir vielleicht irgendwo landen müßten, um Beobachtungen anzustellen, und gleich danach wieder starten wollten. Wenn wir bei einer solchen Landung unsre ganze Fliegerkleidung anbehalten würden, auch während der Arbeiten auf dem Eise, so würden wir schnell warm und unser Unterzeug würde feucht werden und natürlich frieren, sobald wir wieder aufstiegen.

Wenn wir eine größere Außenkleidung gehabt hätten, so würden wir diese abgenommen und dann gefroren haben. Und das wäre bei einem gleich danach folgenden Start ebenso unbehaglich gewesen. Unsre Außenkleidung bestand daher aus mehreren Schichten, die wir abnehmen und anziehen konnten, je nachdem die Temperatur hoch oder niedrig, bzw. die Arbeit anstrengend oder leicht war.

Unsre Unterkleidung war genau nach unsern Angaben hergestellt. Unmittelbar auf dem Körper trugen wir ein ganz dünnes Wollhemd und Beinkleider aus dem gleichen Stoff. Darüber kam ein Paar dicke Unterbeinkleider und eine isländische Wollweste. Dann zogen wir ein Fliegerkostüm an, das aus Hose, Jacke und Kapuze bestand. Rönne hatte diesen Anzug aus dünnem, angenehmem Windjackenstoff genäht. Das war unser Arbeitsanzug und unsre Skitracht für eine eventuelle Wanderung über das Eis.

Die Fliegerbekleidung bestand dann aus einer weiten Jacke und langen Beinkleidern aus dünnem Leder mit Kamelhaarfutter. Diese Lederanzüge waren ein Geschenk der Sportfirma S. Adam, Berlin. Darüber trugen wir noch einen Seehundpelz, und damit entsprang die Kleidung den vorerwähnten Anforderungen.

Auf dem Kopf trugen wir pelzgefütterte Fliegermützen. Wenn diese nicht ausreichend gewesen wären, hätten wir auch noch die Kapuze unsres Seehundpelzes über den Kopf ziehen können. Neben dem Führersitz hingen ein Paar Maskenbrillen und ein Paar Sonnenbrillen, sowie eine Maske, um den übrigen Teil des Gesichtes abzudecken. Da wir aber hinter der Windscheibe gut gedeckt saßen, kamen wir nicht in die Lage, die Masken gebrauchen zu müssen. Selbstverständlich waren wir so vorsichtig, uns am Starttage nicht zu rasieren.

Um den Hals trugen wir einen dicken Wollschal, an den Händen ein Paar besonders verarbeitete Handschuhe von Schafleder, mit Wolle auf der Innen- und Außenseite. Über diese Handschuhe zogen wir ein Paar andere aus dünnem Windjackenstoff, die bis zum Ellbogen reichten, wo sie zusammengeschnürt werden konnten.

Die Fußbekleidung hat Roald Amundsen beschrieben. Zum Schluß will ich nur noch erwähnen, daß wir mit dieser Kleidung ruhig tagelang in der strengsten Kälte hätten fliegen können.

* * * * * * * * *

Es geht schrecklich langsam mit meinem Geschreibsel. Heute ist schon der 3. August, und ich habe noch keine 4000 Worte geschrieben. Das sind noch nicht mal 1000 Worte am Tage. Ich muß daher wohl dreimal so schnell schreiben, wenn ich fertig werden soll. Denn schließlich habe ich ja noch etwas andres zu tun.

Wenn ich hier sitze, mich mit Schreiben abschinde und wütend darüber werde, daß das Schreiben doch eine schwierige Kunst ist, suche ich mich mit dem Ausspruch eines englischen Admirals zu trösten: „Good writers are generally rotten officers." („Gute Schriftsteller sind im allgemeinen schlechte Offiziere.")

Aus den Zeitungen ersehe ich übrigens heute, daß ich im nächsten Sommer auf eine neue Nordpolexpedition gehen soll. Wenn ich dann allerdings nachher wieder schreiben soll, dann glaube ich, ich werde mich schön bedanken.

Also weiter im Text!

Die Ersatzteile

Die Ersatzteile unsrer Maschinen und Motoren waren ein wichtiges Kapitel. Spitzbergen lag so weit von den Fabriken entfernt, die das Material hergestellt hatten, daß wir fehlende Stücke nicht nachgeschickt bekommen konnten.

Zuerst versuchten wir eine Liste derjenigen Teile aufzusetzen, die wir möglicherweise für die Motoren brauchen konnten. Da ein Motor aus mehreren tausend verschiedenen Teilen besteht, war es indessen viel einfacher, einen vollständigen Reservemotor zu bestellen. Dann hatten wir doch die Gelegenheit, mindestens je ein Ersatzstück für die verschiedenen Teile zu haben, ganz gleichgültig, welches Stück wir gebrauchen würden. Zufälligerweise kamen wir auch in die Lage, ein Ersatzstück zu brauchen, an das wir niemals gedacht hätten.

Rolls Royce fertigte für uns eine Liste derjenigen Ersatzteile an, die wir über einen Reservemotor hinaus haben mußten, und mit Hilfe dieser Zusammenstellung waren wir vorzüglich ausgerüstet. Alles in allem hatten wir Ersatzstücke für ungefähr 38000 Kronen. Dieses ganze Reservelager hätten wir uns nicht anschaffen können, wenn nicht Rolls Royce sich liebenswürdigst bereit erklärt hätte, alles zurückzunehmen, was wir nicht gebrauchen würden. Ebenso wie die meisten andern Expeditionen hatten wir mit großen Geldschwierigkeiten zu kämpfen. Ich erwähne dies besonders, weil alle Leute zu glauben schienen, daß wir durch Ellsworths Geschenk von 85000 Dollar aus aller Verlegenheit heraus gewesen wären. So war die Sache aber nicht. Die beiden Flugmaschinen kosteten zusammen 82000 Dollar, und dadurch waren unsre Gelder fast aufgebraucht. Wenn die Abrechnung der Expedition fertig gemacht wird, bin ich sicher, daß wir außer dem erwähnten Geschenk mindestens 100 000 Dollar gebraucht haben, obwohl an allen Ecken und Enden geknapst und gespart wurde. Abgesehen von dem Überschuß aus dem Verkauf der Polar-Marken, von dessen Größe uns aber noch nichts bekannt ist, muß die Expedition selbst, durch Zeitungsartikel, Filme, Vorträge und dieses Buch, diese vielen Hunderttausende decken.

Die Ausgaben hatten wir zum größten Teil vor dem Start. Die Einnahmen sollten erst nach der Heimkehr kommen. Gegen Weihnachten des vorigen Jahres war die Lage so schwierig, daß man verzweifeln konnte. Unsre Kasse war längst leer. Wir durften mit unsern Bestellungen nicht länger zögern und mußten außerdem alles bar bezahlen, wenn das Material zur rechten Zeit fertig sein sollte. Es hagelte nur so Rechnungen, denen schleunigst die Mahnung folgte, wenn nicht sofort bezahlt wurde. Aber woher sollten wir das Geld nehmen?

Jetzt, da alles überstanden ist, ist es fast komisch, daran zu denken, wie die Dinge sich manchmal entwickelt haben. Die laufenden Rechnungen für unser Privatleben mußten wir anstehen lassen, so sehr saßen wir auf dem Trockenen.

Dr. Rästad, der den finanziellen Teil unsres Unternehmens zu erledigen hatten, arbeitete unterdessen still und ruhig weiter, und es glückte ihm, was wenig andre fertig gebracht hätten, nämlich zu einem guten Ende zu kommen. Dank seiner Energie konnten wir an jenem Apriltag, als wir in Tromsö fahrtbereit versammelt waren, nach einer Durchsicht unsrer Ausrüstung zueinander sagen: „Uns fehlt nichts.“

Bisher sind nur die Einnahmen für die Zeitungsberichte eingegangen. Wir haben daher entsetzlich hohe Bankschulden. Da unser Konto überzogen ist, haben wir immer noch Schwierigkeiten und müssen die Erfüllung verschiedener Verpflichtungen verschieben. Wir können indessen jetzt die Sache zuversichtlicher ansehen, da wir nun auf bestimmte Einnahmen rechnen können, die groß genug sein werden, um alle Schulden zu decken und außerdem einen Überschuß zu ergeben, der für die Verwirklichung von Roald Amundsens alten Plänen verwendet werden soll.

Absichtlich habe ich die Gelegenheit benutzt, um auch die pekuniäre Seite der Expedition zu behandeln. Viele Leute reden sich nämlich ein, wir wären reich geworden. Wie oft hat man mir nicht gratuliert, nicht nur, weil ich lebendig zurückgekommen bin, sondern auch, weil ich angeblich als Millionär heimkehre! Jawohl, Millionär! Vielleicht denken die Leute in diesem Fall an den Film. Indessen sollte man nicht vergessen, daß wir von den großen Filmgesellschaften abhängen, die die Bezahlung festsetzen. Wenn wir selbst Kinematographentheater in den guten Verkehrsstraßen der Weltstädte gehabt hätten, dann hätte Roald Amundsen allerdings sofort an die Verwirklichung seines herrlichen Planes gehen können, das Meer zwischen Pol und Alaska zu erforschen.

* * * * * * * *

Doch wieder zurück zu unsrer früheren Schilderung!

Dieselbe Liebenswürdigkeit in Bezug auf Ersatzteile wurde uns auch in der Marina di Pisa zuteil. Direktor Schulte-Frohlinde fertigte selbst die Liste der Ersatzteile an. Wir konnten daher ganz sicher sein, daß wir jede Stückchen mit haben würden, das die Flieger überhaupt brauchen konnten. Diese Ersatzstücke kosteten uns ungefähr 28000 Kronen.

Die Instrumente

Während der Vorbereitung zu früheren Flügen kam Roald Amundsen auf den Gedanken, die Himmelsrichtung nach dem Stand der Sonne zu bestimmen und wandte sich seinerzeit an die Optischen Werke Goerz mit dem Ersuchen, einen solchen Sonnenkompaß zu konstruieren. Die Firma stellte sich mit größter Bereitwilligkeit zur Verfügung, und als Ergebnis kam unser unentbehrlicher Sonnenkompaß zustande. Diese Apparate beruhen auf folgendem Prinzip:

Das Spiegelbild der Sonne wird durch ein Periskop reflektiert, und zwar auf eine Mattscheibe direkt vor dem Führer. Seitlich an dem Instrument ist ein Uhrwerk angebracht, das an ein Zahnrad auf dem

Periskop angekoppelt werden kann. Das Uhrwerk ist so konstruiert, daß es das Periskop um 360 Grad im Laufe der Durchschnittszeit dreht, die die Sonne für die scheinbar gleiche Bewegung braucht. Mit Hilfe einer Gradeinteilung auf dem Periskop kann man dieses auf einen bestimmten Winkel zu dem Bug des Flugbootes einstellen. Wenn ich z. B. sofort nach Mittag starten will, stell ich das Periskop so ein, daß es genau achtern zeigt. Wenn die Uhr Punkt 12 zeigt, und zwar nach der genauen Ortszeit, koppele ich das Uhrwerk an. Wenn das Flugboot jetzt zufällig nach Norden liegt, werde ich ein kleines Spiegelbild der Sonne im Zentrum der Mattscheibe bekommen. Das Periskop wird nun der Sonne derartig folgen, daß das Spiegelbild der Sonne so lange im Zentrum der Mattscheibe liegt, wie das Boot den gleichen Kurs einhält.

Findet der Start zu einer anderen Zeit statt, so wird der Zeitwinkel der Sonne für den Augenblick, in dem das Uhrwerk in Gang gesetzt werden soll, im voraus berechnet. Wird das Uhrwerk nach Greenwich oder einer andern Zeit in Gang gesetzt, so muß der Unterschied im Längengrad berücksichtigt werden, ebenso wie der Winkel, um den man eventuell von dem Meridian abweichen will, falls man diesen nicht entlang steuern will. Oben auf dem Periskop befindet sich eine Schraube mit Gradeinteilung. Dort erfolgt die Einstellung nach der Deklination an dem entsprechenden Tage. Der ganze Sonnenkompaß ist auf einer Unterlage montiert, auf der eine eventuelle Veränderung des Breitengrades korrigiert werden kann. Die Achse des Periskops muß nämlich parallel zu der Erdachse stehen. Hierbei kommt auch eine Veränderung in dem Aufstiegwinkel der Maschine in Betracht.

Die Linsen des Periskops sind so konstruiert, daß man ein Feld von 10 Grad überblickt. Wenn also das Spiegelbild der Sonne am Außenrand der Scheibe steht, kann man 10 Grad gieren, bevor die Sonne an dem andern Außenrand verschwindet.

Hat man den Sonnenkompaß für einen Flug in genau nördlicher Richtung eingestellt, wird man auch in dieser Richtung fahren, solange die Maschine nicht abgetrieben wird. Zur Bestimmung einer solchen Abtrift hatten wir einen Abtrift- und Geschwindigkeitsmesser mit, der uns auch von Goerz unentgeltlich geliefert war. Amundsen bediente diesen, als wir nordwärts fuhren, und Dietrichson bei der Rückfahrt. Beide haben sich begeistert über den Apparat ausgesprochen, der in folgender Weise angewandt wird: Auf einem drehbaren Ring im Innern des Instruments ist ein Faden als Durchmesser angebracht. Durch das Instrument hindurch sieht man auf die Erde oder das Eis herab und stellt den Faden in der Längsachse des Flugzeugs ein. Nun paßt man auf, ob Gegenstände, die überflogen werden, z. B. Eisfelsen, der Fadenlinie folgen oder seitlich abweichen. Ist eine Abweichung vorhanden, dann kommt man natürlich nicht in der Richtung vorwärts, in der der Bug liegt, sondern ist einer gewissen Abtrift ausgesetzt. Man wendet den Faden dann ganz langsam seitlich, bis man findet, daß die beobachteten Gegenstände nunmehr der Richtung des Fadens folgen. Dieser zeigt jetzt die Richtung an, in der man wirklich vorwärts kommt, und der Winkel zwischen dem Faden und dem Bug des Bootes kann direkt auf dem Instrument abgelesen werden. Das ist der Abtriftwinkel.

Man kann auch den Faden in der Längsachse stehen lassen und statt dessen das ganze Instrument drehen. In diesem Fall wird der Abtrift-winkel auf der Unterplatte des Instruments abgelesen. Das ist die bequemste Methode, da man sofort mit der Messung der Ge-schwindigkeit beginnen kann. Wenn man die Abtrift festgestellt hat, ist es nämlich unkorrekt, eine entsprechende Anzahl Grade gegen den Wind zu steuern. Tut man es doch, wird man in der Regel finden, daß immer noch eine Abtrift, wenn auch in geringerem Maße, vorhanden ist. Aber dann muß man wieder messen und wieder steuern und wieder messen usw. Am schnellten kommt man zu einem richtigen Resultat, wenn man sofort eine Geschwindigkeitsmessung vornimmt. Zu diesem Zweck ist das gleiche Instrument mit einer Stricheinteilung versehen, die es ermöglicht, einen Gegenstand, über den die Maschine hinwegfliegt, wiederholt zu peilen. Der Führer hält während der Beobachtung geraden Kurs. Der Beobachter setzt eine Stoppuhr in Gang, wenn ein Gegenstand die vordere 45 Grad-Linie passiert, und stoppt die Uhr, wenn der gleiche Gegenstand sich eben unter der Nullinie, d. h. senkrecht unter der Maschine befindet. Dann wird die Höhe über dem Terrain von dem Höhenmesser abgelesen und mit Hilfe dieser beiden Faktoren ersieht man auf einem dazu bestimmten Rechenapparat, wie schnell das Flugzeug fliegt. Nunmehr sind uns folgende Einzelheiten bekannt: Die Geschwindigkeit in der Luft, die wir von dem Geschwindigkeitsmesser ablesen und die wir Luft-geschwindigkeit nennen; der Kurs, der durch die Luft gesteuert ist, und den wir Luftkurs nennen; die Geschwindigkeit über der Erde, die wir Grundgeschwindigkeit nennen, und endlich der Abtriftwinkel. Aus diesen Einzelheiten ersieht man auf einer Rechenscheibe, die zu dem Instrument gehört, sofort, welchen Kurs man bei den gegenwärtigen Windverhältnissen steuern muß, um in der gewünschten Richtung vorwärts zu kommen, und welche Grundfahrt man in dieser Richtung haben wird. Außerdem kann man dadurch auch die genaue Windrichtung und Windstärke in der betreffenden Höhe feststellen.

Dem Führer wird nun mitgeteilt, welchen neuen Kurs er steuern soll. Steuert er nach dem Sonnenkompaß, dann korrigiert der Beobachter die Stellung des Sonnenkompasses, indem er das Periskop um eine entsprechende Anzahl Grade dreht.

Solange man nicht über Wolken oder Nebel fliegt, ist alles in Ordnung. Wenn man dauernd kontrolliert, ob der Grundkurs richtig ist, kann man nach rein terrestrischen Regeln zum Pol navigieren. Während der beiden ersten Stunden, nachdem wir die Nordküste von Spitzbergen verlassen hatten, hatten wir indessen Nebel unter uns und konnten daher keine Erdbeobachtung vornehmen. Sobald uns dies aber möglich war, wurde der Sonnenkompaß korrigiert. Inzwischen waren wir aber so weit westlich abgetrieben, daß der Sonnenkompaß westlich am Pol vorbei zeigte. Man darf nämlich nicht vergessen, daß der Sonnenkompaß nur die genaue Nordlinie zum Pol zeigt, solange man sich auf dem gleichen Meridian befindet, auf den der Kompaß eingestellt ist. Ist man seitwärts abgetrieben und steuert trotzdem weiter nach dem Sonnenkompaß, so wird man in einer Richtung fliegen, die dem Abfahrtmeridian parallel geht. Wenn man den Kompaß neu einstellen will, so daß er zum Pol zeigt, muß man gegebenenfalls den Längengrad des Ortes bestimmen

Sowohl bei unserm Fluge nach Norden wie bei dem Rückfluge hatten wir den denkbar größten Nutzen von den Sonnenkompassen. Ohne diese wären wir nur auf die magnetischen Kompasse angewiesen gewesen und hätten uns nicht sicher gefühlt.

Unsere magnetischen Kompasse schafften wir uns erst an, nachdem wir die verschiedenen Kompaßtypen auf ihre Brauchbarkeit bei den Eismeerverhältnissen hin genau untersucht hatten.

Da dieser Bericht allgemein verständlich sein soll, muß ich auf einen weitverbreiteten Irrtum hinweisen, nämlich, daß der magnetische Pol am Nordpol liege. Die Erdkugel ist ein großer Magnet, dessen beide Pole der magnetische Nordpol und der magnetische Südpol sind. Glücklicherweise fallen die magnetischen Pole mit den geographischen Polen nicht zusammen. Der erdmagnetische Südpol, der die Nordnadel des Kompasses anzieht, liegt an der Nordküste von Kanada auf ungefähr 70 Grad nördlicher Breite und 95 Grad westlicher Länge. Für gewöhnlich wird er aus naheliegenden Gründen der magnetische Nordpol genannt. Seine Lage wurde von Roald Amundsen auf der „Gjöa"-Expedition bestimmt.

Betrachtet man die Polarkarte, so wird man sehen, daß der magnetische Pol von dem geographischen Nordpol ungefähr ebenso weit entfernt ist, wie von Spitzbergen. Da die Kompasse für die Navigation auf Spitzbergen vollkommen ausreichend sind, so werden sie daher auch in den Gewässern zwischen Spitzbergen und dem Pol angewandt werden können. Was uns hätte unsicher machen können, war die Größe er Deklination in den Gegenden, die wir besuchen wollten. Für die Aufzeichnung dieser Kurven liegen nämlich wenig exakte Beobachtungen vor.

Während eines Besuchs in Bedford erörterten Dietrichson und ich die Frage mit einem befreundeten englischen Luftschiffer, Kapitän Johnstone. Wir sind ihm für seine Ratschläge sehr dankbar. Das Ergebnis war, daß wir sowohl einen Steuerkompaß als auch einen Regelkompaß des aperiodischen Typs von der Firme Huges & Son in London wählten.

Werden diese Kompasse zum Ausschlagen gebracht, so bewegt sich die Nadel langsam auf die richtige Stellung zurück, ohne im geringsten nach den Seiten zu pendeln. Im Polarmeer, wo die horizontale Komponente des Erdmagnetismus verhältnismäßig schwach ist, wird es allerdings einige Zeit dauern, bis die Nadel zurückkommt. Aber wir zogen dies einem langen Pendeln mit großem Ausschlag vor. Der Steuerkompaß dieses Typs ist auch seiner besondern Konstruktion wegen für diesen Zweck vorzüglich geeignet. Diese Konstruktion näher zu schildern, würde hier zu weit führen. Der Regelkompaß war ausgezeichnet. Auch die magnetischen Verhältnisse im Navigationsraum waren ideal. Die Deviationskoeffizienten erwiesen sich als so unbedeutend, daß wir den Kompaß als deviationsfrei ansehen konnten.

Unmittelbar vor der Abfahrt von Spitzbergen bekamen wir einen der deutschen Ludolph-Kompasse zugesandt, mit der Bitte, ihn auszuprobieren. Ich brachte ihn im Führerraum des N 25 an. Auch er erwies sich als ausgezeichneter Kompaß. Wenn die Maschine krängte, so daß auch die Windrose eine gewisse Krängung bekam, dann wurde die vertikale Komponente von dem Erdmagnetismus stark beeinflußt und gab als selbstverständliches Ergebnis einen größeren Ausschlag. Während der Ludolph-Kompaß etwas pendelte, gebrauchte der andre Kompaß, wie erwähnt, etwas Zeit, um wieder in die normale Lage zu kommen. Ich konnte unmöglich sagen, welchen der beiden Kompasse ich vorziehen würde. Ich steuerte nach beiden, kontrollierte den einen mit dem andern. Auf der Rückfahrt mußte ich meistens nach den magnetischen Kompassen steuern und hatte dabei keine Schwierigkeit, solang ich ein festes Ziel ins Auge fassen konnte. Im Nebel war die Sache verständlicherweise nicht so leicht.

Die Gyrorector-Aktiengesellschaft in Berlin stellte uns liebenswürdigerweise einen Gyrorectorapparat für jede Maschine leihweise zur Verfügung. Das ist das beste Instrument, das ich überhaupt für Fliegen im Nebel oder in der Dunkelheit kenne. Sein Steigungs- und Krängungsanzeiger wurde die ganze Zeit gebraucht. So, wie die Verhältnisse lagen, kam ich nicht dazu, den Richtungsanzeiger viel zu gebrauchen, außer daß ich ihn während des Fluges nach Norden ausprobierte, um für den Fall einer Notlandung im Nebel geübt zu sein. Wir hatten verabredet, daß die beiden Maschinen um jeden Preis Nebel vermeiden sollten, damit wir einander nicht aus den Augen verlören. Am Schluß der Heimreise kamen wir, wie an andrer Stelle erzählt, in so dichten Nebel, daß ich den Richtungsanzeiger hätte gebrauchen können. Wir flogen indessen da so niedrig, daß ich die ganze Zeit meine Aufmerksamkeit ausschließlich auf das Eis vor und unter uns richten mußte.

Wir hatten für N 24 eine Radiostation bestellt, fuhren aber ohne sie ab, da sie nicht zur rechten Zeit fertig wurde. Das war übrigens der einzige Gegenstand, den wir nicht mitbekamen. Vermißt haben wir die Radioanlage nicht. Glücklicherweise hatten wir uns zum Grundsatz gemacht, auf verspätete Lieferungen nicht zu warten.

Während der Zeit, da die vielen inländischen und ausländischen Lieferanten ihre Waren absenden mußten, damit diese rechtzeitig in Tromsö für unsre Schiffe einträfen, bekam ich einen Bescheid nach dem andern, der mir meldete, daß die Lieferung sich verzögern würde und wir die Abfahrt um ein paar Tage aufschieben müßten. Meine Antwort lautete in allen Fällen: „Wir verzichten, wenn die Sachen nicht rechtzeitig da sind." Das Ergebnis war, daß alles, mit Ausnahme der Radiostation, zur vorgeschriebenen Zeit ankam, da man auf unsre Antwort hin überall die Arbeit beschleunigte. Wenn wir uns auf Warten eingelassen hätten, würde es zweifellos überall Verspätungen gegeben haben.

Die Navigation

Die Navigationskundigen unter unsern Lesern wird es vielleicht interessieren, etwas von der vereinfachten Methode zu hören, die der „Maud"-Mann Sverdrup für die Navigation im Eismeer ausgearbeitet hat. Ich wiederhole wortgetreu Sverdrups eigene Darstellung. „Eine einmalige Messung der Sonnenhöhe ergibt, daß man sich an einer Stelle auf einer Kreislinie befindet, deren Zentrum der Punkt ist, der gerade die Sonne im Zenit hat, und dessen Radius gleich 90 Grad-h ist, wobei h die gemessene Sonnenhöhe bezeichnet. Diesen Kreis nennt man „Ortskreis."

„Um den Meridian zu finden, über dem die Sonne im Augenblick der Beobachtung stand, muß man gleichzeitig eine Uhr ablesen, deren Korrektion nach der Mittelzeit von Greenwich (G.M.Z.) bekannt ist. Im Kalender findet man den Zeitausgleich, der durch Subtraktion oder Addition zusammen mit der G.M.Z die Normalzeit von Greenwich (G.N.Z.) ergibt. Die Sonne stand da über dem Meridian, dessen Längenunterschied von Greenwich gleich der Zeitdifferenz nach der G.N.Z. ist, und war im Zenit über dem Punkt, dessen Breite gleich der Deklination der Sonne ist.

Eine Beobachtung einer Sonnenhöhe mit gleichzeitiger Notierung der Zeitangabe wird am rationellsten ausgenutzt, wenn man eine Tangente zu dem Ortskreis in der Nähe der Stelle berechnet, auf der man steht. Eine solche Tangente wird eine „Ortslinie" genannt.

In der Nähe des Pols ist es leicht, die Ortslinie ohne umständliche Berechnungen zu finden. Den Meridian, auf dem die Sonne steht, kann man ohne weiteres aufzeichnen, wenn man die Zeit nach der G.N.Z. gefunden hat.

Der Ortskreis schneidet diesen Meridian in der Entfernung h-d, wobei -d- die Deklination der Sonne bedeutet. Diesen Schnittpunkt wollen wir den Polpunkt des Ortskreises nennen. Wenn die Differenz h-d ein positives Resultat ergibt, befindet sich dieser Punkt auf der gleichen Seite des Pols, wie die Sonne, bei einem negativen Resultat auf der entgegengesetzten Seite. Eine senkrechte Linie zu dem Meridian, auf dem die Sonne steht, durch den Polpunkt des Ortskreises bildet eine Tangente zu dem Ortskreis. Diese Tangente wollen wir Poltangente nennen. Bis zu einem Abstande vom Polpunkt, der fünf Breitengraden entspricht, wird die Poltangente den Ortskreis mit ausreichender Genauigkeit darstellen und kann als Ortslinie bezeichnet werden. Wenn aber der Abstand größer wird, dann wird die Abweichung von dem Kreis bemerkbar."

Sverdrup entwickelt dann, wie man mit Leichtigkeit die Korrektion finden kann, die angewandt werden muß, falls man sich außerhalb der erwähnten Grenze vom Polpunkt befindet. Bei unsern Beobachtungen im Eise befanden wir uns stets innerhalb der Grenze und brauchten uns daher nicht um Korrektion zu kümmern. Die Methode ist natürlich äußerst bequem und hinreichend genau, denn der Unterschied zwischen Zeitwinkel und Azimut ist ja so gering.

Ich lasse hier das Ergebnis unserer Beobachtungen in der Nacht zum 22. Mai, unmittelbar nach der Landung folgen:

Die Uhr zeigte	3 h	23'	3"
Stand ---	1 h	0'	19"
G.M.Z.	2 h	22'	19"
Zeitausgleich +		3'	33"
G.N.Z.	2 h	25'	17"

Der Unterrand der Sonne über dem künstlichen Horizont gemessen:		35° 58'	0"
Die Hälfte:		17° 59'	0"

Umgerechnet in Grade:		36,3°	
Indexfehler:		0	
Korrektur +			13,0'
Richtige Höhe des Sonnenzentrums:		18°	12,0'
Deklination der Sonne:	N	20°	15,4'
h-d:		--2°	3,4'

Umgerechnet in nautische Meilen:	123,4 Meilen

Auf einem Blatt Koordinatenpapier wurde eine Linie eingezeichnet, die den Meridian von Greenwich darstellte, und ein Punkt auf dieser Linie wurde als Nordpol ausgewählt. Ein Winkel von 36,3 Grad wurde von Norden nach Osten abgesetzt, und der Sonnenmeridian wurde durch den Nordpol gezogen. Von dem letzterwähnten Punkt wurden nach Südwesten 123,4 nautische Meilen abgetragen, da h-d negativ war, und die Ortslinie wurde senkrecht zu dem Sonnen-meridian gezogen.

Damit hatten wir die Linie, auf der wir uns befanden, und mußten nun warten, bis die Sonne ihre Stellung verändert hatte, damit wir eine zweite Ortslinie bekommen konnten. Der Schnittpunkt dieser beiden Ortslinien mußte dann der Punkt sein, auf dem wir gelandet waren.

Nach G.N.Z. 5h47' morgens stellten wir diese Beobachtung an, die uns – 33 nautische Meilen als h – d ergab. Diese Ortslinie unserer Beobachtung wurde auf dem gleichen Koordinatenpapier eingetragen, und als Schnittpunkt für unsern Landeplatz ergab sich 87 Grad 47 Minuten nördlicher Breite und 13 Grad westlicher Länge.

Ein paar Tage später benutzten wir die gleichen Beobachtungen und berechneten nach St. Hilaires Methode (Höhenmethode), daß der Punkt, auf dem wir gelandet waren, auf 87 Grad 43,2 Minuten nördlicher Breite und 10 Grad 19,3 Minuten westlicher Länge gelegen war.

Nach unserer Heimkehr sind unsre Beobachtungen nach ganz genauen astronomischen Formeln von Magister R. Wesöe unter Kontrolle von Professor Schroeter berechnet worden. Nach dieser Berechnungsmethode war unser nördlicher Punkt 87 Grad 43 Minuten nördlicher Breite und 10 Grad 37 Minuten westlicher Länge. Hier befand sich unser erstes Lager. Bei unsern Rekognos-zierungswanderungen nach einem Startplatz kamen wir noch etwas weiter nördlich, ohne aber Beobachtungen anzustellen.

Außerdem hat Magister Wesöe noch folgende Positionen errechnet, die ich alle vier nachstehend wiedergebe:

1925,	22.5.	87° 43'	nördl. Br.	10° 37,0'	westl. L.
	28.5.	87° 32'	nördl. Br.	10° 54,6'	westl. L.
	29.5.	87° 31,8'	nördl. Br.	8° 3,9'	westl. L.
	12.6.	87° 33,3'	nördl. Br.	8° 32,6'	westl. L.

Diese Positionen lassen erkennen, wie das Eis getrieben ist, mit einer Hauptrichtung von Südsüdwest.

Das Echo-Lot

Wir waren der Ansicht, daß es sehr interessant sein müßte, die Meerestiefe an unsrer Landestelle zu loten. Und wir besprachen hin und her, wie wir geeignetes Material dazu bekommen könnten, das für uns nicht zu schwer war. Bei diesen Verhandlungen kamen wir in Verbindung mit der Behm-Echo-Lot-Fabrik in Kiel, und alle Schwierigkeiten waren dadurch sofort beseitigt. Nachdem ich bei einem Besuch in Kiel die Angelegenheit mit dem Ingenieur Behm besprochen hatte, wurde in seiner Fabrik ein unglaublich einfacher Apparat gebaut, der uns unentgeltlich zur Verfügung gestellt wurde.

Da es bei den großen Meerestiefen, die für uns in Betracht kommen konnten, nicht notwendig war, die Tiefe auf den Meter genau festzustellen, konnten wir auf die automatische Registrierung verzichten. Das Gewicht unsrer ganzen Lotausrüstung mit Patronen für eine ganze Reihe Lotschüsse betrug nur ein paar Kilogramm. Wir konnten daher die ganze Lotausrüstung im Flugzeug mitführen, ja wir hätten sie sogar auf einer eventuellen Fußwanderung weiter mitnehmen können.

Das Prinzip war sehr einfach. Ein wasserdichtes Mikrophon wurde ungefähr 4 Meter tief durch einen Eisspalt in das Wasser gesenkt. Dieses Mikrophon stand durch eine Drahtleitung in Verbindung mit einem gewöhnlichen Kopfhörer, den der Beobachter benutzte. In einer Entfernung von 25-50 Meter von dem Beobachter wurde ein kleine Sprengladung von 10 Gramm Trinol, die mit einer Knallqueck-silberpatrone verbunden war, unter die Wasserfläche gesenkt. Die Sprengladung wurde durch elektrische Zündung zur Explosion gebracht. Der Beobachter setzte im gleichen Augenblick, da er die Explosion hörte, die Stoppuhr in Gang und stoppte sie wieder ab, wenn er das Echo vom Meeresgrunde vernahm.

Am 28. Mai nahmen wir mit dem Echolot kurz hintereinander zwei Lotungen vor. In beiden Fällen gab die Stoppuhr die genaue Zeit mit 5 Sekunden an. Da die Lautgeschwindigkeit im Seewasser 1500 Meter in der Sekunde beträgt, war also die Entfernung von der Oberfläche bis zum Meeresboden und zurück gleich 7500 Meter, d. h. die Meerestiefe war an dieser Stelle 3750 Meter.

Das Echo kam ganz scharf zurück und war gar nicht mißzu-verstehen.

Da wir während unsres spätern Aufenthaltes im Eise uns nicht wesentlich von dieser Stelle entfernten, gaben wir keine weiteren Lotschüsse ab. Wir wollten nämlich unsern Patronenvorrat für einen eventuellen Marsch über das Eis reservieren.

Die Deklinationsbeobachtungen

Um eine genau Peilung der Sonne zu ermöglichen, war der Regelkompaß mit einer besonderen Peilanordnung ausgestattet. Außerdem war eine Libelle für den Gebrauch auf Wasser an dem Kompaß angebracht. Während der Beobachtungen wurde der Kompaß weit genug von allen Gegenständen aufgestellt, die Einfluß auf ihn ausüben konnten.

Am 23. und 29. Mai stellten wir Beobachtungen an. Das Ergebnis war 39,5 Grad bzw. 30 Grad westlicher Deklination. Dieses Ergebnis übersteigt die auf unsern Karten angegebenen Ziffern um ungefähr 5 Grad.

Diese Beobachtungen gereichten uns zu großem Nutzen, als wir zu dem Heimfluge starteten. Wir benutzten nämlich auf unserm Startkurs eine geringere Deklination, und dies erwies sich als vollkommen richtig.

Ich will nur noch in Kürze die wichtigsten Stücke unsrer übrigen Ausrüstung behandeln.

Der photographische Apparat und unsre Ferngläser waren von der Firma Goerz unentgeltlich zur Verfügung gestellt worden, ebenso der Kinematographenapparat von der Firma Hahn, A.-G. für Optik und Mechanik in Berlin. Filme und Platten für den photographischen Apparat und Kinematographenfilme in ausreichender Menge waren ebenfalls von den Goerz-Photochemischen Werken in Berlin ohne Bezahlung geliefert worden. Es ist überflüssig zu betonen, daß alles Material, das diese Firma geliefert hatte, erstklassig war, daß alles zu unsrer größten Zufriedenheit funktionierte und trotz unsrer häufig schwierigen Arbeitsverhältnisse stets ausgezeichnete Resultate ergab.

Unsre Schneebrillen, die speziell für uns hergestellt waren, hätten gar nicht besser sein können. Wenn ich sie mit zu den wichtigsten Teilen unsrer Ausrüstung rechne, so geschieht das mit gutem Grunde. Wenn man die verschiedenen Typen probiert, wird man bald herausfinden, daß die passende Farbe der Gläser allein nicht ausreicht. Auch wenn die Farbe die gleiche ist, ist der Unterschied zwischen den verschiedenen Typen doch sehr groß.

In diesem Zusammenhang muß ich noch eine andre Kleinigkeit erwähnen. Viele Flieger werden, ebenso wie ich, die Erfahrung gemacht haben, wie unangenehm es ist, gegen die Sonne zu fliegen, wenn sie niedrig steht. Einerseits ist es schwer, die Instrumente zu beobachten, da man von dem scharfen Licht geblendet wird. Andererseits wirkt das Sehen in die Sonne auf die Dauer ermüdend. Als Schutz hiergegen hatten wir uns kleine Aluminiumschirme gebaut, von der gleichen Form wie der Windschirm war. Diese wurden hinter dem Windschirm angebracht und mit Klammern befestigt. Gegen 10 Uhr abends auf unsrer Nordfahrt stand die Sonne so gefährlich, daß ich den Schirm befestigen mußte und ihn an seiner Stelle ließ, bis wir gegen 1 Uhr begannen, nach einem Landeplatz Ausschau zu halten. Die ganze Zeit saß ich gut lichtgeschützt hinter dem Schirm und freute mich über seine Wirkung.

Auf langen Skitouren während unsres Aufenthaltes in Spitzbergen trainierten wir uns für die bevorstehenden Anstrengungen. Denn auch im Eise würden wir unsre Skier gründlich gebrauchen können. Auf dem alten Eise im Polargebiet lag der Schnee so tief, daß wir ohne Skier bis über die Knie einsanken. Wenn wir auf die andre Seite des offenen Wassers gehen mußten, um Proviant oder Benzin von N 24 zu holen, mußten wir häufig über neues Eis gehen, und das würde uns niemals getragen haben, wenn wir es ohne Skier betreten hätten. Für den Transport unsrer Lasten benutzten wir hierbei Skischlitten. Der Transport der Benzinfässer, die über 200 Kilogramm wogen, über das unebene Eis stellte unsre Schlitten auf eine harte Probe. Aber die Schlitten bewährten sich glänzend. Absichtlich ersparten wir unsern Schlitten bei diesen Transporten keine Anstrengungen. Denn nun wußten wir wenigstens, was die Schlitten bei einer eventuellen Wanderung nach dem Festlande aushalten konnten, und wir wollten gerne nach Möglichkeit den Zeitverlust vermeiden, bei der Wanderung über Eishaufen die Schlitten immer wieder zu beladen und zu entladen. Wenn die Schlitten bei diesen Proben beschädigt worden wären, hätten wir sie mit Leichtigkeit reparieren können. Es wäre schlimmer gewesen, wenn sie bei unsrer Wanderung nach dem Lande ernsthaft beschädigt worden wären. Die Schlitten waren übrigens breit genug, um unsre Faltboote fahrfähig und nicht zusammengefaltet unterbringen zu können. Dann konnten wir sie gegebenenfalls augenblicklich benutzen, um über offene Stellen ohne Zeitverlust überzusetzen. Da die Boote in dieser Lage gegen seitliche Beschädigung durch Eiszacken geschützt werden mußten,, hatten wir uns vorgenommen, zu diesem Zweck Aluminiumplatten aus den Flugbooten auszuschneiden, bevor wir diese verlassen müßten.

Unsre Zugriemen hatte Segelmacher Rönne genäht. Sie waren so eingerichtet, daß der Druck beim Ziehen auf Hüften und Schultern verteilt war.

An Kochapparaten hatten wir zwei verschiedene Sorten zur Verfügung, nämlich Meta-Apparate und Primusapparate. Die Meta-Apparate wurden mit Brennstoff in Tablettenform geheizt. Wir benutzten sie zum Kochen, solange unsre Expedition in zwei Lager geteilt war. Als wir alle sechs wieder vereint waren, zogen wir die Primusapparate mit flüssigem Brennstoff vor.

An Waffen hatten wir für jedes Flugboot ein Gewehr für Großwild, eine Schrotflinte für Vögel und eine Repetierpistole. Diese letztere hatten wir mitgenommen, um uns gegen die Möglichkeit zu schützen, daß wir bei unsrer Rückwanderung von Bären im Zelt überrascht würden. Die Pistole war in diesem Falle leichter zu handhaben als das Gewehr. Als wir bemerkten, daß es entgegen unsrer Erwartung noch auf dieser Breite Tiere gab, erhielt die Wache Befehl, bei ihrem nächtlichen Rundgang die Pistole zu tragen. Der Bär ist durchaus nicht so gutmütig, wie viele Leute glauben. Dort oben, wo wir waren, konnten wir gegebenenfalls auf alles vorbereitet sein, da der Bär bestimmt sehr hungrig sein mußte. Indessen sahen wir während unsrer ganzen Tour keinen einzigen Eisbären.

Unsre Pistolen kamen uns bei dem Start für die Rückfahrt sehr zu statten, als wir alle möglichen Gegenstände über Bord warfen, um unsre Last zu erleichtern. In vielen Fällen hatten wir große Bedenken. Aber die verhältnismäßig schweren Gewehre konnten wir ohne weiteres entbehren, da wir ja mit unsrer einen Pistole genug Schußwaffen zur Verfügung hatten.

Wir hatten zwei verschiedene Arten Rauchbomben mit. Der kleinere Typ sollte unmittelbar vor der Landung auf den Schnee abgefeuert werden, um uns über die Windrichtung aufzuklären. Für einen etwas größeren Typ hatten wir uns folgende Anwendungsmöglichkeit gedacht. Wir setzten voraus, daß die eine Maschine zu einer Notlandung gezwungen werden könnte, während die andre an andrer Stelle einen geeigneten Landeplatz suchen müßte. Damit die beiden Besatzungen einander leichter wiederfinden können, glaubten wir, diese Rauchbomben vorteilhaft anwenden zu können.

Da wir jedes Gramm berechnen mußten, um unsre Belastung nach Möglichkeit einzuschränken, wurde das Höchstgewicht für diese Bomben zu niedrig angesetzt, und infolgedessen bekamen die Bomben nicht die Größe, die erforderlich gewesen wäre. Wir versuchten diese Bomben am ersten Tage, als wir bei N 25 waren und nicht wußten, wo N 24 geblieben war. Der Wind war indessen so stark, daß der Rauch wie ein Streifen zwischen dem aufgetürmten Eis liegen blieb. Bei stillem Wetter wären uns die Bomben sicher sehr nützlich gewesen.

Man kann hier einwenden, daß wir unsre Versuche rechtzeitig hätten veranstalten müssen, und daß wir, wenn es das Gewicht gestattet hätte, uns Bomben von genügender Größe hätten anschaffen müssen. Das war auch unsre Absicht gewesen. Unsre erste Bestellung von Rauchbomben war indessen ein Fehlschlag, und wir hatten es nur der Liebenswürdigkeit der Firma J. P. Eisfeld in Silberhütte zu verdanken, daß unsre neuen Bomben im Laufe weniger Tage hergestellt und uns zugesandt wurden. Ich hätte mich gar nicht sicher gefühlt, wenn ich zu dem Fluge hätten starten sollen, ohne Mittel in der Hand zu haben, um die Windrichtung genau zu bestimmen. Denn wir waren ja darauf vorbereitet, daß wir auf schlechtem Terrain eine Notlandung vornehmen mußten.

Man hat davon gesprochen, daß es ratsam sein könnte, den Schnee mit Anilin zu markieren. Dazu will ich auch ein paar Worte sagen. Wir hatten an die Möglichkeit gedacht, daß wir bei der Rückkehr nach Spitzbergen Benzinmangel haben würden. Infolgedessen sollten wir alles Benzin von der einen Maschine zu der andern herüberbringen und mit dieser den Flug fortsetzen. Wenn die zurückgelassene Maschine nicht zu weit entfernt im Eise läge, würden wir sie gegebenenfalls später abholen können. Um den Weg dorthin leichter wiederzufinden, hatten wir nun die Absicht, um die Maschine herum in entsprechendem Abstand ein paar große Markierungen aufzustellen und während des Rückfluges nach Spitzbergen in gewissen Zwischenräumen Anilin abzuwerfen, um unsern Kurs auf dem Eise anzuzeigen.

Im vorigen Winter machten wir wiederholt Versuche und warfen Anilinpulver, teils locker, teils in Packungen von der Flugmaschine ab, kamen aber zu keinen befriedigenden Ergebnissen. Während unsres Aufenthaltes auf Spitzbergen unternahmen wir neue Versuche, indem wir das Pulver mit der Hand auf den Schnee streuten. Das Ergebnis war, daß der Schnee sehr gut gezeichnet war, wenn er feucht oder am besten richtig naß war. Herrschte dagegen Frost, so daß der Schnee trocken war, dann war keine brauchbare Markierung zu sehen. Das Pulver braucht nämlich Feuchtigkeit, um sich aufzulösen und auszubreiten. Wir rechneten nun, daß wir bei einem verspäteten Rückfluge weiter südlich im Eismeer auf solche Schneeverhältnisse rechnen könnten, die uns die besprochene Markierungsmethode ermöglichen würden. Infolgedessen nahmen wir nur ein geringes Quantum Anilin mit.

Unsere Eisanker waren von der Fabrik in Marina di Pisa nach Amundsens Zeichnungen bearbeitet. Damals hatten wir noch keine Ahnung, daß diese Anker unser bestes Werkzeug werden sollten, um auf hartem Schnee einzuhaken. Als Eisanker waren sie auch besonders wirksam. Wenn das Eis sehr stark preßte, mußten wir den Bug unsres Flugbootes senkrecht gegen den Eisdruck kehren. Diese Richtung wechselte in kurzen Pausen, so daß das Eis von der einen Seite im schrägen Winkel gegen das Eis von der andern Seite andrückte. Mit Hilfe des Eisankers konnten wir indessen das Boot festlegen, daß die Eispressung sich seitwärts vorüber schob.

Die Fußbekleidung war für unsre Ausrüstung besonders wichtig, wenn wir daran dachten, daß wir unter Umständen viele hundert Kilometer zurückwandern müßten. Wir waren darauf vorbereitet, daß auf dem Eise ein tiefer Schneebrei liegen würde, wenn wir in dem wärmsten Teil des Sommers südwärts kämen. Dann würden wir oft die Skier abschnallen und über die Eishindernisse klettern müssen. Daher nahmen wir Skistiefel mit kniehohen, wasserdichten Schäften. Die langen Schäfte machten die Stiefel sehr schwer, so daß wir sie nur zum Skilaufen gebrauchen konnten. Für andre Zwecke in unserm Lager oder auf solchem Terrain, auf dem die Skier unbrauchbar waren, bekam jedes Mitglied ein Paar Extrastiefel. Wir nahmen daher nach Spitzbergen verschiedenartiges Schuhzeug mit, damit jeder Mann das wählen konnte, was seiner Meinung nach für ihn am besten geeignet war. Wenn man es nämlich selbst ausgesucht hat, erträgt man die Fußplagen auf einem längeren Marsch viel leichter, als wenn ein andrer die Verantwortung trägt.

Um unsern Leuten Gelegenheit zu geben, sich selbst ein Urteil zu bilden, erhielt jedes Mitglied ein Paar von jedem Typ. Zur Verfügung hatten wir gewöhnliche Schaftstiefel, dann Skistiefel nach Art der bekannten Lauparstiefel und schließlich unsre Stiefel mit langen Schäften, die sogenannten „Kamikker", von denen wir außerdem noch eine genügende Anzahl mit kürzeren Schäften mitgenommen hatten. Dann hatten wir die Fußbekleidung, die für den Flug bestimmt war, und die Roald Amundsen schon beschrieben hat, und schließlich hatten wir noch Lappenstiefel aus Renntierfell, kanadische Lumberman Boots und lange Gummistiefel.

Als ich Ramm bat, das verschiedene Schuhzeug, das wir „auf Spitzbergen brauchten", zu photographieren, hat der Spaßvogel sich diese Gelegenheit natürlich nicht entgehen lassen, neben den wasserdichten Stiefeln ein Paar Tanzschuhe mit auf die Platte zu bringen.

Das Ergebnis unsrer Versuche war, daß Amundsen, Omdal und Feucht Lappenstiefel wählten. Die beiden letzteren entschlossen sich dafür, weil die Renntierstiefel auch sehr praktisch waren, wenn man zwischen der Motorgondel und dem Tankraum auf- und niederklettern sollte.

Ellsworth und Dietrichson wählten kurzschaftige Kamikker, während ich selbst die langschaftigen Gummistiefel nahm. Selbstverständlich war jeder von uns während und nach der Tour sehr zufrieden und rühmte seine eigenen Stiefel in den höchsten Tönen. Unsern Zweck hatten wir damit also erreicht.

Wie Rolls Royce verlangt hatte, brauchten wir Shell Aerobenzin und Wakefields Castrolöl, die sich beide bestens bewährt haben. Wenn die Motoren des N 25 immer augenblicklich ansprangen, so oft wir das Flugboot aus der Umklammerung des Eises herauswinden mußten, so hatten wir das nicht nur Feucht und Rolls Royce, sondern auch der Qualität des Benzins zu verdanken.

Ich komme jetzt zu unserm Proviant. Da es viele Menschen gibt, die nicht wissen, was Pemmikan ist, will ich es in Kürze erklären. Es ist kein Vogel, wie manche Leute gefragt haben, und hat mit dem Pelikan nichts zu tun. Pemmikan wird auf folgende Weise hergestellt:

man trocknet Fleisch in möglichst niedriger Temperatur, damit es nicht seinen Geschmack verlieren soll, und mahlt es zu Pulver. Dieses Pulver wird mit getrocknetem und ebenfalls pulverisiertem Gemüse vermischt. Das Ganze wird in flüssigem Fett verrührt und dann in Formen gefüllt, in denen man es hart werden läßt. Daß es eine kräftige Kost ist, wird man verstehen, wenn man hört, daß fünf Kilogramm Fleisch nur ein Kilogramm Fleischpulver abgeben.

Beim Aufkochen mit Wasser wird der Pemmikan wie eine Grütze, oder wie eine Suppe, oder wie ein Zwischending zwischen beiden zubereitet, je nach der angewandten Wassermenge. 80 Gramm Pemmikan pro Mann ergaben eine große Tasse sehr gute Suppe. Bei Kälte schmeckt Pemmikan auch in rohem Zustand gut. Die kleine Extraration von 40 Gramm, die wir in den letzten Tagen abends bekamen, aßen wir als Brot zur Schokolade.

Unsre Schokolade war nach besonderem Rezept hergestellt. Leider konnten wir uns beim Kochen nicht das Verhältnis zwischen Schokolade und Wasser leisten, das in dem Aufdruck empfohlen war, nämliche eine Tafel von 125 Gramm auf 250 Gramm Wasser. Wir nahmen vielmehr 1/3 Tafel auf 400 Gramm Wasser und hatten den Eindruck, daß uns die Schokolade herrlich schmeckte. Als wir später unsre Brotration von fünf Haferkeks herabsetzen mußten, setzten wir zum Ersatz dafür der Schokolade einen gestrichenen Eßlöffel Trockenmilch zu. Nun schmeckte die Schokolade wie ein Göttergetränk.

Jetzt, wenn ich diese Zeilen schreibe, sehe ich vor meinem Geiste wieder die gleiche Szene, die sich jeden Morgen wiederholte. Wir kamen aus unsern Schlafsäcken herausgekrochen und ließen uns auf den für uns bestimmten Plätzen in der Messe nieder. Da saßen wir und schüttelten uns und rieben uns die Hände, um warm zu werden. Der Lärm, den unser Petroleumkocher vollführte, bedeutete für uns Wärme und Essen. Wir freuten uns daher über sein Sausen und guckten immerfort in den Kessel, ob es da drin nicht bald kochte und schäumte. Ja, jetzt begannen die Blasen in der Mitte aufzusteigen. Eine wohltuende Wärme verbreitete sich von diesem Kombüseneckchen über den ganzen Raum und hüllte uns in seine Gemütlichkeit ein. Wir schlossen die Deckluke, um die Wärme unten festzuhalten. Jeder Mann bekam seine drei Kekschen zum Frühstück. Die Tassen wurden gefüllt und gleichfalls herumgegeben. Sechs Paar Hände legten sich fröstelnd um je eine Tasse. Ich fühle noch jetzt in Gedanken, wie die Wärme in die Hände und in den Arm steigt. Die Gesichter neigten sich über die Tassen und ließen sich von dem Dampf anwärmen. Der Mund senkte sich zur Schokolade herab und sog sie vorsichtig ein. Wir hatten ein Gefühl, als ob der ganze Körper allmählich warm und wärmer wurde, je weiter die Schokolade herunterglitt. Nun kam auch das Gespräch in Gang.

„Daß die Leute keinen Kaffee mitgenommen haben!" werden sich manche Leser denken. Nein, Kaffee hatten wir nicht mit. Und hätten wir welchen gehabt, würden wir ihn doch nicht angerührt haben, solange wir Schokolade hatten. Wir fünf „Anfänger im Eise" haben uns sogar wiederholt hoch und heilig versprochen, daß wir später, wenn wir heim kämen, niemals etwas anderes als Schokolade zum Frühstück nehmen würden. Nur Amundsen lachte, wenn er das hörte. Er erinnerte uns nicht einmal an dieses Gelübde, als wir es an jenem Abend des 15. Juni an Bord der „Sjöliv" kaum erwarten konnten, daß die Kaffeetassen eingeschenkt wurden.

Unsre Haferkeks waren auch besonders für uns hergestellt. Außer dem von uns selbst bestimmten Keksgewicht hatte Direktor Knutsen uns noch in jede Maschine eine Extrabüchse hineingeschmuggelt. Wie dankbar waren wir ihm später für diese Freundlichkeit! Erstens schmeckten seine Keks herrlich, und zweitens rechneten wir sofort aus, um wieviel länger wir die Startversuche fortsetzen konnten, bevor wir gezwungen sein würden, zum Marsch nach Grönland aufzubrechen.

Außerdem hatte uns Amundsens guter Freund Horlick eine ganze Menge der von ihm fabrizierten Malzmilch in Tablettenform mitgegeben. Als wir ein bißchen schlapp geworden waren, bekamen wir zehn solche Tabletten pro Mann und Tag. Dieses Quantum sollten wir auf den ganzen Tag verteilen, indem wir je eine Tablette auf einmal zu uns nahmen. Ich begann damit, daß ich eine Tablette schluckte, als ich abends in den Schlafsack kroch. Als ich mich im Laufe von ein paar Tagen an die Tabletten gewöhnt hatte, kroch ich wieder aus dem Schlafsack, um mir noch eine zu holen. Als mir auch das zu umständlich wurde, stellt ich die Schachtel in Reichweite, so daß ich das Herauskriechen sparte. Als ich dann so weit war, daß ich fünf bis sechs essen mußte, bevor ich aufhören konnte (sie schmeckten nämlich gar zu gut), nahm ich die Schachtel einfach mit in meinen

Schlafsack. Die Folge war, daß ich nicht an Schlafen denken konnte, bevor ich mir alle zehn Tabletten einverleibt hatte. Wenn einer von uns Nachtwache hatte, bekam er eine Extraration von zehn Malzmilchtabletten. Diese kochte er sich gegen 2 Uhr nachts zu einer Tasse „warmen Tee", wie wir es nannten, auf. Das Getränk sah aus, wie Tee mit Milch, und außerdem hatte es einen ähnlichen Geschmack. Uns waren diese Tabletten sehr wertvoll, denn sie schmeckten vorzüglich und stärkten uns fühlbar.

Unsre Proviantliste sah, nach vollen Portionen berechnet, folgendermaßen aus:

Jeder Mann erhielt:

Pemmikan 400 Gramm pro Tag, also für 30 Tage	12,00 kg
Schokolade, 2 Tafeln a 125 g pro Tag, also für 30 Tage	7,50 kg
Keks, 125 g pro Tag, also für 30 Tage	3,75 kg
Trockenmilch, 100 g pro Tag, also für 30 Tage	3,00 kg
Malzmilch, 125 g pro Tag, also für 30 Tage	3,75 kg
Zusammen pro Mann für 30 Tage:	30,00 kg

Die Liste unsrer übrigen Ausrüstung sah folgendermaßen aus:
Jeder Mann hatte:

Einen Rucksack mit einmal Wäsche zum Wechseln, bestehend aus Unterjacke, Beinkleidern, Strümpfen und Socken; Streichhölzer in einer wasserdichten Schachtel; mechanisches Feuerzeug; Nähzeug; Tasse und Löffel. Außerdem durften in jedem Rucksack Tabak, Pfeife, Tagebuch, Schirmmütze und andre persönliche Kleinigkeiten bis zum Gesamtgewicht von 2 kg enthalten sein.
An Schuhwerk wurden Skistiefel und ein Paar Stiefel nach eigener Wahl mitgebracht.
1 Paar Skier, 1 Paar Stäbe und 1 Zugriemen.
Jeder Mann sollte ein Dolchmesser mit haben.
Die Liste über die sogenannte „gemeinsame Ausrüstung für jedes Flugboot" sah folgendermaßen aus:
1 Segeltuchboot,
1 Schlitten,
1 Medizinkiste,
1 Zelt,

Reserveskibindungen,
Reserveschlittenriemen aus Schweinsleder,
1 Petroleumkocher mit großem Kessel,
1 Schachtel Ersatzteile und Nadeln für den Kochapparat,
30 Liter Petroleum,
1 Meta-Kochapparat und eine Kiste Brennstofftabletten,
2 kg Fett zum Stiefelschmieren,
Segelhandschuh, große Nadeln und Bindfaden,
1 Blasensextant,
1 Taschensextant (für die Schlittentour),
1 künstlicher Horizont,
Kartenrollen und Navigationstabellen,
1 Logbuch,
1 Kartentisch,
1 Zirkel,
2 Winkellineale,
Bleistifte,
1 Fernglas,
6 kleine und 4 große Rauchbomben
1 Rauchbombenpistole,
1 Geschwindigkeitsmesser,
1 Sonnenkompaß,
1 Schrotflinte mit 200 Patronen,
1 Gewehr mit 200 Patronen,
1 Maschinenpistole mit 50 Patronen,
1 elektrische Taschenlaterne,
Ersatzteile für die Motoren, laut Spezialliste,
Motorwerkzeug, laut Spezialliste,
1 Axt,
1 Schneeschaufel,
1 Säge,
Tauwerk, Eisanker,
1 Reserveskistab,
1 Benzineimer,
1 Benzintrichter,
1 Öltrichter,
1 kg Anilin,
1 halber Sack Stroh,

Skiwachs,
3 Pilotenballons (gefüllt),
3 Paar Schneestiefel.

Da wir mit dem Gewicht beschränkt waren, konnten wir uns nicht erlauben, Reserveskier mitzunehmen. Falls wir Reserveskier erst gegen Ende der gedachten Fußwanderung brauchen sollten, wenn nur noch wenig Proviant übrig war und alles auf einem Schlitten transportiert oder in die Rucksäcke gesteckt werden konnte, waren die Schlittenkufen in Form von Skiern geschnitten und konnten leicht mit Reservebindungen versehen werden. Wenn wir dagegen bei Beginn der Tour Pech mit den Skiern haben sollten, so waren wir schlechter dran. Um für diesen Fall gerüstet zu sein, nahmen wir die Schneestiefel mit. Merkwürdigerweise traf uns gerade dieses Pech. Dietrichson verlor seine beiden Skier und Omdal den einen, als sie durch das Eis gebrochen waren und im Wasser die Skier abstrampelten. Die Strömung entführte die Skier augenblicklich.

Endlich hatten wir folgende Gegenstände mit, die nach Gewicht auf beide Maschinen verteilt wurden:
600 Meter Film,
2 Photographenapparate mit Filmen und Platten,
1 Benzinpumpe mit langem Schlauch,
1 Behm-Echolot-Apparat mit Patronen,
Polarkarten.

Der Transport der Maschinen von Italien nach Spitzbergen

Die Überschrift über diesem Kapitel müßte eigentlich lauten: Schiffsmakler Axel B. Lorentzen. Ich weißt nicht, wie es ohne ihn hätte gehen sollen. Das erste, was wir tun mußten, war, uns nach einem Schiff umzusehen, das unsre großen Maschinenkisten und all die übrigen Frachtstücke von Norwegen nach Spitzbergen bringen konnte. Im Hinblick auf die Jahreszeit, in der die Reise stattfinden sollte, war hierzu ein Schiff notwendig, das eisfest war. Nahmen wir ein andres, so mußten wir auf ganz unberechenbare Verzögerungen gefaßt sein. Von den sechs großen Kisten mußten die Motorenkisten jedenfalls in den Schiffsraum. Alle auf Deck unterzubringen, war ganz ausgeschlossen. Lorentzen besorgte Blaupausen von einem Schiff nach dem andern, und ich saß zu Hause und spielte mit Papiermodellen der Kisten und brachte sie in den sonderbarsten horizontalen und vertikalen Stellungen unter. Schließlich bekam ich eine Skizze der „Hobby". Zu dieser Zeit hatte ich den Plan, die Motorkisten in den Schiffsraum hinunter zu bekommen, schon aufgegeben und war auf den Ausweg verfallen, die Motorgondel aus den Kisten herauszunehmen, sie hinunter in den Schiffsraum zu tun und dort so gut wie möglich unterzubringen. Aus den angegebenen Lukenmessungen ergab sich jedoch, daß die Kisten gerade noch hinuntergingen. Die Freude war groß. Die vier andern Kisten würden wir schon irgendwie auf Deck aufstellen können. Folglich wurde die „Hobby" für den 5. April gechartert.

Wir hatten geglaubt, daß es ziemlich einfach sein würde, die Maschinen nach Norwegen zu verfrachten, aber wir hatten uns verrechnet. Das merkten wir ziemlich bald. Die fahrplanmäßigen Postdampfer legten in zehn, zwanzig Häfen an und nahmen hier etwas Ladung und dort etwas Ladung ein. Das mußte abgeändert werden. Eine holländische Reederei bot uns an, die Maschinen zu 50 Prozent der gewöhnlichen Fracht nach Amsterdam mitzunehmen. Das war verlockend, aber wir hätten sie dann von dort nach Rotterdam schaffen müssen, um sie von hier mit einem Erzdampfer nach Narvik zu verladen. Auch andre Auswege versuchten wir, aber ohne Ergebnis.

Da stieß Lorentzen eines Tages unsere gesamten Untersuchungen, die wir nach den verschiedensten Richtungen hin angestellt hatten, einfach um und sagte: „Hier müssen wir selbst etwas unternehmen!"

Er mietete für sich einen Dampfer in der Größe, wie sie gewöhnlich mit Kohle von England nach den Mittelmeerhäfen gehen. Er rechnete sich aus, daß der Dampfer außer den Kisten mit den Tragflächen und den Flugbooten auf Deck, sowie den Motorkisten und vielen Kisten mit Ersatzstücken im Schiffsraum noch 2000 Tonnen Salz aufnehmen konnte. Dann berechnete er, wieviel die Fahrt England-Mittelmeer-norwegische Westküste zuzüglich der Fahrt nach Sizilien für die Salzladung und einer Extrafahrt nach Livorno für die Einnahme unsrer Frachtstücke kosten würde. Hiervon wurde der Betrag abgesetzt, den die Kohlen- und Salzfracht einbringen konnte, und wir beschlossen, die Frachtdifferenz als Fracht für unsre Sachen zu bieten.

Nun galt es, Zeichnungen von Schiffen zu finden, die „in Position" waren (mit Bezug auf den Jargon wurde ich in dieser Zeit ein echter „shippingman"). Und nun begann das gleiche Spiel mit Modellen, um zu untersuchen, ob die Motorkisten durch die Luken gehen und ob die Kisten mit den Tragflächen und den Flugbooten auf Deck einen einigermaßen geschützten Platz bekommen können. Wir sollten ja durch den Golf von Biskaya.

Endlich war ein passender Dampfer „am Markt", nämlich die „Vaga" unter Führung von Kapitän Eriksen. Der Dampfer konnte in Livorno zur passenden Zeit „fällig" sein und gehörte glücklicherweise der Norwegisch-Russischen Dampfschiffgesellschaft, die sofort, ohne zu handeln, die Frachtbedingungen annahm. Auch in andrer Weise erwies uns die Gesellschaft große Liebenswürdigkeit.

Mitte Januar reiste Dietrichson nach Marino di Pisa hinunter und machte Probeflüge mit N 24. Omdal kam nach einem Studienaufenthalt bei den Rolls Royce-Fabriken auch nach Pisa. Dietrichson reiste Mitte Februar nach Hause, Omdal blieb zurück, um noch weiter zu studieren und dann mit der „Vaga", und unserm Frachtgut heraufzukommen. Ich selbst war im Februar unten und machte Probeflüge mit N 25. Gegen Ende meines Aufenthalts kam Roald Amundsen aus Amerika, und nun brauchten wir nicht mehr lange Briefe zu wechseln, sondern konnten mündlich verhandeln.

Nach einer schnellen Heimreise erhielten die vielen verschiedenen Lieferanten Anweisung zur Absendung der weitläufigen Ausrüstung nach Tromsö. Während der folgenden Tage tauchten auf den meisten europäischen Verkehrslinien Kisten mit unsrer Adresse auf, einiges kam sogar über den Atlantischen Ozean. Oslo, Bergen und Trondhjem waren wichtige Verkehrspunkte. Da der Storting die notwendigen Mittel bewilligte, damit das Kriegsschiff „Fram" zu unsrer Disposition gestellt werden konnte, wurde ein Teil des Frachtguts, das nach Oslo kam, nach Horten umgeleitet, damit wir die unnötigen Frachtkosten sparen konnten. In diesen Tagen wurde es mir klar, was das Telephon für eine wundervolle Einrichtung ist. Die Bewunderung bedarf allerdings einer kleinen Einschränkung, denn das Telephonamt ist Tag und Nacht in Betrieb. Die Folge war nämlich, daß Roald Amundsen mich zur Übermittlung der Tagesbefehle schon vor 8 Uhr morgens anläutete. Um die Zeit hatte er bereits gefrühstückt und fing seinen Arbeitstag an. Meine Nacht war da noch längst nicht vorbei.

Es nützte auch nichts, wenn ich versuchte, nachher noch einmal für

5 Minuten einzunicken, denn gleich nach 8 Uhr war Dr. Rästad mit seinen Anweisungen da. Damals imponierte es mir sehr, wie früh der Herr Doktor seinen Tag begann. Jetzt allerdings, nachdem ich erfahren habe, wie er dabei angezogen war, hat meine Hochachtung nachgelassen.

Doch wo war ich stehengeblieben?

Nichts von unserm Frachtgut blieb liegen, nicht eine einzigste kleine Kiste. Hierfür verdienen die norwegischen Staatsbahnen, die Schiffahrtslinien und mehrere Speditionsgesellschaften unsern aufrichtigen Dank.

In Tromsö hatte unser „Lagerverwalter" Zapffe, schon das ganze Material gesammelt. Als wir unsre Listen nachprüften, war alles in Ordnung.

Wir hatten die „Hobby" am 30. März übernehmen sollen. Zu dieser Zeit lag sie aber noch ohne Zylinder in der Werkstatt. Am Dienstag war der Motor in Ordnung. Als der Dampfer zum Kai gehen sollte, um mit dem Frachten zu beginnen, konnte der Motor nur gerade den Propeller herumkriegen. Der Grund lag darin, daß der Propeller ausgewechselt und durch einen zu großen Propeller ersetzt worden war. Das Schiff wurde auf Slip gelegt und bekam seinen alten Propeller wieder. Glücklicherweise hatte die „Vaga" infolge schlechten Wetters etwas Verspätung. Daher machte die Verzögerung nicht viel aus. Weil es in Tromsö keine Kräne gab, hatten wir die „Vaga" nach Narvik dirigieren müssen.

Mittwoch, den 1. April, wurde die „Hobby" fertig belastet, und während der Nacht gingen wir nach Narvik, wo wir Donnerstag ankamen.

Freitag, den 3. April, lief die „Vaga" um 6 Uhr morgens ein. Die Kisten hatten zu unsrer großen Freude keinen Schaden gelitten. Die „Vaga" hatte zwar mehrmals schlechtes Wetter gehabt, aber Kapitän Eriksen vergaß, wie er sagte, die Interessen der Reederei und verlangsamte die Fahrt.

Freitag nachmittag hatten wir alle Kisten an Land, luden sie auf Eisenbahnwagen, um sie unter den Kran zu fahren, und dann begann die Belastung der „Hobby". Die Kisten mit den Reserveteilen wurden im Schiffsinnern verstaut.

Als wir auch die Kisten mit den Motoren hineinschaffen wollten, zeigte es sich, daß die Maße, die man mir von den Luken gegeben hatte, die Außenmaße waren. Die Kisten waren nicht herunter zu bekommen, auch nicht, wenn wir sie kippten. Wir nahmen daher die Motorgondel aus der Kiste, teilten die Kiste in zwei Teile, ließen den unteren Teil in den Schiffsraum herab, senkten dann die Motorgondel hinein und setzten zum Schluß die Hälfte darauf.

Im Laufe des Sonnabend hatten wir die eine Kiste im Stauraum untergebracht und machten uns sofort daran, eine Unterlage für die Kisten mit den Tragflächen zu bauen, die über der Luke des Stauraums liegen sollten. Da der Achtermast einen Fuß weiter nach vorn stand, als auf der Skizze angegeben war, hatten wir auch keinen Platz, um die beiden Kisten, wie wir es geplant hatten, hintereinander anzubringen. Dieser Schlag traf uns schlimmer. Entweder mußten wir die eine Kiste quer über die Reling legen – dann würde sie 1 ½ m auf jeder Seite herausragen – oder wir mußten ein zweites Schiff zu Hilfe nehmen. Ich wandte mich an eine Dampfergesellschaft, die ein Schiffchen in Narvik liegen hatten. Die Firma verlangte 20000 Kronen für den Transport der einen Kiste nach Spitzbergen. Ich hatte daher keine Wahl.

Während der Nacht zum Sonntag hätte die ganze Expedition beinahe ein plötzliches Ende gefunden. Es brach ein Orkan von ungewöhnlicher Stärke los. Die Kisten mit den Tragflächen und den Bootskörpern, sowie die eine Motorenkiste, standen noch auf den Eisenbahnwagen auf einem entfernteren Geleise. Der Wächter, der seine Instruktionen bekommen hatte, stürzte heraus, ein paar Speditionsarbeiter kamen ihm zur Hilfe, und sie banden die Kisten auf den Eisenbahnwagen und diese wieder am Kai fest. Bevor sie aber fertig waren, machte sich der Wagen mit der größeren Kiste selbständig und rollte vor dem Wind den Kai entlang, weil man einen Augenblick die Bremse gelockert hatte. In der Mitte des Kais kam er glücklicherweise hinter einem Schuppen in Lee und hielt an, bevor er mit einem Stapel Planken zusammenstieß.

Wäre der Wächter nur einen Augenblick später herausgeeilt, wäre sicher eine der Kisten in das Meer gestürzt. Der Sturm hatte, als die Leute fertig waren, eine solche Stärke angenommen, daß sie sich nur mit größter Vorsicht fortbewegen konnten, um nicht selbst vom Kai heruntergefegt zu werden. Als Erklärung für den plötzlichen starken Wind haben wir nur die hohen Berge, die den Hafen einschließen. Mehrere der Erzdampfer im Hafen fuhren damals aus und erlitten

Havarie.

Da es den ganzen Sonntag sehr windig war, konnten wir nicht weiterladen. Im Laufe des Montags schafften wir die andere Motorenkiste und beide Tragflächenkisten an Bord. Die achtere legten wir in der Längsrichtung hin, während wir uns entschlossen, die vordere Kiste quer über das Verdeck zu legen. Dadurch konnten wir sie höher und weiter vorne anbringen, während sie sonst auf die Stelle des Decks gekommen wäre, die bei Sturzseen überspült wurde.

Dienstag, den 7., mittags waren auch beide Bootskörper an Bord gebracht und oben auf den Tragflächenkisten verstaut. Das waren recht lange Arbeitstage, aber alles ging gut, und das war die Hauptsache.

Die Decklast der „Hobby" sah furchterregend hoch aus, wenn man bedachte, daß wir auf das Eismeer hinaus sollten. Und wenn ich weiter dachte, was eine Havarie für uns bedeuten würde – das Aufgeben der Expedition für dieses Jahr – konnte ich mich des Gruselns nicht erwehren. Natürlich fehlte es auch nicht an Warnungen. Aber der Führer der „Hobby", Kapitän Holm, und sein Eislotse Johansen, die ich in den wenigen Tagen unsres Zusammenseins hochschätzen gelernt hatte, meinten, es würde gehen. Sie fügten allerdings hinzu: „Wenn wir Glück haben."

Das Gewicht der Deckslast war nicht so schlimm, aber es war doch bedenklich, daß die Last so hoch lag. Sobald wir den Kai verließen und ein wenig Fahrt bekamen, machten wir eine scharfe Wendung, um zu sehen, ob das Boot sehr rank war. Die „Hobby" krängte bedeutend weniger, als ich erwartet hatte. Ich glaubte, daß wir im Westfjord ein bißchen Dünung bekommen würden. Aber glücklicherweise war das Wasser ruhig. Wenn ich an unsere späteren Erfahrungen denke, können wir uns darüber nur freuen. Hätten wir da schon Proben von der halsbrecherischen Schlingerneigung der „Hobby" bekommen, hätten wir uns schwerlich auf das Eismeer gewagt. Wir hätten dann das Extraschiff, das ich schon erwähnte, nehmen müssen, und dann würde unsre Schuldenlast heute um 20000 Kronen höher sein.

Wir kamen Mittwoch, den 8. April, um 9 Uhr vormittags nach Tromsö. Es war ein großer Tag für uns alle, nicht zuletzt für mich. Roald Amundsen und die übrigen Mitglieder der Expedition waren angekommen. Die „Fram" ebenfalls. Zum erstenmal waren wir alle versammelt. Ich fühlte mich so beruhigt, daß Amundsen von da an selbst die Führung übernahm, und doch sollte ich innerhalb 24 Stunden einen kleinen Abstecher auf eigene Faust machen.

Im Laufe des Tages besichtigte Amundsen die ganze Ausrüstung, und die in Tromsö bestellten Sachen wurden an Bord gebracht. Diese Arbeit dauerte den ganzen Tag, und gegen Abend fingen wir an, uns seefertig zu machen.

In Narvik hatte ich mir beim Einladen einen Nagel tief in den rechten Fuß getreten. Der Tag in Tromsö war deshalb ein harter Tag für mich, da der Fuß beim Auftreten schmerzte. Das Schlimmste dabei war, daß viele Leute mir die schönsten Geschichten erzählten, was man sich alles von einer solchen Fußverletzung an Blutvergiftung und dergleichen zuziehen konnte, und was dem und jenem passiert war. Für mich würde eine Blutvergiftung auf jeden Fall bedeutet haben, daß ich für den Flug unbrauchbar geworden wäre, und das war mehr als genug. Ich gelobte mir, daß ich das nächste Male einen weiten Umweg um alte Kistendeckel machen würde, wenn ich wieder Schuhe mit Kreppgummisohlen anhätte. Glücklicherweise ging die Sache ziemlich schnell vorüber.

Eine Zeitung hat ausgeknobelt, daß Donnerstag ein Glückstag für die Expedition war. Wir starteten am Donnerstag von Spitzbergen und kamen auch an einem Donnerstag mit der „Sjöliv" zurück. Ich kann noch hinzufügen, daß einige von uns an einem Donnerstag von Hause abreisten, und daß die Expedition wieder an einem Donnerstag Tromsö verließ. Das waren auch zwei bedeutungsvolle Abschnitte im Verlauf der Expedition.

Am Gründonnerstag frühmorgens gegen 5 Uhr fuhren wir von Tromsö ab, die „Fram" voraus, und wir folgten. An Bord der „Hobby" waren wir die ganze Zeit beschäftigt, die Deckslast noch besser festzubinden, so daß ich erst gegen 7 Uhr morgens in die Koje kam. Um 10 ½ Uhr werde ich von einem Brüllen aufgescheucht. „Signale von der „Fram"!" Da ich auf solche Zwischenfälle vorbereitet war, lag ich ganz und gar angezogen auf meinem Bett und war daher auf Deck, bevor ich sozusagen die Augen ganz aufgemacht hatte. Vom Dach der Radiokabine auf der „Fram" rief uns ein Mann mit Semaphor an. Ich antwortete und das Senden begann. Als man an Bord der „Fram" sah, daß der Signalaustausch begonnen hatte, wurde mit dem Ruder ein harter Schlag nach Steuerbord gegeben. Ich hatte empfangen: „Wir gehen nach...", aber die nächsten Worte, die dem Signal erst einen

Sinn geben sollten, wurden uns dadurch vorenthalten, daß der Achtermast der „Fram" bei der Wendung dazwischen kam. Der Signalmann übersah mein Signal, mit dem ich ihn zur Wiederholung aufforderte. Ich hatte nämlich in der Eile keine Semaphorflaggen erwischt, sondern antwortete nur mit dem Arm. Jedenfalls muß er irgend etwas gesehen haben, was ungefähr dem Wort „verstanden" entsprach, denn er sprang vom Dach herab, und die „Fram" verschwand seitlich. Hätte die „Hobby" wenigstens „Dampf auf der Pfeife" gehabt, so hätte ich wie ein Wilder gepfiffen, daß sie das Signal wiederholen sollten. Aber ich mußte erst nach dem Motorraum Befehl geben, um „Dampf auf die Pfeife" zu bekommen. Ich gab daher auf und glaubte übrigens auch nicht, daß die „Fram" mit ihrem Manöver irgendwelche besonderen Absichten verfolgte. Da die Fram mit ihrer größeren Geschwindigkeit uns wieder einholen würde, fuhren wir ruhig weiter, um eine Verspätung zu vermeiden. Sie dampfte indessen wieder vollständig zurück in den Fjord. Als sie westwärts die Fahrtrichtung verließ, war kein Zweifel mehr möglich, daß sie etwas andres vorhatte. Wir wendeten also und folgten ihr, aber es war zu spät, und sie verschwand uns aus dem Gesichtsfeld. Dann glaubten wir, sie würde westlich der Vogelinsel wieder zum Vorschein kommen, und fuhren außen herum in der Hoffnung, sie dort zu treffen.

Kaum waren wir auf das offene Meer hinaus gekommen, als wir schwere See bekamen. Wie die „Hobby" rollte! Die Kisten mit den Tragflächen, die quer über die Reling lagen, tauchten an beiden Seiten in das Wasser. Ich untersuchte die verschiedenen Sorrtaue daraufhin, ob sie bei dem Wellentanz nachgaben. Es war Mittagszeit, und wir bekamen die Wellen seitlich. Da begann plötzlich das vorderste Boot seitlich zu rutschen. Es wanderte ein paar Fuß breit nach Backbord und glitt dann wieder zurück, je nach den Schlingerbewegungen der „Hobby". Sofort wurde gewendet, und wir luvten langsam vorwärts an. Als wir gut gegen die Wellen lagen, wurde die Vertauung verstärkt.

Die Lage war ungemütlich. Von der „Fram" war nichts mehr zu sehen. An Bord der „Fram" waren die Meteorologen, die mit ihrer Radiostation Wettermeldungen aufnehmen konnten. Ich hätte, wer weiß nicht was, darum gegeben, um zu wissen, wird das Wetter besser oder schlechter werden? Eine Weile dachte ich daran umzukehren, das aber hätte bedeutet, daß wir nicht unsre ganze Last mit der „Hobby" nach Spitzbergen hätten schaffen können. Der einzige Trost des Eislotsen war der, daß wir zu dieser Jahreszeit kein besseres Wetter im Eismeer erwarten konnten. Es würde viel kostbare Zeit damit verloren gehen, ein Hilfsfahrzeug zu bekommen und die schweren Kolli hinüberzuladen. Andrerseits stand die ganze Expedition auf dem Spiel, und ich dachte an Amundsen. Wären es nur gewöhnliche Kisten mit irgendwelchem Inhalt gewesen, so hätten sie ruhig über Bord gehen können, aber es handelte sich um unsre Flugboote.

Als ich sah, wie gut sich die „Hobby" gegen den Wind hielt, dachte ich mir, daß wir das gleiche Manöver vornehmen würden, wenn der Seitenwind zu schlimm werden sollte. Das geophysische Institut hatte uns gutes Wetter versprochen. Daher nahmen wir wieder nördlichen Kurs, als wir mit dem Verstärken der Taue fertig waren. Als die Lage am schlimmsten war, mußte ich auch noch an etwas andres denken. Bevor wir aus Oslo abreisten, wurde ich einmal zur Marine-kommandantur gerufen. Dort teilte man mir mit, daß man Bedenken hegte, die „Fram" während dieser Jahreszeit über das Eismeer fahren zu lassen. Nicht mit Rücksicht auf das Fahrzeug, sondern mit Rücksicht auf die Mannschaft. Denn es könnte ja etwas passieren. Ich antwortete, daß die „Fram" und die „Hobby" zusammen fahren sollten, so daß die „Hobby" jederzeit zur Hilfe kommen konnte. Ungefähr zur gleichen Zeit erfuhren wir von dem Makler der „Hobby", daß es fraglich wäre, ob die Seekontrolle die Überfahrt der „Hobby" mit der Deckslast zugeben würde, nicht mit Rücksicht auf die „Hobby und die Deckslast, sondern mit Rücksicht auf die Besatzung. Ich beruhigte ihn damit, daß die „Fram" und die „Hobby" zusammen fahren sollten, so daß die „Fram" zur Hilfe da wäre, wenn etwas passieren sollte. So tragisch es war, aber ich mußte lachen, wenn ich in der jetzigen Situation an diese beiden Gespräche dachte. Denn jetzt dampfte jeder von uns nach seiner eigenen Richtung, und jeder mußte sich daher gegebenenfalls selbst helfen.

Andererseits fand ich es recht gut, daß die „Fram" nicht in der Nähe war. Es wäre für Amundsen schrecklich gewesen, mit anzusehen, wie wir schlingerten, ohne selbst an Bord der „Hobby" zu sein und zu beobachten, ob wir auch immer – oder jedenfalls vorläufig – die Situation beherrschten.

Während der Nacht zum Freitag besserte sich das Wetter, der Wind war schwächer geworden, aber wir hatten noch ziemliche Dünung. Wenn die „Hobby" aber ab und zu außer Kurs kam, geriet sie ordentlich ins Schwanken. Daher mußte ich alle Augenblicke auf Deck, um nach dem Rechten zu sehen. Zum Schlafen kam ich daher nicht viel.

Sonnabendmorgen kamen wir westlich an der Bäreninsel vorüber, ohne sie indessen sehen zu können. Denn wir hatten jetzt zeitweise dichten Nebel. Wir trafen hier auf das erste Eis, das typische „Tellereis".

Im Laufe des Tages wurde der Südost stärker und entwickelte sich zu einer ganz anständigen Windstärke. Solange das Meer einigermaßen ruhig blieb, hatten wir nichts dagegen einzuwenden. Denn wir hatten den Wind genau von achtern und machten daher gute Fahrt. Gegen Mittag ging die See recht hoch, und der Wind war sehr frisch geworden. Wir änderten daher den Kurs etwas nach Osten, um so schnell wie möglich um das Eis am Südkap zu kommen. Wenn wir nur erst ein Stückchen im Eise waren, würden wir schon ruhigeres Wasser bekommen. Wir machten, wie gesagt, gute Fahrt. Wenn die See zu böse werden sollte, so daß wir so nicht mehr weiter kommen konnten, würde es vielleicht zu spät sein, um an den Wind heranzugehen. Aber wenn wir bei diesem Manöver anluven und Breitseiten bekommen würden, so konnten wir möglicherweise unsre Deckslast verlieren. Daher durften wir mit dem Anluven nicht zu lange warten.

Hin und wieder schlingerte die „Hobby" so gründlich und mit so tollen Sprüngen, daß die Drahtseile tief in die Planken einschnitten, die zum Schutz über die Kistenkanten gelegt waren. Bei einem dieser plötzlichen Stöße wurde der Steuermann einfach über das Rad hinweg gegen das Geländer der Kommandobrücke auf der Leeseite geworfen. Er schlug sich ordentlich und war längere Zeit arbeitsunfähig. Er tröstete sich damit, daß es nur noch schlimmer werden konnte, wenn wir uns der Küste näherten.

Ich hatte Angst wie noch niemals in meinem Leben, und ich hoffe sehnlich, daß ich nie wieder in eine gleiche Lage kommen würde. Ich bangte nicht um mein Leben. Da war vorläufig keine Gefahr. Es galt unsrer Deckslast. Die Flugmaschinen! Wären die Kisten mit Gold gefüllt gewesen, so hätten sie ruhig über Bord gehen können. Aber die Flugmaschinen mußten sicher ankommen. Die Expedition durfte dieses Jahr nicht scheitern. Wieder war ich dankbar dafür, daß die

Schiffe getrennt worden waren. Die „Fram" hätte uns nicht helfen können. Man wäre an Bord der „Fram" nur Zuschauer gewesen.

Am Abend vor Ostern nahm der Wind nicht mehr an Stärke zu, und im Laufe der Nacht legte er sich. Am Sonntagabend kamen wir in das Eis hinein und berechneten, daß wir ungefähr halbwegs nach Spitzbergen gekommen waren. Unter normalen Umständen wäre es richtig gewesen, uns nordwestlich in freiem Wasser zu halten, bis wir auf der Höhe von Kings Bay waren. Außerdem waren wir in Nebel gekommen und hätten aus diesem Grunde im freien Wasser bleiben müssen. Aber wir hatten noch ziemliche Dünung, die nun von Südwesten kam. Für uns bedeutete jedoch das Eis ruhiges Wasser und Sicherheit für die Deckslast. Wir schwankten daher nicht, was zu tun war, und steuerten durch das Eis auf das Land zu. Je mehr wir in das Eis hinein kamen, um so ruhiger wurde die Dünung, um schließlich ganz schwach zu werden. Von Herzen segnete ich das Eis! Gegen 11 Uhr wagten wir nicht weiter zu fahren, da wir nichts mehr sehen konnten. Die „Hobby" wurde in dichtes Eis hineingesteuert, und wir lagen dort die Nacht über still.

Auch wenn es noch schwer sein konnte, nach Kings Bay durchzukommen, wenn der Nebel sich nicht lichtete, waren wir doch jetzt ein paar Stunden in Sicherheit, und ich schlief wie ein Toter in demselben Augenblick, wo ich den Kopf auf das Kissen gelegt hatte. Um 6 Uhr fuhren wir wieder weiter. Der Nebel war noch immer gleich dicht. Abgesehen von einer Mittagshöhe, die wir am Sonnabend vor Ostern genommen hatten, hatten wir während der Fahrt keine Ortsberechnung angestellt. Auch diese Mittagshöhe war nicht sicher, weil der Horizont wegen der diesigen Luft nicht klar war. Deshalb wagten wir uns nicht näher an die Küste heran, sondern steuerten, so gut es das Eis gestattete, an dieser entlang. Unser Kurs wechselte daher zwischen NO und NW. Als wir glaubten, uns Kings Bay gegenüber zu befinden, steuerten wir genau auf die Küste zu und machten klar zum Loten. Wir konnten jetzt weit genug sehen, um rechtzeitig stoppen zu können. Da plötzlich ist es, als ob ein Vorhang gelüftet wird und in einer Lichtung in schwachem Sonnenschein können wir die Nordspitze des Prinz-Karl-Vorgebirges sehen. Holm und Johansen haben allen Grund, auf ihr Besteck und ihre Navigationskunst stolz zu sein. Wir steuerten richtigen Kurs, gaben volle Fahrt und fuhren einen Augenblick später in strahlenden

Sonnenschein hinein. Hinter uns lag der Nebel wie eine hohe, graue Felswand. Vor uns lag Kings Bay. Wie froh waren wir! Wir sahen einander an, lachten und atmeten erleichtert auf. Was für ein herrliches Gefühl war das! Wir waren angelangt. Die Expedition konnte nun nichts mehr aufhalten. Wie würden die Skeptiker sich ärgern! Nun konnten sie nicht überall herumlaufen und schreien: „Ich habe es ja gleich gesagt." Aber zwischen andern Gedanken drang doch das Gefühl der Dankbarkeit durch, daß wir gut angekommen waren und Amundsen dadurch eine große Freude bereiteten.

Wir rasierten uns schnell und brachten unsre Gesichter wieder mal in Berührung mit frischem Wasser. Dann wieder auf Deck hinaus, um nach der „Fram" zu spähen. Während der Fahrt war natürlich unsre ständige Frage gewesen: „Wo konnte nur die „Fram" sein?" Wir hatten darüber gewettet, aber vor Freude vergaßen wir die Wetten auszutragen.

Ja, da lag sie, am Eisrande. Die „Hobby" mußte sich noch durch einen Eisgürtel hindurcharbeiten. Dieser war ziemlich zäh, und es schien uns, als ginge es schrecklich langsam. Wir hatten den fieberhaften Wunsch, näherzukommen und zu zeigen: „Hier sind wir, und alles ist in Ordnung." Endlich waren wir hindurch, und nun ging es vorwärts. Jetzt wurde es lebendig auf Deck der „Fram". Ich kletterte vorne auf die Deckslast und schwenkte meine Mütze zum Zeichen, daß alles in Ordnung war. Dies Zeichen wurde richtig verstanden. Hurrarufe brausten uns entgegen. Die Kriegsflagge wurde gesenkt, und daraus sahen wir, daß sie sich um uns geängstigt hatten. Als die „Hobby" am Eisrande anlegte, waren wir alle an Deck. Amundsen kam uns vergnügt lachend entgegen. Wir wußten und verstanden, wie glücklich er war, und alle unsre Angst und die furchtbaren Aufregungen waren gleich vergessen.

In Kings Bay

Der Schluß meines Berichts ist eigentlich nur ein Bilderbuch mit begleitendem Text, da ich Wiederholungen von Amundsens Bericht vermeiden will.

Wir waren enttäuscht, daß das Eis so weit vor Kings Bay lag. Es war bei unserer Ankunft so fest, daß keins der Schiffe durchkommen konnte. Am nächsten Tage aber war es durch Tauwetter spröde geworden, so daß es „Knut Skaaluren", wenn auch nur mit Mühe, gelang, eine Fahrrinne zu brechen. Da „Skaaluren" einige Last zu löschen hatte, konnten wir mehrere Tage nicht an den Kai herankommen. Das war zuerst eine Enttäuschung, aber später ein Vorteil. Ich hatte nämlich daran gedacht, aus ein paar Spieren, die wir zu diesem Zweck mithatten, einen Kran auf dem Oberdeck zu bauen, um unsre großen Kisten am Kai löschen zu können.

Bis der „Skaaluren" fertig war, konnten wir nicht warten. Wir mußten versuchen, mit unsern eignen Winden fertig zu werden. Aber diese waren nicht gerade zum Heben von schweren Gegenständen geeignet, und bei der Arbeit gab es immer heftige Stöße.

Ich sagte vorhin, daß uns aus der Enttäuschung ein Vorteil erwuchs. Wir sparten nämlich ziemliche Zeit dadurch, daß wir „Hobbys" eigene Löschvorrichtung benutzten. Dadurch konnte die Entladung direkt auf dem Eise vorgehen und sparte uns viel Zeit.

Um das Gewicht der Bootskörper zu vermindern, nahmen wir erst die Verpackung ab.

Da der Vorderbaum nicht ausreichte, um die Bootskörper klar von den Tragflächen zu bringen, die über die Reling hinausragten, mußten wir beide Bootskörper an den Achterbaum bringen. Die N 25, der achterst stand, wurde zuerst gehoben und hinausgeschwungen. Er kam gut auf das Eis, und N 24 folgte.

Die achtere Tragflächenkiste wurde dann so gedreht, daß sie quer über der Reling lag, und beide Kisten wurden dann hochgekantet, daß wir an die Luken herankommen konnten. Die Motorgondeln wurden gehoben und direkt auf ihren Platz in den Bootskörpern gesetzt .

In der Zwischenzeit hackten die Matrosen der „Fram" ein Slip von dem Fjordeis zum Lande hinauf. Die Bootskörper wurden hinaufgezogen und an den Montageplatz gebracht.

Die Hilfsmittel, die wir zum Montieren hatten, konnten nicht bessre sein. Wir hatten sowohl eine mechanische Werkstatt, wie eine Schmiede mit großem Arbeitsraum zur Verfügung. Dort hatten wir Arbeitsbänke und Schraubstöcke.

Um die Tragflächen an Land bringen zu können, mußten wir auf jeden Fall an den Kai herankommen, aber jetzt, wo wir vorläufig genug mit dem Klarmachen der Motoren zu tun hatten, eilte das nicht so sehr.

Es war nicht gerade gemütlich, bei dieser Temperatur im Freien zu arbeiten. Man konnte daher hin und wieder sehen, wie die Leute wilde Kriegstänze um das Kohlenbecken vollführten.

Währenddessen schnitten die Matrosen der „Fram" das Eis am Kai auf und hielten das Wasser offen, damit die Schiffe leichter ihre Plätze wechseln konnten.

Gerade als wir mit der Arbeit an den Motoren fertig waren, verließ „Skaaluren" den Kai, und die „Hobby" nahm den freigewordenen Platz ein. Die Tragflächenkisten lagen genau in der Höhe des untern Kais, daher war es verhältnismäßig leicht, sie an Land zu schaffen. Glücklicherweise hatten wir an diesem Tage gerade keinen Wind, so daß wir die Tragflächen hochgekantet tragen konnten. Dies war mit Rücksicht auf die Raumverhältnisse notwendig.

Unter Schulte-Frohlindes Leitung fingen wir gleich an, N 24 zu montieren, und das Boot begann die Formen einer Flugmaschine anzunehmen.

Als wir die Tragflächen von N 25 an Land brachten, war es windig. Daher war es nicht ganz leicht, sie hochgekantet an Land zu bekommen. Aber dann konnten wir sie in horizontaler Lage weiter tragen.

Das Ausladen der Maschinen war damit beendet, ohne daß das geringste Teilchen des Materials auf dem langen Weg von Marina di Pisa bis nach Kings Bay Schaden genommen hatte. Wir hatten allen Grund, an diesem Tag zufrieden zu sein.

Während Schulte-Frohlinde, Feucht und Zinsmayer die Montierung beendeten, setzten Green und Omdal ihre Arbeit an den Motoren fort, bis sie zum Schluß die Propeller anbrachten.

Alles war untersucht und ausprobiert. Auch die Motoren hatten wir zur Probe laufen lassen. Jetzt konnte ich endlich auf die spannende Frage, die mich nun über ein halbes Jahr beschäftigte, seit wir unsere Vorbereitungen angefangen hatten, Antwort bekommen: Wie gleiten die Maschinen auf Schnee? Vor unsrer Arbeitsstelle war reichlich Platz zu einer Probefahrt auf dem Schnee, und diese unternahm ich am 9. Mai. Zuerst saß das Boot natürlich ein wenig fest, aber als wir es anstießen, kam es gleich los. Ein wirklich befreiendes Gefühl stieg in mir auf, als ich merkte, wie leicht das Boot vorwärts kam. Für uns war es ja das wichtigste, daß es nicht tief in den Schnee einsank, sondern leicht darüber hinwegglitt.

Flugboote von dieser Größe waren noch nie vorher auf Schnee

ausprobiert worden. Unsre Pläne beruhten also nicht auf Erfahrungen, sondern auf Voraussetzungen. Hätten diese nicht Stich gehalten, wären wir böse daran gewesen.

Seit jenem Tage im vorigen Herbst, an dem wir das Programm festlegten, bis zu diesem Tag, war alles planmäßig verlaufen. Anfang Mai waren wir mit allen Vorbereitungen fertig, um unserm Versprechen gemäß in der zweiten Hälfte des Mai zu starten.

Dieser Tag war daher für mich ein ebenso großer Tag, wie manche andre im Verlauf der Expedition, und man wird meine Gefühle verstehen, mit denen ich nach der Probefahrt Amundsen melden konnte: „Wir sind startbereit, Kapitän, sobald Sie es wünschen.“

III

Der Flug des N 24

von Spitzbergen in das Polareis

Bericht des Führers Dietrichson

Ich sitze unten an der Südküste Norwegens in tropischer Sommerhitze. Vor meinen Fenstern blühen Rosen in allen Farben, und die Luft ist förmlich gesättigt von Blumenduft. Jenseits des Gartens und soweit das Auge reicht, liegt spiegelblank und klar und einladend das Meer.

Und ich soll nun ein wenig davon erzählen, was wir auf unserm Polfluge erlebten. Die Ereignisse scheinen mir so fern, so fern. Fast wie ein Traum wirkt das Ganze. Nur die Gegenwart ist die Wirklichkeit. Das gemahnt mich daran, daß wir während der Tage dort oben in der Eiswüste ein gleichartiges, wenn auch nicht so starkes Empfinden hatten, die herrlichen Tage, die wir bei unserm Freunde, Direktor Knutsen in Kings Bay zubrachten, müßten nur Gebilde unserer Phantasie sein.

Indessen liegt mein Tagebuch mit seinen knappen täglichen Aufzeichnungen vor mir, und mit seiner Hilfe, hoffe ich, wird es mir gelingen, eine korrekte Darstellung der Ereignisse zu geben, die ich schildern soll. Ich füge hinzu, daß ich wesentlich Gewicht darauf lege, daß meine Darstellung mit Bezug auf die tatsächlichen Begebenheiten korrekt ist und daß nichts mir ferner liegt als literarischer Ehrgeiz.

Ich beginne mit dem Zitat meiner Tagebuchaufzeichnungen vom 21. Mai: „Östliche Brise, klares Wetter, ausgezeichnete Bedingungen für den Start. Hoffe, daß der große Tag gekommen ist. Versuche Start mit 3100 Kilogramm Ladung, bin aber darauf vorbereitet, das Gewicht verringern zu müssen."

Das wurde am Morgen des 21. Mai geschrieben, und meine Hoffnung sollte in Erfüllung gehen. Die Meteorologen sagten gute Wetterverhältnisse voraus, und die Maschinen waren fertig beladen und klar. Nach dem Mittagessen gingen die Teilnehmer der Expedition, begleitet von Freunden und Einwohnern von Kings Bay, hinaus zu den Maschinen. Die Verstrebungen wurden zum letzten Mal überprüft, die Instrumente eingestellt und schließlich setzten wir die Motoren in Gang. Während der halben Stunde, die für das Anwärmen der Motoren draufging, sagten wir Freunden und Bekannten Lebewohl, und besonders dankbar waren wir für den guten Wunsch „Viel Glück auf der Fahrt", mit dem sich die Vertreter der Bergleute und die Besatzung der „Fram" von uns verabschiedeten. Unser unermüdlicher Freund, Direktor Knutsen, gab seiner Fürsorge und seinen Wünschen auch praktisch Ausdruck, indem er uns ein Paket mit Butterbroten, kaltem Fleisch und hartgekochten Eiern, sowie eine ganze Büchse herrlicher Haferkeks an Bord reichte. Wie sich später zeigte, kam uns dieser Proviant unendlich gut zustatten.

Endlich waren beide Maschinen klar. Omdal meldete, daß die Maschinen in Ordnung waren, und Ellsworth hatte seine Navigations- und meteorologischen Instrumente gleichfalls klar. N 25 lag mit dem Bug in Richtung zum Fjord, wo der Start erfolgen sollte, N 24 etwas weiter landeinwärts, parallel der Strandlinie, um den Luftstrom und den aufgewirbelten Schnee von N 25 zu vermeiden. N 25 glitt endlich von der zurechtgehauenen Slip hinunter aufs Eis, und N 24 wurde in einem Bogen nach vorn gefahren, um auf der gleichen Stelle hinunterzugehen. Es war indessen nicht leicht, die schwer beladene Maschine um ganze 90 Grad zu drehen. Während der Motor die Maschine langsam nach vorn zog, mußte der Schwanz heruntergedrückt werden, um den Apparat zu drehen. Aber es gab hilfsbereite Hände genug, allzu hilfsbereite. Über den Lärm des Motors hinweg hörte ich plötzlich einen Laut, der mir so deutlich wie Worte sagte, daß eine Nagelnaht im Boden beschädigt war. Indessen war die Maschine in Stellung. Die Menschen wurden schnell beiseite gewinkt, und der Apparat glitt in den Spuren von N 25 hinunter aufs Eis. Direktor Schulte-Frohlinde aus Pisa hörte bestimmt einen verdächtigen Laut, als die Nägel losgingen, das sah ich an seinem erschrockenen Gesicht, obgleich der Laut im Boot sicher stärker zu hören war als draußen. Ich nehme an, daß er sich beruhigt hatte, als wir losfuhren, aber ich lächelte bei mir selbst über sein unwillkürliches Erschrecken. Mir war die Sache ganz klar. Ich wußte, daß eine Anzahl Nägel im Boden losgegangen war, wenn auch nicht, wie viele. Aber ich nahm an, daß das Landen und Starten des Apparates nicht sonderliche Schwierigkeiten bereiten werde, nicht einmal auf dem Wasser, wenn wir auf dem Fluge zum Pol unsre Last um über 1000 Kilogramm Benzin und Öl erleichtert haben würden. Dazu kam die Möglichkeit, daß wir vielleicht auf dem Eise landen und starten könnten, wobei das Leck keine Rolle spielen würde. Andrerseits hätte eine Reparatur den Start wieder auf unbestimmte Zeit hinausgeschoben, wieder wäre eine Zeit gekommen, wo wir jede Minute nach dem Wetter sähen, das erfahrungsgemäß immer nebliger werden mußte. Der alles überwiegende Gedanke war der: „Jetzt oder nie!"

Vereinbarungsgemäß sollte N 25 zuerst starten. Vom Fjord her kam eine schwache Brise, aber um die Drehung der schwer beladenen Maschinen um 180 Grad zu vermeiden, sollten wir zuerst den Start hinaus über den Fjord versuchen. Wir hielten daher mitten auf dem Eise und begannen unsre Fliegerkleidung anzuziehen. Wir hatten sie erst im letzten Augenblick anlegen wollen, damit uns vor dem Start nicht zu heiß würde. Da sahen wir plötzlich, wie N 25 in rasender Fahrt wieder an uns vorbeikam und beide Motoren auf höchste Umdrehungszahl gestellt hatte. Nun wußten wir, daß auch unser Start gelingen würde. Mehr zu sehen blieb mir keine Zeit. Auch Brille und Handschuhe mußten vorläufig liegen bleiben, denn das Eis sank mehr und mehr unter uns. Schon war ein Fuß Wasser rings um uns herum auf dem Eise, und gleichzeitig kam Omdal und meldete, daß das Wasser im Flugzeug ziemlich rasch stieg. Das war zuviel auf einmal, und einen Augenblick später hatte ich den 720 Pferdekräften unsres N 24 freien Lauf gegeben. Es sah aus, als bedenke sich die Maschine ein wenig, aber dann begann sie langsam nach vorn zu gleiten, das Wasser auf dem Eise verschwand, und schneller und schneller jagten wir über die schlechte, schneebedeckte Eisfläche dahin. Der hohe Eisgletscher inmitten des Fjords schien uns mit gefahrdrohender Schnelligkeit entgegenzustürmen. Aber ein Blick auf den Geschwindigkeitsmesser am Instrumentenbrett ergab eine ständig gleichmäßig zunehmende Fahrt, die durchaus beruhigend wirkte. Als der Zeiger über 110 Kilometer in der Stunde hinausging, fühlte ich, daß die Maschine hochgenommen werden könnte, aber um ganz sicher zu sein, ließ ich ihn noch bis auf 120 Kilometer gehen, ehe ich den Apparat ganz langsam steigen ließ.

Endlich in der Luft zu sein, war ein überwältigendes Gefühl. Die ersehnte Fahrt hat begonnen, die Zeit der Vorbereitungen ist vorbei.

Und unsre Bewunderung für die Leistungsfähigkeit der Maschine war grenzenlos. Wie schon erwähnt, waren wir völlig darauf vorbereitet, einen Teil der Ladung, d.h. Benzin, hinauszuwerfen zu müssen. Laut Kontrakt sollte die Maschine 2500 Kilogramm Nutzgewicht tragen können, und wir kamen also mit 3100 Kilogramm gut ab. Wie wir später erfuhren, war die Startlänge ungefähr 1400 Meter, hätte aber, wenn das nötig gewesen wäre, wesentlich kürzer sein können.

Sobald N 24 nach einer langen, vorsichtigen Drehung die Nase zum Fjord hinausgedreht hatte, begann ich mich nach N 25 umzusehen. Es ist nämlich sonderbar, wie schwer es oft sein kann, in der Luft von einem Apparat aus eine andre Maschine zu entdecken. Endlich sahen wir N 25, und dort an Bord guckte man augenscheinlich auch nach uns aus, denn N 25 machte eine Drehung landeinwärts, bevor er uns dicht daneben entdeckte. Im voraus hatten wir alle Lagen, in die zu kommen möglich erschien, gründlich erörtert. Der rote Faden, der sich durch alles zog, war der, wenn möglich, zusammenzubleiben. Schriftliche Befehle waren daher nicht nötig, und der einzige, der schriftlich niedergelegt wurde, galt für den Fall, daß wir trotz allem getrennt werden würden, und hatte folgenden Wortlaut:

„Falls die beiden Maschinen oder ihre Besatzungen den Kontakt miteinander verlieren sollten, setzt N 24 laut Absprache die Operationen unter der Führung von Leutnant Dietrichson fort. Leutnant Dietrichson wird ermächtigt, Land, das eventuell entdeckt wird, im namen Seiner Majestät des norwegischen Königs in Besitz zu nehmen."

Als wir so Seite an Seite an der Westküste Spitzbergens entlang nach Norden flogen, vorbei an den sieben Eisgletschern und weiter vorbei an der Däneninsel und der Amsterdaminsel, waren wir sicher gegenseitig von dem Wunsche erfüllt, daß das Glück uns beistehen und wir einander nicht einen Augenblick aus dem Auge verlieren möchten. Dieser Wunsch wurde noch dadurch unterstrichen, daß wir bald dichten Wolken und Nebelbildungen begegneten, die uns zwangen, bis zu 1000 Meter Höhe aufzusteigen, wo wir strahlend blauen Himmel und Sonnenschein hatten, während unter uns der Nebel, soweit das Auge reichte, wie ein Wolkenmeer lag.

Wir hatten abgemacht, daß der Flug zur Nordküste als Probeflug gelten sollte. Beide Maschinen sollten daher, falls irgend etwas nicht in Ordnung wäre, nach Kings Bay zurückkehren, andernfalls aber sollte der Flug fortgesetzt werden. Mit einem Gefühl der Erleichterung sah ich N 25 den Kurs nordwärts nehmen. Also war alles in Ordnung. Nicht lange danach sah ich, daß nach dem auf dem Instrumentenbrett des Führers angebrachten Kühlwasserthermometer des achteren Motors die Wassertemperatur beunruhigend stieg. Der immer praktische Omdal war so vorsichtig gewesen, eine Klingelleitung von meinem Platz nach achtern zum Benzintankraum und der Motorgondel zu legen, und kaum hatte ich auf den Knopf gedrückt, so war Omdal auch schon neben mir. Ich zeigte auf das Thermometer, das ständig stieg, und Omdal verschwand wie der Blitz nach achtern. Er ist ein Phänomen hinsichtlich der Geschicklichkeit, sich durch den Apparat zu winden, wo der Platz, milde gesagt, beschränkt ist. Ich guckte nach hinten und sah, daß die Schutzhauben für den Kühler nicht ganz offen waren, aber auch nachdem sie weit geöffnet wurden, stieg die Temperatur. Der Zeiger ging über 100 Grad hinaus, und ich war überzeugt, daß wir eine Notlandung vornehmen müßten. Durch kleine Löcher im Nebel konnten wir das Treibeis unter uns sehen, bei dem eine Landung auf jeden Fall die Zerstörung der Maschine bedeutet hätte. Die Temperatur stieg weiter, und das letzte, was ich sah, waren 115 Grad. Da platzte das Thermometer, und meine Hoffnung sank auf Null. Ich klingelte wieder zu Omdal nach hinten, aber jetzt dauerte es eine Weile, bis er kam, und ich sah, daß er selbst die Hände voll zu tun hatte. Inzwischen war ich über die Maßen erstaunt, daß der achtere Motor immer weiter gut lief. Ich hatte zwar bis auf 1600 Umdrehungen niedergedrosselt, erwartete jedoch jeden Augenblick einen Krach zu hören. Und wie es wohl um den vorderen Motor stand? Der Radiator für beide ist nämlich der gleiche, aber die Thermometer zeigen die Temperatur des Wassers, nachdem es durch den Motor hindurchgegangen ist, so war für den vorderen Motor also noch Hoffnung vorhanden. Dessen Kühlwasserthermometer hängt jedoch oben in der Motorgondel und ist der Kontrolle des Führers entzogen. Nach einer Zeit, die mir in meiner Spannung mehrere Minuten zu dauern schien, kam Omdal wieder und versicherte auf meine ängstliche Frage, was los sei, alles sei „all right". Nun wußte ich zwar, daß „all right" - sehr milde gesagt – Übertreibung war, nachdem ich gesehen hatte, daß das Thermometer über 115 Grad hinausging. Aber ich wußte auch, daß der Motor noch immer ohne irgendwelches unregelmäßige Geräusch lief. Und wenn ihn jemand die wenigen Stunden, die nötig waren, in Gang halten konnte, dann war das Omdal. Ich hoffte, daß wir bei vorsichtigem Fahren durchkommen würden, und nachdem Minute auf Minute ohne Katastrophe verging, stieg mein Vertrauen.

Seite an Seite flogen diese zwei mächtigen Vögel nach Norden hin zu dem unbekannten, ungastlichen Polgebiet, das seit Jahrhunderten das Ziel des Sehnens und Strebens so vieler Männer gewesen ist, wo so viele nach übermenschlichen Leiden, Entbehrungen und Kämpfen eine Niederlage erlitten, wo andre wenige aber auch große Siege errungen haben.

Ich mußte daran denken, wie groß der Unterschied zwischen unserm Unternehmen und den früheren Expeditionen war. Roald Amundsen benutzte als erster die Luft als Verbindungsweg für die Polarforschung, wenn man von dem Versuch des sympathischen schwedischen Forschers André mit seinem Ballon im Jahre 1897 absieht – ein Versuch, von dessen Verlauf die Welt nie Kunde bekommen hat. Würde die Welt einmal aus unsern Erfahrungen Nutzen ziehen können? Wie weit das der Fall sein würde, hing meiner Meinung nach von den Landungsmöglichkeiten auf unserm Flug ab. Wenn sich mit nicht zu langen Zwischenräumen brauchbare Landungsplätze finden ließen, war ich überzeugt davon, daß unser Unternehmen gut gelingen müsse. Im andern Falle waren die Aussichten natürlich gering. Aber die Frage der Landungsplätze war eben gerade das unsichere Moment bei der ganzen Expedition. Die vermeintlichen Autoritäten äußerten ganz verschiedene Meinungen über die Beschaffenheit des Eises und über die offenen Wasserstellen. Gemeinsam war all ihren Äußerungen nur das eine, daß wir uns nämlich auf keine von ihnen verlassen konnten. Denn keiner der Betreffenden hatte bis jetzt die Verhältnisse dort oben mit dem Auge des Fliegers betrachtet. Darüber waren wir uns vollständig klar. Aber wir verließen uns auf unser Material und darauf, daß uns dieses im schlimmsten Falle ohne Zwischenlandung wohlgeborgen wieder heimbringen würde.

Alle saßen wir da, nehme ich an, und dachten daran, wie frühere Expeditionen mühselig Kilometer um Kilometer zurücklegen mußten, wie sie über hohe Eisblöcke kletterten und in tagelangen anstrengenden Märschen offene Wasserstellen umgingen, die den Weg versperrten, oder in den primitiven Fahrzeugen, die sie mit sich schleppen mußten, darüber hinwegzusetzen. Und im Gegensatz dazu saßen wir nun drei Mann in jedem Apparat und steuerten mit kleinen Handbewegungen und äußerst geringer körperlicher Arbeit diese Maschinen, die uns und unsre gesamte Ausrüstung hoch über alle Hindernisse hinwegtrugen, mit einer Geschwindigkeit von ein paar Kilometern in der Minute. Frithjof Nansen sagte ein paarmal in seinem Bericht über seinen und Johannsens Vorstoß gegen den Pol von der „Fram" aus, daß er sich oft Flügel wünschte, um über diese ewigen Eisblöcke hinwegzukommen. Und der Traum ist Wirklichkeit geworden. Solange wir uns in der Luft halten können, stören uns die Eisblöcke und das Treibeis nicht.

Aber zurück zu unserm Flug. Das Nebelmeer erstreckte sich weiter nach Norden, als wir zuerst angenommen hatten, und obgleich das für den Flug selbst nicht weiter störend war, behinderte es die Betriebs- und Geschwindigkeitsbeobachtungen, und das war für uns unangenehm genug.

Ellsworth erzählte mir später, daß er von diesem Flug über das Nebelmeer ganz überwältigt war. Dort, wo der Schatten unsrer Maschine auf den Nebel unten geworfen wurde, bildete sich ein doppelter Ring in allen Farben des Regenbogens, und inmitten dieser Ringe stand deutlich die Silhouette von N 24. Dies Phänomen folgte uns über das ganze Nebelmeer und war von bezaubernder Wirkung. Roald Amundsen hatte bei N 25 die gleiche Beobachtung gemacht.

Erst nördlich des 82. Breitengrades verschwand der Nebel, und wir flogen weiter über unendliche Eisfelder, die sich monoton nach allen Seiten, soweit das Auge reichte, ausdehnten. Wir flogen in wechselnder Höhe von 1000 bis 3000 Metern.

Das Eis sah ganz anders aus, als ich mir gedacht hatte. Statt großer, kilometerlanger flacher Eisschollen sahen wir eine Eisfläche, die durch Risse oder Eisblöcke in kleine, unregelmäßige Stücke geteilt war, so daß eine Landung unmöglich erschien. Und die Seen? Die beschränkten sich auf ganz kleine, darmartige Spalten, die sich in Biegungen hinausschlängelten, wo eine Landung gleichfalls unmöglich war. Meinesteils tröstete ich mich damit, daß die Eisschollen größer und gleichmäßiger werden würden, je mehr wir uns unserm Ziele näherten. Stunde auf Stunde ging jedoch dahin, ohne daß wir auf den Eisfeldern unter uns eine wesentliche Veränderung feststellen konnten. Und trotz dieser Tatsache und trotz des

Bewußtseins, daß der achtere Motor anormaler Beanspruchung ausgesetzt war, fühlte ich jedenfalls mich ganz sicher.

Unsre Rolls-Royce-Motoren, diese Meisterstücke durchdachter Konstruktion und Präzisionsarbeit, flößten uns mit ihrem ununterbrochenen, gleichmäßigen Rattern ein wohltuendes Vertrauen ein. Und das konnten wir bauchen. Jeder Flieger wird das verstehen können.

Ein Moment, das ständig angeführt wurde, wenn das Gespräch auf den Nordpolflug kam, war die Kälte, die voraussichtlich für die Besatzung unerträglich sein mußte. Darum will ich gleich erwähnen, daß sie uns nicht im allergeringsten behindert hat. Selbst für den Führer, der am meisten an seinen Platz gebunden ist, spielte sie keine Rolle. Das war natürlich der Umsicht zu danken, mit der unser Führer auf Grund seiner großen Erfahrungen in den Eisregionen die Kleidung gewählt hatte. Am meisten befürchtete ich für Füße und Hände, aber die gesamte Bekleidung bestand ihre Probe mit Glanz.

Inzwischen war Stunde auf Stunde vergangen, und jetzt flogen wir bald 8 Stunden. Bei ca. 150 Kilometer per Stunde hätten wir jetzt unmittelbar in der Nähe des Pols sein müssen. Das hing nun lediglich davon ab, wie stark der Gegenwind und der Abtrieb gewesen waren. Was sollten wir nun aber tun? Einen Landungsplatz gab es ja noch immer nicht. Und Omdal kam zu mir nach vorn und schüttelte ausnahmsweise einmal niedergeschlagen den Kopf, mit einem Blick hinunter auf die Eisfelder unter uns. Da sahen wir plötzlich – zum ersten Male, seit wir über das Nebelmeer von Spitzbergen geflogen waren – die Sonne in dem blauen Wasser spielen, das von einer frischen Brise gekräuselt wurde. Kaum konnten wir unsern Augen trauen. Und da nahm auch schon N 25 den Kurs nach dem lockenden Wasserplatz und begann langsam niederzugehen. Wir folgten. Die offene Stelle war allem Anschein nach groß genug um darin zu landen, war aber durch Einschnürungen und Eisschollen in mehrere Teile geteilt. Auf dem Eise rings herum war eine Landung aussichtslos, und es sah schlimmer und schlimmer darum aus, je tiefer wir kamen. Jetzt sah ich N 25 in einer Kurve auf einem kleinen Arm des Sees, wo meiner Ansicht nach der Platz äußerst beschränkt war, landen oder besser noch: zu Wasser gehen. Jedenfalls stellte ich sofort fest, daß dort nur für eine Maschine Platz war, ich machte daher eine kleine Runde und landete ein Stück weiter südlich in einem richtigen kleinen Binnensee, wo wir eine ideale Landung vornahmen. Mit langsamer Fahrt gingen wir darauf bis an die größte Eisscholle, die wir entdecken konnten, heran und vertauten N 24 dort. Ich stellte sofort im Innern fest, daß der achtere Motor auf dem Wege hinein von selbst stehen geblieben war, sobald ich ihn niedergedrosselt hatte.

Die erste Überraschung, die uns begegnete, als wir in das Eis kamen, war ein großer Seehund, der – neugierig wie immer – seinen runden Kopf hervorstreckte und uns ansah. Niemals hatten wir auf einem so hohen Breitengrade von irgendwelchem Tierleben gehört, und der Seehund hatte wohl nie ein Flugzeug gesehen, weder hier noch weiter südlich.

Selbstverständlich stürzten wir sofort an Land, um nach N 25 und seiner Besatzung zu sehen. Ich hatte mir die Richtung seines Landungsplatzes gemerkt und nahm an, daß wir ca. 3 Seemeilen davon entfernt waren. Der Anblick, der uns begegnete, als wir auf den höchsten Eisfelsen in der Nähe geklettert waren, war ebenso niederdrückend wie überraschend. Von N 25 war nichts zu sehen. Dagegen, soweit das Auge reichte, nach allen Seiten hin Eis und wieder Eis. Und was für Eis! Keine großen – ja nicht einmal kleinere Flächen Eis, sondern Eishaufen und richtige Eisberge, die nach allen Richtungen hin die Aussicht versperrten. Von oben hatten wir ja zwar sehen können, daß es um einen Landungsplatz auf dem Eis schlecht bestellt war, aber der Anblick, der sich uns jetzt bot, wirkte doch überwältigend und überraschend. Es gruselte uns unwillkürlich, als wir da standen, während wir gleichzeitig von der Wildheit und Schönheit des Anblicks bezaubert waren. Aber sofort meldete sich die Wirklichkeit. Wir hatten nach N 25 Umschau zu halten, und das Fernglas mußte heraus. Und nach einer Zeit eifrigen Suchens entdeckten wir die Spitze eines Propellers und das Ende einer Tragfläche, zwischen Schollenbergen hervorragen. Wir berechneten die Entfernung auf drei bis vier Seemeilen und beschlossen, hinüber zu spazieren, sobald wir etwas Essen im Leibe hätten. Ich persönlich hatte während der ganzen Tour nichts gegessen und nichts getrunken und hatte es auch nicht vermißt. Aber jetzt meldet der Appetit sich, und ich ließ Knutsens Butterbroten und Eiern alle Gerechtigkeit widerfahren. Omdal fing sofort an, an seinen geliebten Motoren herumzupusseln, Ellsworth stürzte sich auf seine Wetterbeobachtungen, und ich stellte in aller Eile die Höhe der Sonne auf ungefähr 87 Grad 50 Minuten nördlicher Breite fest.

Da die Maschine unsrer Meinung nach gut und sicher lag, so beschlossen Ellsworth und ich, nach N 25 hinüber zu wandern. Wenn wir uns längs des Wassers hielten, mußten wir, unsrer Berechnung nach, den Weg in anderthalb Stunden zurücklegen können. Zur Sicherheit nahmen wir das Faltboot mit. Um Proviant und andere Ausrüstung kümmerten wir uns nicht weiter. Ehe wir uns auf den Weg machten, pflanzten wir die norwegische Flagge auf der Spitze unsres Eisfelsens auf.

Ellsworth und ich gingen also wohlgemut unseres Weges und ernteten die ersten bitteren Erfahrungen beim Marsche über das Polareis. Schwierig genug schien es, vorwärtszukommen, und noch schwieriger zeigte es sich, als wir es versuchten. Mit unserm Faltboot kletterten wir über Eishindernisse hinauf und hinunter. Dabei mußten wir mit dem Bott sehr vorsichtig umgehen, damit nicht ein scharfes Eisstück ein Loch hineinriß. Bald mußten wir das Boot als Brücke über einen schmalen Spalt im Eise, der mit losen Eisstücken und Schneebrei angefüllt war, benutzen, bald uns durch eine neue dünne Eisdecke über etwas breiteren offenen Wasserstellen hindurch-kämpfen. Und endlich, in einem breiten See, wo wir uns ein langes Stück vorwärtspaddeln konnten, kam uns das Boot in seinem vollen Wert zugute. Von Zeit zu Zeit sahen wir ein Stückchen von N 25 über den Eishaufen – immer näher. Und plötzlich entdeckten wir auch, daß der eine Propeller in Gang war. Da wußten wir, daß die Besatzung und wahrscheinlich auch der Apparat wohlbehalten waren, und da uns gleichzeitig neues, vollständig undurchdringliches Eis den Weg versperrte, so beschlossen wir zu N 24 zurückzukehren. Nach derselben Schinderei – und nachdem wir ein paarmal bis über die Knie ins Wasser geplumpst waren – kamen wir müde und abgerackert zurück.

Hier erwartete uns Omdal mit dampfender Schokolade, und die ließen wir uns gründlich schmecken. Während wir unterwegs waren, hatte er auch festgestellt, daß mehrere von den Exhaustorventilen am achteren Motor sich festgefressen hatten und einige davon gegen Reserveventile, die wir bei uns hatten, ausgewechselt werden mußten. Er meinte, daß die Arbeit zwei bis drei Tage in Anspruch nehmen würde, Inzwischen begann das Wasser rings um die Maschine zuzufrieren, daher wendeten wir den Apparat herum, so daß er mit dem Bug zu dem See hin stand und mit Hilfe des vorderen Motors herauskommen konnte.

Das war aber leichter gesagt als getan, denn erst mußte das Eis rings um die Maschine aufgehackt werden, und dabei wurden wir gründlich naß. Aber nach drei Stunden angestrengtester Arbeit lag die Maschine in der gewünschten Stellung. Jetzt war die Frage die, ob die Besatzung von N 25 uns gesehen hatte. Unsrer Meinung nach mußten sie unsre Fahne sehen, aber sicher war das natürlich nicht. Und war alles in Ordnung, so würden sie zu uns kommen, sobald sie mit ihren Beobachtungen fertig waren. Für ganz sicher hielten wir es, daß sie uns in jedem Falle sehen mußten, wenn sie aufstiegen und in geringer Höhe über uns flogen. Es blieb uns nichts andres übrig, als den Motor so schnell wie möglich in Gang zu bringen und in der allerkürzesten Zeit klar zu machen. Wir schlugen daher „an Land" auf unsrer Eisscholle unser Zelt auf und nahmen die notwendigen Gerätschaften und unsre Schlafsäcke mit dorthin. Ein Gewehr und einen Revolver nahmen wir auch mit, für den Fall, daß wir von einem Eisbären überrascht würden. Seehunde hatten wir ja gesehen, und vielleicht trieb sich auch ein Eisbär in der Gegend herum. Omdal sollte ausschließlich bei seiner Arbeit an den Motoren bleiben, und, wenn nötig, sollten Ellsworth oder ich ihm helfen, im übrigen wollten wir zwei andern kochen, Beobachtungen anstellen, Ausblick halten und von Zeit zu Zeit das Boot leerpumpen Das Leck erwies sich als geringer, als ich angenommen hatte, aber doch groß genug, daß wir es vorzogen, im Zelt zu bleiben. Das Zelt war aus dünnem Luftschifftuch gearbeitet und ganz klein und leicht. Auch der Boden war aus dem gleichen Material. Drinnen sah es ganz warm und gemütlich aus, wenn der Petroleumkocher brannte, aber wenn der Schnee unter dem Boden durch die Wärme schmolz, dann wurde unser „Teppich" reichlich feucht. Baumstämme oder Zweige standen uns ja nicht zur Verfügung.

Gegen Mittag - immer noch am 22. - bezog es sich, und wir sahen nichts mehr von N 25. Durch unsern vollständigen Mangel an Erfahrung im Eise glaubten Ellsworth und ich, daß wir dort, wo wir lagen, ausgezeichnet und sicher aufgehoben seien. Omdal, der von seinem Aufenthalt in Alaska her ja einige Erfahrung hatte, war im großen ganzen mit Bezug auf unsern See nicht so sicher, glaubte aber, daß das neue Eis dort, wo wir lagen, jedenfalls gegen mögliches

Eistreiben einen Schutz bieten werde.

Nachmittags klärte sich das Wetter vorübergehend etwas auf, und wir glaubten, wieder die Spitze des N 25 sehen zu können. Im übrigen war es bewölkt, mit gelegentlichem Schneetreiben. Es war uns jetzt klar, daß das Eis sich dauernd bewegte. Indessen war das Wasser so breit, daß wir vorläufig vor dem Eingeschlossenwerden keine besondere Angst hatten. Was uns am meisten quälte, war die Unsicherheit über N 25 und seine Besatzung. Wir überlegten und konstruierten alle möglichen Theorien. War alles in Ordnung, dann würden die andern selbstverständlich zu uns herüberfliegen, wo sie ohne Schwierigkeit landen konnten. War die Maschine in hoffnungsloser Unordnung, so nahmen wir an, daß sie zu Fuß zu uns herüberkommen würden. Denn wir meinten, unsre Flagge müßten sie gesehen haben. Da wir indessen nichts von ihnen sahen, nahmen wir an, daß sie, genau wie wir, die eine oder andre Reparatur ausführen müßten.

Während der ganzen Nacht am 23. Mai fiel dichter Schnee. Omdal arbeitete an den Motoren, und Ellsworth und ich pumpten und machten unsre übrige Arbeit. Das Leck wurde allem Anschein nach mit der Zeit größer. Wahrscheinlich bildete sich an der einen oder andern Naht Eis, das die Platten auseinandersprengte. Wir hatten nördliche Brise und ungefähr 10 Grad Kälte.

Gegen Mittag klärte sich das Wetter auf und schließlich schien die Sonne vom klaren Himmel nieder. Im Laufe des Tages gelang es mir, zwei gute Beobachtungen zu machen, obgleich der von Ellsworth mitgebrachte, künstliche Horizont zu klein war und außerdem auch eine unzweckmäßige Konstruktion hatte. Darauf hatte ich schon auf Spitzbergen hingewiesen, aber dort war ja keine Gelegenheit gewesen, einen andern zu kaufen. Ich muß gestehen, daß ich meinerseits von dem Ergebnis der Beobachtungen enttäuscht war. Ich hatte geglaubt, daß wir dem Pol viel näher seien. Und ebenso erging es wohl den andern. Nach der Zeitdauer des Fluges und der Geschwindigkeit durch die Luft zu urteilen, mußten wir auf der Fahrt ziemlich starken Gegenwind gehabt haben. Aber zu dieser Zeit hegten wir ja keinen Zweifel daran, daß wir unsern Flug gen Norden fortsetzen würden, sobald nur die Motoren wieder in Ordnung waren.

Gegen Mittag entdeckten wir N 25 von neuem. Er war uns jetzt ein ganzes Teil nähergekommen, und wir sahen, daß über die Motorgondel Persenning gelegt war und daß die Fahne darüber wehte.

Wenn jetzt nur das Wetter klar blieb, mußten die dort drüben uns auch entdecken. Von Zeit zu Zeit versuchten wir, durch Anzünden von Rauchbomben ihre Aufmerksamkeit auf uns zu lenken, und einige Male gaben wir Gewehrschüsse ab.

Der Teil des Sees, in dem wir lagen, fror immer mehr zu, und im Grunde genommen machte uns das Freude, denn wir nahmen an, daß wir bald auf dem Eise würden starten können.

Nachmittags sahen wir endlich, daß man uns auf N 25 entdeckt haben mußte, denn sie wehten mit einer Flagge hin und her. Es war der in der Marine gebräuchliche Anruf für das Signalisieren mit Telegraphenflaggen. Ich zögerte nicht mit der Antwort, und bald war die Signalverbindung im Gange. Die Entfernung war noch so groß, daß wir das Fernglas benutzen mußten, und da dieses oft abgetrocknet werden mußte, dauerte die Signalisierung recht lange. Endlich aber hatten wir folgende Mitteilung aufgenommen:

„Wir sind 20 Meter von dem See entfernt eingefroren, arbeiten, um loszukommen. Wenn Eure Lage hoffnungslos, kommt her, nehmt Essen, Äxte, Meßapparate mit, die Maschine O. K."

Wir antworteten darauf:

„Glauben hier vom Eise starten zu können, haben aber großes Leck, längerer Aufenthalt auf Wasser daher unmöglich".

Man kann sich wohl nur schwer eine Vorstellung davon machen, welche Erleichterung es für uns bedeutete, daß wir die Signalverbindung miteinander erreichten. Unwillkürlich war ich im Herzen dankbar dafür, daß Riiser-Larsen und ich bei der Marine das Signalisieren gelernt hatten.

Während der ganzen Nacht zum 24. Mai hatten wir frische Brise und Schneetreiben bei 11-12 Grad Kälte. Wir froren bitterlich in dem Zelt, durch das der Wind hindurchblies. Scherzend nannten wir es unser Tropenzelt! Unsre Schlafsäcke waren zwar gut, aber doch eigentlich nur für den Sommergebrauch berechnet. Wir hatten „Thermix"-Wärmeapparate mit, und diese waren ausgezeichnet; wir verzichteten aber auf die Annehmlichkeit eines geheizten Zeltes, da wir kein Benzin entbehren zu können glaubten. Auf der Tour hierher waren wir mit dem Verbrauch des Benzins äußerst sparsam gewesen und hatten daher in unserm Vorrat noch ein halbes Faß über die Hälfte des ursprünglichen Vorrats gespart. Aber man konnte ja nie wissen, wieviel für den Rückflug draufgehen würde.

Während des Tages (24. Mai) fror unser ganzer „Fjord" zu. Das Leck im Boot verschlimmerte sich dauernd. Insofern beobachteten wir mit Freude, wie das Wasser rings um die Maschine gefror, da es sich unter die Flossen legen und dadurch das weitere Sinken des Apparates verhindern würde, selbst wenn wir das zeitraubend Pumpen einstellten.

Omdal wurde im Laufe des Nachmittags mit der Auswechslung der Exhaustorventile fertig, und wir nahmen an, daß der Motor jetzt in Ordnung sein müsse. Daß er in der großen Kälte und besonders bei dem starken Wind, der das Erwärmen der Motorgondel behinderte, nicht starten würde, kümmerte uns nicht weiter. Es war ja schon spät im Frühjahr, und bald mußte die Temperatur steigen.

Aber die Bewegung des Eises beunruhigte uns. Wir hatten das bestimmte Gefühl, daß die Schollenberge auf der andern Seite unsres „Fjords" sich bedeutend genähert hatten, und mit der Zeit veränderte die ganze „Landschaft" ihr Aussehen. Um ganz sicher zu sein, entschlossen wir uns darum, unsern gesamten Vorrat und die ganze Ausrüstung an Land zu nehmen. Mit dieser Arbeit begannen wir sofort, und im Laufe des Vormittags hatten wir alles zum Zeltplatz hinauf auf unsre Eisscholle gebracht.

Nach und nach bewegte sich das Eis immer schneller. Aber zu unserer Freude sahen wir, daß diese Bewegungen die beiden Maschinen näher zusammenbrachten. Und wir beschlossen, den Versuch zu machen, mit der Besatzung des N 25 in Verbindung zu kommen. Wir sehnten uns danach, richtigen Bescheid über ihre Lage zu erhalten und die Situation mit unserm Chef zu erörtern. Er war der einzige, der Erfahrung mit dem Treibeis hatte, und daher der einzige, der unsre Lage richtig beurteilen konnte.

Da wir bei den unsicheren Verhältnissen möglichst nur das Äußerste von unsrer Ausrüstung zurücklassen wollten, versuchten wir zuerst, unser Segeltuchboot mit Proviant usw. zu beladen und dann auf unsern Skischlitten zu setzen. Diese Methode sollten wir anwenden, wenn wir aus dem einen oder andern Grunde südwärts marschieren müßten. Nachdem wir uns ein paar hundert Meter durch die Schollenberge hindurchgearbeitet hatten, mußten wir einsehen, daß es unmöglich sein würde, mit dieser Ausrüstung in einigermaßen angemessener Zeit vorwärts zu kommen; daher nahmen wir nur das Allernötigste in unsern Rucksäcken mit. Das waren immer noch ungefähr 40 Kilogramm Gewicht für jeden. Mit diesen auf dem Rücken machten wir uns auf unsern Skiern auf den Weg. Wir rackerten uns über hohe Eishindernisse in ganz phantastisch zerklüftetem Gelände vorwärts, wo wir unsre Skier natürlich nicht gebrauchen konnten. Dann machten wir sie wieder fest und liefen springend über Seen mit neuer, schwankender Eisdecke. Das war spannend, aber auch anstrengend, und ich bewunderte Ellsworth, der ja nicht Skiläufer war. Neben seinen vielen andern ausgezeichneten Eigenschaften hat er den Vorzug, ein Sportsmann in des Wortes bester Bedeutung zu sein. Omdals Erfahrung aus Alaska kam uns hier zugute. Er fand mit besonderer Geschicklichkeit die leichtesten und sichersten Übergänge. Und vorwärts kamen wir, ohne Unfall. Näher und näher sahen wir N 25. Ungefähr die Hälfte des Weges hatten wir zurückgelegt, da versperrte uns eine lange Wasserstelle mit ganz dünner, neuer Eisdecke den Weg. Sie war ungefähr eine Seemeile breit und erstreckte sich, soweit das Auge reichte, quer über unsre Bahn. Und auf der andern Seite lag N 25. So nahe waren wir, daß Riiser-Larsen und ich ohne Schwierigkeit und ohne das Fernglas zu benutzen semaphorieren konnten. Wir empfingen den Bescheid, es scheine ihnen unmöglich, daß wir hinüberkämen, und es bleibe uns nichts andres übrig, als auf demselben Wege, auf dem wir gekommen waren, umzukehren. Vorher vereinbarten wir noch, daß wir am nächsten Tage um 10 Uhr vormittags wieder miteinander signalisieren wollten.

Nach siebenstündiger Plackerei waren wir endlich wieder bei N 24. Er lag genau so, wie wir ihn verlassen hatten, und wir gingen alle drei schlafen. Hundekalt war es, aber wir konnten etwas schlafen, zum ersten Male, seit wir Spitzbergen verlassen hatten. Mit der Zeit hatten wir uns ja etwas an den Gebrauch der Schlafsäcke gewöhnt, und es gehörte schon ein gut Teil Geschicklichkeit dazu, um mit unsrer dicken Kleidung richtig in die Säcke hineinzukommen. Wenn wir schlafen wollten, packten wir nämlich soviel Kleidung auf uns wie möglich.

Der 25. Mai ging bei dem gleichen trostlosen, bewölkten Wetter wie bisher dahin. Ab und zu begann dichtes Schneetreiben. Die Temperatur war ungefähr 10 Grad Kälte. Nach vergeblichen Versuchen, den achteren Motor in Gang zu bringen, mußte Omdal noch ein paar weitere Exhaustorventile auswechseln, aber gehen wollte der Motor doch nicht. Es war einfach keine Kompression mehr da. Um 10 Uhr morgens signalisierten sie von N 25 herüber, es sähe aus, als ob wir mit leichtester Bepackung und äußerster Vorsicht vielleicht bis zu ihnen kommen könnten. Wir antworteten, daß wir zuerst einen Versuch mit unserm Motor machen und dann zusehen wollten, daß wir N 24 oben auf die Eisscholle, auf der unser Zelt stand, bekamen, wo er auf alle Fälle sicher sein würde. Wir machten uns daher daran, eine Slip zu bauen, auf der wir die Maschine hinauffahren konnten. Während dieser Zeit erhielten wir eine weitere Signalmeldung von N 25, die besagte, daß sie Hilfe brauchten, sobald wir fertig seien. Wir antworteten, daß wir jetzt bald fertig zu sein hofften und dann sofort hinüberkommen würden, um ihnen zu helfen.

Der achtere Motor war und blieb indessen in Unordnung. Die Kompression war schlecht, und Omdal goß warmes Öl auf die Stempel und setzte sämtliche Thermixapparate in der Motorgondel in Betrieb, in der Hoffnung, den Motor in Gang zu bringen. Der See, auf dem wir gelandet waren, war jetzt fast zugefroren, und die Schollenberge auf der andern Seite waren reichlich nahe, so daß die Lage nicht besonders hell schien. Zum Frühstück und abends hatten wir plus einer Tasse Schokolade bis jetzt von dem Reiseproviant gelebt, den uns Knutsen mitgegeben hatte. Zu Mittag hatten wir eine Tasse Pemmikansuppe; aber anstatt dreiviertel Tafeln, wie ursprünglich pro Mann berechnet, hatten wir alle zusammen nur zwei Tafeln gebraucht. Zur Sicherheit führten wir jetzt auch für die Keks die Rationierung ein, indem wir uns zweimal täglich pro Mann sechs Keks bewilligten, obgleich bis jetzt wohl keiner daran dachte, daß wir noch wochenlang hier liegenbleiben würden.

Nach einem anstrengenden Tage saßen wir wieder im Zelt und wollten es uns nach unserm Abendessen bei einer Pfeife Tabak gemütlich machen, als ich mit den Augen zu blinzeln begann, die plötzlich zu brennen anfingen. Zuerst glaubte ich, daß ich Rauch hineinbekommen hätte, aber es hörte nicht auf. Es wurde schlimmer und schlimmer. Die Tränen rannen und die Augen brannten. Es war nicht mehr daran zu zweifeln, daß ich schneeblind geworden war. Das überfiel mich so ganz ohne Warnung. Während der meisten Zeit hatten wir doch bewölkten Himmel und Schneewetter gehabt, und es war mir garnicht in den Sinn gekommen, daß es nötig sein könne, eine Schneebrille aufzusetzen. Ich hatte also Aussicht, einige Tage wie ein

Wrack dazuliegen, und ich muß gestehen, daß mir jetzt die Situation ziemlich unangenehm schien. Ich tat das einzige, was zu tun war, ich kroch in meinen Schlafsack und schloß die Augen. Und trotz des Schmerzes und der bangen Ahnungen forderte die Natur ihr Recht nach den körperlichen und geistigen Anstrengungen der letzten Tage, und ich schlief ein. Erst spät am nächsten Vormittage erwachte ich, etwas verwirrt im Kopfe. Zu meiner großen Freude konnte ich die Augen aufmachen. Wie ich sah, war es 12 Uhr, aber ob es Tag oder Nacht war, davon hatte ich keine Ahnung. Die beiden andern schliefen, aber Ellsworth wachte fast gleichzeitig mit mir auf und meinte, es müßte Mittag sein, da er erst um 11 Uhr abends in den Schlafsack gegangen war und jetzt lange geschlafen hatte. Meine Augen brannten ein wenig, aber ich konnte gut sehen und setzte sofort die Brille auf. In aller Eile aßen wir, und nun war es die Frage, ob der Motor starten würde. Wir arbeiteten und arbeiteten, aber es war kein Leben in ihn zu bekommen. Wahrscheinlich war er so heiß gewesen, daß die Ventilfedern sich festgefressen hatten, und dann mußte Omdal eine Woche lang arbeiten, um die Zylinder abzubekommen und alles in Ordnung zu bringen. Nach dieser Entdeckung blieb nur eines zu tun. Wir mußten die Maschine so gut wie möglich unterbringen und dann versuchen, zu N 25 hinüberzukommen. Wir nahmen an, daß wir den Apparat mit vereinten Kräften im Laufe von ein paar Tagen klar haben würden, und dann konnte Feucht mit Omdal herkommen und ihm bei der Instandsetzung des achteren Motor behilflich sein.

Wir starteten daher den vordersten Motor und fuhren den Apparat so weit wie möglich auf die Slip; Ellsworth und Omdal arbeiteten wie Helden, um die Maschine zu drehen, während ich den Motor und die Ruder benutzte. Aber was konnten drei Mann mit der schweren Maschine ausrichten? Wir bekamen sie ein gutes Stück auf die Eisscholle hinauf, so daß nur die Schwanzpartie und der hintere Teil des Rumpfes unten im See lagen. Sinken konnte sie jedenfalls jetzt nicht, und das neue Eis davor würde aller Wahrscheinlichkeit nach das Treibeis am Herankommen hindern, solange wir fort waren. Unsrer Meinung nach lag sie gut, soweit das möglich war, und wir machten uns fertig, um zu N 25 hinüberzugehen. Das Eis auf der Wasserstelle sah immer noch nicht recht sicher aus, aber N 25 war uns ein gutes Stück nähergerückt. Wir wollten möglichst wenig Gepäck mitnehmen, aber ein Gewicht von 40 Kilogramm kam doch noch heraus. Es war unmöglich, im voraus zu sagen, wie lange wir unterwegs sein würden. Da gab es das eine, dann das andre Ding, das wir unsrer Meinung nach unbedingt mitnehmen mußten. Und nun ging es los. Wir gingen geradewegs über den See, obschon es manchmal leichtsinnig genug aussah. Omdal ging als erster, dann kam ich, dann Ellsworth. Sobald wir die neue Eisdecke verlassen hatten, mußten wir hinauf und hinunter über hohe Eishindernisse klettern, wobei wir neben unserm andern Gepäck auch noch die Skier zu tragen hatten. Wir hielten uns daher, so weit wie möglich, am Rande des Sees, und alles ging glänzend, bis wir ganz in der Nähe der andern Maschine waren. Wir waren schon in Rufweite und ahnten nichts Böses, als ich mich plötzlich bis zum Halse im Wasser befand. Ich merkte, daß die Skier verschwunden waren, aber der Rucksack, der, wie schon erwähnt, ungefähr 40 Kilogramm wog, war äußerst störend. Ich rief sofort, als ich einbrach, und sah, wie sich Omdal schnell umdrehte. Aber in dem Augenblick, in dem er mir das Gesicht zuwandte, war auch er schon wie mit einem Zauberschlage verschwunden.... Da lagen wir also alle beide. Ich warf das Gewehr mitten aufs Eis, und nachdem mir die Eisdecke ein paarmal unter den Händen gebrochen war, bekam ich festen Halt und lag so ruhig wie möglich, da ich wußte, daß Ellsworth – wenn er es vermeiden konnte, auch hineinzufallen – bald bei mir sein würde. Die Strömung war stark und trieb die Beine unter das Eis, so daß die Stiefelspitzen die Eisdecke berührten. Aus eigenen Kräften herauszukommen, war bei der schweren Last, die ich trug, aussichtslos. Den Rucksack herunterzubekommen, wollte ich nicht versuchen, ehe ich wußte, wie es mit Ellsworth gehen würde. Omdal rief um Hilfe in der Hoffnung, dass die Besatzung von N 25 kömmen werde. Nicht lange darauf kam Ellsworth, der sich, als er sah, daß wir ins Wasser gefallen waren, vom Rande des Sees weggerettet hatte. Er kam nach vorn gekrochen und streckte mir einen Ski hin, ich bekam ihn zu fassen und arbeitete mich mit seiner Hilfe vorsichtig und schnell bis zu der festen Eiskante vor. In großer Schnelligkeit gelang es mir, den Rucksack mit seinem kostbaren Inhalt abzureißen und aufs Eis zu werfen, dann kam ich mit Ellsworths Hilfe selbst hoch. Weiter stürzte Ellsworth zu Omdal hin, der schwächer und schwächer wurde. Ich versuchte auf die Beine zu kommen und lief, so schnell meine Ermattung das erlaubte, zu ihnen hin. Omdal war so schwach, daß es äußerst schwierig war, ihn hoch zu bekommen. Mit meinem Messer gelang es mir, die Riemen seines Rucksackes zu durchschneiden, während Ellsworth ihn festhielt, und mit vereinten Kräften gelang es uns endlich, ihn an Land zu bekommen. Er war nicht imstande, die Beine zu bewegen. Wir waren um Haaresbreite dem Tode entgangen und hatten unsre Errettung der Geistesgegenwart und Schnelligkeit unsres Kameraden Ellsworth zu danken. Die Auszeichnung, die er später bekam – die Rettungsmedaille in Gold – freute sicher Omdal und mich ebenso wie ihn. Sie war wohlverdient.

Daß wir so umsichtig gewesen waren, die Bindungen von den Skiern zu nehmen und die Stiefel nur in die Skibügel zu stecken, und daß wir unsre aufgeblasenen Rettungsgürtel umgelegt hatten, das hatte in erster Linie die Rettung überhaupt möglich gemacht. Und wie segnete ich diese Vorsicht! Als Kuriosum muß erwähnt werden, daß die Rettungsgürtel von Riiser-Larsen und mir auf der Fahrt nach Norden in Bodö gekauft worden waren. Dort kam ein Mann an Bord und stellte sich als Fabrikant des Rettungsgürtels „Thetis" vor. Er hatte ein Muster mit, das uns gut gefiel, und wir bestellten sechs Stück. Es ist sonderbar, wie das Leben von Zufälligkeiten erfüllt ist! - Nach ungefähr 40 Minuten kamen wir endlich zu N 25. Wir wurden aufs herzlichste empfangen, und nachdem Omdal und ich einen ordentlichen Schluck Schnaps und trockenes Zeug auf den Leib bekommen hatten, kamen auch die Sprechwerkzeuge schnell wieder in Gang. Es hagelte Fragen und Antworten in drei verschiedenen Sprachen. Ich weiß noch genau, daß ich sagte: „Ich freue mich so, Sie wiederzusehen!" als ich Roald Amundsen die Hand drückte. Das ist eine Redewendung, fast ein Phrase, die nicht viel sagt. Aber ich glaube doch, daß Amundsen mich verstand. In diesen einfachen Worten kam die Freude darüber zum Ausdruck, daß wir wieder mit unserm verehrten Chef vereint waren, dessen Einsicht, Erfahrung und große Tüchtigkeit mit einer alle Schwierigkeiten überwindenden Energie verbunden waren. Und ich hatte den Eindruck, daß Amundsens: „Ganz auf meiner Seite!" ebenso aufrichtig war. Wir vom N 24 waren ja alle mit heiler Haut davongekommen und konnten melden, daß der Apparat vorläufig jedenfalls, in Sicherheit war und mit vereinten Kräften innerhalb weniger Tage zu einer neuen Fahrt klargemacht werden könnte.

Und auch die Lage des N 25 war so, daß nur unsre vereinten Kräfte ihn aus seiner schwierigen Situation befreien konnten. Er hatte ja eine

Notlandung gemacht und lag erheblich ungünstiger als N 24; aber seine beiden Motoren waren in bester Ordnung. Hätten sich die Apparate zufällig voneinander weggedreht, anstatt sich einander zu nähern, so wäre es uns wahrscheinlich nicht möglich gewesen, eine Verbindung miteinander herzustellen, und dann wäre es kaum der Besatzung eines der beiden Flugzeuge gelungen, allein ihren Apparat zum Start klar zu bekommen. Selbst jetzt, wo wir sechs Mann waren, schien es uns rätselhaft, wie wir es fertig bringen sollten, die Maschine mit unserm primitiven Handwerkszeug auf eine naheliegende große Eisscholle zu bekommen, die wir uns als vorläufiges Ziel gesetzt hatten. Aber gerade hier entfaltete sich die große Erfahrung und Erfindungsgabe unsres Leiters in ihrem vollen Wert. Und es zeigte sich, daß sechs Mann, die für ihr Leben arbeiten, auch das Unmögliche vollbringen können. Denn die meisten von uns waren sich sofort klar darüber, daß unsre einzige Rettung darin lag, einen oder beide Apparate startklar zu machen. Ein Fußmarsch gen Süden hatte – welchen Weg wir auch wählen mochten – ganz minimale Aussichten auf Erfolg. Davon war vielleicht die Besatzung von N 24 auf Grund der zuletzt erworbenen Erfahrungen ganz besonders überzeugt.

Unsre Arbeit und unser Leben in den folgenden Wochen sind in einem andern Kapitel geschildert. Ich möchte nur hinzufügen, daß unsre Hoffnung, nach ein paar Tagen Arbeit bei N 25 auch N 24 klarmachen zu können, enttäuscht wurde. Wir mußten stattdessen Wochen hindurch Tag und Nacht arbeiten, um N 25 zu bergen. Es war ein vollständiges „Katz und Maus"-Spiel. Aber ein Spiel, bei dem der Einsatz Leben oder Tod war!

Der Gedanke, unsre Maschine dort oben im Eise zurücklassen zu müssen, war uns zuerst sehr bitter; aber als die Zeit verging und die Schwierigkeiten, mit denen wir zu kämpfen hatten, sich in ihrem Umfange geltend machten, verwischte diese Empfindung sich nach und nach. Besonders, als sich herausstellte, daß der größte Teil von dem Benzinvorrat des N 24 bei dem Transport und den Startversuchen mit N 25 daraufging. Es mußte auch berücksichtigt werden, daß wir wegen des Mangels an Landungsplätzen in jedem Falle für den Rückflug nur mit einer Maschine starten konnten. Das Risiko einer Notlandung war dann nur halb so groß, und eine Notlandung mit einer der Maschinen mußte aller Wahrscheinlichkeit nach eine Katastrophe für uns alle bedeuten. Ich persönlich teilte diese Auffassung nicht. So groß war – trotz unsres Pechs mit dem achteren Motor – mein Vertrauen zu unserm Apparat. Indessen hatten nicht wir, sondern die Umstände zu entscheiden, und als wir endlich am 15. Juni uns wieder in unserm wahren Element befanden, schenkten wir unserm lieben N 24, der unter und hinter uns im Nebel verschwand, nur noch einen flüchtigen Gedanken.

Aus der Reihe **traveldiary history** bei der SDS AG auch erschienen:

David Livingstone

Die Erschließung
des dunklen Erdteils

Reisetagebücher 1866 - 1873

traveldiary
h i s t o r y   SDS Verlag

IV

Die Wartezeit der Zurückgebliebenen

Tagebuchblätter vom 21. Mai bis zum 18. Juni
Von Frederik Ramm

Neu-Aalesund, Donnerstag, 21. Mai.

Nun sind sie abgeflogen. Das kühne Unternehmen hat begonnen. Um 5.10 Uhr waren Amundsen, Riiser-Larsen und Feucht an Bord des N25, Ellsworth, Dietrichson und Omdal auf ihrem N 24, und wir fingen an, Lebewohl zu sagen. Einer nach dem andern bekamen die sechs Männer Handschlag und Abschiedsgruß von den Kameraden der Expedition, die an Land zurückgeblieben, von Freunden in Neu-Aalesund. Auch von der Besatzung der „Fram" kam ein Vertreter der Mannschaft, während die andern an den beiden Maschinen vorbeidefilierten. Es war unmöglich, etwas zu sagen, denn der Lärm der vier Motoren, die schon seit ein paar Stunden liefen, war so stark, daß die Worte uns in Fetzen zerrissen wurden und in den Schneewolken, die die Propeller aufwirbelten, verflogen. Um 5.15 Uhr fährt N 25 auf das Eis hinaus. Das kam überraschend. Keine Signale. Riiser-Larsen gab einfach die letzten Hunderte von Pferdekräften der Motoren frei. Der schwere Leib erzittert, rafft sich zusammen und gleitet langsam vom Strande auf das Eis hinaus. Die Geschwindigkeit nimmt dort unten zu, und bevor wir eigentlich wissen, wie es zugegangen ist, saust er schon über die schneebedeckte Fläche dahin, schwingt sich vom Eis empor, wendet plötzlich mit scharfem Schwung rund herum und fliegt mit immer größerer Schnelligkeit wieder landeinwärts. Eine Sekunde später – oder war es ein Minute? - folgt die Maschine von Dietrichson. Sie verschwindet draußen auf dem Eis in einer Schneewolke. Hüte und Mützen werden uns, die wir am Strand zurückgeblieben sind, vom Kopf geblasen.
Aber was ist das?
N 24 bleibt stille auf der Eisfläche liegen. Und wo ist N 25?....
Dort! Ein kleiner grauer Fleck auf dem Eise im Innern des Fjords. Will er denn nicht aufsteigen? Jetzt schwebt er! Nein, noch nicht! Doch, er ist in der Luft! Nur ein Bruchteil einer Sekunde, und wir

wissen, daß der Start trotz der schweren Belastung wohl gelungen ist. Wir rufen „Hurra!" als wir sehen, daß der Zwischenraum zwischen dem Eise und der grauen Maschine größer und größer wird, bis der Apparat über dem Gletscher und dem Collet-Felsen steht und, mit dem Himmel als Hintergrund, langsam herumschwingt und den Kurs über den Fjord setzt. N 24 liegt immer noch still. Wir verstehen nichts, und hier und da sagt einer, daß wir hinaus müssen und nachsehen, ob etwas in Unordnung ist. Aber bevor jemand antworten kann, kommt die Maschine in Fahrt, und im nächsten Augenblick ist auch sie hoch, hoch in der klaren Luft und folgt dem N 25, der groß, schwer und ruhig dem Ausgang des Fjords zustrebt. Die beiden Maschinen sind, soweit wir es beurteilen können, in 300 – 400 Meter Höhe gekommen, N 25 ein paar hundert Meter dem N 24 voraus. Wir hören das gleichmäßige Brummen der Maschinen. Am deutlichsten, wenn sie zwischen uns und den Felsen der andern Fjordseite sind, denn da wirft das Echo den Laut mit zehnfacher Verstärkung zurück über die öde Landschaft, schwächer dagegen, nur wie das Gesumme einer Fliege, wenn die Maschinen die Abgründe zwischen den Bergspitzen passieren. Wir folgen den Maschinen mit dem Feldstecher.

Der Himmel bildet einen guten Hintergrund, so daß wir jede Kleinigkeit erkennen können: die Motorgondel, die Tragflächen und die Köpfe der Beobachter und Führer. Aber daß wir sie so lange sehen können.... Die Geschwindigkeit sollte doch 150 Kilometer in der Stunde betragen. Die beiden Maschinen werden kleiner und kleiner, das Donnern der Motoren schwächer und schwächer. Endlich verschwinden sie in dem leichten, rötlichen Dunst, der ganz draußen über dem Fjord liegt. Es war auch wohl Zeit .... wir sehen nach der Uhr. Sie zeigt 5,22 Uhr; also sieben Minuten, nachdem N 25 auf das Eis hinausgeglitten ist, sind uns beide Flugboote aus den Augen verschwunden. Sieben Minuten... es hätten ebensogut sieben Stunden sein können. So viel hatte sich inzwischen zugetragen.

Später.

Wir, die wir zurückgeblieben sind, erkennen jetzt den Unterschied zwischen den sechs Männern an Bord der beiden Maschinen und uns selbst. Bis jetzt waren wir alle eigentlich gleichberechtigte Mitglieder der Expedition. Wir hatten ein Empfinden, als wäre unser aller Einsatz bei dem Kampf um das große Ziel der gleiche. Wir haben unter dem gleichen Dach gelebt, in der gleichen Messe gegessen und nach

Kräften mitgearbeitet, um alles für den Augenblick fix und fertig zu machen, in dem die „Polpartie" abfahren und uns, die „Landpartie", zurücklassen würde. Nach ein paar Tagen Abwesenheit sollten die sechs andern dann zurückkommen: Dann sollten wir wieder zur Expedition gehören. Aber die paar Stunden, die seit 5,15 Uhr heute nachmittag vergangen sind, haben einen Abgrund zwischen den beiden Partien geöffnet. Die sechs kämpfen vielleicht jetzt schon für ihr Leben, und wir treiben uns hier herum, genau wie wir es gestern getan haben, vorgestern und jeden einzigen Tag während der sechs Wochen, die wir in Neu-Aalesund waren. Wir sind so merkwürdig überflüssig geworden. Bis heute mittag hatten wir auch eine Aufgabe zu erfüllen. Von jetzt an sollen wir nur auf die sechs warten, wir, wie alle andern Menschen auf der ganzen Erde. Und wir wissen, daß wir ihnen jetzt auch nicht mehr helfen können als die ganze übrige Menschheit. Wir sind jetzt auch passiv geworden. Unsre Aufgabe ist nur, von Herzen zu hoffen, daß sie durchkommen, ob der Verstand glaubt oder nicht.

Noch summt das tiefe Brummen der Motoren in unsern Trommelfellen nach. Aber der Start liegt schon in unwirklicher Ferne. Es ist gleichsam, als hätten wir die paar Minuten im Traum erlebt. Sind wir wirklich dieselben Menschen, die ihnen zum Abschied zugewinkt haben und die jetzt ihre Sachen packen, um an Bord der „Fram" und der „Hobby" zu gehen, die klar zur Abfahrt am Kai liegen, um nordwärts nach der Däneninsel zu dampfen? ... Die Landschaft ist die gleiche. Die Sonne steht hoch an dem bläulich-weißen Polarhimmel. Es glitzert von den mächtigen Gletschern und der schneebedeckten Eisfläche auf dem Fjord, und über das einsame steifgefrorene Land schweben Tausende von Möwen und Alken. Ganz draußen an der Nordseite des Fjords liegt Kap Mitra, das spitze Horn, das einer der besten Orientierungspunkte der Welt ist.

Beim Abendessen an Bord der „Fram" sprachen wir natürlich nur vom Start. Stolzerfüllt hörten wir, wie Schulte-Frohlinde die Flieger lobte, weil sie so vorzüglich die schwerbeladenen Maschinen vom Eise losmanövriert hatten. „Niemand hätte es besser machen können", sagte er. Und selbst diejenigen unter uns, die eine Jagdmaschine von einem Bombenwerfer nicht hätten unterscheiden können, waren mit dem deutschen Fachmann absolut einig. Er hatte auch einen Weg über das Eis gemacht und die Spuren der beiden Maschinen verfolgt. Dort, wo Dietrichsons Apparat vor dem endgültigen Start gestanden hatte, war das Eis ganz in Stücke gebrochen. Das gleiche war der Fall auf einer Strecke von 200 – 300 Meter Länge, die Riiser-Larsen gefahren war, bevor er genug Luft unter die Flügel bekam, um aufzusteigen. Die Startbahn selbst war 1400 Meter lang, und Schulte-Frohlindes Stimme wurde ganz weich, als er erzählte, wie die Spuren der Kufen im Schnee schwächer und schwächer wurden; unmittelbar bevor sie ganz aufhörten, sah es aus, als ob jemand mit dem kleine Finger Striche in den Schnee gezeichnet hätte.

Während der ersten beiden Stunden, nachdem N 24 und N 25 in der Richtung auf Kap Mitra verschwunden waren, spähten wir ununterbrochen mit den Ferngläsern nach ihnen. Denn vor dem Start hatte Amundsen dem Chef der „Fram", Kapitän Hagerup, gesagt: Wenn irgend etwas bei dem Flug nicht klappen sollte, solange die Maschinen an der Küste bis zur Däneninsel flögen, dann würden sie zurückkommen. Und wenn eine der Maschinen eine Notlandung vornehmen müßte, würde die andere einen Abstecher südwärts nach Kings Bay machen und auf diese Weise mitteilen, daß die Schiffe sofort nordwärts fahren müßten, um zu helfen. - Die Uhr wurde 7, und sie wurde 8, aber keine Maschine zeigte sich. wir wußten also, daß alles in Ordnung war. Zwischen 10 und 11 Uhr war der Bunkerraum der „Fram" wohl gefüllt, und das Schiff verließ den Kai. Eine halbe Stunde später war auch die „Hobby" fertig und stach hinaus in den Fjord.

Wir passieren Kap Mitra. Der Kurs wird an den sieben Gletschern vorbei genommen. Soweit wir nach Norden sehen können, ist alles klar. Das Eismeer liegt blank wie ein Spiegel. Eine schwache Dünung hebt und senkt die „Fram" langsam und vorsichtig, und zum erstenmal auf dieser Reise können alle, die an Bord sind, sich ganz frei von Seekrankheit auf offenem Meer fühlen. Draußen am Horizont im Westen liegt eine flache Wolkenbank. Wir fragten Bjerknes und Calwagen, was das bedeuten kann. Kann die schmutzig-graue Masse irgendeine meteorologische Drohung für die Flieger bedeuten? Nein, es handelt sich viel mehr um Überreste des Nebels, den wir die letzten Tage in Kings Bay hatten und den der Nordostwind davongejagt hat, so daß der Start ermöglicht wurde. Im Laufe der Nacht passieren wir hier und da zerstreutes Treibeis. Wir stehen alle auf der Kommandobrücke und blicken jede zweite Sekunde nach Norden.

Hier entlang der Küste sind also die beiden Maschinen geflogen.

Die kurzen Stunden beginnen lang zu werden. Wir segnen den Steward der „Fram", der uns Nachtkaffee aufgebrüht hat, und gehen allmählich, einer nach dem andern, in die Koje. Die „Fram" ist kein Passagierdampfer. Wir finden uns aber doch gut zurecht, jeder auf seine Weise, und schlafen, wo und wie es sich gerade trifft. Der eine in der Kabine, der andre auf Seegrasmatratzen im Salon. Und dabei soll dieser Raum am Tage unser Speise- und Wohnzimmer sein.

Virgohafen, zwischen der Däneninsel und
der Amsterdaminsel, Freitag den 22. Mai.

Den Rest der Nacht und die frühen Morgenstunden hindurch setzte die „Fram" ihre Fahrt nordwärts, entlang der vereisten Felsenküste fort. Gegen ½ 7 Uhr lief die „Fram" in den Südgatt-Sund zwischen der Däneninsel und Spitzbergens Festland ein, wo sie bis etwas 12 Uhr liegen blieb. Die „Hobby" setzte ihre Fahrt weiter nordwärts fort und machte eine Rundtour um die Amsterdaminsel, um einen Überblick über die Eisverhältnisse zu bekommen, und kam nach beendeter Inspektionsreise zurück zum Südgatt, um die „Fram" abzuholen. Dann dampften beide Schiffe zusammen zum Virgohafen und warfen gegen 3 Uhr nachmittags Anker. Während der ganzen Nacht und des ganzen Tages haben wir von beiden Schiffen scharfen Ausguck gehalten und mit dem Fernglas jede einzige Bucht und den Horizont im Westen und Norden abgesucht. Es war ja denkbar, daß beide Maschinen einen Motordefekt bekommen hatten, zur Notlandung gezwungen waren und an der einen oder anderen Stelle lagen und auf die Schiffe warteten. Aber an Land sahen wir nur Geröll und Steine, Schnee und Eis. Und im Westen und Norden streckte sich die Meeresfläche, soweit das Auge reichte. Die bleigraue See war hier und da von weißem Treibeis belebt, das auf den Dünungen des Eismeeres auf und nieder schwebte.

Was war das für eine Einsamkeit! Die Lokalpatrioten in Neu-Aalesund haben recht, wenn sie sagen, daß Kings Bay der beste Platz auf Spitzbergen ist. Der Sund ist hier so zusammengeklemmt und eng. Die Felsen steigen senkrecht aus dem Meere empor. Der Schnee bedeckt sie trotzdem ganz und gar, und nur hier und da blinken die Steine durch die weiße Schicht hindurch. Aber Vögel gibt es hier genug: Alken, Lummen und Möwen erfüllen die Luft mit ihrem Geschnatter und Geschrei. Sie sorgen für Unterhaltung. Wenn wir Touristen gewesen wären oder etwas anderes zu tun gehabt hätten, als auf unsere sechs Kameraden zu warten, hätten wir vielleicht die Monotonie hier oben genossen. Aber sobald wir nur einmal über den Sund und die Felsen und Gletscher blicken, gleitet das Auge wie von selbst wieder nach Westen. Hinaus zur Westspitze der Amsterdaminsel, die steil in das Meer abfällt! Denn um diese Ecke sollen die beiden Maschinen kommen.

Wann werden wir sie sehen? Das ist das einzige Gesprächsthema zu dem wir immer wieder zurückkehren, und dann allerdings unsere Laienbetrachtungen über die meteorologischen Karten, die Bjerknes und Calwagen mehrmals täglich ausarbeiten. Von den mystischen Zeichen und sinnreichen Kurven der Karten ersehen wir nichts andres, als daß das Wetter über dem Polbassin dauernd gut ist. Heute abend ist es nun über einen Tag her, daß sie gestartet sind. Sie könnten also schon heute zurück sein. Bei jedem unerwarteten Laut spitzen wir die Ohren. Wenn wir nicht an Deck sind, stürzen wir hinauf und blicken nach der Westspitze der Amsterdaminsel, deren Profil wir schon längst bis in die kleinsten Einzelheiten hinein auswendig kennen. Sogar das Quietschen des Tauwerkes, jedesmal wenn eins unserer Boote ausgesetzt oder aufgezogen wird, bringt uns in nervöse Unruhe. Und dabei hat der kreischende, durchdringende Laut der Taue wirklich keine große Ähnlichkeit mit dem Gebrumm der Motoren. Wer sich aber zufällig nicht hat täuschen lassen, macht sich über die nervösen Kameraden lustig.

Aber werden sie morgen kommen? Oder Sonntag? Aber spätestens Montag, vier Tage nach dem Start, müssen sie doch zurück sein.

Im Ernst glaubt niemand, daß sie heute noch zurückkommen. Wir haben ja alle gehört, und außerdem wissen wir es sowieso, daß Beobachtungen vorgenommen werden sollen, wenn eine Landung stattfindet. Die Stelle, an der sie niedergegangen sind, soll genau bestimmt werden. Die Meerestiefe soll gemessen werden. Und es ist nicht ausgeschlossen, daß der letzte Vorstoß zum Pol auf Skiern oder zu Fuß gemacht werden muß. Und das Wetter da oben in dem unbekannten Gebiet ist nach den letzten Nachrichten, die die „Fram" von den meteorologischen Stationen um das Polbassin empfangen hat, derartig, daß die sechs Männer keinen Grund haben, ihren Aufenthalt abzubrechen. Wir müssen uns daran gewöhnen, in Ruhe abzuwarten.

Virgohafen, Sonnabend, 23. Mai.

Wetterumschlag! Als wir gegen 2 Uhr heute nacht zu Bett gingen, war der Himmel noch klar. Die Nebelbank, die seit unsrer Abfahrt aus Kings Bay draußen westlich über dem Meer gelegen hatte, war höher gestiegen, und sogar die Meteorologen teilten die Besorgnisse, die wir Laien hatten. Aber nördlich sah es nicht ganz so schlecht aus. Schon weit her aus dem Innern des Polbassins mußten die Flieger imstande sein, die hohen Felsen von Spitzbergen zu erkennen. Ein paar verteilte Wolken, die über die Amsterdaminsel hinweg nach Südwesten trieben, sahen nicht gefährlich aus. Aber in den frühen Morgenstunden änderte sich das Bild vollständig. Die Wache erzählte, daß das Wetter zwischen 3 und 4 Uhr unsichtiger geworden war. Von allen Seiten war der Nebel in den Kessel zwischen den beiden hohen Inseln herabgesickert. Ein leichtes Schneetreiben erfüllte die Luft, so daß wir zeitweise nicht einmal die Bergspitzen der Inseln erkennen konnten. Die Dünung hier drinnen in dem nach Südwesten wohlbeschützten Sund erzählt uns, daß draußen auf dem Meer „nur Sturm" herrscht. Gemäß den Instruktionen, die Hagerup und Horgen von Amundsen bekommen haben, ist die „Hobby" heute früh gegen 9 Uhr auf eine Erkundungsfahrt entlang der Eisgrenze gegangen. Nordwärts sollte sie so weit gehen, wie sie konnte, ostwärts aber nicht weiter als bis gegenüber Verlegen Hook. Gegen 11 Uhr abends kam die „Hobby" zurück. Sie war bis 20 Seemeilen nördlich der Norwegerinseln gekommen, aber die Eisverhältnisse waren derartig, daß sie die Weiterfahrt nach Osten nicht ohne Risiko hätte erzwingen können. Sie kam daher nicht weiter als bis zu dem Biscayer Hook und kehrte dann durch den Sund zwischen den Norwegerinseln zurück. Horgen, Schiffer Johannessen, der Führer der „Hobby", und Steuermann Holm kamen nach der Fahrt an Bord der „Fram". Sie hatten von den Flugmaschinen nichts gesehen und erzählten, daß die Eisverhältnisse gegen Osten schwierig aussahen. Dicht zusammengepacktes Treibeis lag so weit, wie sie überhaupt sehen konnten. Eisfreie Stellen von einigermaßen nennenswerter Größe waren nicht zu entdecken. Aber das Wetter dort war sichtiger als hier im Sund und klar genug, um sicher mit den Flugmaschinen manövrieren zu können.

Den ganzen Abend haben wir Bridge gespielt. Und das Spiel ging immer weiter, denn die zwei Tage des Wartens haben uns gelehrt, daß die Flugmaschinen nicht um die Westspitze kommen, und wenn wir uns zehnmal die Augen nach ihnen aus dem Kopf stieren. Das Wetter ist etwas besser geworden. Das Schneetreiben hat aufgehört, der Nebel hat sich im Laufe des Nachmittags und Abends gelichtet, und jetzt um Mitternacht bricht die Sonne ganz richtig durch die Wolkendecke über dem Gipfel der Amsterdaminsel.

Virgohafen, Sonntag, 24. Mai.

Heute ist das Wetter bedeutend besser. Die Meteorologen sagen, daß über dem Polbassin immer noch gutes Flugwetter herrscht und daß wir keinen Grund haben, uns wegen der Flieger schon zu ängstigen. Jetzt sind schon mehr als drei Tage seit dem Start vergangen. Selbst die Ruhigsten an Bord unsrer beiden Schiffe erwarten jetzt jeden Augenblick, daß sie zurückkommen sollen. Und obwohl wir alle noch felsenfest daran glauben, ist einem doch so, als ob die Hoffnung schwächer würde. Wir sprachen alle Möglichkeiten durch, addieren noch ein paar Schwierigkeiten und subtrahieren die günstigen Momente. Und kommen immer zu dem gleichen Ergebnis, daß wir überhaupt nichts wissen können. Gespannt sind wir nicht mehr ... Die nervöse Stimmung, die in den ersten Tagen in uns groß geworden war, ist unser normaler Geisteszustand geworden. Mit jeder Stunde, die dahingeht, sehen wir deutlicher und deutlicher ein, in was für eine Gefahr die sechs Männer sich begeben haben. Trotz der Feststimmung, die bei dem Start herrschte, war es doch ein Ereignis, auf das wir alle durch wochenlanges Warten vorbereitet waren. Wir hatten uns daran gewöhnt, an den Start, solange er bevorstand, wie an einen Stapellauf zu denken, oder wie an die Ausfahrt eines Schiffes, das nach sorgfältiger Ausrüstung endlich abdampft. Jetzt dagegen haben wir ein besseres Verständnis für das Ereignis. Jetzt befinden wir uns mitten in der Wartezeit. Und bei einzelnen taucht eine leise Andeutung des Gedankens auf, daß das, worauf wir warten, vielleicht niemals in Erfüllung gehen wird. Aber ein Wort darüber ist noch nicht gefallen.

Virgohafen, Montag, 25. Mai.

Der vierte Tag ist vorübergegangen wie die andern. An Bord der „Hobby" haben sie den ersten falschen Alarm gehabt. Amundsens alter Freund, der Segelmacher Rönne aus Horten, behauptete, er habe gestern abend zwei Flugmaschinen in voller Fahrt nordwärts streichen sehen. Mit größter Bestimmtheit erklärte er, daß er sie mit den Augen den ganzen Weg verfolgt habe, von dem Augenblick, da sie hinter der Däneninsel hervorkamen, über der Fjordmündung vorbei, bis sie hinter der Westspitze der Amsterdaminsel verschwanden. Die andern Leute an Bord meinten vernünftigerweise, er müsse sich getäuscht haben.

Warum in aller Welt sollten sie wohl nordwärts fliegen? Wäre es noch Süden gewesen ... Rönne hielt jedoch gestern den ganzen Tag und heute vormittag an seiner Behauptung fest. Er muß wohl recht überzeugend mit seiner Erzählung gewirkt haben, denn die andern wurden ordentlich ärgerlich, als sie uns die Geschichte heute nachmittag bei einem Besuch an Bord der „Fram" erzählten und gleichzeitig die Lösung des Rätsels, das ihnen Rönne aufgegeben hatte, vernahmen. Denn als heute ein Schwarm Graugänse weit draußen am Horizont den gleichen Weg flog, wie gestern die „Flugmaschinen", mußte Rönne zugeben, daß er reingefallen war. Wir hatten ein ganz ähnliches Erlebnis später am Tage an Bord der „Fram". Es war gegen 5 Uhr. Der Wachtmann, der sonst fleißig nach der Westspitze Ausguck hielt, bleibt plötzlich wie angenagelt stehen. Er hebt die Hand, um die Augen zu beschatten, und sieht über das Meer in den silbernen Kegel, den die Sonne über die ruhige See wirft. Dann nimmt er das Fernrohr:

„Was gibt's?"

Ein andrer ergreift das Fernrohr. Dort hinten, wo Meer und Himmel zusammentreffen, wiegt sich eine grauschwarze Masse auf der Dünung. Und seitlich davon sticht etwas hervor, was wie die Flügel einer Flugmaschine aussieht. Keiner von uns, der es sieht, glaubt eigentlich, daß es eins der grauen Flugboote sein könnte, auf die wir warten. Aber immerhin. Wir holen Kapitän Hagerup und erzählen ihm, was wir sehen können. Er schüttelt sofort den Kopf, aber trotzdem nimmt er die steile Treppe vom Achterdeck zur Kommandobrücke etwas schneller als sonst. Aber mit seinem Prismenglas stellt er fest, daß die schwarzgraue Masse nur eine Eisscholle ist, die bei etwas Phantasie ebenso leicht zu einem treibenden Aeroplan werden kann, wie ein Schwarm von Graugänsen am Horizont mit einer Flugmaschine in der Luft verwechselt werden kann. Wir lassen uns so leicht anführen. Obwohl wir wissen, daß die schwarzen Flecken, die wir oft am Himmel sehen, weit, weit draußen, Alkenschwärme sind, die zu ihren Nestern in den Felsspalten fliegen, verfolgen wir oft den einen oder andern Schwarm mit den Augen, bis er sich in hundert von Pünktchen auflöst. Unsre Gemütsruhe wird dadurch nicht weiter vorteilhaft beeinflußt. Aber es ist immerhin eine Abwechslung beim Warten, wenn man sich auch nur für ein paar Sekunden die Möglichkeit vorzaubert, den Gedanken, daß....

Wir haben uns daran gewöhnt, bei den verschiedenartigsten Lauten, die zu einem Dampferschiff gehören, in die Höhe zu fahren. Das Stampfen der Maschinen, die gleichmäßigen Kolbenschläge und das Motorensurren des ununterbrochen arbeitenden drahtlosen Telegraphen beachten wir längst nicht mehr. Aber von der Küste her hören wir bei Flut einen Laut, der wie das sehnlichst erwartete tiefe Brummen klingt. Das Geräusch kommt von den Wellen, die gegen die Schnee- und Eiskruste schlagen, die letzten Überbleibsel des aufgebrochenen Fjordeises. Bei Hochwasser steigt die Flut ganz unter diese Kruste, und wenn auch nur ein ganz kleines bißchen Dünung ist, so hört man das Klatschen der Wellen gegen die Unterseite dieser Kruste wie fernes Motorenrollen. Dann kann es geschehen, daß wir auf Deck stehen bleiben, mit halbgeöffnetem Mund, mit den Händen hinter den Ohren, und auf das Getöse horchen.

Im Südgatt, zwischen der Däneninsel und dem Festland von Spitzbergen, Dienstag, den 26. Mai.

Der Maschinenmeister an Bord der „Fram" erzählte gestern abend dem Kapitän, daß unser Vorrat an Trinkwasser zu Ende ging. Die Tanks in Virgohafen wieder zu füllen, war unmöglich. Zwar hat die Schneeschmelze begonnen, aber das Schneewasser können wir nicht schöpfen, denn es rinnt unter der Schneedecke in das Meer. Die „Fram" mußte also nach Magdalena-Bay gehen, an der Nordwestspitze des Festlandes, und dort die Tanks mit Eis von einem Grundwassergletscher füllen. Das war eine langwierige Aufgabe. Die

„Fram" wurde an dem Eisfelsen vertaut, und die Mannschaft mußte einen Eisklumpen nach dem andern loshauen. Diese wurden dann in einer Holzrinne von oben vom Gletscher her in die Wassertanks des Schiffes befördert. Am späten Nachmittag waren die Tanks gefüllt. Eine Jagdpartie, die weiter in die Bucht hinein gerudert war, kam ungefähr gleichzeitig mit zwei erlegten Robben zurück. Nun warfen wir von unserm Gletscher los und gingen bei strahlendem Sonnenschein über ein ruhiges, spiegelblankes Meer hierher in das Südgatt, wo wir heute nacht liegen sollen.

Nach dem Abendessen hatten wir ein langes Gespräch über die Frage, ob es richtig sei, die Instruktionen Amundsens während der Wartezeit bis aufs i-Tüpfelchen zu erfüllen. Die Befehle sind sehr bestimmt formuliert. Bis 14 Tage nach dem Start sollen die „Fram" und die „Hobby" in den Gewässern an der Däneninsel liegen, wenn das Wetter sichtig ist. Wird die Sichtigkeit vermindert, soll die „Fram" liegen bleiben, aber die „Hobby" soll nordwärts bis zur Eisbarriere gehen und in östlicher Richtung patrouillieren, so weit sie kommen kann, aber nicht weiter als bis Verlegen Hook. Bisher haben die Schiffe sich streng an die Order gehalten. Ein paarmal ist die „Hobby" unterwegs gewesen. Aber jetzt, da der Himmel klar und das Wetter sichtig ist, liegt sie stille im Virgohafen. Inzwischen sind fünf Tage seit dem Start vergangen, und manche von uns meinen, daß die „Hobby" auch bei klarem Wetter die Eisbarriere entlang patrouillieren müßte. Wir wissen ja nicht, was geschehen ist. Die Flugmaschinen können zur Rückfahrt gestartet sein. Und es besteht ja eine Möglichkeit, daß die Benzinvorräte – wir wissen, daß sie knapp waren – nicht ausgereicht haben Dann haben die Maschinen vielleicht eine Notlandung auf dem offenen Stück Meer vornehmen müssen, das nach dem Bericht der „Hobby" zwischen der Eisbarriere und der Nordküste Spitzbergens liegt. Dann liegen die Maschinen vielleicht da und warten auf eine Handreichung.

Andrerseits hat Amundsen seine Instruktionen bestimmt genug formuliert. Er weiß, wo er die Schiffe finden kann, wenn er zurückkommt. Unsre Diskussion endete also damit, daß die Befehle befolgt werden mußten, solange kein zwingender Grund vorlag, sich über sie hinwegzusetzen.

Wir wollen bis morgen hier im Südgatt liegen bleiben. Dann geht die „Fram" wieder nordwärts nach Virgohafen, wo die „Hobby" wartet. Unmöglich ist es ja nicht, daß wir die beiden Flugboote neben dem Kahn vertaut finden, wenn wir am Vormittag in den Hafen einbiegen. Aber unser Glaube ist während der fünf Tage, die vergangen sind, nicht mehr ganz so felsenfest. Der Zweifel meldet sich vorsichtig. Aber wir trösten uns selbst und die andern damit, daß wir uns nicht um die sechs zu ängstigen brauchen, bevor nicht wenigstens zehn bis elf Tage vergangen sind.

Während unsrer Unterhaltung ist es 1 Uhr nachts geworden. Bevor wir in die Kojen kriechen, haben wir noch einen kleinen Beweis dafür bekommen, wie schnell die Eisverhältnisse sich ändern können. Als die „Fram" im Sund hinter den Moosinseln, gegen die Dünung des Meeres geschützt, ankerte, konnten wir bis weit in die Bucht hinein das schneebedeckte Fjordeis sehen. Aber jetzt hat die Flut die Eisdecke teilweise zerbrochen, und ein kräftiger Strom führt Scholle nach Scholle aus dem Sund in das Meer hinaus. Die Strömung geht so schnell, wie ein Boot nur rudern kann, und der Eislotse Näß sieht bedenklich drein. Vielleicht werden wir genötigt sein, uns von hier zu entfernen, bevor die Nacht um ist. Denn die ersten Schollen treiben schon neben unserm Schiff.

Virgohafen, Mittwoch, den 27. Mai.

Näß hat recht behalten. Wir waren kaum zu Bett, als wir hörten, wie es an unserm Schiff entlang scheuerte. Und wir bemerkten, wie die Eisenplatten unsrer Seitenwände unter dem Druck der pressenden Schollen etwas nachgaben. Aber wir schliefen trotzdem auf unsren Seegrasmatratzen im Salon ruhig ein. Gegen 3 Uhr fahren wir indessen in die Höhe. Wir haben die Rudermaschinen direkt über uns und hören, wie sie arbeiten. Auf Deck kracht es von den Holzsohlen der Seemannsstiefel, und es läutet unaufhörlich in dem Telegraphen, der zum Maschinenraum führt.

Sollte etwa....?

Einer von uns stürzt auf Deck. Wir hatten ganz und gar das Eis vergessen, das aus dem Fjord heraustrieb, als wir vor ein paar Stunden schlafen gingen. Jetzt liegt es dicht um unser Schiff. Die Bucht war eisfrei, als wir vor Anker gingen, und jetzt ist sie mit Treibeis bedeckt. Zur Sicherheit hat Kapitän Hagerup beschlossen, das Südgatt zu verlassen und hierher nach Virgohafen zu dampfen. Die „Hobby" fanden wir an der gleichen Stelle wieder, wo wir sie verlassen hatten. Von den Flugmaschinen war nichts zu sehen.

Als der Leiter der Radiostation auf der „Fram", Obermineur Barkevik, heute abend gegen 9 Uhr die neuesten Nachrichten aus der Welt abhörte, sandte eine Station die Meldung aus, daß nach Ansicht der Pessimisten in Amerika jetzt, sechs Tage nach dem Start, so lange Zeit vergangen wäre, daß man daran denken müßte, Hilfsexpeditionen vorzubereiten, um nach den beiden Flugmaschinen und ihrer Besatzung zu suchen. Als er mit dieser Nachricht in die Messe herabkam, traf uns der Gedanke wie ein Schlag. Wir empfanden, daß wir paar Menschen hier an Bord und die Handvoll Freunde in Neu-Aalesund nicht die einzigen waren, die auf das gleiche Ereignis warteten. Millionen und Abermillionen in fünf Weltteilen erwarteten mit Spannung zu hören, wie weit die Grenzen des Unbekannten durch den jüngsten Beweis menschlichen Forschungsdranges nordwärts verschoben worden sind. Diese wenigen Worte bewiesen uns, daß die ganze Welt fürchtete, die Expedition unsrer mutigen Kameraden zum Pol könnte mit deren Leben bezahlt werden. Und der angstvolle Gedanke, den wir alle bisher vor uns selbst zu verbergen versucht hatten, daß nämlich an irgendeiner Stelle zwischen dem 81. und dem 90. Breitengrad sechs Menschen den Todeskampf kämpfen könnten, stieg drückend, gewaltig in uns auf.

Wir schwatzten hin und her, und das erste ungemütliche Gefühl, das die Spannung und die Befürchtungen der großen Welt in uns geweckt hatten, verlor sich allmählich. Denn im Augenblick ist noch nicht eine Woche seit dem Start vergangen, und wenn wir uns an Amundsens eigene Worte halten sollen, haben wir keinen Grund zur Furcht, bevor nicht 14 Tage seit dem 21. Mai vergangen sind.

Virgohafen, Donnerstag, den 28. Mai.

Heute nachmittag um 5.15 Uhr war es eine Woche her, seit die beiden Maschinen aus Kings Bay abflogen und in dem rötlichen Dunst in Richtung auf Kap Mitra verschwanden. Wir Journalisten hatten gehofft, die Mitteilung der Rückkehr heute, eine Woche nach dem Start, in die Welt hinaussenden zu können, aber diese Hoffnung ist zunichte geworden.

Sollen wir weiter hoffen, daß wir dieses Jubeltelegramm überhaupt noch senden dürfen, oder sollen wir zu zweifeln beginnen? Die Meteorologen haben von der Wetterlage in der letzten Woche ein Gesamtbild entworfen, das beruhigend auf uns wirkt.

Als die Flieger starteten, muß ein großes Hochdruckgebiet über dem Polarmeer gelegen haben, mit dem Zentrum nicht weit von dem eigentlichen Punkt des Poles. Während des Fluges nordwärts haben die Maschinen also aller Wahrscheinlichkeit nach schwachen Wind und klaren Himmel gehabt. Während der nächsten Tage nach dem Start wurde das Hochdruckgebiet wahrscheinlich etwas in Richtung auf die nordamerikanische Küste abgedrängt, und zwar durch Unwetter-Zentren, die nordöstlich von Rußland in Richtung auf die sibirische Nordküste passierten. Aber das Hochdruckgebiet hat sich niemals weit von dem Pol entfernt. Dort muß eine leichte Brise in Richtung aus Spitzbergen geherrscht haben, aber eine eigentliche Verschlechterung des Wetters kann dadurch nicht herbeigeführt worden sein. Von Montag, den 25. Mai, an ging das sibirische Unwetter nach Osten weiter, während das entsprechende Unwetter von Alaska in östlicher Richtung auf Grönland zu abzog. Zwischen diesen beiden Unwetter-Zentren muß ein Hochdruckgebiet gelegen haben, dessen Zentrum dauernd ziemlich nahe dem Pol war. Diese Situation hält noch jetzt an. Wir können also davon ausgehen, daß das gute Wetter sich über dem Pol gehalten hat, seit die Expedition dort angekommen ist. Das ist die Ansicht unsrer Wissenschaftler, deren fester Glaube an die günstigen Wetterverhältnisse uns allen den Rücken stärkt. Wir denken so oft daran, was die Flieger sagten, bevor sie aufstiegen. Eine Äußerung Riiser-Larsens flößt uns immer wieder neues Vertrauen ein. Es war einen Tag bevor sie aufstiegen, einen Tag, der so verlief, wie so viele andre, die wir hier unter Wolken und Nebel und in dichtem Schneetreiben bei 15-20 Grad Kälte erlebt haben. Da sagte er zu den Meteorologen: „Schafft uns nur zwölf Stunden gutes Wetter, damit wir den Pol erreichen können. Mehr brauchen wir nicht. Im Notfall brauchen wir 14 Tage zum Rückflug."

Diese Worte wiederholen wir uns öfter und öfter, und der Glaube an die Vorzüglichkeit der Maschinen und der Ausstattung, der darin ausgedrückt lag, wirkt auf uns alle bei jeder Wiederholung immer wieder ansteckend. Aber die Worte sind uns immer wieder neu. Wir suchen sie auch zu drehen und zu deuten. Wenn die Flieger damit gerechnet haben, daß sie bei schlechtem Wetter bis 14 Tage fortbleiben würden, warum können sie dann nicht ebensolange ausbleiben, wenn das Wetter in dem unbekannten Gebiet vermutlich gut ist? Damals, als Amundsen sich mit seiner einfachen Ausrüstung bis zum Südpol durchgearbeitet hatte, blieb er drei Tage dort und schränkte seine kärglichen Rationen ein, um die Beobachtungen anzustellen, die ihm vor der Rückkehr unerläßlich erschienen. Jetzt kann er zu seiner Basis in acht oder zehn oder zwölf Stunden zurückkehren. Warum sollte er da die wissenschaftlichen Resultate der Expedition beeinträchtigen, indem er früher aufbricht, als unbedingt notwendig ist? Haben unsre Kameraden dort oben Land gefunden, werden sie wohl versuchen, es zu kartographieren. Dann müssen sie photographieren und messen und brauchen sicher mindesten ein Woche. Aber, aber, aber – dieses Wörtchen kehrt nach jeder Überlegung immer wieder, und obwohl alle Vernunftgründe uns sagen, daß es dumm ist, die Hoffnung zu früh aufzugeben, ängstigen wir uns alle.

Heute abend haben wir großen Kriegsrat an Bord der „Fram" gehalten. Von dem Norwegischen Luftfahrtverein ist Nachricht gekommen, daß eine Rekognoszierungsexpedition geplant wird. Zwei Marinehydroplane werden vielleicht hierher gesandt werden, um bei dem Patrouillendienst entlang der Eisbarriere zu helfen. Kapitän Hagerup, Premierleutnant Horgen, Schiffer Johannessen und Steuermann Astrup Holm sollen sich dazu äußern, ob solche Maschinen zweckmäßig gebraucht werden können. Die Antwort fällt uns nicht leicht. Denn so, wie das Eis in diesem Jahr liegt, mit einem breiten Gürtel von Treibeis vor der eigentlichen Eisbarriere, können die Flugboote nicht viel ausrichten. Wenn sie auch nur in kurzem Abstand von dem offenen Meer notlanden müssen, sind die Maschinen und die Flieger verloren. Aber andrerseits können sie ja im Laufe weniger Stunden über den ganzen Abschnitt des offenen Meeres, der nördlich von Spitzbergen abpatrouilliert werden soll, hinwegfliegen, während Schiffe mehrere Tage gebrauchen, um dort hin und her zu kreuzen. Der Patrouillendienst würde also viel wirksamer werden können. Ungefähr so lautete auch die Antwort, die nach Übereinkunft der Sachverständigen abgeschickt wird. Der heutige Tag wird in gewisser Beziehung ein Wendepunkt in unserer Wartezeit. Bis heute hat sich niemand weiter von den Schiffen fortgewagt. Der amerikanische Journalist James B. Wharton, der Filmphotograph Paul Berge und ich haben keinen Fuß vom Schiff hinuntergesetzt. Wir haben immer gewartet, die Maschinen hinter der Amsterdaminsel auftauchen zu sehen. Wir haben, vollständig angekleidet, auf unseren Seegrasmatratzen gelegen, jeden Augenblick bereit, die Radiotelegraphisten mit riemenlangen Berichten in Arbeit zu setzen. Und Berges Filmapparat hat die ganze Zeit auf seinem dreibeinigen Stativ auf der Kommandobrücke gestanden, jeden Augenblick bereit, Hunderte von Metern Filmband zu kurbeln. Jeden Augenblick haben wir uns vergewissert, daß ein Boot neben der „Fram" klar lag, so daß wir im selben Augenblick, wenn die Flugmaschinen landeten, zu ihnen hinrudern konnten. Jede Nacht, bevor wir uns schlafen legten, haben wir der Wache an Deck eingeprägt, daß wir sofort geweckt werden müssen, sobald etwas passiert. Aber als heute abend von den Telegraphenstationen weiter unten an der Küste die Anfrage kam, ob auch heute nacht Extradienst gemacht werden sollte, antworte ich, daß dies vielleicht nicht länger nötig sei. Als diese Worte in dem Morseapparat unsres kleinen Telegraphenraums getippt wurden, war es uns, als hätten wir der wartenden Welt telegraphisch mitgeteilt, daß wir hier oben jetzt anfingen zu zweifeln. Den gleichen Eindruck machte es auf die meisten Mitglieder an Bord der beiden Schiffe, daß die erste Woche vergangen war, ohne daß auch der heutige Tag die Rückkehr gebracht hätte. Die Möglichkeit, sie auf dem Luftwege zurückkommen zu sehen, schien uns nun allen gering. Heute glauben wir noch, aber morgen glauben wir schon weniger. Und wie eine stillschweigende Vereinbarung ist es zwischen uns, daß wir am Sonnabend – dem neunten Tage nach dem Start – unsre Hoffnung aufgeben werden. Wir haben beschlossen, daß die „Fram" morgen nach Neu-Aalesund abgehen soll, teils, um zu bunkern, teils, um eine Anzahl der Expeditionsmitglieder dorthin zu bringen, die von dort aus Fahrgelegenheit nach Advent Bay im Eisfjord haben. Von dort können sie mit einem Kohlendampfer nach Norwegen weiterreisen. Und wenn wir, die Zurückbleibenden, unsre Kameraden nach Süden abreisen sehen, so geht ein Zeitabschnitt der Spannung und des siegessicheren Wartens zu Ende, um einer neuen Periode Raum zu geben, die uns vielleicht unendlich lang werden wird.

Virgohafen, 29. Mai.

Wird das Wetter sich heute ändern? Gestern abend begann es zu schneien. Bald fiel der Schnee dichter und dichter. Die Luft wurde ganz unsichtig, und die „Hobby" wurde ausgesandt, um entlang der Eisbarriere zu patrouillieren. Die Meteorologen meinen, daß das unsichtige Wetter von dem Nördlichen Eismeer über das Polbassin gezogen ist oder jedenfalls in der nächsten Zeit ziehen wird, und daß der Nebel sich sehr bald bis auf 85 Grad nördlicher Breite erstrecken wird. Infolge dieser Mitteilung können wir die Flugmaschinen heute jedenfalls nicht zurückerwarten. Wenn die Flieger den Nebel sehen, werden sie, wie sie uns vor dem Start versichert haben, landen, um zu vermeiden, daß sie bei einem Fluge durch den Nebel einander aus den Augen verlieren. Die „Fram" geht heute abend südwärts nach Kings Bay.

Neu-Aalesund, Kings Bay, 30 Mai.

Wir sind heute vormittag hier angekommen. Die Reise südwärts entlang den Sieben Gletschern war für uns wie eine Märchenfahrt. Schon als wir aus dem Sund zwischen der Amsterdaminsel und der Däneninsel kamen, erblickten wir die hohen, schneebedeckten Felsen des Prinz-Carl-Vorgebirges. Sie waren etwa 100 Kilometer entfernt und glänzten durch die klare, leichte Luft wie ein weißer Schleier. In einem leichten Nebel gingen sie mit den Festlandfelsen auf der andern Seite des Sundes in eine Masse über. Von dort konnten wir die Küste bis zur Robbenbucht verfolgen, und erst spät in der Nacht gingen wir in die Kojen. Denn einen solchen Anblick, wie wir ihn heute nacht genossen, erlebt man nicht oft in seinem Leben. Wir passieren die Sieben Gletscher, einen nach dem anderen. Sie machen eine Landung entlang der Küstenstrecke von Kap Mitra bis zur Magdalena-Bay so gut wie unmöglich. Die schwarzbraunen Felsen zwischen je zwei Gletschern stürzen senkrecht in das Meer herab. Es ist ein gefährliches Fahrwasser. Weit von der Küste können wir sehen, wie die Brandung über Felsen schäumt, obwohl das Meer bei uns ruhig und die Dünung so schwach ist, daß unsre „Fram" kaum ein bißchen schlingert. Während der Fahrt nach Süden trinken diejenigen Mitglieder der Expedition, die zurückbleiben und bis sechs Wochen nach dem Start warten sollen, den letzten Nachtkaffee mit den Kameraden, die uns verlassen wollen. Viel Zeit, um die großen Kaffeetassen zu schwingen, haben wir nicht. Denn die andern müssen ja ihre Sachen packen. Bjerknes und Calwagen suchen ihre meteorologischen Instrumente zusammen, und damit ist der Wetterdienst der Amundsen-Ellsworth-Expedition abgeschlossen. Die letzten Berichte, die sie empfangen haben, zeigen, daß das Wetter über dem Polbassin noch immer verhältnismäßig gut ist. Das Tiefdruckgebiet, das sich vom nördlichen Atlantischen Ozean nordwärts bewegt, hat sich verspätet. Wir fragen sie, ob das Unwetterzentrum sich nicht ganz auflösen und verschwinden kann, bevor es unsre sechs Kameraden in der Eiswüste überfällt, die mit den dortigen Gefahren wohl schon genug zu kämpfen haben.

Wir sind jetzt gerade vor dem mittelsten Gletscher angelangt, so daß wir alle sieben sehen können. Einer der witzigen Köpfe der Expedition fragt uns, ob wir ihm sagen können, zwischen welchen beiden Gletschern der Abstand am größten ist.

Er strahlt vor Glück, als er selbst die Antwort erteilen muß, daß die größte Entfernung natürlich zwischen dem ersten und dem siebenten liegt.

Wir stehen auf dem Achterdeck. Vorsichtig fragen wir den Vertreter der Dornier-Wal-Fabrik, ob es nicht denkbar ist, daß eine der Maschinen während des Fluges abgestürzt und zertrümmert ist, und daß die andre Havarie erlitten hat, als sie die Kameraden retten wollte.

„Nichts ist unmöglich," sagte Schulte-Frohlinde, „aber die Möglichkeit, daß eine der Maschinen bei dem Fluge abstürzt, ist geringer, daß daß die „Fram" in diesem Augenblick mitten entzwei brechen könnte. Und dann darf man nicht vergessen, daß es in der ganzen Welt nicht viele Flieger gibt, wie die Männer, die auf N 24 und N 25 das Steuer in der Hand haben. Wir brauchen also überhaupt nicht damit zu rechnen, daß ihnen während des Fluges etwas zugestoßen ist."

Wir nähern uns jetzt Kap Mitra und gehen zu Bett.

Als wir heute früh aufwachten, lagen wir am Kohlenkai in Neu-Aalesund. Obwohl wir in dem gemütlichen Bergwerksstädtchen sechs Wochen gehaust hatten, bevor wir es erst vor neun Tagen verließen, und jedes Haus bis zum Überdruß kannten, mußten wir uns gründlich umsehen, bevor wir uns wieder zurechtfanden. Denn während wir fortgewesen waren, hatten Sonne und Wind den Schnee so mitgenommen, daß an derselben Stelle, an der wir am Starttage durch reichlich knietiefen Schnee gewatet waren, jetzt die blanke Erde zu sehen war. Und von dem Fjordeis, das 8-10 Zoll dick vor dem Kai gelegen hatte, schwamm nur noch eine breiige Masse herum. Den Rest hatten Flut und Strömung in das Meer hinaus entführt. Auf der andern Seite des Fjords war das Wasser ganz offen bis zu den mächtigen Gletschern im Fjordinnern, und auf der Seite von Neu-Aalesund war das Eis so mitgenommen, daß es kaum noch einen Mann trug. Dort, wo die Flugmaschinen über das Eis gefahren waren, waren noch tiefe Spuren zu sehen. Die Leute auf dem Lande erzählten, daß die schweren Maschinen schon ganz kurze Zeit nach dem Start dort nicht mehr hätten fahren können.

Wir waren gerade mit dem Frühstück an Bord fertig, als der gute Geist unsrer Expedition in Neu-Aalesund, der Direktor der Kohlengesellschaft, Knutsen, an Bord kam, um die neuesten Nachrichten zu hören. Wir haben ihm ja nicht viel zu erzählen. Aber was wir ihm erzählen, erschüttert sein Vertrauen in die Rückkehr unsrer sechs Freunde nicht im geringsten. Er ist überzeugt, daß dieser Vorposten der Zivilisation Zeuge des ersten Abschnitts in dem Triumphzug werden soll, den die Polarfahrer bei ihrer Rückkehr südwärts antreten. Er erklärt auch, daß, solange er diesen Sommer hier ist, alles bereit sein soll, um die Polarflieger zu empfangen und zu pflegen. Eine halbe Stunde, nachdem sie ihren Fuß wieder auf den Boden von Neu-Aalesund gesetzt haben, soll der Tisch für sie fertig gedeckt sein. Freudenschüsse sollen gelöst werden, und jede Flagge in der ganzen Stadt soll im Winde wehen. Alles ist vorbereitet. Laßt sie nur kommen! Seine Zuversicht wirkt ansteckend auf uns. Beim Mittagessen beurteilen wir die Situation viel günstiger, obwohl es schon Sonnabend ist, der neunte Tag nach dem Start, der Tag, an dem wir beginnen wollten, ernsthaft zu zweifeln.

Neu-Aalesund, Kings Bay, Sonntag, den 31. Mai.

Heute abend reiste die erste Abteilung unsrer Expedition, die zusammen mit uns am Ostermontag, den 13. April, hierhergekommen war, südwärts. Heute ist der erste Pfingstfeiertag. Sieben Wochen sind verflossen, seitdem die „Fram" und die „Hobby" am Eisrande festmachten, fünf Kilometer von dem Kai entfernt, an dem die „Fram" jetzt liegt. Es war ein bitterkalter Tag. Die Luft war rauh und unsichtig, und aus dem Fjord heraus von den Eis- und Schneeflächen im Innern Spitzbergens blies ein beißend kalter Wind, der einem die Eisnadeln in das Gesicht peitschte und durch die dicksten Kleider fuhr. Heute wölbte sich den ganzen Tag ein hoher, klarer Himmel über den mächtigen Gletschern und den schneebedeckten Bergen, über dem Fjord, auf dem heute noch weniger Eis liegt als gestern, und dessen Oberfläche von einer frischen, sommerlichen Brise gekräuselt wird. Von Stunde zu Stunde kann man sehen, wie der Schnee entlang der Küste verschwindet, und wir hören vom Innersten des Fjords das Gepolter und Getöse der Gletscher, die ununterbrochen kalben. Und im Hintergrunde der Höhepunkt: Nora, Svea und Dana, deren eigentümliche Formationen unter dem blauweißen Polarhimmel uns auf ein paar Steinwürfe nahegerückt erscheinen, während sie in Wirklichkeit 30 Kilometer von uns entfernt sind.

Draußen in der Fjordmündung sehen wir eine große, schwarze Rauchwolke. Es ist der letzte Gruß, den wir Zurückbleibenden von dem Eisbrecher „Pasvik" erhalten, der die abfahrenden Kameraden an Bord hat.

Zwanzig Mann waren es, die am Ostermontag hierherkamen, um Amundsen nach Kräften zu helfen. Er und fünf andre flogen am 21. Mai ins Ungewisse. Hier auf Spitzbergen blieben zurück: Premierleutnant Horgen, Apotheker Zapffe, Filmphotograph Berge, Journalist Wharton, Steward Einar Olsen und ich. An Bord der „Pasvik" reisen: Direktor Schulte-Frohlinde, Dr. Matheson, Dr. Bjerknes, Meteorologe Calwagen, Segelmacher Rönne, Ingenieur Green, Mechaniker Zinsmayer und Telegraphist Devold südwärts. Es sind noch nicht viele Wochen her, seit wir alle zwanzig versammelt waren. Aber wie Menschen zueinander stehen, hängt nicht davon ab, wie lange sie sich kennen, sondern vielmehr, welches Ereignis sie zusammengeführt hat. Das Erlebnis, unter dessen Schatten wir standen, hat uns mit gemeinsamen Erinnerungen von solcher Feier-lichkeit vereinigt, daß zwischen uns immer eine Art Freimaurer-verhältnis bestehen wird, selbst wenn wir einander nie wieder treffen. Denn wir sahen sechs Mann in zwei großen, grauen Maschinen abfliegen, um das Schicksal gemeinsam herauszufordern, ein Schicksal, das noch ungewisser war als das Ziel, dem Kolumbus und

Vasco da Gama zustrebten. Und treffen wir einander nach Jahren unter andern Himmelsstrichen und in andrer Umgebung, brauchen wir niemals um Gesprächsstoff verlegen zu sein, selbst wenn wir nicht mehr vom Wetter sprechen können, und selbst wenn unsre Lebensbedingungen und Interessen nicht zusammenpassen. Wir brauchen nur zu sagen: „Wissen Sie noch....?", um das Gespräch in Gang zu halten.

Zum letzten Male aßen wir heute mittag bei Direktor Knutsen. Trotz des starken Optimismus unsres Wirtes lag ein schwerer Druck auf uns allen. Gleich sollten wir uns trennen, um die Rückkehr nicht gemeinsam zu erleben. Als Dr. Matheson eine kleine Rede hielt und Knutsen für seine Gastfreundschaft während unsres Aufenthalts in Neu-Aalesund dankte, konnten wir nur schwer ein Schluchzen unterdrücken, das wir als Zeichen einer unverzeihlichen Weichherzigkeit bei einem Mann ansehen... Während wir noch bei Tische saßen, hörten wir die Sirenen der „Pasvik" zum Abschied heulen. Ein paar Stunden später ist das ganze Gepäck, darunter mehrere hundert Lichtbilder und 2000 Meter Film, an Bord des Eisbrechers gebracht. Wir schütteln einander die Hände und wünschen den Abfahrenden gute Reise.

Die „Pasvik" wirft los und stößt vom Kai ab. Alle winken mit Mützen und Taschentüchern. Und die letzten Worte, die wir Zurückbleibenden hören, ruft uns Schulte-Frohlinde von dem grauen Eisbrecher zu:

„Ihr reist mir nicht ab, bevor Ihr Amundsen und seine fünf Begleiter mitbringen könnt!"

Die „Pasvik" hatte von der Posthalterei in Green Harbour mehrere Säcke mit Post für die „Landpartie" der Expedition und für die abwesenden Flieger mitgebracht. Es sind Privatbriefe für uns alle, darunter eine Menge Briefe, die an „Roald Amundsen, Nordpol" oder „The North Pole" oder „Pole du Nord" aus den entlegensten Weltgegenden adressiert sind. Ferner ein großer Stoß Zeitungen aus verschiedenen Ländern, in denen wir mit großem Interesse die Berichte über den Start zum Polarflug und die Vorbereitungen dazu nachlesen.

Virgohafen, Montag, 1. Juni.

Wir verließen Neu-Aalesund im Laufe des gestrigen Abends und kamen heute früh hier an, nach einer schönen Reise an den Sieben Gletschern vorbei, denen wir jetzt schon wie alte Bekannte zuwinkten. Die „Hobby" lag allein in der Bucht. Wir haben die Hoffnung aufgegeben, die Flugmaschinen wieder zu hören. Ob wir unsre sechs Kameraden wiedersehen werden, daran darf ich nicht denken. Es gibt zwei Möglichkeiten: entweder wurden beide Maschinen bei der Landung im Eise zerstört, und dann sind ihre Besatzungen auf dem Weg nach Kap Columbia, oder die Benzinvorräte sind auf dem Rückfluge aufgebraucht, und dann schinden sich unsre Freunde jetzt durch das Packeis nördlich von Spitzbergen. Wenn dieser letztere Fall eingetreten ist, bekommen wir sie vielleicht zu sehen, wenn wir mit unsern Schiffen am Donnerstag, zwei Wochen nach dem Start, den Patrouillendienst entlang der Eisbarriere aufnehmen.

Wir langen die Karten aus unserm Koffer und studieren die lange Strecke, die sie vielleicht vom Pol oder aus dessen nächster Nachbarschaft bis nach Kap Columbia gehen müssen, um von dort ihren Weg nach Thule an der Westküste von Grönland fortzusetzen. Es ist ein weiter Weg, 1600 Kilometer zu gehen und zu rudern. Und wir denken und gestehen uns auch offen ein, daß die Welt, wenn die Maschinen bei der Landung zerstört sind, vor dem Frühjahr 1926 nichts von den Fliegern zu hören bekommen wird. Denn die Segeltuchboote, die sie mithaben, sind so klein, daß keine Rede davon sein kann, direkt über den Kennedykanal zwischen Grönland und Grantsland hinüberzurudern, nachdem das Eis aufgebrochen ist. Das ist aber im Juli bereits der Fall, und früher als Ende Juni können sie nicht am Kap Columbia sein. Von dort weiter nach Fort Conger in Discovery Harbour, der Stelle, von der aus sie den Kennedykanal überqueren können, muß man auch wieder mit einem Marsch von mehreren Wochen rechnen.

Wenn sie auf dem Wege nach Spitzbergen sind, dann müssen sie, so, wie das Eis diesen Sommer liegt, in östlicher Richtung zum Nordostland wandern, und das kann auch Wochen dauern. Kommen sie diesen Weg, dann ist es wohl wahrscheinlich, daß sie von dem einen oder andern Seehundfänger an Bord genommen werden, der jetzt nordwärts oder ostwärts zieht. Oder aber sie kommen die Küste entlang gewandert und überraschen eines schönen Tages im Spätsommer die Leute in Neu-Aalesund oder der Advent Bay. Auf alle Fälle fühlen wir, die wir an Bord des Schiffes sind, uns überflüssiger als jemals seit dem Start. Wir denken mit einem Gefühl des Neides an diejenigen Kameraden, die mit der „Pasvik" abgereist sind und die jetzt an Bord eines Kohlendampfers südwärts nach Norwegen fahren, in den Sommer mit seinen grünen Matten und Vogelsang in den Wäldern. Aber wir sollen hier oben noch über vier Wochen zwischen Schnee und Eis bleiben, in schlechten Kojen schlafen und dieselben Decksplanken in dem bleichen Licht der ewigen Sonne abtrampeln. Wir sehnen uns mal nach einer richtigen Nacht, denn dieses Licht saugt uns den letzten Rest von Ruhe aus den Nerven.

Wir sind schon so weit, daß wir die Mitternachtssonne hassen. Sie gibt ein Licht, blaß wie ein weißgetünchtes Zimmer in einem Krankenhaus, aber so stark, daß es vergeblich ist, sich dagegen schützen zu wollen. Durch die geringsten Löcher und Spalten in den Gardinen der Kajüten dringt dieses Licht wie Röntgenstrahlen und sticht in die Seele und die Augen. Die Wirkung ist die gleiche, ob Tag ist oder die Tageszeit, die wir aus alter Gewohnheit Nacht nennen, ob die Sonne von einem blauen Himmel scheint oder ob graue Wolken diese Sonne verstecken, die im Süden das Gras zum Sprießen bringt und die Vögel ihre Liebeslieder in den Baumwipfeln singen läßt.

Ich möchte wohl wissen, ob die gleichen Gedanken auch die andern milder stimmen? Jetzt, da die Spannung vorüber ist und das lange Warten kaum zu einer befriedigenden Auslösung führen kann, ist der ganze Aufenthalt hier mit Patrouillendienst und Rekognoszierung so farblos geworden, ebenso farblos und unendlich monoton wie das Meer und die ruhigen, nackten Felsen mit ihren Gletschern und Schneespalten. Wenn doch wenigstens irgend etwas geschähe! Aber nichts ereignet sich. Wir nutzen nur das Verdeck ab. Zuerst warten wir auf das Frühstück, dann auf das Mittag- und schließlich auf das Abendbrot. Wir erzählen einander immer wieder das gleiche, sehen stets dieselben Gesichter, und wenn wir Karten spielen, bekomme ich immer dieselben Karten und verliere beständig. In Reisebe-schreibungen von Polarfahrten erscheint gelegentlich zwischen den Zeilen ein Gespenst mit einem steifen, häßlichen Gesicht: die

Polarkrankheit, die durch die endlose Einförmigkeit hervorgerufen wird. Jetzt verstehe ich sie schon, und dabei ist dies der erste Tag. Heute ist erst Donnerstag, aber in drei Tagen soll unser Warten und Patrouillieren erst richtig beginnen. Bis dahin können wir uns noch der keimenden Hoffnung erfreuen, daß die beiden Maschinen doch noch um die steile Felsenecke dort draußen herumschwingen.

Virgohafen, Dienstag, den 2. Juni.

Unser Trinkwasser ist wieder mal bedenklich knapp geworden. Eis an Bord zu nehmen, ist nicht leicht. Unten in den finstern Tanks ist es nur ein paar Grad warm. Das Eis schmilzt so langsam, daß in dem Achtertank noch immer Klumpen von der Eisernte liegen, die wir von dem Eisberg in der Magdalena-Bay mitbrachten. In einem Handbuch über Spitzbergen, das wir in der Schiffsbibliothek haben, liest Kapitän Hagerup, daß drinnen in der Robbenbucht ein See liegt, der nicht völlig zufriert. Vielleicht können wir dort Wasser bekommen. Das Motorboot wird zu Wasser gebracht, und wir fahren mit Hagerup und dem Eislotsen los. Unsre Gewehre und Munition nehmen wir mit. Robbenfilet ist zwar nicht gerade eine Delikatesse, aber doch immerhin frisches Fleisch. Und der Steward an Bord hat uns schon bewiesen, daß Alken ebensogut schmecken können wie Schnee-hühner, wenn man nur genug Sahne und Butter zur Sauce nimmt.

Wir töffen los, und die Abwechslung, daß wir der Küste entlang in die Robbenbucht fahren dürfen, erscheint uns wie ein spannender Roman. Das Boot kann sich ganz nahe an Land halten, viel näher, als die „Fram" es dürfte. Denn da sind viele Untiefen und Klippen, die auf keiner Seekarte eingezeichnet sind. Etwas draußen im Sund, bevor wir an der Küste entlang in das offene Meer hinausschwingen, liegt 10 – 15 Meter vor der Däneninsel ein Inselchen, gerade so groß wie die Bodenfläche eines halbwegs brauchbaren Zimmers. Die Insel ist 3-4 Meter hoch und hat eine Schneehaube auf. Obendrauf sitzt eine große Möwe, die uns interessiert ansieht. Das Tier ist so blendend weiß, daß der Schnee im Vergleich mit dem großen Vogel direkt schmutziggrau aussieht. Als wir näher kommen, fliegt er auf, hebt sich mit ruhigen, weiten Flügelschlägen und segelt, heiser schreiend, dem Meere zu. Vom Boot aus sehen wir, daß er oben auf der Schneehaube ein grünes Ei zurückgelassen hat.

An die kleine Insel knüpft sich eine Geschichte, traurig, wie so viele, die hier im Norden von Schicksalen der Überwinternden erzählt werden. Es war in einem der Winter, bevor Wellmann mit seinem Ballon startete. Er hatte sein großes Ballonhaus fertig. Da drin und in den übrigen Häusern, die dort standen, lagerten Waren von beträchtlichem Wert. Er hatte zwei Wächter gedungen, die auf seine Sachen aufpassen sollten. Die beiden Männer vertrieben sich die Zeit gleichzeitig mit Fuchsfang. Denn Füchse gab es damals eine ganze Menge auf der Däneninsel. Die beiden Wächter, Björvik und Johnson, wollten eines Tages auf die kleine Insel hinausgehen. Der Sund ist zwischen Inselchen und Festland nur 10-15 Meter breit. Die Geschichte, die ich erzählen will, geschah im Mai, Johnson ging ein paar Schritt vor Björvik, und plötzlich sah dieser, wie sein Kamerad durch das Eis trat, das von der Strömung schon ganz aufgelöst war und nur noch wie ein Brei unter der Schneedecke lag. Johnson rief um Hilfe, aber bevor Björvik herankommen konnte, war das Eis ganz aufgebrochen, und die Strömung riß Johnson mit unter das Eis, während Björvik untätig zusehen mußte. Nun lebte er lange Zeit ganz allein, bis endlich ein Schiff von Norwegen heraufkam. Den größten Teil der Zeit saß er neben einem Signalmast und stierte über die See. Er führte damals ein Tagebuch: „Das ist nun das zweite Mal," schrieb er, „daß ich einen guten Kameraden hier sterben sehe. Aber dies ist schlimmer, als was ich auf Franz-Josephs-Land erlebte. Ich muß mich zusammennehmen, mir irgendeine Arbeit suchen." Er deutet auf ein andres Erlebnis hin, das er zehn Jahre früher hatte. Damals überwinterte er auf Franz-Josephs-Land zusammen mit dem Mitglied der „Fram"-Besatzung Bentzon. Aber dieser bekam Skorbut und starb. Damit die Leiche nicht von Bären und Füchsen gefressen werden sollte, behielt sie Björvik die ganze Zeit in seinem Hüttchen. Mehrere Monate lag der Tote neben ihm in der Koje, bis ein Schiff kam, das ihn und den toten Kameraden mit nach Norwegen nahm.

Während uns diese Geschichte erzählt wird, sind wir aus dem Sund herausgekommen. Wir fahren um die Nordwestspitze der Däneninsel und dann weiter an der Küste entlang. Felsen von 400 – 500 Meter Höhe stürzen senkrecht in das Meer hinab. Große Dünungen werfen unser Motorboot auf und ab und übergießen uns mit Wasser. Wir feuern einen Schuß gegen die Felsenwand, das Echo rollt, und Zehntausende und aber Zehntausende von Alken jagen aus den

Spalten des schwarzen Berges heraus. Wir holen unsre Schrotflinte hervor, und mit ein paar Schuß, die wir auf gut Glück von unserm schlingernden Boot aus mitten in die Schwärme feuern, sichern wir uns genug Alkenbraten, um ein paar Mittage davon essen zu können. Aber sonst schießen wir auch schön ins Blaue, denn das Motorboot richtet sich mit seinem Schlingern absolut nicht nach unserm Appetit auf Alken. Es schaukelt vielmehr derartig, daß die Schrotkörner, die für ein paar Alken senkrecht über uns bestimmt waren, neben uns in die Wellen gehen, daß der Schaum nur so spritzt. Die Jagdfeinde in unserm Boot reiben sich vor Vergnügen die Hände, weil der Blutdurst der andern nicht befriedigt wird. Sie sind begeistert, zu sehen, wie die Alken in ihrem Schreck über den Schuß in der Luft kehrtmachen und sich in Sicherheit bringen, bevor der Jäger sich von seinem Wasserschuß wieder erholt hat. Hin und wieder erlegen wir ein paar Papageitaucher. Die kleinen schwarzweißen Vögel mit dem krummen roten Papageischnabel wiegen sich immer paarweise auf den Wellen und werden leicht unsre Beute. Sie sind nämlich schlechte Flieger und versuchen erst, sich in Sicherheit zu bringen, wenn es zu spät ist. Wir biegen in die Robbenbucht ein. Das Schlingern hört sofort auf, denn quer vor der Einfahrt zur kleinen Bucht erstreckt sich eine Sandbank, an der die Wellen sich brechen. Dahinter liegt die Bucht spiegelblank und still. Drinnen kommen wir in tieferes Fahrwasser, aber das Meer ist so durchsichtig und klar, daß wir den feinen, weißen Sand auf dem Grunde erkennen und beobachten können, wie der Seetang in der schwachen Strömung hin und zurück gezogen wird. Hier sehen wir mit eigenen Augen den Beweis dafür, daß das Wasser um Spitzbergen in den letzten Jahren wärmer geworden ist. Vor nur zehn Jahren ungefähr war Tang hier oben eine Seltenheit. Jetzt wächst er in allen Buchten auf dem Meeresgrund, wo es die Strömungsverhältnisse nur irgendwie gestatten.

Drinnen in der Bucht gehen wir an Land, mit Axt und Spaten bewaffnet, um zu erproben, wie dick die Eisdecke auf dem Tümpel ist, der das Ziel unsrer Reise bildet. Wir hauen und hauen, kommen aber nicht durch das Eis. Wenn der Tümpel nicht bis zum Grunde gefroren ist, dann müssen wir jedenfalls viel tiefer hacken, d. h. ganz andre Werkzeuge haben, um uns durch die Eisdecke durchzuarbeiten. Während wir wieder zu dem Motorboot gehen, zeigt Kapitän Hagerup auf eine kleine Anhöhe: „Dort haben wir die Leichen der beiden

Meteorologen gefunden, die im offenen Boot von Quade Hook an der Einfahrt nach Kings Bay hierher verschlagen wurden und hier zwei Monate langsam verhungert und erfroren sind."

Wir kommen zwischen 6 und 7 Uhr nachmittags zurück zur „Fram". Uns kommt es vor, als hätten wir den zurückgebliebenen Kameraden an Bord sehr viel zu erzählen, als hätte unsre Tour mindestens drei Wochen gedauert und nicht drei Stunden. Und die Jäger ernten den Dank der andern, weil sie Alken mitbringen, „die fast so gut schmecken wie Schneehühner".

An Bord lag ein Telegramm, das während unsrer Abwesenheit angekommen war. Es teilte mit, daß MacMillan seine Expedition am 20. Juni beginnen wollte, um nach Amundsen und seinen Begleitern im Eise nördlich von Kap Columbia zu suchen. Wir diskutieren diese Möglichkeit. Sind die Eisverhältnisse günstig, so kann er mit seinen Schiffen und Flugmaschinen vielleicht in den letzten Tagen des Juni oder in den ersten Tagen des Juli in Etah sein. Wenn sofort eine Flugmaschine von dort aus nordwärts entsandt wird, ist es nicht ausgeschlossen, daß sie die Flieger entdeckt, während sie von Kap Columbia nach Grantsland zu wandern. Vorausgesetzt, daß sie überhaupt Land erreichen...

Und warum sollten sie das nicht können. Die Berichte, die Peary von dem Eis zwischen dem Pol und Grantsland gegeben hat, behaupten ja, daß der Boden dort eben und flach ist. Die Tagemärsche können also lang werden. Und diese Berichte werden durch die Erzählungen der Robben- und Walfänger bestätigt, die aus den Gewässern an der Ostküste Grönlands heimkehren. Dort kann man Schollen antreffen, die mehrere Kilometer lang sind. Und wir denken daran, was Amundsen eines Tages zu Ellsworth sagte, als wir einen Spaziergang über die Kings Bay machten, die so flach dalag wie ein Parkettboden: „Solche Landungsplätze gibt es da oben viele." Jetzt wissen wir ja, daß die Maschinen bei der Landung draufgegangen sein müssen, aber darum ist ja das Eis doch gleichmäßig flach und auf Meilen hinaus leicht gangbar, bis die Flieger auf Land treffen.

Wir überlegen weiter: Selbst wenn einer oder zwei der Expeditionsmitglieder bei der mißglückten Landung so weit verwundet sind, daß sie nicht ohne Unterstützung der andern weiterkommen können, so sind ja die Schlitten nicht so schwer beladen, daß nicht auch noch die hilfsbedürftigen Kameraden mittransportiert werden können. Je mehr wir daran denken, je mehr wir davon sprechen, um so wahrscheinlicher wird es uns, daß MacMillan der erste sein wird, der mit seiner Expedition die Verbindung mit unsern sechs Freunden herstellt. Wie werden sie erstaunt sein, wenn sie von all den Hilfsplänen hören, die jetzt erörtert werden! Denn sie selbst rechnen ja nicht darauf, von irgendwoher Unterstützung zu bekommen. Auf jeden Fall nicht von Norwegen, denn darauf hatten die Flieger von vornherein verzichtet, als ihnen die Staatsunterstützung für ihre Expedition bewilligt wurde. Heute sind zwölf Tage seit dem Start vergangen. Noch zwei Tage, und die „Fram" und die „Hobby" sollen den Patrouillendienst an der Eisbarriere aufnehmen.

Virgohafen, Mittwoch, den 3. Juni.

Das Wetter ist während der letzten Tage gut gewesen, durchweg so sichtig, daß die Flugmaschinen sich mit Leichtigkeit bis Spitzbergen hindurchmanövrieren könnten. Denn diese hohen Berge müssen bei klarem Wetter auf Hunderte von Kilometern zu sehen sein, wenn die Maschinen einigermaßen hoch genug fliegen.

Aber heute kam der Umschlag. Als wir heute früh gegen 9 Uhr an Deck kamen, hatten wir den richtigen Polarnebel um uns. Schwer und eklig grau lag er über der „Fram". Was wir anfaßten, war feucht und widerlich, der Kohlenstaub und der Ruß aus unserm Schornstein wurde fest an das Tauwerk und an die Drähte geklebt, und wenn wir etwas berührten, bekamen wir einen schwarzen klebrigen Teig an die Hände. Bei jedem Atemzug war uns zumute, als würden unsre Lungen mit Bleidämpfen gefüllt und nicht mit der reinen Luft, an die wir sonst gewöhnt waren, die frisch und leicht schmeckte wie Chablis. Keine Rede davon, daß wir Land sehen können, obwohl wir knappe 200 Meter davon entfernt liegen. Mit Mühe und Not können wir den dicken Rumpf der „Hobby" sehen, obwohl sie in Rufweite liegt. Unsre Laune ist ebenso unangenehm wie der Nebel.

Heute abend kam ein Telegramm aus Amerika. Dort war ein Komitee gebildet, das die Suche nach Amundsen in dem Gebiete um Kap Columbia organisieren sollte. Eine großzügige Sammlung war begonnen, um das notwendige Geld aufzubringen. In dem Ausschuß sitzt unter andern ein Schwager unsres Mitglieds Ellsworth.

Virgohafen, 4. Juni.

Jetzt sind die 14 Tage vergangen, die die Schiffe nach Amundsens Befehl hier liegen und auf die Heimkehr der Flieger warten sollten. Während der kommenden 4 Wochen sollen die Patrouillenfahrten durchgeführt werden. Die „Fram", die im Treibeis ganz hilflos ist, soll sich westlich der Norweger-Inseln halten. Die „Hobby", deren Rumpf aus Holz ist und eine kräftige Eishaut von dicken Eichenplanken hat, soll ostwärts fahren, wenn möglich ganz bis zum Nordostlande. Sobald die „Fram" ihre Wassertanks aufgefüllt hat – und das wird wohl morgen abend der Fall sein – soll der Patrouillendienst beginnen. Und wenn alles so geht, wie wir es erwarten, dann müssen wir uns bis zum Donnerstag, den 2. Juli, also 6 Wochen nach dem Start, hier aufhalten. Dann ist die Frist, die Amundsen für eine mögliche Rückkehr der Flieger nach Spitzbergen gesetzt hat, abgelaufen. Und dann sollen die letzten Mitglieder der Amundsen-Ellsworth-Expedition südwärts ziehen. Erst in 4 Wochen!

Heute nachmittag erlebten wir so etwas wie eine Sensation. Der Nebel hatte sich gelüftet, und nur noch kleine Reste hingen an den höchsten Bergspitzen fest. Sonst hatte eine frische Brise die Aussicht auf das Meer geklärt. Es war daher gutes, sichtiges Wetter, und als wir Kaffee getrunken hatten und wieder an Deck kamen, gewahrten wir ein kleines Boot, das aus dem schmalen Sund zwischen der Amsterdaminsel und Spitzbergen auf uns zugerudert kam. Wir werden stutzig. Instinktiv und aus alter Gewohnheit ergreifen wir die Feldstecher. Das Boot, das schwer zu Wasser liegt, bringt zwei Mann mit. Wahrscheinlich ist es eins von „Hobbys" Fangbooten, das ein paar Seehunde gefangen hat. Aber das Boot kommt näher, rudert an den Schiffen vorbei und legt an eine Hütte am Strande der Däneninsel an, die ehemals von einem schottischen Gelehrten erbaut war und nach ihm Pikes Hus heißt. Die beiden Männer gehen an Land und schleppen ihre Last aus dem Boot hinaus. Wir verstehen, daß es Fischer sein müssen, die die „Hobby" bei einer ihrer Expeditionsreisen an den Norweger-Inseln getroffen hat. Dort müssen die Leute seit dem vorigen Herbst gelegen und Bären und Füchse gejagt haben. Kurze Zeit später kommen sie an Bord, um zu fragen, ob sie nach Süden mitfahren können.

Nach guter Eismeersitte werden sie in die Messe gebeten und

bekommen eine Tasse Kaffee. Wir erzählen ihnen von der Welt da draußen, mit der sie seit den ersten Septembertagen des vorigen Jahres keine Verbindung gehabt haben. Damals kamen sie hierher mit ihren Fallen und ihrer Winterausstattung. Mit der gleichen Aufmerksamkeit, mit der sie unsre Erzählungen anhörten, lauschen wir ihren Anekdoten von dem Fischerleben in der Polarnacht. Sie haben auch Tagebücher geführt und Notizen über Wind und Wetter gemacht.

Wir leihen uns die Tagebücher und sehen nach, was darin über das Wetter zur Startzeit steht. Sie haben folgendes notiert: 18. Mai stille, ganz dichter Nebel, -3 Grad. 19. Mai: frischer östlicher Wind, ganz bedeckt, -4 Grad. 20. Mai: schwacher Nordostwind, unsichtig, etwas Schnee, -3 Grad. Nachmittags frischer östlicher Wind, Schnee. Abends östlicher Wind, Schnee, -5,3 Grad.

Nun kommen wir zu dem Starttage. Da war in Kings Bay strahlend klares Wetter gewesen, und die Meteorologen glaubten, das gleiche Wetter müßte bis zum Pol anhalten, vielleicht mit ein paar lokalen Nebelbänken und Wolkenbildungen.

Da steht im Tagebuch: Frischer nordöstlicher Wind mit dichtem Nebel und Schnee, -7 Grad. Abends das gleiche Wetter mit -8 Grad. Am folgenden Tage, dem 22. Mai, als „Fram" und „Hobby" hier herauf kamen, hatten sie „klares Wetter" notiert.

Die Tagebücher der beiden Männer geben uns viel Gesprächsstoff. Wenn die Aufzeichnungen richtig sind, müssen die Flieger bei ihrer Nordfahrt zwischen Däneninsel und Amsterdaminsel in Nebel gekommen sein. Von den Norweger-Inseln bis zu dem Kurs, den die Flieger flogen, ist die Entfernung nicht so groß, daß das Wetter dort eine nennenswerte Verschiedenheit gezeigt haben könnte, besonders bei der Windrichtung, die die Tagebücher verzeichnet hatten. Wir grübeln hin und her und kommen zu dem einzig möglichen Ergebnis: über der Nordwestspitze von Spitzbergen und den vorgelagerten Inseln hat am Starttage ein lokales Unwetter gelegen. Die Flieger haben es selbstverständlich bemerkt. Und wenn sie trotzdem ihren Flug nordwärts fortgesetzt haben, so geschah es aus dem Grunde, weil sie von der Höhe, in die sie der Nebel getrieben hatte, erkennen konnten, daß über dem Polbassin selbst klares Wetter herrschte. Sie haben also den Sonnenkompaß und den Abtriebsmesser brauchen können. Der gleichen Ansicht sind auch die beiden Männer, die hier oben überwintert haben. Einer von ihnen ist viele Winter auf

Spitzbergen gewesen. Er kann uns sagen, daß gerade hier im Nordwesten die Wetterverhältnisse oft ganz anders sind als weiter südlich an der Westküste. Und die Fangschiffe haben oft die gleiche Erfahrung mit den lokalen Unregelmäßigkeiten gemacht, unter denen die Flieger vermutlich zu leiden hatten.

Die beiden Wintereremiten sind wieder an Land gerudert, zu der Hütte, in der sie wohnen werden, bis die „Fram" das nächste Mal zum Bunkern südwärts geht. Dann wollen wir sie mitnehmen, damit sie mit einem Kohlendampfer von Neu-Aalesund nach irgendeinem norwegischen Hafen fahren können. Dort werden sie ihre zwei Eisbärenfelle und dreißig Fuchsfelle verkaufen, die die ganze Ausbeute ihrer Winterarbeit sind. Dann bleiben sie ein paar Monate in Norwegen und kehren gegen Herbst wieder nach Spitzbergen zurück.

Nach dem Abendbrot wurde das Programm für die erste größere Patrouillenfahrt in einem Kriegsrat in der Messe der „Fram" festgesetzt. Das Fahrwasser, das jedes der Schiffe kreuz und quer abfahren soll, wurde genau bestimmt. Morgen, Freitag, den 5. Juni, nachmittags soll der Patrouillendienst beginnen. Die erste Tour soll bis zum Dienstag nächster Woche, den 9. Juni, dauern. Bis 8 Uhr abends an jenem Tage sollen „Hobby" und „Fram" hier in Virgohafen zurück sein, um die nächste Reise zu verabreden. Ohne Schwierigkeiten wird es nicht abgehen, da die „Hobby" keinen drahtlosen Telegraphen an Bord hat. Aus diesem Grunde wird auch die erste Patrouillenfahrt nicht länger ausgedehnt. Denn es besteht ja die Möglichkeit, daß wir von Süden her Bescheid bekommen, der eine Umänderung der Schiffsbewegungen notwendig macht.

Wird eines der Schiffe in die Lage kommen, die Flieger aufnehmen zu können? Das glauben nur die wenigsten, die Motoren arbeiteten so gut, und die Maschine war so ausgezeichnet. Es spricht also alles dafür, daß die Flieger keine Notlandung vorzunehmen brauchten, bevor sie über dem Pol oder in dessen unmittelbarer Nähe waren. Bei der Landung muß dann das Unglück geschehen sein. Und selbst wenn die Landung nur zwei bis drei Grad vom Pol entfernt stattgefunden hat, so ist der Weg von dort nach dem Kap Columbia auf jeden Fall kürzer gewesen als nach dem Nordostland, gar nicht davon zu reden, daß es viel leichter ist, über die Eisfläche nördlich der amerikanischen Küste zu gehen, als sich durch das Packeis nördlich von Spitzbergen durchzuarbeiten. Wie aus den Äußerungen der Flieger vor dem Start hervorging, war es auch ihre Absicht, nach Kap Columbia weiterzuwandern, wenn sie nicht zurückfliegen konnten. Und manchmal, wenn wir in Kings Bay mit ihnen über den Start sprachen, merkten wir, namentlich bei Amundsen, daß er vorzugsweise mit einer Fußwanderung heimwärts auf diesem Wege rechnete. Jeder einzelne Gebrauchsgegenstand, der für den Weg vom Pol nach Kap Columbia in Betracht kommen konnte, wurde bei der Verstauung in die Maschinen immer und immer wieder von Amundsen selbst sorgfältig geprüft. Er dachte an alles. Aber wenn wir daran denken, wie wenig Platz die ganze Ausrüstung für die Schlittentour der sechs Mann über mehrere hundert Kilometer in Anspruch nahm, als sie in den Maschinen verstaut wurde, kommt es uns ganz unwahrscheinlich vor, daß sechs Menschen, die in modernem Komfort aufgewachsen und an seine Vorzüge gewöhnt sind, sich ganz und gar ohne alle Bequemlichkeit behelfen können. Aber Amundsen hat ja Erfahrung von früher her...

Der erste Abschnitt der Wartezeit ist vorüber. Wenn ich die letzten 14 Tage durchdenke, so erweckt das in mir eine chaotische Mischung von Stimmungen und Erinnerungen. Das letzte gemeinsame Mittagessen in der Messe, das nur drei bis vier Stunden vor dem Abflug stattfand, liegt so weit zurück, daß es wie eine Kindheitserinnerung wirkt. Wir saßen um den langen Tisch und schwatzten, wie gewöhnlich, von allem, was uns gerade einfiel, bis die sechs aufstanden und sagten. „Wir ziehen uns wohl am besten jetzt an." Für einige von uns war der bevorstehende Start so selbstverständlich, daß wir uns sogar noch Zeit nahmen, uns eine Tasse von dem extrafeinen Kaffee zu genehmigen, den der Steward zur Feier des Tages aufgebrüht hatte.

Dann kam der Start, die Reise nach hier oben, die sichere Erwartung der ersten Tage, daß die Kameraden jetzt zurückkommen müßten, die erwachende Ungeduld und zusammen damit, fast unmerkbar, der Zweifel, ob unsre Freunde auf dem Luftwege zurückkehren würden. Und jetzt können wir kaum verstehen, daß wir am Anfang glaubten, ja sogar fest vertrauten, daß wir die Maschinen auf dem Rückflug begrüßen würden. Wie sehr läßt sich doch der menschliche Geist durch eine noch so kurze Entwicklung beeinflussen! Jetzt scheint es mir unfaßbar, daß ich vor 10 – 14 Tagen ebenso fest an die Heimkehr glaubte, wie die sechs Flieger selbst es taten. Und nur eines der vielen Argumente, die die Gegner des Planes ins Feld führten, hätte ausreichen müssen, um die Unmöglichkeit des Rückfluges zu beweisen.

Aber sollte das Wunder geschehen, daß wir eines Tages die Maschinen am Himmel auftauchen sehen und das stärker werdende Brummen der Motoren näherkommen hören, dann wird die Rückkehr uns ebenso natürlich erscheinen, wie es uns jetzt vorkommt, daß die Kameraden nicht gekommen sind.

Virgohafen, Freitag, den 5. Juni.

Die Matrosen der „Fram" haben auch heute gearbeitet, um Wasser von dem See auf der Däneninsel heranzuschaffen. Sie füllen die Rettungsboote mit dem Schmelzwasser, und das Motorboot schleppt die Boote neben das Schiff. Dann wird Eimer nach Eimer an Bord gelangt. Die Tanks sind gegen 5 Uhr nachmittags gefüllt, und dann fahren wir wieder nordwärts.

Die Wetteraussichten sind gut. Die Kälte scheint für dieses Jahr aufgehört zu haben. Der Schnee schmilzt so schnell, daß wir mit den bloßen Augen verfolgen können, wie der nackte Boden mehr und mehr hervorkommt. Durch die Felsspalten stürzt Bächlein neben Bächlein zum Strande herab. Jeder Wasserlauf reißt Sand und Erde mit sich, so daß das Wasser des Meeres bis weit vor dem Strande stark getrübt wird. Hier ist es grau, dort ist es braun, dort wieder geht es in gelbliche und rötliche Farben über, je nachdem, wie der Schlamm aussieht, den die Felsenbächlein mit sich führen. Es ist ordentlich warm geworden. Winterhandschuhe und Pelzmützen brauchen wir nicht mehr. Und wenn wir eine Tour an Land machen, brauchen wir gar nicht stark aufwärts zu klettern, um in Hitze zu geraten.

Der einsame, enge Virgohafen, der uns bei unsrer Ankunft vor zwei Wochen so verlassen vorkam, ist zu neuem Leben erwacht. Selbst der Unkundigste kann sehen, wie die Vögel sich zu den Freuden des Familienlebens rüsten. Damals beobachteten wir sie in Schwärmen. Jetzt sind sie nur noch paarweise zu sehen, das schwarzbraune, eierbeschwerte Weibchen streicht über die Meeresfläche mit einem verliebten, aufgeputzten Männchen im Gefolge. Mit einem Plumps fallen sie auf das Wasser an der Insel, auf der sie ihr Nest bauen wollen. Sie planschen wie Kleinbürger nebeneinander her, bis sie den besten Platz gefunden haben. Um einen hohen Felsen herum, der senkrecht vom Strand aus aufsteigt, flattert es den ganzen Tag von Alkenschwärmen. Wie der Sturmwind saust es in der Luft, wenn sie dort vorbeistreichen, wo wir in der Nähe ihrer Nester an den Abhängen herumklettern. Und ein unendliches Geschnatter behandelt jedenfalls die Frage, was die ungebetenen Gäste dort beabsichtigen. Hoch oben in der Luft schweben raubgierige Möwen, die nur darauf warten, daß irgendwo Eier liegen bleiben.

Der Frühling ist wirklich gekommen. Er schmückt sogar diese Inseln, auf denen die Lebensbedingungen so dürftig sind.

Die letzten Bootsladungen Wasser werden seitwärts an die „Fram" geschleppt. Der Dampfer ruft uns, die wir noch an Land sind, mit einem kurzen Pfiff an Bord. Schon ist das Schiff klar zum Abgang. Tonnen und Kisten auf Deck sind vorschriftsmäßig an der Reeling festgemacht. Photograph Berge, Wharton und ich wollen mit der „Hobby" ostwärts nach dem Nordostland fahren, wo wir vermutlich die besten Chancen haben, um die sechs zu finden. Wir packen unser Zeug zusammen, um rechtzeitig an Bord des andern Dampfers hinüberzukommen.

„Hobby", Sonnabend, 6. Juni.

Gegen 6 Uhr gestern nachmittag lichtete die „Fram" die Anker und ging in See. Schnell verschwand sie hinter der flachen Ostküste der Amsterdaminsel. Die „Hobby" machte sich gleich danach klar zur Abfahrt und folgte gegen 8 Uhr. Anfangs hielten wir den gleichen Kurs wie die „Fram". Das Wetter war nicht gerade das Beste. Die Luft war zwar ziemlich sichtig, aber der Himmel war bedeckt von schwarzgrauen Wolken. Eine nordöstliche Brise machte bei der feuchten, schweren Luft den Aufenthalt auf Deck höchst ungemütlich. Aber daß wir wieder fuhren, gab uns ein solches Gefühl der Freiheit und Befriedigung, daß wir bis spät in die Nacht auf Deck blieben. Vor Virgohafen bekommen wir Gelegenheit zu studieren, wie die Gletscher auf Spitzbergen in den letzten Jahren zurückgegangen sind. In einem der Täler können wir die Reste eines Gletschers erblicken, der vor wenigen Jahren bis ganz in das Meer hineinreichte. Jetzt ist nur noch ein Eishang davon übrig. Der Nachbargletscher muß auch sehr viel kleiner geworden sein. Er füllt längst nicht mehr sein ganzes Tal aus wie früher. Denn auf jeder seiner beiden Seiten liegen zwischen den Gletschern und dem Felsen breite Seitenmoränen. Wir denken daran, was unsre Freunde in Kings Bay uns erzählten, daß die großen Gletscher 1500 – 2000 Meter länger waren, als sie vor etwas 10 Jahren hier heraufkamen und den Betrieb in den Kohlengruben begannen. Bei der Ausfahrt aus dem Sunde begleitet uns ein Stück Weges ein junger Seehund, der unbekümmert neben unserm Dampfer daherschwimmt und uns mit seinen blanken, schwarzen Augen neugierig anschaut. Unsre Jagdinstinkte erwachen. Aber wir können es nicht gut verantworten, wegen eines kleinen Seehundes beizulegen. Die Besatzung an Bord verspricht uns aber, daß wir eine prima Jagd bekommen werden, wenn wir nur weit genug nördlich und östlich vordringen. Denn da gibt es in dieser Jahreszeit genug Seehunde. Es ist sogar nicht ausgeschlossen, daß wir auch ein paar Eisbären erlegen. Die „Hobby" hat indessen die Vogelsanginsel passiert, die kaum einen treffenderen Namen hätte bekommen können. Die Städter an Bord, denen ein Spatzenschwarm von 50 – 60 Stück schon wie eine Menge Vögel erscheint, haben die Berichte über die Vogelschwärme, die die Sonne verdunkeln sollen, stets mit leisem Zweifel aufgenommen. Während wir an der Insel vorbeifahren, erleben wir den Beweis, daß die Bezeichnung nicht übertrieben ist. Zwar war keine Sonne zu sehen, die überschattet werden konnte, aber um die ganze hohe Insel sehen wir Alkenschwärme fliegen, die so groß und undurchsichtig sind daß sie wie mächtige schwarze Unwetterwolken wirken. Wir fahren in den Sund zwischen den Norweger-Inseln ein und verlieren die zweibucklige Spitze der Amsterdaminsel aus den Augen. Beim Vorbeigleiten zwischen der Vogelsanginsel und der Cloven-Cliff-Insel erblicken wir die „Fram". Sie liegt ganz stille. Wir haben den Eindruck, daß die Offiziere an Bord ihre hydrographische Arbeit begonnen haben, die neben dem Patrouillieren erledigt werden soll. Bald verlieren wir die „Fram" aus den Augen. Während wir die äußerste der Norweger-Inseln passieren, zeigt man uns die Tausende von Eidergänsen, die an der Strandkante liegen und über die schneefreien Abhänge nach dem Meere zu herumwatscheln.

Wenn wir auf der Heimreise in drei bis vier Tagen hier wieder vorbeikommen, werden wir in wenigen Stunden mehr Eier sammeln können, als wir in unserm ganzen Leben essen können. Die Insel ist daher auch bei Fischern und Jägern des Eismeeres als eine der ergiebigsten Eiersammelstellen von Spitzbergen bekannt. Beinahe hält sie den Vergleich mit der Moßinsel an der Einfahrt zum Südgatt und der Dauneninsel vor Hornsund aus. Im Feldstecher können wir beobachten, daß die Eidergänse im Begriff sind, ihre Nester zu bauen. Wer Glück hat, hat einen Platz in den zahlreichen Gesteinsplatten gefunden. Vor dem Sunde zwischen den Inseln liegt das Eismeer vor uns. Bisher hat es das Schicksal so gefügt, daß wir es nur im Sonnenschein wie einen blanken Spiegel gesehen haben, so oft wir die Küste entlangfuhren. Daß wir es bei der Überfahrt von Tromsö Anfang April auch im Sturm gesehen haben, haben wir beinahe vergessen. So unendlich lang ist das her. Jetzt sehen wir es in unangenehmen, grauen kalten Wetter. Das Meer ist nicht blau und freudig, sondern grau und schwer wie Blei. Die Dünung hat nichts Einschmeichelndes, wie bei Sonnenschein. Sie wiegt das Schiff nicht, wie zum Vergnügen, sondern wirft uns ganz ordentlich hin und her, so daß wir aufpassen müssen, um nicht der Länge nach hingeschleudert zu werden, während wir deutlich hören, wie in der Kombüse Geschirr und Geräte durcheinanderfliegen, begleitet von den Flüchen des Stewards.

Viel Eis ist nicht zu sehen. Hier und dort tanzt eine Scholle oder ein Klecks aufgeweichtes Eis auf den Wellen und verstärkt nur den Eindruck des einsamen Meeres, das bis zum Ende der Welt reicht. Wenn man im Süden auf See reist, so weiß man, selbst ohne lang zu sehen, daß nach soundso vielen Stunden ein Küstenstreifen auftauchen muß. Und hinter dem Küstenstreifen liegt bewohntes Land mit lebendigen Menschen, und dann gibt es interessante Dinge zu sehen und zu hören, so daß die Reise einen Zweck hat. Aber dieses Meer hier! Es erstreckt sich immer weiter und weiter nach Norden. Die schwere, bleigraue Wasserfläche wird von keinem lächelnden Küstenstreifen mit grünen Abhängen oder hohen Felsen dahinter unterbrochen. Sie geht vielmehr in Treibeis über, das für den suchenden Sinn stets ungelöste Rätsel bieten wird. So wie es vor uns liegt, bietet es keinen Reiz. Es stößt mit seiner kalten Gleichgültigkeit nur ab. Wir mochten es nicht mehr sehen und gingen in den kleinen Salon. Dort konstatierten wir, daß man auf der „Hobby" die gleiche erfreuliche Gewohnheit hat wie auf der „Fram", nämlich Nachtkaffee zu servieren, wenn das Schiff auf See ist. Gegen 2 Uhr krochen wir in die Kojen. Gleich darauf stoppte die Maschine, und die „Hobby" konnte über Nacht treiben. Wir konnten ja ebensogut Brennstoff sparen. Als die Maschine abgestellt wurde, lagen wir ungefähr nördlich der Willkommensspitze des Renntierlandes.

Beim Erwachen zwischen 10 und 11 Uhr heute früh trieben wir noch ungefähr an derselben Stelle. In den frühen Morgenstunden war Nebel gefallen, und da war es ja sinnlos, weiterzufahren. Wir konnten ja nicht wissen, wo wir hinkommen würden, und davon, daß wir die Flieger zu sehen bekommen würden, war überhaupt keine Rede. Der Vorgeschmack, den wir neulich in Virgohafen von dem richtigen Eismeernebel bekommen hatten, war noch gar nichts gegen die undurchdringliche Masse, die im Laufe der Nacht sich wie ein Wollteppich über uns gebreitet hatte. Wohin wir auch sahen, verlor sich der Blick ins Nichts. Nirgends fanden die Augen einen Ruhepunkt in der ekligen, klebrigen Masse. Der Nebel war eben einfach da und versinnbildlichte die Ungemütlichkeit der Ungemütlichkeit. Wie lange kann diese Plage dauern? Die erfahrenden Eismeerfahrer zucken die Schultern. Das einzige, was wir tun können, war: liegen zu bleiben, wo wir waren. Kleine Schneeschauer zwischendurch trugen nicht dazu bei, unsre Stimmung zu verbessern. Wenn dieses Wetter anhalten sollte, so wird man genötigt sein, auch nach uns noch Rettungsexpeditionen auszuschicken.

Wir gingen hinunter, warfen uns auf die Matratzen und starrten stumpf in die Höhe.

Ein oder zwei Stunden, nachdem wir Mittag gegessen hatten, war der Nebel etwas leichter geworden. Ein paar Schiffslängen können wir jetzt schon seitlich sehen, und über unsern Köpfen scheint ein bißchen Licht durch die graue Masse zu dringen. Die Sonne lebt also noch. Einige Eisschollen verfolgen wir mit den Augen, bis sie im Dunst verschwinden. So weit sind wir gekommen, daß uns eine treibende Scholle in der Eintönigkeit als ein Erlebnis vorkommt. Aber es beginnt ein wenig in der Takelage zu sausen. Uns ist ungefähr zumute wie einem Gefangenen, der den Schlüssel im Loch umdrehen hört und schon die Freiheit wittert. Es gehört so wenig Wind dazu, um den Nebel zu untergraben. Und während wir auf Deck stehen, können wir beobachten, wie er spurlos verschwindet. Da ertönt ein Ruf, der uns augenblicklich aus unsrer Schlaffheit emporreißt, alle Sinne bis zum äußersten anspannen und uns auf eine große Eisscholle an Steuerbord stieren läßt:

„Eisbären!"

„Wo?"

„Dort, auf der Scholle!"

Endlich! Gegen den grauen Nebel als Hintergrund sehen wir einen Bären wie einen gelben Schatten. In weniger als einem Augenblick ist eines der weißgemalten, schlanken Fangboote zu Wasser gelassen, und die Ruderer, Jäger und Photographen drängen sich in das Boot, daß sie fast übereinanderpurzeln. Schon sitzen die Ruderer auf ihren Plätzen, und nun fährt das Boot los, daß der Schaum nur so spritzt. Die Scholle mit dem Bären ist ein paar hundert Meter entfernt. Näher und näher kommen wir und sehen den Bären immer deutlicher. Er ist drei bis vier Jahre alt und für diejenigen von uns, die bisher keinen lebenden Bären in Freiheit gesehen haben, ist das Vergnügen an seinen Purzelbäumen auf der Scholle ebenso groß wie für die andern die Spannung der Jagd.

Noch hat der Bär das Boot nicht bemerkt und setzt sein Spiel fort. Mal steht er auf zwei Beinen und spielt mit einem Eishaufen, indem er mit einer seiner Vordertatzen den Schnee wegpeitscht, mal wälzt er sich auf dem Rücken und strampelt mit allen vieren in die Luft. Er freut sich seines Lebens. Jetzt sind wir dicht heran .. 20 Meter, 10 Meter ... noch bemerkt er uns nicht, denn er liegt gerade hinter dem Eishaufen. Wir fahren herum, und als wir nur 5 Meter von ihm entfernt sind, muß er den Schlag der Riemen gehört haben und springt auf. Einen Bruchteil einer Sekunde steht er wie eine Statue und starrt mit unruhigem Blick auf uns. Dann macht er kehrt und springt im Galopp über die Scholle, daß der Schnee nur so fliegt, und verschwindet hinter ein paar Eisblöcken. Von der andern Seite der Scholle hören wir ein Platschen. Der Bär ist in das Meer gesprungen, um sich durch Schwimmen zu retten.

Die drei Ruderer legen sich in die Riemen. Wir kommen um die Scholle herum und sehen, wie der Bär auf die „Hobby" zuschwimmt. Das ist ein Augenblick höchster Spannung. Obwohl drei starke, geübte Männer rudern, daß das Boot nur so kracht und der Schweiß nur so tropft, wird der Zwischenraum zwischen dem Bären und uns immer größer. Einen Augenblick glauben wir, daß er uns entkommen und sich zwischen mächtigen Eisschollen auf der andern Seite unsres

Schiffes in Sicherheit bringen wird. Wenn er so weit kommt, dann hat er gute Aussichten, sein Fell zu retten. Aber das arme Vieh kann auf die Dauer die große Geschwindigkeit nicht aushalten. Es schwimmt langsamer und langsamer, entdeckt den Dampfer, ändert seine Richtung und springt auf eine kleinere Eisscholle. Über diese läuft er hinweg und stürzt sich auf der andern Seite wieder in das Meer. Jetzt holt unser Boot ihn mit jedem Ruderschlag mehr ein, und deutlich hören wir das Tier schwer und angestrengt pusten. Einen Augenblick später sind wir neben dem Bären. Er wendet den Kopf und sieht uns entsetzt an. Noch einmal strengt er sich an, um von der „Hobby" wegzukommen, auf deren Deck Berge steht und filmt. Wir manövrieren unser Boot so, daß wir den Bären direkt auf das Schiff zutreiben. Drei Meter sind wir nur noch entfernt. Unsre Photographieapparate knipsen. In seiner Todesangst, die sich deutlich in seinen müden Augen spiegelt, wendet sich der Bär gegen das Boot, reißt seinen weiten Rachen auf und brüllt heiser. Ein Riemen wird ihm entgegengestreckt, und er schnappt zu, daß die Holzsplitter fliegen.

Da knallt es. Der Schuß trifft in den Nacken. Ein breiter Blutstrom quillt hervor und färbt das Meer und das Fell des Bären rot. Der schwere Körper wirft sich herum. Mit seinen letzten Kräften versucht er, unterzutauchen, kommt etwas tiefer, wo wir ihn wie ein mächtiges, weißes Knäuel herumrollen sehen. Aber die Kräfte reichen nicht weiter. Auf dem Rücken liegend, treibt der Bär an die Oberfläche und erschüttert die Luft mit ohnmächtigem Gebrüll. Ein Schuß in die Kehle! Dann liegt er stille und treibt in dem rotgefärbten Wasser. Wir werfen ihm eine Schlinge um den Hals und schleppen ihn auf eine Eisscholle, um ihn zu häuten. Die Kameraden, die an Bord zurückgeblieben waren und die Jagd mit den Blicken verfolgt haben, setzen ein zweites Boot aus und rudern zu unsrer Scholle, auf der der Bär, die Jäger und das Abhäuten gefilmt und photographiert werden. Sally, der Schiffshund der „Hobby", ist auch mit. Es ist ein foxterrierähnliches Tier, eine Kreuzung der meisten Hunderassen, die es auf der Welt gibt. Das Hündchen schnüffelt an dem Bären herum und läßt sich gleichfalls photographieren, nachdem sein stolzer Besitzer ihn auf den Rücken des toten Bären gesetzt hat. Die Bärenschinken nehmen wir mit an Bord, und ebenso die Gallenblase, deren Inhalt mit einem entsprechenden Zusatz Kognak, der Tradition des Eismeeres zufolge, ein ausgezeichnetes Mittel gegen Gicht abgeben soll.

Als wir wieder an Bord sind fühlen wir alle uns wie verjüngt. Wir haben vergessen, daß wir vor kurzer Zeit das Eismeer mit allem, was darin lebt, verflucht und uns nur nach Sonnenschein und Wärme, Blumen und Bäumen und Vogelgezwitscher an einem Sommerabend gesehnt hatten. Jetzt waren wir keine Passagiere mehr an Bord, sondern wir waren an einem Erlebnis, das zu dem Eismeer gehört, selbst beteiligt gewesen. Allmählich fangen wir an zu verstehen, wie andre Menschen jahraus, jahrein ihr Haus und ihr Heim in sommerlichen Gefilden verlassen können, um hier oben im Norden zu sein. Ja, die Sehnsucht zwingt sie geradezu, hierher zu fahren. Es ist eine Macht, von der jeder, der einmal hier war, besessen ist.

Der Nebel ist inzwischen verschwunden. Durch die Wolken guckt die Sonne ab und zu, und weit unten im Süden sehen wir die Küste von Spitzbergen, von den Norweger-Inseln im Westen bis Verlegen Hook im Osten. In nördlicher und östlicher Richtung ist das Meer nahezu eisfrei. Ein paar zerstreute Schollen beleben die Meeresfläche. Der Kapitän hat Befehl gegeben, den Motor anzuheizen. Wir andern, die wir in unserer Jagdstimmung und über unserm Jägerlatein nach dem Mord an dem Eisbären ganz vergessen haben, wozu wir eigentlich hier sind, werden durch das erste Knattern des Motors wieder in die Wirklichkeit zurückgerufen. Kurz darauf ist die „Hobby" auf der Fahrt nach Nordosten, mit Kurs auf die nördlichste der Sieben Inseln. Im Laufe des Nachmittags klärt es sich mehr und mehr auf. Eine Brise von Nordost türmt kleine Schaumköpfe auf die Wellen. Die Sonne scheint wieder, und alles an Bord ist eitel Freude und Herrlichkeit. Abends, zwischen 7 und 8 Uhr kommen wir in den ersten größeren Gürtel von Treibeis. Mehr und mehr verstehen wir, wie herrlich das Leben auf den hohen Breitengraden sein kann. Das Meer ist blau, der Himmel ist blau, und lustige Wellchen spülen über die Eisschollen, von denen das Sonnenlicht stark und leuchtend zurückgeworfen wird. An einem „Grundeis" nach dem andern kommen wir vorbei, großen Bergen, die 30 – 50 Meter hoch aus dem Wasser herausragen. Sie reichen acht- bis neunmal so tief und bleiben auf Grund stehen, bis die Sonne so viel von ihnen weggezehrt hat, daß sie das Gleichgewicht verlieren. Dann kalben sie und setzen ihre Treibfahrt nach Südwesten weiter fort. Wir bitten, daß die „Hobby" recht nahe heranfahren soll, damit wir gute Aufnahmen machen können. Aber Schiffer Johannessen weigert sich. Er weiß aus Erfahrung, daß das Grundeis, wenn es auch im Augenblick still liegt, doch im nächsten Moment kalben kann. Und wenn auch die „Hobby" bombenstark ist, einen Druck von diesen Kolossen würde sie kaum aushalten können. Während wir eine große, ebene Scholle passieren, machen wir eine amüsante Beobachtung. Die Dünung hebt und senkt die Scholle. Und in regelmäßigen Zeitabständen steigt in der Mitte eine dicke Wassersäule empor, die 20 – 25 Meter in die Höhe spritzt. Die Erklärung dieser Springwelle ist einfach genug. Eine Laune der Natur hat ein Loch mitten in die Scholle gebohrt. Wenn diese nun auf den Wellen tanzt, wird das Wasser so mächtig durch das Loch aufwärts gepreßt, daß ein richtiger Springbrunnen daraus entsteht.

Wir langweilen uns nicht, wenn wir jetzt auf Deck stehen und uns das Treibeis ansehen. Für diejenigen, die es zum ersten Male sehen, ist es ebenso neu wie für die alten, erfahrenen Eismeerfahrer. Gegen das mächtige Grundeis brechen die Wellen wie gegen Inselchen in den Schären der Nordlandküste. Die treibenden Schollen haben Formen, die in alle Unendlichkeit wechseln. Wenn das Eis schmilzt, bilden Wasser, Wind und Sonne das dankbare Material zu so barocken Figuren, daß die Hände geübter Bildhauer kaum etwas Phantastischeres formen könnten. Die „Hobby" fährt an allen möglichen Fabelwesen vorbei. Wir sehen bizarre Bauwerke und verzerrte Baumgebilde, Profile von toten und lebenden Menschen, Säulen und dorischen und ionischen Kapitälen, schwimmende Modelle für ganze Generationen von bildenden und bauenden Künstlern.

Der Steuermann darf möglichst nicht zu viel an diese Wundergebilde denken. Denn die Natur formt nicht nur die Teile des Eises, die über dem Meeresspiegel liegen. Was unter Wasser liegt, behandelt sie ebenso wirksam und phantastisch. Und Schollen, die ganz ungefährlich aussehen können, strecken oft unter Wasser ihre „Eisfüße" von mehreren Metern Länge aus, deren Berührung mit dem Schiffskörper ebenso verhängnisvoll werden kann wie eine Strandung auf einem Granitfelsen. Solange wir daher durch den Treibeisgürtel fahren, haben wir eine Wache im Mastkorb, um nach diesen Eisfüßen Ausschau zu halten. Mit Handbewegungen gibt er dem Steuermann sein Zeichen, sobald es notwendig ist, den Kurs zu wechseln. Und das ist sehr oft der Fall. Wir fahren keine gerade Linie, und wenn wir unsern Kurs aufzeichnen wollten, so kämen die schönsten Arabesken heraus.

Allmählich kommen wir aus dem Treibeisgürtel heraus und sind nach einer halben Stunde Fahrt wieder in ganz eisfreiem Wasser. Noch eine halbe Stunde, immer in östlicher Richtung, dann müssen wir selbst in den Mastkorb kriechen, um uns das Eis, aus dem wir eben herausgekommen sind, anzusehen. Es wirkt wie ein weißer Streifen zwischen dem blauen Meer und dem Himmel. Im Süden sehen wir durch die diesige Luft das Gebirge von Spitzbergen, und im Westen können wir die Küste des Nordostlandes und die Eisdecke, die über der ganzen Insel liegt, erkennen. In der Richtung unsres Kurses tauchen neue Eismassen am Horizont auf. Ist das ein neuer Treibeisgürtel oder vielleicht schon die Grenze des Polareises, das gepreßte Eis, das in die feste Eisdecke übergeht, die sich über den Pol hinweg bis an die amerikanische und asiatische Küste erstreckt? Diese Frage kann uns erst in ein paar Stunden beantwortet werden. Wie die Antwort lauten wird, wird entscheidend dafür sein, wie weit die „Hobby" auf ihrer ersten Patrouillenfahrt kommen kann.

Es war nur Treibeis. Wir kreuzen durch diesen Gürtel ebenso hindurch wie durch den vorigen, kommen wieder auf eisfreies Meer und fahren immer weiter nordöstlich bis spät in den Abend hinein. Das Unglaubliche wird zur Wirklichkeit: am Horizont im Osten taucht eine Insel nach der andern auf. Obwohl wir erst Anfang Juni haben, ist die „Hobby" ohne Schwierigkeiten bis zu den Sieben Inseln vorgedrungen, die unter normalen Eisverhältnissen erst spät im Sommer und in besonders schwierigen Jahren überhaupt nicht erreicht werden können. Voriges Jahr war es aussichtslos, so weit zu kommen. So wechselt das Eis von Jahr zu Jahr, unberechenbar und launisch, abhängig von Faktoren, die die Gelehrten erst jetzt zu verstehen beginnen.

Gegen Mitternacht waren wir auf 80 Grad 45 Minuten nördlicher Breite, 18 Grad 15 Minuten östlicher Länge und legten uns für die Nacht zur Ruhe, knapp 50 Meter vom Eise, das nach Norden und Osten sich so weit erstreckte, wie unsre Gläser nur sehen konnten.

„Hobby", Sonntag den 7. Juni.

Unser Erwachen am heutigen Tage war dramatisch. Im Halbschlaf lagen wir eine Zeitlang und hörten und fühlten Stoß auf Stoß an

180

unserm Schiffskörper. Die „Hobby" zitterte in allen Fugen, obwohl sie schwer gebaut ist. Wir erwachen mehr und mehr, und sogar für die Landratten ist es peinlich, daß die Stöße vom Kiel her zu kommen scheinen und nicht von der Seite. Aber bevor wir Zeit haben, dieser Auffassung Ausdruck zu geben, sehen wir, wie der Schiffer, der sich nach dem gestrigen anstrengenden Tage ein wohlverdientes Schläfchen geleistet hat, barfuß und mit den Hosen in der Hand aus der Kajüte verschwindet. Trotz der großen Eile, mit der er verschwindet, strecken wir uns noch ein paar Minuten in der Koje aus. Denn helfen können wir ja doch nichts. Da bereiten wir uns lieber noch auf ein Nickerchen vor.

Aber die Stöße hören nicht auf, und es ist kein Zweifel, daß sie vom Schiffsboden her kommen. Von der Kommandobrücke hören wir Befehle, die wohl in einem etwas parlamentarischeren Ton gegeben werden könnten. Wie ein Sturmwind braust es aus dem Maschinenraum. Da wird eingefeuert, und wir merken an dem Lärm, der von unten herauf tönt, daß die Maschinen je schneller je besser in Gang kommen müssen. Einen Ausweg gibt es nicht. Wir stürzen in unsre Kleider. Oben an Deck erkennen wir, ohne daß viele Worte gewechselt werden, warum in solcher wilden Hast gefeuert wird und warum die Kommandorufe des Schiffers, der noch immer mit den Hosen in der Hand steht, in so diktatorischer Form gehalten sind. Die „Hobby" liegt tief im Treibeis drinnen, und es gilt, herauszukommen, bevor wir gezwungen werden, länger darin zu bleiben als uns angenehm ist. Auch für die Stöße bekommen wir eine Erklärung. Von einer mächtigen Eisscholle, die unmittelbar neben uns liegt, ragt ein Eisfuß von respektablen Dimensionen unter Wasser hervor. Wir können ihn auf der andern Seite unter unserm Schiff wieder hervorkommen sehen und beobachten, wie er unter die andern Schollen reicht, die dort gegen das Schiff stoßen. Jedesmal, wenn die Scholle von der Dünung gehoben wird, bekommen wir einen Tritt mit dem Eisfuß gegen den Kiel. Wir verstehen: wenn die Situation auch noch nicht peinlich ist, kann sie es doch leicht werden. Und wir sehnen uns danach, das Knattern unsres Motors zu hören.

Endlich! Der Motor arbeitet. Wir rühren uns vom Fleck. Langsam und vorsichtig gleitet die „Hobby" über den Eisfuß hinweg, der uns zum Abschied einen letzten, tüchtigen Stoß versetzt. Wir atmen alle erleichtert auf, und der Schiffer zieht seine Hosen an. Indessen sind wir noch nicht aus dem Eis heraus. Wir haben noch 200 – 300 Meter bis zum Rande, aber nach einigem Manövrieren kommen wir frei und fahren ostwärts. Im Anfang sieht es aus, als ob das Eis in gerader Linie zu der Roßinsel, der nördlichsten der Sieben Inseln, liegt. Aber je näher wir kommen, um so deutlicher sehen wir, daß das Eis südwärts abbiegt. Wir folgen dem Rande die ganze Zeit. Dann biegt es wieder östlich ab. Eine Bucht zweigt sich ab in der Richtung nach der größten und mittelsten der Sieben Inseln, und schon von Deck können wir feststellen, daß die Grenze des lockeren Preßeises vor der festen Eisdecke wahrscheinlich östlich des Nordkaps auf dem Nordostlande entlanggeht. Wir können nicht genau bestimmen, ob das feste Eis gleich östlich des Nordkaps beginnt, so daß die Bucht zwischen dem Kap und Kap Platen von den letzten Ausläufern des Polareises bedeckt ist, oder ob die Bucht von Treibeis angefüllt ist. Es sieht so aus, als ob das feste Eis in einem Bogen liegt, der innen in der Bucht beginnt und sich nordöstlich der Sieben Inseln erstreckt.

Der Motor stoppt. Die „Hobby" bleibt liegen und treibt. Das Meer ist stille. Auch nicht der kleinste Windhauch kräuselt die blanke See mit ihren zerstreuten Eisschollen, die eine starke, westlich gehende Strömung von dem Preßeis mitführt. Wir sind jetzt so weit von der allgemeinen Fahrstraße entfernt, daß sogar die Nichtseeleute an Bord erkennen, daß die Karten von der Küste und der Inselgruppe falsch gezeichnet sind. Sie müssen nach Photographien oder Beschreibungen hergestellt sein. Genaue Messungen und Beobachtungen sind sicher nicht angestellt, und außerdem stimmt auch nicht die Anzahl der Inseln, die auf der Karte eingezeichnet sind, mit denen, die vor uns liegen. Aber ein Bedürfnis nach guten Karten ist in diesen Gewässern kaum vorhanden. Die Fangschiffe, die hier heraufkommen, werden auch so fertig und finden ihren Weg. Denn viele Schiffer spüren in sich den Ehrgeiz eines Forschungsreisenden. Die Natur hier im Norden ist weit verschieden von der Westküste. Dort ragen die hohen Bergspitzen und zackigen Gebirgsketten, denen die Insel den Namen „Spitzbergen" verdankt. Die Berge fallen fast senkrecht in das Meer ab, und nur in den Fjorden gibt es etwas Strand. Hier oben sind die Berge niedriger, mehr hügelig. Sie gehen in eine gleichmäßig abfallende Schrägung über, und lange, flache Zungen strecken sich von der Küste aus in das Meer. Nur die Sieben Inseln haben die Formationen, die für den übrigen Teil des Landes so charakteristisch sind. Sie erheben sich senkrecht aus dem Meer bis zu einer Höhe von 200 - 300 Meter. Die eine von ihnen, die Nelsoninsel, wie sie auf der Karte heißt, sieht von unserm Liegeplatz aus wie die Fassade von Notre-Dame in Paris. Sogar das kleine Spitztürmchen auf dem Mittelschiff der Kirche fehlt nicht. Wir wollen die Insel in „Kathedralen"-Insel umtaufen. Aber dann erzählt jemand an Bord, daß die Insel nach Admiral Nelson genannt ist, und so lassen wir ihren Namen.

Wir liegen auf Deck und lassen uns von der Sonne erwärmen, so gut es geht. Im Mastkorb steht der Schiffer Johannessen mit dem Fernrohr und untersucht jeden Stein an Land, um zu sehen, ob er auch nur eine Spur der Flieger finden kann. Schon das fünfundzwanzigste Jahr ist er hier oben im Eismeer. Er kennt jedes Inselchen und jeden Berg entlang der ganzen Küste. Sein Vater, seine Onkels und Großväter haben die gleichen Kenntnisse vor ihm gehabt. Er gehört einer der Familien an, deren es im Norden Norwegens so viele gibt, und die in einer Reihe von Generationen Eismeerfahrt betrieben haben. Als wir neulich abends in der Kajüte saßen und die Karte der Polargebiete studierten, bemerkten wir, daß bei der Einsamkeitsinsel, die vor der Taimurhalbinsel vor Sibirien liegt, in Klammern „Johannessen 1878" steht. Das war ein Onkel unsres Schiffers. Er fuhr zum ersten Male um Nowaja Semlja herum und war auch mit dem Vater unsres Schiffers zusammen mehrmals auf den Reisen des schwedischen Polarforschers Nordenskjöld mitgewesen.

Diese Eismeerschiffer haben ihren eigenen Stil und ihre eigene Tradition. Oftmals haben sie ihren Fang schießen lassen, haben die Fangfelder verlassen und sind ins Ungewisse gezogen, wenn es galt, ein geographisches Rätsel zu lösen. So lagen die Dinge auch, als die Svalbardinselgruppe (der altnorwegische Name für Spitzbergen. Anm. d. Übers.) zum erstenmal umsegelt wurde. Der Schiffer Elling Carlsen aus Hammerfest war mit einer kleinen Bark 1863 unterwegs auf einer Fangreise. Er lag ungefähr da, wo wir uns jetzt befinden. Da das Fahrwasser in nördlicher Richtung eisfrei aussah, kehrte er nicht den gleichen Weg zurück, den er gekommen war. Er steuerte vielmehr ostwärts, segelte um das ganze Nordostland herum und setzte den Kurs südwärts nach Norwegen, vorbei an dem Gilesland und der Barentsinsel. Das war damals noch eine Leistung, in einer Zeit, da die Eismeerschiffe nur mit Segeln gingen. Und sie erhielt ihre wohlverdiente Belohnung von der Kgl. Geographischen Gesellschaft in London.

Wie groß der Anteil ist, den die Eismeerfischer an unsrer jetzigen Kenntnis der Insel haben, wird wohl niemals zweifelsfrei festgestellt werden. Aber es kann als sicher angesehen werden, daß viele Entdeckungsreisen im Nördlichen Eismeer durch die Erfahrungen und Erzählungen der Schiffer eine wertvolle Unterstützung erfahren haben. Das Zusammenarbeiten zwischen den Polarforschern und den Eismeerfischern ist jahrzehntelang sehr intim gewesen, und Nansen, Sverdrup und Amundsen unternahmen ihre ersten Reisen in die arktische Welt mit Fangschiffen. Schließlich ist doch auch ihr Werk eine großzügige Fortsetzung der geographischen Arbeit, die phantasiebegabte und mutige Schiffer im kleinen ausführten, wenn sich die Gelegenheit bot.

Von unsern Fliegern ist nichts zu sehen. Aber auf den Eisschollen, nahe der Küste, entdeckt Johannessen eine ganze Anzahl Seehunde, die in der Sonne liegen und schlafen. Das Fangboot, das wir seit der Eisbärenjagd immer in Schlepp haben, wird näher gezogen. Ein Schütze und zwei Ruderer steigen ein. Vorsichtig rudern sie dem Lande zu. Noch sind sie dem Schiff ganz nahe, aber schon hören wir nicht mehr ihren Ruderschlag. Wir, die wir an Bord zurückgeblieben sind, müssen auch ganz ruhig sein. Denn die Seehunde haben einen sehr leisen Schlaf. Bei dem geringsten Geräusch fahren sie auf, springen ins Wasser und tauchen, wenn sie ahnen, daß sie verfolgt werden. Mit dem Feldstecher verfolgen wir die Bewegungen des Bootes. Die Ruderer ducken sich, soweit sie können. Von dem Jäger sehen gerade nur die Augen über den Bootsrand. Mit langen, ruhigen Schlägen arbeitet sich das Boot zwischen den Eisschollen hindurch. Der Seehund, auf den es abgesehen ist, liegt so, daß die Leute um seinen Kopf in Schußlinie zu bekommen, um die ganze Scholle herumrudern müssen. Endlich liegt das Tier schußgerecht, und der Jäger richtet sich vorsichtig auf. Aber trotzdem erwacht der Seehund, hebt den Kopf und sieht sich um. Er erblickt das Boot, und wir können sehen, wie er die Muskeln anspannt, um in das Wasser zu springen. Im gleichen Augenblick knallt es. In krampfhafter Anstrengung versucht das schwere Tier, sich von der Scholle herabzuwälzen, aber der Schuß hat gut gesessen. Am äußersten Rande der Scholle bleibt der Seehund liegen, nur der Kopf hängt in das Wasser hinab. Als der

Schuß fiel, legten sich die Ruderer ordentlich in die Riemen, und mit einem Krach rennt das Boot an die Scholle. Die Leute springen heraus, schlagen den Bootshaken in den schweren, schlaffen Körper und ziehen ihn ein Stück aufwärts. Der Schuß hat direkt hinter dem Ohr getroffen und augenblicklich getötet. In ein paar Minuten wird das mächtige Tier gehäutet. Ein paar Kilo Fleisch werden herausgeschnitten und Fell und Speck in das Boot geworfen. Dann rudert das Boot zu dem nächsten Seehund, der ein paar hundert Meter entfernt auf einer andern Scholle liegt.

Kaum ist das Boot von der Stelle abgestoßen, an der der blutige, abgezogene Kadaver liegt, da stürzen sich Möwen und andre Räuber auf den Festbraten. Sie kämpfen gewissermaßen um die Speck- und Fleischreste, verschlingen ein großes Stück nach dem andern, solange sie nur noch etwas in sich hineinstopfen können. Aber schließlich werden sie doch satt. Und nun sind sie so schwerfällig, daß sie nicht ordentlich fliegen können. Ein paar von ihnen versuchen zwar, sich zu erheben, aber bevor es ihnen glückt, geben sie den ganzen Fraß wieder von sich.

Kurze Zeit darauf kommt das Boot zurück. Die Jäger bringen vier Seehundsfelle mit, und der eine feuert die blutige Fleischmasse in die Kombüse:

„Frisches Fleisch für heute abend, Steward!"

Wieder wird der Motor angeheizt, und die „Hobby" setzt ihre Reise südwärts an der Küste fort. Gegen 10 Uhr abends legen wir uns zur Nacht vor ein Inselchen an der Einfahrt zur Branntweinbucht. Das Fangboot rudert wieder aus. Die Leute wollen sich den Extraverdienst nicht entgehen lassen, den ihnen eine nächtliche Robbenjagd bietet. Von Deck aus sehen wir, wie das Boot zwischen den Eisschollen verschwindet.

Wir wollen hoffen, daß es den drei Mann an Bord nicht so geht wie drei andern Leuten, die von einem Fangdampfer an Land stiegen, um nach Eiern und Eiderdaunen auf den Tausendinseln zu suchen. Wir erfuhren die Geschichte von einem Fangschiffer, den wir vor dem Start in Kings Bay trafen.

„Sie hatten nur eine Schrotflinte mitgenommen. Kaum waren sie an Land gestiegen, da schob die Strömung das Treibeis zwischen den Inseln und dem Dampfer, der ein paar hundert Meter entfernt lag, zusammen. Dann senkte sich undurchsichtiger Nebel herab, in dem alles verschwand. Die drei Mann warteten. Sie warteten ganze acht Tage, bis der Nebel verschwand. Ihr Boot hatten sie umgekippt, um sich darunter gegen Schnee und Wind zu schützen. Sie lebten von Eiern und rohem Vogelfleisch, denn ihre Streichhölzer waren feucht geworden. Als der Nebel sich zerteilt hatte, war das Schiff verschwunden. Es gab keinen andern Ausweg: mit ihrem Boot arbeiteten die drei sich zwischen den Eisschollen hindurch bis zur Küste des Festlandes, um das Südkap herum. Neunzehn Tage später kamen sie, wohlbehalten, aber zu Skeletten abgemagert, bei den schwedischen Bergwerken in Bellsund an. Von dort konnten sie mit einem Kohlendampfer nach Tromsö weiterfahren, aber dort war ihr eigenes Schiff nicht angekommen. Denn das lag immer noch dort oben und suchte nach Kristian und seinen Kameraden, und erst ein paar Tage später kam auch ihr Fangdampfer an, mit der Flagge auf Halbmast. Da platzte Kristian, der am Hafen stand, vor Lachen los und rief seinen Freunden zu: „Warum habt ihr denn Halbmast geflaggt? Ihr habt wohl die andre Hälfte der Strippe verloren?"

Das Wetter ist ruhig. Es scheint also keine Gefahr zu sein, wenn das Boot auch weiter von uns wegrudert. Eine stillere Nacht kann man sich kaum denken. Die einsame Landschaft war ganz erstarrt. Wir hören keinen Laut, außer einzelnen Schüssen, die von dem Boot im Treibeis zu uns herüberknallen. Dann rollt das Echo von Fels zu Fels die ganze Küste entlang, verhallt auf kurze Zeit und klingt nach zwei bis drei Minuten zurück. Der Himmel ist wolkenlos, aber die Luft ist diesig, so daß die Sonne hoch im Norden fern und unwirklich erscheint. Die Berge und die Eiskuppel über dem Nordostland, die mit dem bleichen Dunst in weiter Entfernung völlig ineinander übergehen, spiegeln sich im Meere. Formen und Farben des Spiegelbildes sehen wir ebenso deutlich wie das Bild über Wasser. Wir stehen an der Reling und schauen und schauen. Die Reise wäre herrlich, wenn wir nur wüßten, ob die sechs, um derentwillen wir hier sind, gesund und in Sicherheit sind. Jetzt placken sie sich wohl südwärts vom Pol über die Eisfelder.

Heute ist Riiser-Larsens Geburtstag. Anfang Mai sagte er uns: „Wir müssen uns mit dem Start beeilen, ich will meinen Geburtstag zu Hause in Norwegen feiern."

„Hobby", Montag, den 8. Juni.

Es ist kein großer Unterschied zwischen Tag und Nacht hier im Norden. Als wir heute früh an Deck kamen, stand die Sonne an einer andern Stelle des Himmels. Das war der ganze Unterschied. Auch die Vögel waren nach zwei Stunden Schlaf, den sie sich gegen Mitternacht gönnen, längst wieder auf und sangen. Alken sausen in ihrem festlichen Gefieder, wie mit Frack und weißer Binde, in immer wiederholten Schwärmen vom Land auf das offene Meer hinaus, um Nahrung zu finden. Die Richtung ihres Fluges in den höhern Luftlagen wird durch den Zufall bestimmt, woher gerade der Wind bläst. Möwen kreisen auf breiten Schwingen um unser Schiff und lauern darauf, daß der Steward den Inhalt des Abfalleimers über Bord werfen soll. Stunde um Stunde schweben sie um uns, hin und wieder nur tun sie einen kleinen Schlag mit den Flügeln, wenn sie sich von der einen Luftströmung in eine andre erheben wollen. Im Laufe der Nacht ist ein Fangschiff heraufgekommen. Es liegt ein paar hundert Meter von uns entfernt, und wir fahren zu Besuch. An Bord des andern Dampfers erzählen wir, was die „Hobby" hier oben zu tun hat. Der Schiffer verspricht uns, daß er Ausguck halten und auch andre Fangboote benachrichtigen will. Es werden wohl viele Eismeerschiffer jetzt heraufkommen, da die Eisverhältnisse dieses Sommers den Fang sehr begünstigen. Schon sehen wir die Mastspitze eines andern am Horizont auftauchen. Wir bitten den Schiffer auch, er möge den Fängern, die in Hütten an der Nordküste überwintert haben, Nachricht geben, wenn der eine oder andre ihn an Bord besuchen sollte. Auch das verspricht er uns. Beim Abschied bekommt er ein paar Päckchen Tabak geschenkt, denn sein Schiff war schon lange unterwegs. Der Fang war knapp gewesen, so daß der kleine Rauchvorrat, den er aus Tromsö mitgebracht hatte, bei dem erzwungenen Müßiggang fast aufgebraucht ist.

Dann töfft die „Hobby" davon. Sie setzt den Kurs nordwärts nach dem Eisrande, den wir in westlicher Richtung abfahren sollen, bis wir nördlich vor dem Norweger-Inseln liegen. Die „Heimreise" nach Virgohafen auf der Däneninsel hat begonnen. Nach ein paar Stunden erreichen wir den Eisrand westlich der Roßinsel. Allmählich verschwinden die Sieben Inseln und das Nordostland vom Horizont, und wir sehen gar kein Land mehr. Nördlich von uns ist nur Eis zu sehen. Der Rand erstreckt sich in gerader Linie westlich, so weit wir blicken können. In 50 – 100 Meter Entfernung vom Eise fahren wir weiter. Eine frische Brise aus Südwesten bläst uns entgegen und treibt schaumgekrönte Wellen auf. Sie muß schon den ganzen letzten Tag geweht haben, denn im Laufe des Tages entdecken wir, daß die Treibeisgürtel, die wir bei der Fahrt hierher durchfahren haben, verschwunden sind. Der Wind hat sie nach Norden abgetrieben und preßt sie gegen den Rand des Packeises.

Bald entdecken wir wieder einen Eisbären. Er steht auf einer hohen Scholle. Wir setzen ein Boot zu Wasser und rudern zu ihm hin, klettern „an Land" und versuchen, dem Bären auf Schußweite nahezukommen. Langsam schleichen wir von Scholle zu Scholle. In unserm Jagdeifer schießen wir auf zu große Entfernung. Die Kugel saust dem Bären an der Nase vorbei, und erschreckt springt das Tier von Scholle zu Scholle, bis es unsern Blicken entschwindet. Sollen wir ihn in Ruhe lassen oder sollen wir nach ihm suchen? Wir klettern auf einen Eishaufen und sehen den Bären ein paar hundert Meter entfernt. Einer der Schüsse, den wir ihm auf der Flucht nachgefeuert haben, muß ihn verwundet haben, denn er schleppt das eine Hinterbein nach. Er läuft nicht mehr sondern trollt sich langsam über das Eis. Wir verfolgen ihn mit dem Feldstecher. Endlich legt er sich hin, etwa einen Kilometer entfernt, am Fuß eines Eishügels. Wir überlegen hin und her, es ist ausgeschlossen, dem Tier über das Packeis nachzulaufen. Die meisten der Schollen hier am Eisrande sind nicht groß genug, daß sie mit Sicherheit einen Mann tragen können. Und die größern sind durch breite Spalten voneinander getrennt, mit Eisbrei oder Eisklumpen dazwischen.

Wenn wir den Bär noch erlegen wollen, müssen wir unser Boot hinter uns herziehen, zwischen den Schollen hindurchstaken und nur im freien Wassen rudern. Wir sehen einander an, wie um gemeinsam den Beschluß zu fassen. Es wird eine ordentliche Arbeit. Ein Mann liegt im Bug mit dem Bootshaken und hackt in die Schollen, um das Boot vorwärts zu ziehen. Zwei Mann staken mit den Riemen, und zwei weitere Mann springen hin und wieder auf die Schollen und schieben das Boot durch den Brei. Aber sie müssen sehr leichtfüßig sein, denn viele der Schollen, die sie betreten, sind nicht groß genug, um einen Menschen zu tragen und versinken. Dann gilt es, schleunigst in das Boot zu springen, bevor sie allzu hoch über den Knien naß werden. Hin und wieder sind die Leute nicht geschickt genug. So schinden wir uns langsam vorwärts. Der Bär liegt noch immer dort, wo er sich niedergelassen hat. Allmählich kommen wir in Schußweite und geben Feuer. Das Tier springt auf, wir schießen nochmals, es sinkt zusammen, und wir laufen heran und geben ihm den Gnadenstoß. Dann ziehen wir ihm das Fell ab und schleppen es zu unserm Boot, das wir zwischen zwei großen Schollen verlassen haben. Wir sind ordentlich müde geworden und setzen uns hin, um uns auszuruhen. Der kleine Kilometer, den wir zu gehen hatten, hat uns ungefähr anderthalb Stunden Zeit gekostet. Vollkommen durchweicht, teils verschwitzt, teils vom Seewasser durchnäßt, kommen wir an.

Dann ging es wieder hinaus mit derselben mühseligen Arbeit wie vorhin. Und erst drei Stunden, nachdem wir die „Hobby" verlassen haben, kommen wir wieder an Bord. Dort war man etwas ängstlich, als man sah, wie weit wir auf das Eis hinausgezogen waren. Denn von Süden her näherte sich eine Nebelwand. Wir hatten nichts von der Gefahr bemerkt, so eifrig strebten wir dem Bären nach dem Leben. Ein halbes Stündchen, nachdem wir an Bord gekommen waren, lag der Nebel so dicht über unserm Schiff, daß wir nur mit halber Geschwindigkeit weit am Rande des Eises fahren konnten. Jetzt sind wir gerade nördlich des schlimmsten Wetterlochs auf Svalbard, der Hinlopenstraße zwischen Spitzbergen und dem Nordostlande. Von dort droht immer Nebel und Wind. Der Nebelgürtel, in den wir hineingeraten sind, ist indessen nicht breit. Nach Verlauf einer Stunde sind wir wieder im Freien. Wir haben wieder sichtiges Wetter, aber der Himmel ist mit Wolken bedeckt. Mit Volldampf setzen wir die Fahrt an der Eiskante entlang fort.

Im Laufe des Abends haben wir das Ergebnis unsrer Tour besprochen. Die Sachverständigen an Bord sind sich darüber einig, daß das Nordostland die einzige Stelle ist, wo wir die Flieger überhaupt suchen können. Und am größten ist die Wahrscheinlichkeit, daß sie Land östlich der Sieben Inseln und des Nordkaps erreichen, wo die Entfernung zwischen dem festen Eis und dem Land am geringsten und der Treibeisgürtel am schmalsten ist. Daß sie mit ihrer primitiven Ausrüstung und ihren knappen Vorräten es ermöglichen sollten, hier westlich an den Eisrand zu kommen, ist tatsächlich ausgeschlossen. Sollten sie trotzdem hierhergelangen, so würde ihre

Lage hier viel ungünstiger sein als weiter östlich. Wie breit der Eisgürtel vor dem festen Eise ist, können wir natürlich nicht wissen. Aber in der Nähe der Sieben Inseln konnten wir sehen, daß der Gürtel so weit reichte, wie unser Feldstecher uns Aussicht gewährte. Und das sind mindestens 15 Kilometer. Je weiter wir westwärts kommen, um so breiter wird der Gürtel wahrscheinlich. Wenn wir anderthalb Stunden gebrauchen, um bei der Bärenjagd einen knappen Kilometer zu überwinden, obwohl wir unser Boot mit hatten und nichts zu tragen brauchten, werden die Flieger viel längere Zeit gebrauchen, wenn sie ein entsprechendes Stück forcieren müssen. Sie haben ja ihr schweres Gepäck zu schleppen, und die kleinen Faltboote sind allzu empfindlich, um die große Anstrengung auszuhalten, wenn sie durch Eismassen gezogen werden sollen. Kommen die Männer trotzdem bis zum Eisrande, so müssen sie das Nordostland entlangkommen, denn von der Eiskante bis zur Nordküste von Spitzbergen ist das Meer in einer Breite von ungefähr 100 Kilometern offen. Und wenn sie versuchen wollten, in ihren Faltbooten da hinüberzurudern, so würde das der sichere Tod sein.

Wenn Flugmaschinen hierher geschickt werden, um an unsrer Rekognoszierung teilzunehmen, so wird es am besten sein, wenn sie als Basis für ihre Operationen die „Flachinsel" an der Westküste des Nordostlandes wählen. Von dort können sie nach Westen und Osten und über das Eis fliegen, so weit sie es für zweckmäßig halten.

Virgohafen, Dienstag, den 9. Juni.

Während der ganzen Nacht sind wir am Eisrande entlang gefahren. Von der Kommandobrücke aus hat die Wache heute nacht vier Bären auf dem Eise gesehen. Ungefähr nördlich der Norweger-Inseln verließen wir die Eisbarriere und setzten Kurs auf die Inseln zu. Ein paar Stunden lagen wir in dem Sunde zwischen den Inseln, sammelten Eier und Eiderdaunen und setzten dann die Fahrt nach Virgohafen fort, wo wir gegen ½ 7 Uhr ankamen. Die „Fram" lag nicht da. Aber in der Hütte – Pikes Haus – lag ein Bescheid von Kapitän Hagerup und folgendes Telegramm des norwegischen Luftfahrtvereins aus Oslo vom 6. Juni:
„Beschlossen gestern Hilfe für Polflieger folgenden Orten zu etablieren: Spitzbergen, Ostgrönland, Westgrönland, Kap Columbia

stop bei Spitzbergen beide Schiffe und zwei Aeroplane ausreichend angesehen, doch sollen norwegische Fangschiffe ersucht werden, Ostseite Spitzbergen abzusuchen; Ostgrönland wahrscheinlich französischer Forscher Charcot mit Rittmeister Isachsen stop wegen Nordostgrönland und Kap Columbia wird Neuyorker Komitee aufgefordert, Arbeit zu übernehmen."

In einem Bescheid an Premierleutnant Horgen teilte Kapitän Hagerup mit, daß der kommandierende Admiral Befehl gegeben hatte, das Schiff sollte nach Advent-Bay gehen, um zu bunkern und die beiden Flugboote, die mit einem Kohlendampfer von Horten kamen, in Empfang zu nehmen. Die „Fram" war gestern südwärts gegangen, und wenn sie nicht bis Dienstag, den 16. Juni, 8 Uhr morgens, in Virgohafen zurück wäre, sollte die „Hobby" wieder nach Kings Bay gehen. In der Zwischenzeit sollte die „Hobby" sich auf eine neue Inspektionsreise nordwärts und ostwärts begeben. Da die „Fram" möglicherweise hierherkommen konnte, bevor die „Hobby" von ihrer zweiten Inspektionsreise zurückkam, entschlossen wir Journalisten uns, auf der Däneninsel an Land zu gehen und in Pikes Haus die 4 – 5 Tage zu warten, bis die „Fram" zurückkam.

Däneninsel, Mittwoch, 10 Juni.

Wir wohnen jetzt hier. Heute nachmittag gegen 4 Uhr ist die „Hobby" nordwärts gegangen, und wir haben uns, so gut wir konnten, in der kleinen Hütte eingerichtet. Während der paar Tage an Bord der „Hobby" ist es richtig Sommer geworden. Der Schnee liegt nur noch auf den Berghängen oder in einzelnen Streifen hier und dort auf der Talsohle. Aber sonst ist die Erde schneefrei. „Erde" ist übrigens nicht der richtige Ausdruck, denn die ganze Däneninsel ist nichts als eine große Steinwüste. Im Laufe der Zeit haben Wasser und Eis die Berge in Stücke gesprengt, und nur die steilsten Abhänge sind frei von Geröll. Wir hören, wie überall das Wasser tief unten zwischen den großen und kleinen Steinen hindurchrieselt, die so locker liegen, daß wir mehr als vorsichtig sein müssen, wenn wir herumklettern. Heute hat es zum erstenmal während unsres Aufenthalts auf Spitzbergen geregnet. Man fühlt sich wunderbar heimisch, wenn man hier drinnen in der Hütte sitzt und draußen den Regen gegen die Scheiben platschen hört.

Däneninsel, Donnerstag, 11. Juni.

Heute nacht wurden wir aus dem Schlaf geweckt. Es raschelte vor unsrer Tür. Wharton glaubte nach unsern Erlebnissen mit den verschiedenen Bären, daß uns hier ein Eisbär überraschen würde, und weckte mich mit einem kräftigen Stoß: „Gewehr laden! Draußen sind Eisbären!" Aber er hatte sich geirrt. Vor der Tür standen drei Eismeerfänger, die an der Ostseite von Spitzbergen in der Taschenbucht, einem kleinen Arm der Hinlopenstraße, überwintert hatten. Sie waren den langen Weg um die Nordküste in einem kleinen Boot gerudert, das bis zur Grenze seiner Tragfähigkeit mit Fuchsfellen und dem Rest ihres Proviants und ihrer Winterausrüstung beladen war. Das Boot wurde uns sehr nützlich. Heute vormittag ruderten wir auf Alkenjagd, und nachmittags besuchten wir kleine Schären und sammelten frische Eier.

Dort werden wir von Eidergänsen, Möwen und Seeschwalben empfangen, die zu Tausenden aus ihren Nestern auffliegen, zwitschern, pfeifen, schreien und uns Nesträubern in ihrer Verzweiflung beinahe mit den Flügeln um die Ohren schlagen. Wir suchen sie mit unsern Mützen zu verscheuchen. Ein Nest nach dem andern suchen wir ab. In erster Linie plündern wir die Nester der Eidergänse. In jedem Nest liegen fünf bis sechs Eier und ein paar Handvoll Daunen. Ein Ei und ein kleines Häufchen Daunen lassen wir in jedem Nest liegen. Denn dann legt das Weibchen weiter und rupft sich weiter Federn aus, bis das Nest wieder in Ordnung ist. Hätten wir alle Eier und alle Daunen genommen, würde das Weibchen seine Arbeit in diesem Jahr nicht mehr aufnehmen. Aber das muß ich sagen: angenehm für die Nase ist es nicht, Eier und Daunen zu sammeln.

Wenn wir uns dem Nest bis auf 10 – 15 Meter genähert haben, beginnen die Vögel ihr unruhiges „Oi-Oi-Oi" zu kreischen. Das Weibchen drückt sich fest auf das Nest und liegt unbeweglich. Nur das Zwinkern der aufmerksamen, dunklen Augen zeigt uns, daß es uns beobachtet. Ob es dem Tier glückt, uns zu täuschen und uns glauben zu machen, daß es nur ein moosbedeckter Stein sei? Aber das Männchen ist, wie alle seine Geschlechtsgenossen, feige im Grunde seines Herzens. Kaum nähern wir uns um zwei bis drei Schritte dem Nest, so fliegt das Männchen auf und flieht kreischend dem Meere zu. Das verlassene Weibchen folgt ihm, aber in dem Augenblick, in dem es sich aufschwingt, läßt es noch schnell ein Andenken fallen. Wenn das Leben auf den hohen Breitengraden uns nicht von allen Kulturrücksichten befreit hätte, so hätte das Tier mit diesen primitiven Mitteln sowohl seine Eier wie seinen Daunen gerettet. Denn jetzt stinkt das ganze Nest.

Es hat aufgehört zu regnen. Weiße Wolken treiben über den blauen Himmel. In der Sonne ist es richtig warm. Die Luft ist frisch und leicht. Hier auf der Insel ist es jetzt genau wie zur Sommerzeit in dem heimischen norwegischen Hochgebirge.

Däneninsel, Freitag, den 12. Juni.

Wir haben genug zu tun in unsrer Hütte. Wir feuern ein und braten und kochen den ganzen Tag Kaffee. Aber wir haben doch Zeit genug, um die Reste der Ausrüstung anzusehen, die Andrées und Wellmanns Expeditionen hier im Tal hinterlassen haben. Es sind ganz ansehnliche Restbestände, die wir da finden. Die Apparate, mit denen sie das Gas für den verschollenen Ballon und das gleich nach dem Start abgestürzte Luftschiff hergestellt haben, liegen, verrostet und vom Zahn der Zeit angefressen, in Haufen herum. Dutzende von Kisten mit Eisenfeilspänen, halb zerschlagene Säureballons und aufgehäufte Holztrümmer von den zusammengestürzten Ballonhallen liegen überall verstreut. Auf den Kistendeckeln können wir noch jetzt die halb verwischten Buchstaben der Adressen lesen. Von Wellmanns Wohnhaus stehen die Grundmauern und ein Herd, der so aussieht, als wäre er viel besser als die alte Scharteke von Ofen, die wir in unsrer Hütte haben. Der Rest des Hauses ist verschwunden. Es stand dort bis vor ein paar Jahren, aber dann wurde es buchstäblich gestohlen. Ein unternehmungslustiger Schiffer, der nichts gefangen hatte, riß das Haus nieder, nahm alles Holz mit und deckte die Unkosten seiner Fahrt, indem er das Material an eine Bergwerksgesellschaft verkaufte.

Die Nordwestecke von Spitzbergen ist überhaupt eine der klassischen Stellen in der Geschichte der arktischen Expeditionen. Die erste Expedition, die von hier aus den Pol erreichen wollte, war von Engländern unternommen. Zwei Kriegsschiffe segelten hier im Jahre 1773 vorbei, aber sie kamen nicht weiter als bis 80 Grad 36 Minuten. Dann zwang sie das Eis zum Umkehren. An Bord des einen Schiffes war Nelson als Seekadett mit, und er hatte damals ein Erlebnis mit einem Eisbären, bei dem er beinahe getötet worden wäre. Während der folgenden Jahrzehnte wurde der Versuch, von Spitzbergen aus nordwärts vorzudringen, mehrfach wiederholt. Aber alle Erfahrungen, die auf diesen Segelfahrten geerntet wurden, bewiesen nur, daß es von hier aus unmöglich war, das große Ziel zu erreichen. Das Eis lag zu weit südlich, und die Strömung trieb die Schiffe südwärts, da ein Manövrieren in der Strömung zu schwer war. Während einer langen Zeitspanne wurde dann kein neuer Versuch unternommen, bis Andrée und Wellmann kamen. Es war Fritjof Nansen vorbehalten, mit der „Fram" den Weg zu weisen, der zum Pol führen konnte. Als das berühmte Schiff 1896 aus dem Eis herausgekommen war, passierte es Virgohafen mit Kurs südlich. Auf der Däneninsel lag in jenem Sommer Andrée und wartete auf günstigen Wind für seine Ballonfahrt. Aber der Wind kam damals nicht, und Andrée konnte erst im folgenden Sommer aufsteigen.

Däneninsel, Sonnabend, den 13. Juni.

Das Wetter ist gut, still und klar, mit leicht verschleiertem Himmel.

Däneninsel, Sonntag, den 14. Juni.

Wie gestern.

Däneninsel, Montag, den 15. Juni.

Gegen 4 Uhr kam die „Hobby" von ihrer zweiten Fahrt zurück. Sie hatte Sturm und Regenwetter, das Schiff schlingerte stark. Von den Fliegern war nichts zu sehen. Das Eis lag ungefähr ebenso wie auf der ersten Fahrt. Nördlich der Sieben Inseln hatte das Schiff sich bis 81 Grad nördlicher Breite durchgearbeitet. „Fram" ist noch nicht zurückgekommen. Wenn sie nicht bis morgen früh 8 Uhr hier ist, geht die „Hobby" nach Kings Bay.

Neu-Aalesund, Kings Bay, Dienstag, den 16. Juni.

Die „Hobby" kam heute nachmittag gegen 4 Uhr nach einer guten Südwärtsreise hier an. Es wehte ein frischer Wind, und das Schiff bekam eine Sturzsee nach der andern über Deck. Während unsres Aufenthalts im Norden sind große Dinge geschehen. Ein Telegramm von Advent Bay teilt mit, daß zwei Flugboote der norwegischen Marine am Sonntag mit einem Kohlendampfer von Horten angekommen sind. Die „Fram" soll von einer wissenschaftlichen Expedition übernommen werden und ist südwärts nach Norwegen gegangen. An ihrer Stelle soll das Marinewachtschiff „Heimdal" als Mutterschiff für die Flugboote fungieren. Wir setzten uns sofort drahtlos in Verbindung mit „Heimdal", der schon in Advent Bay angekommen war. Die Flugmaschinen sind bereits zu Wasser gebracht und können starten, sobald die Wetterverhältnisse es gestatten. Wir haben Bojen ausgelegt, an denen wir die Maschinen vertauen können, aber wir teilen „Heimdal" mit, daß der Wind hier oben so stark ist, daß der Start besser verschoben werden sollte.

Neu-Aalesund, Mittwoch, den 17. Juni.

Als wir heute früh erwachten, war feines Flugwetter. Der Himmel war klar, der Fjord wurde von einer leichten östlichen Brise gekräuselt. Premierleutnant Horgen teilt den Fliegern in Advent Bay mit, daß bei uns alles zum Empfang für sie klar ist, und wir bekommen von dort Bescheid, daß sie sofort gestartet sind, als Horgens Mitteilung einlief. Es war 9.35 Uhr morgens. Kurz nach 11 Uhr können wir sie hier erwarten. Bevor wir noch für nötig halten, am Himmel nach ihnen auszuschauen, hören wir schon das ferne Rollen der Motoren. Gleich darauf erblicken wir zwei winzige schwarze Pünktchen, etwa 1200 – 1500 Meter hoch in der Luft. Und ein paar Minuten später landen sie schon: F 18, geführt von Premierleutnant Lützow-Holm, und F 22, geführt von Premierleutnant Styr. Beide vertäuen sofort an den Molen. Natürlich freuen wir uns sehr darüber, die Boote und die Flieger zu sehen, aber die Freude ist doch mit Wehmut gemischt. Morgen, Donnerstag, den 18. Juni, sind vier Wochen verflossen, seit N 24 und N 25 gestartet sind. Damals war das Wetter ebenso strahlend und ideal für einen Flug wie heute.

Wir gehen mit den eben angekommenen Fliegern zu dem Startplatz, der jetzt völlig schneefrei ist. Noch liegen am Strande einige der Benzinfässer, aus denen wir in der Nacht vor dem Starttage die Tanks der beiden Maschinen gefüllt haben. Wir fragen, was es im Süden

Neues gibt, und erzählen, was wir hier erlebt haben. Dort unten scheint man die gleiche Auffassung zu hegen, wie wir hier oben. Kein Mensch erwartet, daß die sechs Männer mit dem Flugzeug zurückkommen. Vielmehr meint man, daß die Flieger höchstwahrscheinlich bei der Landung im Eise Havarie erlitten haben und sich jetzt auf dem Wege nach Kap Columbia befinden. Aber da ja immerhin eine Möglichkeit besteht, daß die sechs doch der Nordküste von Spitzbergen zuwandern, hat man geglaubt, die Hilfsexpedition absenden zu müssen.

„Heimdal" ist gegen 8 Uhr abends angekommen. Kapitän Hagerup befindet sich an Bord. Er soll auch weiterhin die Expedition leiten. Bestimmte Instruktionen darüber, wie lange „Heimdal", die „Hobby" und die beiden Flugboote den Patrouillendienst versehen sollen, hat er nicht bekommen, aber vermutlich werden wir noch mindesten zwei Wochen hier bleiben müssen. Erst dann, Donnerstag, den 2. Juli, läuft die Frist von sechs Wochen ab, die wir nach Amundsens Befehlen den Eisrand entlang patrouillieren sollen. Sofort werden die Pläne für die nächsten 14 Tage ausgearbeitet. In Übereinstimmung mit den Erfahrungen, die die „Hobby" von ihren beiden Touren mitgebracht hat, einigt man sich darüber, daß die „Flachinsel" an der Westküste des Nordostlandes sich am besten als Operationsbasis für die beiden Flugboote eignet. Es wird daher bestimmt, daß die beiden Fahrzeuge gegen Mitternacht nordwärts nach der Däneninsel gehen sollen. Dort werden sie zwischen 8 und 9 Uhr morgens eintreffen, und dann sollen die Flieger nachkommen.

Die Ankunft der Flieger hat in uns allen, die wir mit Amundsen zusammen hier angekommen sind, eigentümliche Stimmungen erweckt. Die Offiziere in Uniform und das Kriegsschiff erinnern uns an eine Welt, von der uns die Erlebnisse der letzten Wochen völlig entfernt haben. Wir haben Winter und Frühling hier oben erlebt, und jetzt befinden wir uns in dem kurzen Sommer des Polargebietes. Wir denken an den Start zurück, an die langen Wochen vorher und die noch längeren Wochen nach dem Abfluge. Wir haben in dieser kurzen Zeit mehr erlebt als sonst im Laufe ganzer Jahre im Süden und haben Stimmungen durchlebt, deren Spuren sich kaum jemals verwischen werden. Wir haben Menschen getroffen, die wir, bis sie dort über der Fjordmündung auf zwei grauen Flugmaschinen davonschwebten, als gewöhnliche Sterbliche betrachteten, die uns aber jetzt vor unserm innern Auge wie Märchengestalten vorkommen. Werden wir sie wiedersehen? Wir versuchen den Gedanken zurückzudrängen, aber er meldet sich immer wieder und wieder. Und heute noch schwärzer als sonst, weil „Heimdal" und die Flieger uns den handgreiflichen Beweis gebracht haben, daß man im Süden den gleichen Zweifel und die gleiche Befürchtung hegt wie wir hier.

Wir denken auch an alle die Menschentypen, die wir hier oben getroffen haben. Leute, die der Beruf in das Polareis treibt. Sie können in wärmern Zonen mehr Geld verdienen und gemütlicher leben, aber das Unbekannte, die Gefahren, das Eis und das Abenteuer locken sie, genau wie unsre sechs Freunde. Mit knapper Ausrüstung und einfachen Mitteln folgten sie dem Ruf und stürzten sich unter dem Jubel der begeisterten Menschheit in das Ungewisse. Der Jubel ist in Zweifel und Furcht umgeschlagen, und jetzt wird hinter den Bejubelten eine Expedition ausgeschickt, die nach ihnen mit allen Hilfsmitteln der Technik suchen soll.

Die neu angekommenen Flieger, die Offiziere der „Heimdal" und wir andern haben heute bei Knutsen Mittag gegessen. Wir waren in den gleichen Räumen, in denen wir mit den sechs andern zusammen geweilt hatten, in denen wir vor ein paar Wochen von den andern Kameraden, die heimwärts reisten, Abschied nahmen. Unser Gastgeber, der damals so optimistisch gewesen war, versucht uns durch seine Hoffnungsfreudigkeit aufzurütteln. Aber wir bemerken, daß er selbst nicht mehr glaubt, was er zu hoffen vorgibt. Auch bei ihm hat sich der Zweifel gemeldet, zwar später als bei uns andern, aber schließlich ist er doch gekommen. Das Gespräch zieht sich langsam hin. Hier sitzen wir, 15 – 20 Mann, alle von verschiedenen Charakteren, alle in verschiedenen Berufen tätig. Aber wir versuchen ein Gesprächsthema zu finden, das uns alle interessiert. Es gibt lange Gesprächspausen, denn wir denken alle an das gleiche, von dem wir nicht sprechen wollen. Einer nach dem andern gehen wir zu den Schiffen die uns bald nordwärts führen sollen. Dort sollen wir auf den Tag warten, an dem wir – in vierzehn Tagen – die Heimreise antreten sollen. Das wird für alle Welt der Beweis sein daß es jetzt keine Hoffnung mehr gibt, die sechs in diesen Gegenden zu finden. Damit wird Spitzbergen wieder aus dem Bewußtsein der Welt verschwinden.

Neu-Aalesund, Donnerstag, den 18. Juni.

Gegen 1 Uhr heute nacht verließen die letzten Gäste Knutsens Haus und gingen zu den Schiffen hinab. „Heimdal" lag schon unter Dampf. In wenigen Augenblicken soll der dritte und letzte Abschnitt der Rekognoszierungszeit beginnen. Wir nähern uns dem Kai und sehen die Mastspitzen über einen kleinen Hügelrücken herüberragen. Die Bewohner der Grubenstadt, die nicht durch Abwechslung verwöhnt sind, stehen dicht gedrängt auf der Landungsbrücke. Wir selbst sind nur noch 40 – 50 Meter entfernt.

Da geschieht es.

Über die Brücke kommt ein Mann gestürzt. Er winkt uns mit den Händen zu und ruft: „Amundsen ist gekommen!" Schon stürzt er weiter. Seine Stimme klingt heiser und rauh. Nur ein Betrunkener kann einen so dummen Spaß machen, sagen wir zueinander, während wir ruhig weitergehen.

Aber was ist wirklich geschehen?

Die Menschen auf der Landungsbrücke schwingen die Hüte. Wir hören Hurrarufe und sehen ein neues Schiff am Kai anlegen. Im selben Augenblick wissen wir auch schon, daß sie gekommen sind. Wir springen den kurzen Weg mit einer Geschwindigkeit, daß der Schmutz nur so spritzt, während das Hurrarufen an Stärke zunimmt. Mit einem Satz sind wir an Bord der „Hobby", die unmittelbar am Kai liegt, und von da an Deck der „Hobby".

Ja, bei Gott! Von der „Hobby" aus sehen wir auf das Deck eines kleinen Seehundfängers, der eben daneben anlegt. Dastehen sie alle sechs: Amundsen, Dietrichson, Ellsworth, Feucht, Omdal, Riiser-Larsen! Alle schmutzig und elend, aber lebendig und gesund, umgeben von Arbeitern und Seeleuten, die in buntem Durcheinander Hurra rufen, Bravo klatschen und laut jubelnd die sechs auf den Schultern davontragen wollen. Wir springen über das überfüllte Deck hinab, wir lachen und weinen, streicheln den sechs die Wangen, umarmen sie und können kein zusammenhängendes Wort herausbringen: „Es ist ja nicht wahr! - Wir träumen! - Seid ihr's wirklich?"

Allmählich kommen wir zur Besinnung, und Direktor Knutsen nimmt die sechs Flieger mit zu seinem Haus. Dort füllen sich die Zimmer mit geladenen und ungeladenen Gästen, und plötzlich singen alle die norwegische Nationalhymne. Gleich darauf erzählt man uns, wie es den Fliegern ergangen ist. Viel Neues bekommen wir zunächst nicht zu erfahren, aber doch genug, um zu verstehen, warum der Ausdruck ihrer Augen so eigentümlich ist. Einmal zeigen ihre Blicke, daß sie verstehen, was jetzt um sie herum vorgeht, aber ein andrer, ferner, abwesender Blick deutet uns an, daß die Gedanken sich nicht von den Erlebnissen losreißen können, die sich in ihr Gedächtnis eingeätzt haben. Sie bekommen Essen und nehmen ein Bad, und dann legen sie sich in ihre guten Betten mit saubern, weißen Laken. Im Laufe des Tages fällt auch der Bartwuchs der letzten vier Wochen.

Die Leute, die am Kai standen, als der Motorkutter „Sjöliv" ankam, erzählen davon, wie wunderbar ihnen zumute war, als ihnen klar wurde, wer da an Deck des Schiffchens stand. Als es in Neu-Aalesund bekannt geworden war, daß „Heimdal" und „Hobby" gegen Mitternacht nach Norden zu der Däneninsel fahren sollten, versammelten sich an dem ruhigen Abend zahlreiche Menschen am Kai, um den Abgang der Schiffe mit anzusehen. Durch eine leichte Wolkendecke blickte schwach die Mitternachtssonne, die hoch am Himmel über den Bergen auf der andern Seite des Fjords stand. Über der Fjordmündung lag eine dichte Wolkenwand. Plötzlich bemerkten die Leute einen kleinen Fangdampfer, der sich im Nebel näherte. Niemand achtete weiter auf das Schiff, da alle glaubten, es sei einer der vielen Dampfer, die im Laufe des Sommers nach Neu-Aalesund kommen, um Kohlen und Wasser einzunehmen. Gedankenlos gleiten die Blicke darüber hin. Höchstens daß man denkt, die Besatzung sei für einen so kleinen Kahn zu groß. Auf dem Vorderdeck stehen ein paar große, pelzbekleidete Gestalten. Jetzt nähert sich das Schiff schnell, und die Leute winken den Menschen am Lande zu.

Da ruft plötzlich einer: „Aber das ist ja Amundsen!"

Im selben Augenblick wissen es alle. Ganz von selbst beginnt man Hurra zu rufen. Die sechs Männer auf dem Vorderdeck winken weiter, bis das Schiff neben der „Hobby" anlegt. Alle sechs sind wohlbehalten. Ein paar Minuten später ist der Landungsplatz schwarz von Menschen. Man könnte glauben, daß Neu-Aalesund in Erwartung der Flieger in Kleidern schlafen gegangen sei. Und im Augenblick füllt sich das Deck der „Sjöliv" mit Menschen, die vor Freude wie besessen sind.

Oslo, 1. Juli.

Heute morgen bin ich heimgekehrt. Ich lese die Tagebuchblätter von der Reise durch und verstehe so wenig von dem ganzen Erlebnis. Was sich in den ersten Stunden auf Deck des kleinen Eismeerdampfers ereignet hat, ist in meinem Bewußtsein wie in Nebel gehüllt. Das Ganze liegt so unendlich fern. Wenn ich die Augen schieße und mich vierzehn Tage zurückträume, fühle ich es wie ein Brausen in der Seele.

Wir haben dort zwischen ihnen gestanden. Wir blickten in Augen, deren Blick deutlich Zeugnis davon ablegte, was sie gelitten und gedacht hatten, der die Spuren von vier Wochen Hoffnung und Zweifel widerspiegelte.

Unser Denken versagte. Unser Geist suchte das Grenzenlose und Unbeschreibliche zu erfassen.

War das die Freude über das Wiedersehen?

Oder verspürten unsere Seelen einen Hauch des unbekannten Wesens, dem alle sich in solchen Augenblicken zuwenden, für die Menschenkraft nicht ausreicht?

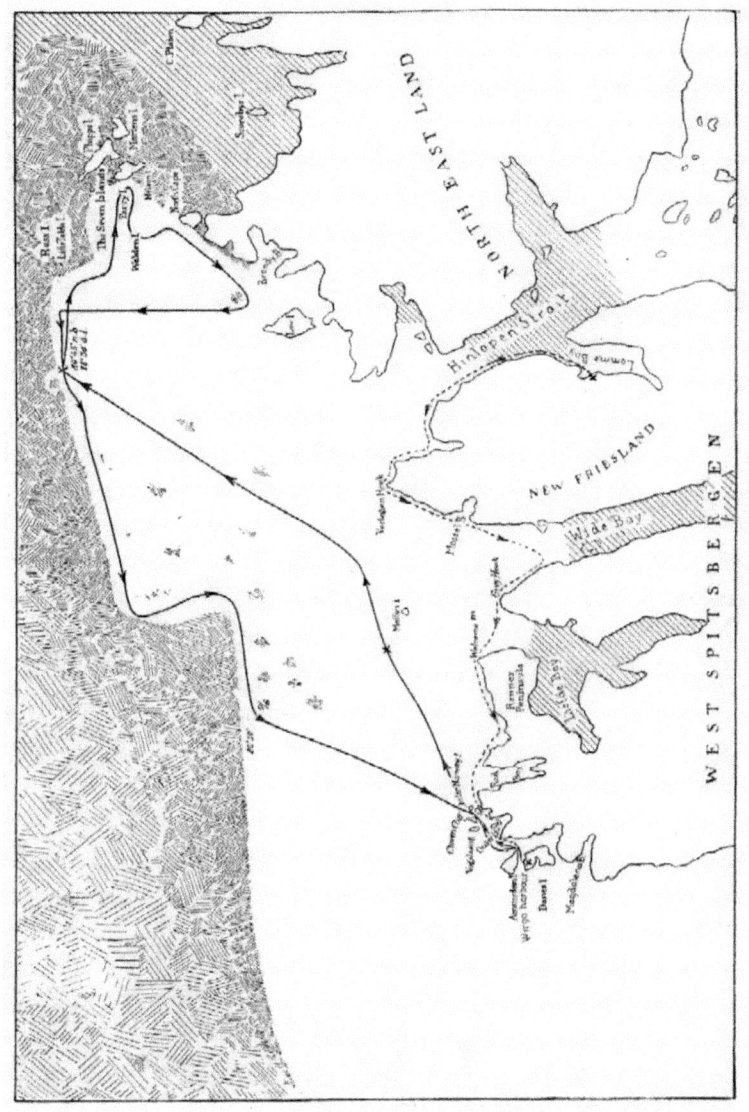

Die Fahrt der „Hobby".

Die ausgezogene Linie ist die Fahrtlinie der „Hobby", die gestrichelte die der beiden Fangleute. Die unregelmäßig schraffierte
Fläche ist das lose treibende, aufeinandergetürmte Eis, das bis an das feste Eis (schräg schraffiert) heranreicht.

V

Der Wetterdienst

und seine Bedeutung für den Polarflug

Dieser Bericht enthält keine wissenschaftliche Bearbeitung der meteorologischen Beobachtungen, die von der Expedition in Kings Bay während des Fluges und während des 24tägigen Aufenthalts auf dem 87° 43' ausgeführt wurden. Dies soll in Fachzeitschriften behandelt werden. Hier will ich nur eine Schilderung des „Polarwetters" geben, wie es sich im Frühling 1925 gestaltete, und was getan wurde, um den günstigsten Zeitpunkt für den Start zu bestimmen.

Was fordern nun die Flieger vom Wetter zu einem Vorstoß gegen den Pol?

Erstens müssen sie sicher sein, an ihrer Landungsstelle keinen Nebel zu finden. Selbst wenn nur eine Nebelschicht von wenigen Metern den Boden bedeckt, ist eine Landung unmöglich, und eine erzwungene Notlandung kann beinahe mit Sicherheit zu einer Katastrophe führen.

Zweitens muß Schneetreiben vermieden werden. Die beiden Flugmaschinen könnten einander sonst leicht aus den Augen verlieren. Würden sie, um sich gegenseitig in Sicht zu behalten, dicht nebeneinander fliegen, wären sie in ständiger Gefahr, zusammenzustoßen.

Auch bedeckter Himmel ohne Niederschläge ist unbrauchbar. Jedenfalls muß er sich zeitweise so weit aufklären, daß man nach der Sonne steuern kann. Das Navigieren nach dem Kompaß ist ja bekanntlich in der Nähe des Poles sehr unsicher, und die Deklination im eigentlichen Eismeer ist nicht genügend erforscht.

Glücklicherweise weiß man so viel vom Wetter über dem Polareis, daß man von vornherein die günstigste Jahreszeit für einen Polflug bestimmten kann. Wir verdanken diese Kenntnisse vom Polarwetter besonders der Expedition Nansens mit der „Fram" 1893-96. Fast während der ganzen Zeit, in der die Expedition im Eismeer trieb, wurden alle zwei Stunden, Tag und Nacht, Beobachtungen angestellt, so daß ein unvergleichbar reichhaltiges Material vorliegt. Diese Beobachtungen wurden von dem verstorbenen Professor H. Mohn einer gründlichen Bearbeitung unterzogen, so daß die Resultate nun in übersichtlicher Form vorliegen. Die Beobachtungen und Professor Mohns Bearbeitung sind in dem Werke: „The Norwegian North Polar Expedition. XVII. Meteorology" veröffentlicht.

Aus diesem Buch will ich einige Zeilen anführen, die eine klare Antwort auf die Frage geben: Welches ist die beste Jahreszeit für einen Polarflug? In den drei Jahren der Treibfahrt war die mittlere Anzahl klarer Tage im Monat:

Januar	14
Februar	12
März	9
April	8
Mai	7
Juni	0
Juli	0
August	0
September	0
Oktober	4
November	11
Dezember	15

Die Wintermonate Dezember und Januar haben also ungefähr die Hälfte des Monats klares Wetter, aber die Anzahl klarer Tage nimmt zum Sommer rasch ab, und in den vier Monaten Juni bis September ist kein klarer Tag verzeichnet. Ab und zu kommt es ja auch in den Sommermonaten vor, daß die Sonne kurze Zeit am Tage die Wolkenwand durchbricht, aber das geschieht nicht oft. Der Juni hat durchschnittlich 26 ganz bedeckte Tage, der Juli 27, der August 24 und der September 27.

Natürlich gibt es in den grauen Sommermonaten mehr Niederschläge als im übrigen Jahr. Die Zahl der Tage mit Niederschlägen war durchschnittlich im

Januar	11
Februar	11
März	13

April	13
Mai	20
Juni	20
Juli	21
August	19
September	22
Oktober	14
November	9
Dezember	9

Mithin muß man rechnen, daß vom Mai bis zum September zwei Drittel aller Tage Regen und Schneefall bringen. Im Winter dagegen weist nur ein Drittel aller Tage Niederschläge auf.

Der schlimmste Feind des Fliegers, der Nebel, überwiegt ebenfalls im Sommerhalbjahr. Die Zahl der Tage mit Nebel ist durchschnittlich im:

Januar	0
Februar	0
März	2
April	1
Mai	3
Juni	10
Juli	20
August	16
September	10
Oktober	4
November	1
Dezember	0

Man kann also einigermaßen auf Nebelfreiheit bis zum Mai rechnen. Vom Juni bis zum Oktober dagegen gibt es häufig Nebel. Erst im Oktober wird er seltener und verschwindet gegen Mitte des Winters.

Aus den Beobachtungen der „Fram" geht also klar hervor, daß nur die dunkle Jahreszeit einigermaßen gleichmäßiges gutes Wetter bei klarem Himmel hat. In der hellen Jahreszeit gibt es meistens bedeckten Himmel und Nebel.

Diese Verhältnisse sind für einen Flugvorstoß zum Pol denkbar ungünstig. Das gute Wetter im Winter kann man wegen der Dunkelheit, die vom Oktober bis zum März dauert, nicht ausnützen, man muß sich mit dem viel ungünstigeren Wetter in der hellen Jahreszeit begnügen.

Glücklicherweise gibt es doch eine Übergangszeit im Frühling, wenn es hell geworden ist und das Grauwetter des Sommers noch nicht ernsthaft eingesetzt hat. Der April bietet mit seinen 8 klaren Tagen, seinen 17 Tagen ohne Niederschläge und nur einem Tag mit Nebel recht gute Aussichten für den Polflug. Aber man muß bedenken: wenn man eine längere Strecke fliegen will, dann ist die Gefahr, schlechtes Wetter zu bekommen, viel größer, als die vorerwähnten Zahlen vermuten lassen. Bei einer Flugstrecke von Spitzbergen bis zum Pol wird man selbst in einem so guten Monat wie dem April in den meisten Fällen durch Zonen von gutem und schlechtem Wetter zu fliegen haben. Im April muß man auch mit strenger Kälte rechnen. Anfang April hatte die „Fram" bis -38° C, und selbst am Ende des Monats kann die Temperatur bis -29° C fallen. Besonders die klaren Tage sind so kalt. Will man also an einem klaren Apriltag fliegen, muß man notwendigerweise gut gegen die Kälte ausgerüstet sein.

Bei dem Polarflug 1925 konnte der Start im April noch nicht unternommen werden. Obgleich die Überfahrt von Norwegen lange vor der eigentlichen Schiffahrtszeit durchgeführt wurde und die vorbereitenden Arbeiten in Kings Bay rasch und programmgemäß verliefen, waren die Maschinen erst Anfang Mai startbereit. Ein früherer Starttermin wäre wohl nur möglich gewesen, wenn wir auf Spitzbergen überwintert hätten.

Die Aufgabe der Meteorologen war es nun, zu bestimmen, an welchem Tag im Mai der Start unternommen werden sollte. Wenn man die Erfahrungen der „Fram" in Betracht zog, so waren die Aussichten, einen guten Starttag zu finden, nicht vielversprechend. Im Mai 1896, als die „Fram" sich ungefähr auf halbem Weg zwischen Spitzbergen und dem Pol befand, hatten 25 Tage Niederschläge und nur 3 Tage Anfangs des Monats klares Wetter gebracht. Würde nun der Mai 1925 ebenso schlecht wie der Mai 1896 werden, so müßte der Polflug unter sehr unsicheren meteorologischen Verhältnissen unternommen werden.

Was für Hilfsmittel gibt es nun, das kommende Wetter zu bestimmen? In erster Linie Telegramme von den Stationen in aller Welt, aus denen man erstehen kann, was für Wetter im Anzug ist. Dies System ist bei allen meteorologischen Instituten gebräuchlich, die mit Wettervorhersagen zu tun haben, und es mußte auch zur Sicherung des Polfluges benutzt werden. Aber zuerst muß man sich klar darüber sein, daß Wettervoraussagen auf Spitzbergen viel schwieriger sind als an irgendeiner andern Stelle, wo solche Versuche angestellt werden. In Europa zum Beispiel ist man in allen Windrichtungen von einem Netz von Stationen umgeben, die melden können, was für Wetter heraufzieht. Aber auf Spitzbergen liegt der Fall schwieriger. Zwar überwacht das Netz der europäischen Stationen alle Witterungsverhältnisse, die vom Süden her sich nähern, aber von Westen, Norden und Osten gibt es keine telegraphischen Wettermeldungen. Daher können die Meteorologen oft genug, trotz all ihrer Hilfsmittel, die Frage nicht beantworten: Wie wird das Wetter morgen sein?

Diese Nachteile gelten bereits für Spitzbergen. Aber der Polflug sollte uns mehr als 1000 Kilometer weit über unbekanntes Gebiet mit unbekanntem Wetter führen! Wie wollte man da gutes Wetter für die ganze Strecke in Aussicht stellen?

Ich weiß, daß viele Meteorologen sagen würden, einer solchen Aufgabe sei die Wissenschaft nicht gewachsen; eine Wettervoraussage im Polgebiet sei immer nur ein Raten. Da diese Ansicht sogar in der Presse ausgesprochen wurde, darf ich wohl die Tollkühnheit verteidigen, mit der ich mich an die Lösung der Aufgabe heranwagte. Ich will gerne einräumen, daß man oft unmöglich voraussagen kann, welches Wetter zwischen Spitzbergen und dem Pol herrscht und noch weniger, wie sich das Wetter in 1 – 2 Tagen gestalten wird. Aber die Meteorologie gestattet es doch, durch indirekte Schlüsse herauszufinden, ob Aussichten auf gutes Wetter bestehen, oder ob die Lage allzu zweifelhaft ist. Die Flieger waren sich von vornherein darüber klar, daß diese Wettervoraussagen ziemlich unsicher sind und leicht fehlschlagen können. Sie zogen es aber doch vor, den Ratschlägen zu folgen, die die Wissenschaft ihnen geben konnte, selbst wenn diese Ratschläge nicht bindend formuliert und mit allem möglichen Vorbehalt gegeben wurden.

Um auf jeden Fall einen Flug im Nebel oder durch Schneetreiben zu vermeiden, in dem die Flugmaschinen unweigerlich voneinander abkommen würden, hatten wir verabredet, umzukehren, wenn das Wetter zu bedrohlich aussehen sollte. Dann wäre es Sache der Meteorologen gewesen, von neuem herauszufinden, wann es sich wieder lohnen würde, gegen den Pol vorzustoßen.

Seit mehreren Jahren erfolgt der Austausch der Wetterberichte für die Zwecke der Wettervorhersage durch drahtlose Telegraphie, so daß alles Material jedem zugänglich ist, dem ein Empfangsapparat zur Verfügung steht. Der Radioempfänger der „Fram" war vom neuesten Typ und arbeitete vorzüglich, selbst wenn Meldungen aus ganz fernen Ländern aufgenommen wurden. Herr Devold besorgte fast die ganze Zeit den Empfang der drahtlosen Wettermeldungen. Diese Aufgabe beherrschte er sehr gut, da er sonst Assistent am Geophysischen Institut in Tromsö ist. Man kann wohl sagen, daß wir keine bessere Kraft für diesen Dienst hätten finden können. Er war unermüdlich, wenn es galt, sehr weite schwache Meldungen aufzufangen und zu lesen, und ihm ist es zu danken, wenn der Wetterdienst in Kings Bay mit einem fast so vollkommenen System meteorologischer Beobachtungen arbeitete wie irgendeine Wetterwarte im Süden.

Die meteorologischen Meldungen sind durch eine internationale Übereinkunft so geregelt, daß man mit demselben Empfangsapparat die Wetterbeobachtungen von ganz Europa, Nordamerika und Nordasien aufnehmen kann. Das hat man dadurch erreicht, daß die Meldungen in dichter Reihenfolge nach einem verabredeten Stundenplan erfolgen. Auf der „Fram" wurden folgende Sendungen regelmäßig empfangen.

(Beobachtungen von 8 Uhr morgens)

Vm.	4.30	Uhr	Stavanger (Wiederholung Annapolis, Ver. Staaten).
	7.00	-"-	London (englische Beobachtungen von 2 Uhr nachts).
	8.12	-"-	Tromsö (außerdem Übermittlung der Polarstationen Jan Mayen, Bäreninsel).
	8.20	-"-	Königswusterhausen (Deutschland).
	8.25	-"-	Haapsalu (Estland).

8.35	-"-	Lyngby (Dänemark).
8.40	-"-	Karlsborg (Schweden).
8.50	-"-	Oslo (Norwegen).
9.00	-"-	London (England, Faröer, Island).
9.15	-"-	Grudziadz (Polen),
9.20	-"-	Paris (Frankreich, Schweiz, Belgien, Holland).
9.30	-"-	Sandhamn (Finnland).
9.35	-"-	Budapest (Ungarn).
9.40	-"-	London (Schiffsmeldungen).
9.50	-"-	London (Sammelmeldung).
10.00	-"-	Tromsö (Sammelmeldung).
10.15	-"-	Dietskoje Selo (Rußland).
10.30	-"-	Vardö (Nordrußland).
10.40	-"-	Paris (Sammelmeldung).
11.45	-"-	Oslo (norwegische Beobachtungen 11 Uhr).
11.50	-"-	London (englische Beobachtungen 11 Uhr).
12.00	-"-	Dietskoje Selo (Rußland, Sibirien).

(Beobachtungen von 2 Uhr)

2.12	Uhr Nm.	Tromsö (außerdem Übermittlung der Polarstationen Jan Mayen, Bäreninsel).
2.20	-"-	Königswusterhausen (Deutschland).
2.35	-"-	Lyngby (Dänemark).
2.40	-"-	Karlsborg (Schweden).
2.50	-"-	Oslo (Norwegen).
3.00	-"-	London (England, Faröer).
3.15	-"-	Grudziadz (Polen).
3.20	-"-	Paris (Frankreich, Schweiz, Belgien, Holland).
3.30	-"-	Sandhamn (Finnland).

(nachmittags)

3,50	Uhr Nm.	London (Sammelmeldung).
4,00	-"-	Tromsö (Sammelmeldung).
5,00	-"-	Paris (Sammelmeldung).
5,45	-"-	Oslo (norwegische Meldungen 5 Uhr).
5,50	-"-	London (englische Meldungen 5 Uhr).

| 6,30 | -"- | Stavanger (Wiederholung von Annapolis, Ver. Staaten). |

(Beobachtungen von 7 Uhr abends)

7.12	Uhr	Tromsö (außerdem Übermittlung der Polarstationen Jan Mayen, Bäreninsel).
7.20	-"-	Königswusterhausen (Deutschland).
7.35	-"-	Lyngby (Dänemark).
7.40	-"-	Karlsborg (Schweden).
7.50	-"-	Oslo (Norwegen).
8.00	-"-	London (England, Faröer, Island).
8.15	-"-	Grudziadz (Polen).
8.20	-"-	Paris (Frankreich, Schweiz, Belgien, Holland).
8.30	-"-	Sandhamn (Finnland).
8.40	-"-	London (Schiffsmeldung).
8.50	-"-	Tromsö (Sammelmeldung).
9.15	-"-	Haapsalu (Estland).
10.00	-"-	Paris (Sammelmeldung).

Wie man sieht, hatte Devold einen langen Stundenplan für jeden Tag, Sonntag wie Werktag. Die Meldungen, die während der Nacht und in den frühen Morgenstunden kamen, wurden von den Schiffstelegraphisten aufgenommen. Diese hatten außerdem in der freibleibenden Zeit die umfangreiche Pressekorrespondenz der Expedition zu führen.

Fast alle nord-, west- und mitteleuropäischen Staaten stehen auf der Liste. Beobachtungen von Ländern, deren Meldungen nicht direkt gehört werden konnten (z. B. einige süd- und osteuropäische Stationen) wurden indirekt durch „Sammelmeldungen" von London und Paris aufgenommen, die Auszüge von Beobachtungen aus ganz Europa geben.

Besondere Erwähnung verdient der Wetterdienst, der eigens für die Expedition eingerichtet wurde. In erster Linie müssen da die Meldungen genannt werden, die die Vereinigten Staaten eingerichtet hatten, mit besonderen Beobachtungen von Alaska, Kanada und den Vereinigten Staaten. Diese Beobachtungen ergaben eine wichtige Ergänzung der meteorologischen Nachrichten, die Amerika sonst regelmäßig für den europäischen Gebrauch aussendet. Besonders wertvoll waren die ausführlichen Beobachtungen aus Alaska, dem nächsten bewohnten Land auf der andern Seite des Eismeeres. Das ganze umfangreiche Beobachtungsmaterial wurde uns umsonst vom Wetterbureau der Vereinigten Staaten zur Verfügung gestellt und wiederum unentgeltlich von der amerikanischen Flottenstation Annapolis telegraphiert. Es ist uns eine Freude, die große Hilfsbereitschaft Amerikas hier zu erwähnen und den Dank der Expedition dafür zum Ausdruck zu bringen.

Die Meldungen von Annapolis wurden von der Radiostation Stavanger aufgenommen, die sie für die „Fram" wiederholte. Auch dies geschah unentgeltlich. Das norwegische Telegraphenwesen war der Expedition auch dadurch gefällig, daß es die Stationen Vardö anwies, Meldungen von nordrussischen und nordsibirischen Stationen aufzunehmen und an die „Fram" weiterzugeben, die sie selbst nur schwer hätte auffangen können. Auch der Beistand der Radiostation in Green Harbour muß noch erwähnt werden, die uns beim Empfang von Meldungen in den kritischen Tagen vor dem Start behilflich war.

Das Geophysische Institut in Tromsö, das die Wetterwarte für das nördliche Norwegen ist, sandte uns durch seine eigene Radiostation dreimal täglich einen Auszug des nordnorwegischen Beobachtungsmaterials.

Dem Institut in Tromsö schulden wir außerdem noch vielen Dank für die Hilfe, die es dem Wetterdienst der Expedition von den ersten Anfängen an und den vorbereitenden Arbeiten im Winter 1924-25 zuteil werden ließ. Es war eine große Hilfe für die beiden isolierten Meteorologen auf Spitzbergen, sich von Zeit zu Zeit mit den nächsten meteorologischen Nachbarn im Süden beraten zu können, die aus langjähriger Erfahrung die meteorologischen Verhältnisse des nördlichen Eismeeres genau kennen. Ich will hier besondern ein Telegramm von Direktor Krogneß hervorheben, der ein paar Tage vor dem Start mitteilte, daß seine Periodenanalysen auf das Herannahen einer Periode von stabilem Wetter hindeuteten. Das war ein guter Anhalt, als die Entscheidung über den Start fallen sollte.

Nachdem unsre Arbeiten richtig in Gang gekommen waren, konnten wir von fast allen auf der Karte vermerkten Stationen Meldungen empfangen. Das Netz von Stationen ist in Europa am dichtesten, so dicht, daß wir uns manchmal, um Arbeit zu sparen, mit einer Auswahl von Stationen begnügten. Asien und Amerika sind dünner besetzt, aber auch da ist es möglich, eine in großen Zügen genaue Wetterkarte aufzuzeichnen.

Zu alledem kommt noch in den englischen, französischen und norwegischen Meldungen eine gewisse Anzahl Wetterbeobachtungen von Schiffen im Atlantischen Ozean. Diese verbinden sozusagen das europäische und das amerikanische Stationsnetz. Das ganze Stationssystem bildet mithin einen fast vollständigen Kreis um das Polgebiet, und nur über Nordostsibirien, wo die Telegraphenverbindungen noch schlecht sind, klafft eine ziemlich große Lücke.

Mit Hilfe dieses zirkumpolaren Stationsnetzes sollte nun festgestellt werden, was für Wetter sich dem unbekannten Gebiet näherte, und daraus mußten indirekte Schlüsse auf die Gestaltung der Witterung auf der Flugstrecke zum Pol gezogen werden. Nach diesem Gesichtspunkt wurden zweimal täglich Wetterkarten für das ganze Gebiet gezeichnet. Außerdem wurden noch zwei Karten täglich von dem europäischen Teil des Stationsnetzes aufgenommen, so daß die Witterungslage alle 6 Stunden festgestellt wurde.

Die Zeichnung der Wetterkarten geschah in einer der Achterkajüten der „Fram", die eigens als „Wetterwarte" eingerichtet war. Der Platz war nicht gerade geräumig für die vielen Karten, Instrumente und die andern Geräte, die dort untergebracht waren, besonders da die Kajüte auch dem Expeditionsarzt Dr. Matheson als Sprechzimmer dienen mußte. Aber mit beiderseitigem gutem Willen konnte man die ganze Zeit hindurch den Wetterdienst und die Arztpraxis im selben Raum ausführen.

Nachdem nun der Wetterdienst in Gang gekommen war, hatte ich oft das Vergnügen, Besuche von Expeditionsmitgliedern zu bekommen, die auf dem Lande einquartiert waren. In den ruhigen Zeiten, in denen sich nichts Besonderes ereignete, waren unsre beiden Journalisten häufige Gäste. Sie mußten in Ermangelung von etwas Besserem vom Wetter berichten, denn vom Wetter kann man ja immer etwas erzählen. Als der Starttermin näher kam, sprachen auch Amundsen und Ellsworth öfters vor, um sich nach den Aussichten zu erkundigen. In den Zeiten, da die „Fram" nicht im sichern Hafen lag, war Kapitän Hagerup beständig mit dem Wetterdienst in Verbindung, um rechtzeitig zu erfahren, wann Wind im Anzug war, der das Treibeis gegen uns in Bewegung setzen konnte. Im allgemeinen konnte ich nicht über mangelndes Vertrauen zu unserm Wetterdienst klagen. Es war im Gegenteil oft notwendig, die andern darauf hinzuweisen, wie wenig wir doch im Grunde genommen wußten.

Alle Beobachtungen, die im Freien vorgenommen wurden, führte der Meteorologe Calwagen aus, der das meteorologische Observatorium in Bergen leitete. Er hatte so viel verschiedene Pflichten, daß man ihnen ein ganzes Kapitel widmen müßte, aber da es bisher nicht möglich ist, die Beobachtungen fertig zu bearbeiten, müssen Calwagens Ergebnisse einer späteren Veröffentlichung in Fachzeitschriften vorbehalten bleiben. An dieser Stelle will ich, im Einverständnis mit ihm, nur von dem Teil seiner Wirksamkeit berichten, der unmittelbar der Wettervorhersage diente.

Damit uns nichts, was mit der Witterung zusammenhing, entgehen sollte, machte Calwagen möglichst jede Stunde vom frühen Morgen bis zum späten Abend Beobachtungen. Diese Beobachtungen bezogen sich auf Wind, Wolkendecke, Bewegung und Struktur der Wolken, deren Höhe über dem Erdboden, Niederschläge, Sichtigkeit der Luft, Lufttemperatur und Feuchtigkeit, Barometerstand usw. Außerdem war ein Registrierkasten mitgebracht worden, in dem die Temperatur und Feuchtigkeit der Luft von selbstregistrierenden Instrumenten aufgezeichnet wurde. Im geschlossenen Raum waren zwei Barographen angebracht, einer in der Besteckkajüte und einer in der Wetterstation, die die Veränderungen des Luftdrucks aufzeichneten.

So oft wir keine tiefen Wolken hatten, beobachtete Calwagen den Wind in den Höhenlagen mit Pilotballonen. Diese Beobachtungen waren von größter Bedeutung für die Beurteilung der Wetterlage. Deshalb will ich ausführlicher von ihnen berichten. Die Beobachtungen werden auf folgende Weise ausgeführt: Ein farbiger Gummiballon wird so lange mit Wasserstoffgas gefüllt, bis er einen Durchmesser von etwa ½ Meter erreicht hat. Man mißt seinen Auftrieb und weiß daher, wie schnell er aufsteigen wird. Wenn der Ballon losgerissen ist, visiert man ihn durch einen Feldstecher mit horizontaler und vertikaler Gradeinteilung, einem sogenannten Theodoliten. Die Einstellung des Theodoliten wird jede halbe Minute, während der Ballon aufsteigt, abgelesen und aufgeschrieben. Später kann man dann feststellen, welchen Weg der Ballon genommen hat, und daraus berechnet man, was für Wind in den verschiedenen Höhen wehte.

Es war nicht immer leicht, einen passenden Platz für die Aufstellung des Theodoliten zu finden. An Bord der „Fram" geschah es häufig, daß der Ballon nach einigen Minuten hinter die Masten oder den Schornstein des Schiffes geriet und dadurch unsern Augen entschwand. Auf dem Eis des Fjords war es im allgemeinen möglich, einen guten Platz zu finden, außer an Tagen, an denen draußen starke Dünung herrschte, wodurch auch das Eis des Fjords in Bewegung geriet. Das war recht hinderlich, wenn es galt, vom Theodoliten Zehntelgrade abzulesen. Bei der Däneninsel, wo kein festes Fjordeis war, mußte Calwagen für jeden Ballonaufstieg ans Land gerudert werden, um festen Boden für den Theodoliten zu finden. Meistens wählte er die kleine Insel „Likholmen", wo er vom höchsten Punkt freie Aussicht nach allen Seiten haben konnte. Wenn die „Fram" unterwegs war, um Süßwassereis von einem Grundwassergletscher zu holen, war Calwagen auch sofort dabei und stellte sein Glas auf dem Gletscher auf. Es war wahrscheinlich das erstemal, daß überhaupt jemand Beobachtungen mit Pilotballonen von einem Gletscher gemacht hat.

Bei all diesen Beobachtungen mit Versuchsballonen, unter beständig wechselnden und oft schwierigen Verhältnissen, entfaltete Calwagen große Zuverlässigkeit, Ausdauer und Energie. Man kann ohne weiteres sagen, daß er alle denkbaren Möglichkeiten ausnutzte, um Beobachtungen zum Besten des Wetterdienstes der Expedition zu sammeln.* Wenn bei Aufstiegen von Versuchsballonen eine zweite Kraft gebraucht wurde, hatte Calwagen ausgezeichnete Hilfe an dem Eislotsen Naeß, der, wie er selbst sagte, recht froh war, solche Beschäftigung zu finden in der langen Zeit, in der die „Fram" stillag und der Lotse nichts zu tun hatte.

* Nachdem dieser Bericht fertiggestellt war, kam die traurige Nachricht, daß Calwagen am 10.8.1925 bei einem Fliegerunglück auf dem Flugplatz Kjeller bei Oslo den Tod gefunden hat. Gleich bei seiner Rückkehr aus Spitzbergen machte er sich an eine Arbeit, die er als Erster in Norwegen ausführte, nämlich die Erforschung der Atmosphäre mit selbstregistrierenden, im Flugzeug aufgestellten Instrumenten. Im Laufe der letzten Jahre nahm er an vielen Aufstiegen teil, um die Registrierkurven der Instrumente durch seine eigenen Beobachtungen zu ergänzen. Während eines Fluges geschah das Unglück, gerade als er eifrig dabei war, Beobachtungen zur Lösung der Rätsel in der Atmosphäre zu sammeln.

Alle, die an der Expedition teilgenommen haben, werden Calwagen nie vergessen. Er war ein prächtiger Mensch, hilfsbereit und aufopfernd, lebhaft und voll sprudelnden Humors, tüchtig und kenntnisreich, aber gleichzeitig von einer Bescheidenheit, die eine natürliche Begleiterscheinung seines edlen, selbstlosen Charakters war. Wir alle fühlen schmerzliche, tiefe Trauer beim Tode eines solchen Mannes.

Im ganzen wurden 62 Pilotenballons in der Zeit vom 15. April bis zum 29. Mai hochgelassen. Einer dieser Ballons konnte mit dem Feldstecher bis zu 10500 Meter Höhe verfolgt werden. Das war aber nur möglich, weil sehr schwacher Wind in allen Höhenlagen wehte. Im allgemeinen war der Wind so stark, daß er den Ballon schon in viel geringerer Höhe den Blicken entführte.

Es würde zu weit auf wissenschaftliches Gebiet führen, hier alle übrigen Methoden zu beschreiben, mit denen man die Wetterlage auf Grund der Wetterkarten und Beobachtungen deuten kann. Ich muß mich darauf beschränken, die hauptsächlichen Grundsätze auf-zuzählen, die bei der Wahl des Starttages berücksichtigt werden mußten.

Eine allgemeine Erfahrung ist es, daß die Gebiete mit schwachem Luftdruck meistens bedeckten Himmel und Niederschläge haben, während über Gebieten mit hohem Luftdruck schönes Wetter und klarer Himmel herrscht. Es galt also auf jeden Fall eine Witterungs-lage zu vermeiden, wo ein Tiefdruckgebiet sich auf den Pol zu bewegte und dort vielleicht noch anhalten konnte.

Um nun einigermaßen vor schlechtem Wetter sicher zu sein, mußte ein Hochdruckgebiet abgewartet werden. Der Hochdruck mußte außerdem nördlich von Spitzbergen liegen, damit man sicher war, daß die Aeroplane nicht aus der guten Witterung herauskämen und schlechtes Wetter auf ihrem Weg zum Pol anträfen. Diese Witterungslage mit Hochdruck über dem Polgebiet führt notwen-digerweise nordöstliche Winde und kaltes Wasser auf Spitzbergen mit sich. Dieser Nordostwind ist auf Westspitzbergen Landwind und bringt daher klares Wetter. An der Nordküste Spitzbergens ist das Wetter mit Nordostwind dagegen unsicher, denn dieser treibt die Luft aufwärts zu den Bergen und bildet daher Wolken. Aber diese Wolkenmassen an der Nordküste erstrecken sich meistens nur über ein begrenztes Gebiet, so daß die Flieger sie in kurzer Zeit überwinden können, am leichtesten durch einen Flug über der Wolkenlage.

Die beste Sicherheit für eine beständige Wetterlage hat man, wenn die Pilotenballone zeigen, daß der Nordostwind nicht nur unten, sondern auch in den höheren Lagen weht. Dann weiß man, daß das Hochdruckgebiet über dem Pol sich auch auf die hohen Luftlagen erstreckt und daß es sich nicht um ein nur tiefliegendes Hoch-druckgebiet handelt, das bei dem ersten Angriff von Schlechtwetterzentren fortgefegt werden kann.

Das erste Hochdruckgebiet wurde am 4. Mai festgestellt, gerade als die Aeroplane fertig montiert waren. Auf der Karte sieht man das Hochdruckgebiet über dem Eismeer, während sich ein Kranz von Tiefdruckgebieten rund herum lagert, mit den wichtigsten Unwetterzentren über Irland, Nordnorwegen, drei über Nordsibirien und einem über dem arktischen Kanada. Diese günstige Witterungslage hielt aber nicht lange an. Der tiefe Luftdruck über Nordnorwegen nahm rasch zu und zog nordöstlich dahin längs der punktierten Linie auf der Karte, indem er das polare Hochdruckgebiet nach Grönland zu abdrückte. Bevor die letzten Vorbereitungen am 8. Mai getroffen waren, hatte sich das Tiefdruckgebiet dem Pol genähert, daß von einem Start abgeraten werden mußte.

Nun folgte eine Periode mit schlechtem Wetter, in der wir nichts andres tun konnten als abwarten. Die Windrichtung war meistens zwischen West und Süd, der Himmel bedeckt, und es schneite oft. Nur ab und zu einmal klärte es sich einen halben Tag lang auf, aber nie genügend, um an einen Start zu denken. Dies ging so bis zum 18. Mai. Dann kam endlich der Umschlag. Ein starkes Unwetterzentrum passierte die Bäreninsel, drehte den Wind östlich auf Spitzbergen zu, und nach dem Unwetter zog ein Hochdruckgebiet herauf, das von Labrador über Grönland hin sich weiter dem Pol zu bewegte. Noch war der Wind zu stark, und es war auf Spitzbergen noch nicht klar genug, aber es bestand die Aussicht dafür, daß die nächsten Tage eine gute Wetterlage für den Flug bringen würden. Die Maschinen wurden deshalb klargemacht, so daß sie in kurzer Zeit startbereit waren.

Noch drei Tage mußte man warten, bis das Wetter ganz so geworden war, wie es sein sollte. Das Hochdruckgebiet hatte sich schon längst über das Polarmeer ausgebreitet, und das Unwetter, das über die Bäreninsel strich, war nach Nordsibirien weitergezogen, aber bis zum Morgen des 21. herrschte noch immer bedecktes Wetter mit zeitweiligem Schneefall in Kings Bay. Die Ursache war ein lokales Tiefdruckgebiet, das sich hartnäckig über dem Ausläufer warmen Wassers hielt, den der Golfstrom an der Westküste von Spitzbergen entlang sendet. Erst am 21. Mai war der Wind so weit östlich, daß er das Schneewetter auf das Meer hinaustrieb, so daß wir von Mittag ab strahlenden Sonnenschein und wolkenlosen Himmel hatten.

Endlich hatten wir die so lang ersehnte Wetterlage, die erste

216

brauchbare, seit die Aeroplane startbereit waren! Sie mußte benutzt werden, um so mehr, als es schon gegen Ende des Mai ging und die Gefahr des Nebels mit jedem Tag größer wurde.

Noch hatten wir auf Spitzbergen keinerlei Nebel erlebt, und hätte man nicht die grundlegenden Erfahrungen über den Polarnebel durch die Beobachtungen der „Fram" 1893-96 besessen, wäre es ziemlich verführerisch gewesen, noch länger zu warten. Es war noch ziemlich kalt. In Kings Bay hatten wir am 21. Mai -9° C, und am Pol konnte man Temperaturen bis zu -15° C erwarten. Für Menschen und Motoren wäre mehr sommerliches Wetter besser und behaglicher gewesen. Aber von zwei Übeln muß man das kleinere wählen. Sowie der Sommer seinen Einzug in Nordeuropa, Nordsibirien, Alaska und Nordkanada hält, fängt die Herrschaft des Nebels über dem Eismeer an. Jede Luftströmung über dem Eismeer, aus welcher Richtung sie auch kommt, wird warme Luft mit sich führen, die sich durch die Berührung mit dem Polareis abkühlen muß. Diese Abkühlung der warmen Luft mit großem Feuchtigkeitsgehalt erzeugt den Nebel. Die Nebelbildung geht unabhängig davon vor, ob hoher oder niederer Luftdruck herrscht. Selbst das Hochdruckgebiet wird deshalb im Sommer für einen Flug unbrauchbar sein. Zwar wird man bei einem Hochdruckgebiet keine hohen Wolken haben, die Schnee und Regen bringen, und man kann bei strahlendem Sonnenschein fliegen. Aber der Nebel wird eine Landung unmöglich machen, selbst wenn er sich nur 20 Meter hoch erstreckt.

Eine solche Nebelbildung war am 21. wenig wahrscheinlich, man kann beinahe sagen, ganz ausgeschlossen. Der Nordostwind war an dem Tag so kalt (-9° C), daß er von dem eigentlich zentralen Teil des Polareises kommen mußte. Es war daher unwahrscheinlich, daß er auf seinem Weg nach Spitzbergen einer weiteren Abkühlung ausgesetzt war, und ohne diese Abkühlung konnte man nicht mit Nebel rechnen.

Alle diese Beobachtungen führten also zu dem Ergebnis: „Die Lage ist heut so günstig, wie man sie so spät im Sommer nur erwarten kann." Nicht ohne innere Erregung meldete ich dies am Morgen des 21. den Fliegern. Nie vorher hatte ich eine Wettervoraussage mit so drückender Verantwortung gegeben. Mir war ganz ungemütlich zumute. Aber anderseits war es wohltuend, zu sehen, mit welcher Ruhe die Flieger ihren noch viel verantwortlicheren Entschluß faßten: „Heute starten wir!"

Und dabei blieb es. Die letzten zur Mittagszeit aufgenommenen Meldungen zeigten keine Verschlechterung der Lage, und es war daher kein Grund vorhanden, den Start abzusagen. Der Himmel klärte sich beständig weiter auf. Calwagen konnte einen Pilotballon mit dem Feldstecher bis zu einer Höhe von 4000 Meter verfolgen. Er zeigte, daß Nordostwind wehte, abgesehen von den tiefsten Lagen, in denen der Wind über dem Kingsbayfjord von Südosten kam. Der Nordostwind hatte in der Höhe eine Geschwindigkeit zwischen 16 und 20 Kilometer in der Stunden. Dieser würde also, wenn er mit unveränderter Stärke während des achtstündigen Fluges zum Pol anhielt, die Aeroplane 130 – 160 Kilometer abtreiben. So viel Benzinvorrat war aber vorhanden, um auch diese letzte Strecke auszufliegen, besonders wenn man damit rechnen konnte, daß derselbe Nordostwind den Fliegern auf dem Rückflug zustatten kommen würde. Calwagen schrieb seine Beobachtungsergebnisse auf und übergab sie Amundsen als Unterlage für die Navigation.

Damit war die Aufgabe der Meteorologen beendet. In den letzten unvergeßlichen Minuten standen auch wir einfach als Zuschauer, ergriffen von Bewunderung für die sechs mutigen Männer, die lächelnd Abschied nahmen, als gälte es einen ganz alltäglichen Flug. Nicht lange darauf waren beide Flugmaschinen den Blicken im sonnenblauen Himmel, in der Richtung auf Kap Mitra zu entschwunden.....

* * *

45 Tage später sind die Polflieger daheim in Oslo und überlassen uns die meteorologischen Aufzeichnungen Amundsens und Ellsworths. Gespannt lesen wir sie durch. Sie bringen Neues von einer Welt, die den Meteorologen sonst unzugänglich ist, und sie geben ihm viel zu denken, besonders wenn man gewagt hat, den Polfliegern eine Wettervoraussage für ihren Flug ins Unbekannte zu geben.

Wir nehmen den Bericht vom Start in Kings Bay wieder auf und wollen sehen, was der meteorologische Vermerk erzählt.

Nach dem Fluge, entlang der Küste mit den Sieben Gletschern, fanden die Flieger die Däneninsel und die Amsterdaminsel in Nebel gehüllt, der sich so weit nördlich erstreckte, wie das Auge reichte. Woher kam das nun?

Ich kann nicht nach eigner Anschauung urteilen, denn als wir 12 Stunden später an Bord der „Fram" zur Däneninsel kamen, war keine Spur von Nebel zu sehen. Aber ich neige der Ansicht zu, daß der Nebel eine Art tiefliegender Wolken gewesen sein muß, die wir oft im Anfang Mai hatten, als wir im Südgatt lagen und auf Startwetter warteten. Diese Wolken bilden sich gerade dann, wenn ein kalter Wind vom Polareis zum offenen Meer hin bläst. Die Luft wird dann, sobald sie über die ersten offenen Wasserstellen kommt, von unten her stark erwärmt. Der erwärmte Teil der Luft bricht sich nach oben zu Bahn und bildet beim Aufsteigen Wolken. Andre, noch kalte Teile der Luft kommen dann mit dem Wasser in Berührung, werden ebenfalls erwärmt, steigen aufwärts, bilden Wolken und so fort. Nach den Beobachtungen, die wir Anfang Mai bei der Däneninsel auszuführen Gelegenheit hatten, liegt die untere Schicht dieser Wolken etwa 200 Meter hoch. Unter dieser Schicht erlebt man dann meist ein dichtes Geriesel von feinen Schneekörnchen, die die Sichtigkeit der Luft vermindern und beim Flug sicher sehr störend sein müssen. Glücklicherweise erreichen aber diese Wolken selten eine Höhe über 1000 Meter, so daß man mit Leichtigkeit über ihnen fliegen kann. Außerdem kann man davon ausgehen, daß sie sich nicht weiter nördlich bilden, als es offene Wasserstellen von einigermaßen größerem Umfang gibt. Es ist daher nicht allzu gewagt, über einem Wolkenring dem klaren Wetter zu gen Norden zu fliegen.

Die Polflieger nahmen das Wagnis auf sich, und das mit Recht. Nach zweistündigem Flug von der Däneninsel nördlich hörten die Wolken auf, und während des übrigen Fluges hinderte nichts den Ausblick über das Polareis.

Die Expedition hat hier eine bedeutungsvolle meteorologische Beobachtung für alle späteren Flugunternehmungen in der Arktis aufgestellt. Wenn ein kalter Wind vom Pol her weht, muß man damit rechnen, daß sich ein tiefer Wolkengürtel bei dem Übergang vom Eis zum Meer bildet, selbst wenn es dem Pol zu wolkenlos ist. Diese Wolken werden sich in jeder Jahreszeit bilden, aber vielleicht am meisten in der kalten Jahreszeit, wenn der Temperaturunterschied zwischen Eis und Meer am größten ist.

Die Landung ging bei schwachem Wind vor sich, also wahrscheinlich nahe dem Zentrum des Hochdruckgebiets, das das Polmeer deckte. Auf dem Wege zum Hochdruckgebiet muß jedoch der Wind wesentlich stärker gewesen sein. Das geht aus dem bedeutenden Abtrieb von 250 Kilometer im Lauf des achtstündigen Fluges hervor. Im Durchschnitt muß der Wind also eine Geschwindigkeit von 30 Kilometer in der Stunde gehabt haben. Das ist wesentlich mehr, als die Beobachtungen am Pilotballon in Kings Bay gezeigt hatten, nämlich 20 Kilometer in der Stunde. Die Aeroplane müssen also durch eine Zone mit starkem Nordostwind nördlich von Spitzbergen geflogen sein, um später näher dem Pol zu wieder in ruhigeren Wind zu kommen.

Dies führt nun zu der Frage: Hätte man nicht einen Tag mit schwächerem Wind finden können, an dem der Abtrieb geringer gewesen wäre, so daß der Pol erreicht werden konnte? Wahrscheinlich wäre der nächste Tag, also der 22. Mai, besser gewesen, was den Wind anbetrifft. Calwagen maß an diesem Tag bei der Däneninsel Ostwind von 13 Kilometer Stundengeschwindigkeit in 500 Meter Höhe. Dieser Wind hätte also die Flugzeuge nur etwa 100 Kilometer abgetrieben. Aber nach dem, was Amundsens Beobachtungen berichten, wehte am selben Tag bei ihrem Lager auf dem 87° 43' eine leichte nördliche Brise, mithin Gegenwind auch an dem Tag auf der Strecke zum Pol. Und was schlimmer war, am 22. Mai war das Wetter am Pol nicht mehr klar. Hierüber erzählen die Beobachtungen:

Während der letzten zwei Stunden des Fluges fingen leichte Wolken an aufzuziehen, aber sie wurden nicht dichter, so daß Sonnenbeobachtungen gleich nach der Landung vorgenommen werden konnten. Am nächsten Tag war das klare Wetter schon vorüber, eine gleichmäßig graue Wolkenlage bedeckte den ganzen Himmel. Das ist das polare Sommerwetter, das genau so anfing, wie wir es aus den Beobachtungen der „Fram"-Expedition wissen. In den nächsten Tagen wird es auch nicht besser. Der 23., 24. und 25. waren alle bewölkt, immerhin ohne Niederschläge, aber auch ohne Sonne. Eine nördliche Brise wehte am 22., 23. und 24., legte sich aber am 25..

Wie sieht nun die Wetterlage auf der Karte aus? Diese zeigt sehr wenig Veränderung. Das große Hochdruckgebiet, das sich am Starttage über dem Polarmeer befand, hielt sich noch immer, und die Flieger müssen sich, da sie jetzt Windstille haben, ziemlich dicht am Zentrum des Hochdrucks befunden haben. Alles sieht auf der Karte günstig aus, und ich persönlich glaubte auch damals, als wir bei der Däneninsel lagen und täglich 24 Stunden lang strahlenden

Sonnenschein hatten, daß dieses gute Wetter sich bestimmt bis zum Pol erstrecken müßte. Aber hier haben uns die Beobachtungen der Expedition etwas ganz andres gelehrt; selbst bei der besten Wetterlage ist der Himmel am Pol bedeckt, wenn die Jahreszeit bis gegen Ende Mai vorgeschritten ist.

Dies ist ebenfalls eines der wichtigsten meteorologischen Ergebnisse, die die Expedition gezeigt hat. Während der „Fram"-Expedition gab es nämlich zufällig kein Hochdruckgebiet gegen Ende Mai.

Nur ein paarmal zerteilten sich die Wolken auf dem 87° 43', nämlich z. B. am 29. Mai, der mit Sonnenschein an dem fast ganz klaren Himmel begann. Aber das war nur ein Zeichen dafür, daß schlechtes Wetter heraufzog. In der Nacht vom 28. zum 29. war nämlich ein nördlich ziehendes Schneewetter über Spitzbergen dahingegangen. Am 30. erreichte es das Lager der Polflieger auf dem 87° 43'. Die Aufklärung am 29. war also nur eine vorübergehende Erscheinung, und wären die Aeroplane an jenem Tag nach Süden gestartet, so wären sie bereits nach ein paar Stunden in dichtes Schneetreiben gekommen. Dieses Aufklären vor wandernden Schnee- und Regenwettern ist von tieferen Breitengraden her gut bekannt. Es ist aber eine interessante meteorologische Tatsache, daß dieselben Regeln auch für das Wetter am Pol gelten.

Jetzt folgte eine Periode mit vorherrschenden süd- und südöstlichen Winden, die die Temperatur schnell zum Steigen brachte. Am kältesten Tage, dem 24. Mai, war die Temperatur -12,5°. Beim Monatswechsel war sie bloß noch -7°, und am 7. Juni war die Temperatur bis auf 0° gestiegen. Dieser außerordentlich rasche Übergang vom Winter zur „Sommertemperatur" ist typisch für die polaren Verhältnisse. Der „Frühling" dauert nicht Monate, wie auf tieferen Breitengraden, sondern ist in wenigen Wochen vorüber.

Vom 7. Juni ab stieg die Temperatur nicht wesentlich, sondern hielt sich um Null herum, mal etwas höher, mal etwas tiefer. Man kann sagen, daß 0° C die Durchschnitts-Sommertemperatur am Eismeer ist. Es kann wohl oft genug von tieferen Breitengraden Luft zugeführt werden, die wärmer ist als 0° C, aber diese wird bei der Berührung mit dem Eis abgekühlt und bekommt auch die Temperatur um 0° C. Wie schon vorher erwähnt, ist der Nebel auf diese Abkühlung zurückzuführen, weil der Wasserdampf der Luft dadurch verdichtet wird. Der erste Nebel, der dicht über der Erdoberfläche lag, wurde am

2. Juni beobachtet, der nächste am 5. Juni, und von da ab kam er ziemlich häufig, so daß schließlich die ganz nebelfreien Tage eher zu den Ausnahmen gehörten.

Glücklicherweise war am 15. Juni als der Startplatz fertig war, das Wetter sichtig genug, um zu starten und den Weg aus dem „Nebelheim" herauszufinden.

Anhang

Das Dornier-Wal-Großflugboot

Der Dornier-Wal, den Amundsen zu seinem Polarflug benutzte, ist ein eigenstabiles Flugboot, ein zweimotoriger Eindecker von 22,5 Meter Spannweite und 96 Quadratmeter Flügelfläche. Er stellt einen typischen Vertreter der von Dr. h. c. C. Dornier entwickelten Metallbauweise dar, die sich durch die gemischte Anwendung von Duralumin und hochwertigem Stahl kennzeichnet. Mit Ausnahme der Flügelbespannung besteht das ganze Flugzeug vollständig aus Metall.

Der Bootskörper hat eine Länge von 16,25 Meter, eine Breite von 2,4 Meter ohne Seitenflossen. Die Hauptstufe ist etwas hinter dem Gesamtschwerpunkt des Flugzeuges angeordnet und in der Querrichtung unterteilt, so daß der mittlere Teil größeren Tiefgang als die beiden seitlichen hat. Dieser mittlere Teil des Bootsbodens ist besondern kräftig ausgebildet. Durch den treppenförmigen Bau wird der Vorteil erreicht, daß das Boot beim Start infolge seiner großen Breite schnell auf die Stufe kommt und die nötige Geschwindigkeit aufnimmt. Sobald es sich dann mit größerer Schnelligkeit über das Wasser bewegt, läuft es auf dem mittleren Teil der Stufe und geht infolge der hohen Belastung dieses nur 1,20 Meter breiten Mittelstücks sehr weich durch die Wellen. Auch die Landung erfolgt weich, ohne Neigung zum Springen, da die beiden Abschnitte des Bootskörpers nacheinander ins Wasser eintauchen. Es werden also die Vorteile des hochbelasteten Stufenquerschnittes mit denen des gering belasteten breiten Bootskörpers vereint.

Hinter der Hauptstufe ist eine zweite angeordnet, die in eine scharfe, senkrechte Schneide ausläuft. Sie erfüllt einerseits den Zweck eines Loskiels, um dem Flugzeug beim langsamen Manövrieren im Wasser eine gute Führung zu geben, andrerseits wirkt sie beim Laufen auf der Stufe mit hoher Geschwindigkeit stabilisierend in der Längsrichtung.

Die den Dornier-Booten eigentümlichen Seitenflossen ermöglichen eine ausreichende Seitenstabilität unter Vermeidung der im Seegange so lästigen Seitenschwimmer. Sie liegen im Ruhestand mit dem hinteren Teil ihrer Unterfläche auf dem Wasser. Bei jeder Neigung des Bootes tauchen sie tiefer ein und wirken durch ihre Wasserverdrängung aufrichtend. In der Luft erzeugen sie infolge ihres tragflügelähnlichen Querschnittes einen nützlichen Auftrieb.

Das Gerippe des Bootes besteht aus Rahmenspanten und Schottwänden, die durch die Blechhaut miteinander verbunden sind. Die Spannten bestehen aus hohlen Duraluminprofilen, die an den Endpunkten durch Knotenbleche gehalten werden. Alle Verbindungen sind ausschließlich durch Nieten und Bolzen hergestellt, die am stärksten beanspruchten Stellen der Hauptspanten noch durch Stahlbleche verstärkt. Besondere Längsverbände im Innern des Bootes sind nicht vorhanden. Der Längsverband erfolgt vielmehr, abgesehen von der Beplankung selbst, durch die die Kanten des Bootskörpers bildenden Winkelprofile, die gleichsam Kimmstringer und Balkweger darstellen. Der Bootsboden und das Deck sind außerdem durch eine Anzahl außenliegende längslaufende Profile verstärkt, die den Längsverband kräftigen und die Bootsbeplankung beim Aufsetzen auf den Boden vor Verbeulungen schützen. Sie ermöglichen auch, daß das Boot ohne besondere Vorkehrungen vom Eise aus gestartet werden kann.

Durch vier Schottspanten ist der Bootskörper in fünf wasserdichte Abteilungen unterteilt; auch jede der Seitenflossen besteht aus zwei wasserdichten Abteilungen, so daß im ganzen neun voneinander getrennte wasserdichte Räume vorhanden sind. Durch die Schottwände des Bootes ist der Verkehr durch wasserdicht abschließbare Mannlöcher möglich.

Die Raumeinteilung des Bootes ist folgende: im Bug der Stand für den Beobachter, dahinter der Führerraum, der mit Doppelsteuerung ausgestattet ist. Hinter den Führern läßt sich ein Funkabteil einbauen. Die mittlere Abteilung des Bootes wird als Tankraum benützt; sie enthält normal fünf Benzintanke von je 285 Liter Inhalt. Auf seinem Polflug hatte Amundsen hier elf solcher Behälter eingebaut. Vom Tankraum gelangt man durch eine Luke während des Fluges nach der Motorengondel. Hinter dem Tankraum ist noch ein weiterer Beobachterstand angebracht, bei dem gleichzeitig ein Teil der mitzunehmenden Ausrüstung verstaut werden kann.

Die Verbindung zwischen dem Boot und dem Flügelmittelstück, auf welches die Motorgondel aufsetzt ist, erfolgt durch sechs Stiele, die mit den Holmstücken des Mittelstücks vernietet sind. Sie sowie die Holmstücke bestehen aus Stahlprofilen von 85 kg/m² Festigkeit und mindestens 10 Prozent Dehnung. Der Motorrumpf zeigt ähnliche

Bauweise wie das Boot und besteht aus kräftigen Duralblechbändern in Verbindung mit Rahmenspanten. Am Vorder- und Hinterende befindet sich die Lagerung für je einen 360-pferdigen Rolls Royce-Eagle-Motor. Die beiden Motoren treiben eine Zug- und eine Druckschraube an, die im entgegengesetzten Drehsinn umlaufen. Die Vorteile dieser Anordnung bestehen in einer wesentlich bessern Manövrierfähigkeit des Flugzeuges in der Luft und auf dem Wasser als bei mehrmotorigen Flugzeugen mit seitlichen Motoren. Der Wirkungsgrad der Tandemschrauben ist nach den Untersuchungen von Eiffel und Dornier sehr gut. Bei bestimmten zeigt sogar die Tandemanordnung einen besseren Wirkungsgrad als die allein-stehende Schraube, da durch die zweite der Drallverlust der ersten wieder ausgeglichen wird. Die Flugerfahrungen haben diese Ergeb-nisse in jeder Hinsicht bestätigt.

Die Flügel zeigen Rechteckform mit leicht abgerundeten Ecken; das Seitenverhältnis beträgt 5,25. Jede Flügelhälfte ist durch zwei kräftige Stiele gegen den Bootskörper abgestützt. Ihr Gerippe besteht aus zwei Holmen, die als stählerne Fachwerkträger ausgebildet und durch Querriegel aus Duralumin verbunden sind. Die Diagonalverspannung der so entstehenden Felder erfolgt durch Stahlkabel. Der Anschluß der Flügelhälften an das Mittelstück erfolgt biegungssteif durch übergezogene Laschen. Diese sind am Flügelholm festgenietet und überdecken das Holmende des Mittelstücks auf 120 Millimeter Länge. Je drei Bolzen dienen zur Befestigung am Ober- und Untergurt. Die Befestigung der Stiele am Flügelholm erfolgt gelenkig durch je einen Bolzen von 24 Millimeter Durchmesser. Die Flügelrippen aus Dur-aluminprofilen zeigen Fachwerkkonstruktion. Die Gurtprofile sind mit Stoffbändern umwickelt an welche die Stoffbespannung des Flügels angenäht wird. Jeder Flügel trägt in drei Kugellagern ein etwa 2,9 Quadratmeter großes Querruder.

Das Leitwerk besteht aus einer am Boot festen Kielflosse, der zweiteiligen Höhenflosse, dem Seitenruder und dem Höhenruder. Die Kielflosse ist vollständig aus Duralumin gebaut, die übrigen Leitwerkteile sind wie Flügel mit Stoff bespannt. Der Aufbau des Leitwerks zeigt dieselben Merkmale wie die Flügel Die Höhenflosse des Leitwerks ist verstellbar; sie wird an jeder Seite durch zwei Streben gegen das Boot abgestützt. Sämtliche Ruder sind durch Ausgleichsteile entlastet.

Besonders sorgfältig wurde die ganze Antriebsanlage durchgebildet. Zur Verwendung kommen in der Regel zwei Rolls Royce-Eagle-IX-Motoren von je 360 PS, die so eingebaut sind, daß sie auch während des Fluges dem Motorwart zugänglich bleiben. Der Kühler ist ein oberhalb des Motorrumpfes stehender Doppelstirnkühler. Neuerdings wird ein vor dem vorderen Motor angeordneter Stirnkühler verwendet, wodurch das Flugzeug noch etwas an Geschwindigkeit gewonnen hat. Die Kühlwasserleitungen sind so geführt, daß die ganze Kühlwirkung im Bedarfsfalle auch für einen Motor ausgenützt werden kann; das ist besonders wichtig beim Manövrieren auf dem Wasser sowie beim Flug mit nur einem Motor. Durch Klappen läßt sich die Kühlertemperatur regeln. Die Ölbehälter sind im Motorenrumpf untergebracht. Das vom Motor zurücklaufende Öl wird durch Öl gekühlt.

Die Vorratsfässer mit dem Betriebsstoff sind auf Konsolen im Bootsboden gelagert und werden durch Stahlspanten mit Spannschrauben gehalten. Von jedem führt eine Leitung zum Sammelbehälter, der so tief im Boot angeordnet ist, daß mit Sicherheit das ganze Benzin aus den Fässern dorthin ablaufen kann. Aus diesem Sammelbehälter – in seinen Deckel ist eine Zelluloidplatte eingelassen, durch die man den Benzinstand überwachen kann – führt ein in zwei Teile gegabeltes Rohr zu den Pumpen. Das eine zweigt zu der durch Windflügel angetriebenen mechanischen Pumpe, das andre zur Handpumpe. Als solche dient eine übliche Allweilerpumpe, die an der Schalttafel des Maschinisten angebracht ist. Auf dieser Schalttafel gabeln sich beide von den Pumpen kommende Rohre. Jeder Zweig hat ein Ventil. Je eine Leitung der Handpumpe und der mechanischen Pumpe sind oberhalb der Ventile wieder zusammengefaßt, so daß zwei Leitungen enstehen, die sowohl von der Hand- als von der mechanischen Pumpe gespeist werden können. Je eine Leitung führt zu dem 20 Liter fassenden Fallbenzinbehälter eines Motors, von wo sie durch eigenes Gefälle zu den Vergasern gelangt.

Wasserabscheider befinden sich an den Haupttanks, im Sammelgefäß und an den Fallbehältern, so daß möglichste Reinheit des Brennstoffes gesichert ist. Durch ein Überlaufrohr läuft zuviel gefördertes Benzin von den Fallbehältern wieder dem Sammelgefäß zu.

Die Steueranlage ist doppelt gebildet. Sie besteht wie üblich aus einem Fußhebel für die Seitensteuerung und der Säule mit Handrad für Höhen- und Quersteuerung.

Abmessungen und Leistungen:

Spannweite	22,5 m
Flügeltiefe	4,4 m
Flügelfläche	96 m²
Länge	17,25 m
Höhe	4,9 m
Leergewicht	3335 kg
Zuladung maximal	2500 kg
Höchstgeschwindigkeit ca.	185 km
Landungsgeschwindigkeit ca.	85 km
Steigzeiten: von 1-2 km	12 Min.
von 2-3 km	24 Min.
Ungefähre Gipfelhöhe	4,0 km

Aktuelle Berichte von
Individualreisenden finden Sie bei

www.traveldiary.de